ro
ro
ro

Annie war von frühester Jugend an eine Rebellin. Sie ändert ihr Leben so schnell, wie sie ihre Partner wechselt. Die Männer sind von ihrer erotischen Ausstrahlung gefangen. Alle versuchen herauszufinden, was Annie am meisten erregt. Doch erst der mysteriöse Ilmar kommt Annies tiefsten Wünschen nahe – vielleicht zu nahe.

Jasmine Stone ist das Pseudonym einer der erfolgreichsten amerikanischen Autorinnen erotischer Literatur. Ihre Heldinnen haben Kultstatus erreicht.

Jasmine Stone

Annies Geheimnis

Erotischer Roman

Deutsch von
Tina Hohl

Rowohlt Taschenbuch Verlag

Die Originalausgabe erschien 1999
unter dem Titel «Stripped to the Bone»
bei Black Lace, London

Deutsche Erstausgabe
Veröffentlicht im Rowohlt Taschenbuch Verlag,
Reinbek bei Hamburg, Februar 2004

Redaktion Heinrich Anders
Umschlaggestaltung any.way, Andreas Pufal
(Foto: zefa)
Satz Stempel Garamond bei
Pinkuin Satz und Datentechnik, Berlin
Druck und Bindung Clausen & Bosse, Leck
Printed in Germany
ISBN 3 499 23552 8

Die Schreibweise entspricht den Regeln
der neuen Rechtschreibung.

Prolog – Da sitzt sie – Annie. Sie ist neun Jahre alt. Sitzt im Schneidersitz auf ihrem Bett, das lockige Haar straff zurückgebunden, so straff, dass es wehtut, wenn sie die Augen schließt. Sitzt unter einem roten Schal, der von der Deckenlampe herabhängt, und tut so, als sei sie in Trance. Im roten Schummerlicht vor ihr liegt ein Hexenbrett.

«Werde ich reich werden?», denkt sie.

Prompt zeigt das Hexenbrett ein «Ja» an.

«Werde ich berühmt werden?»

Wieder pendelt sich die Planchette schnell bei «Ja» ein.

«Werde ich die Liebe finden?»

Das Hexenbrett zögert. Annie weiß, dass sie selbst die geisterhaften Bewegungen ausführt, doch sie versucht das Brett zu einer eigenen Entscheidung zu zwingen. Langsam zeichnet sie mit dem Finger die Buchstaben auf dem Brett nach: L … I … E … B … E …

Ohne sich im Geringsten davon beeinflussen zu lassen, kommt die Planchette beim Fragezeichen zum Stehen.

Das Spiel ist langweilig, stellt Annie fest. Ständig diese Warterei.

Kapitel 1 – In der neunten Klasse war Annie schlaksig wie eine Schnake – gnubbelige, schlenkernde Gliedmaßen an einem unauffälligen Rumpf. Die Jungs pflegten ihr zu erklären, sie sei der Traum eines Tischlers – platt wie ein Brett.

Mit etwas Phantasie ließ sich in Annies Gesicht die Verheißung zukünftiger Schönheit erkennen. Alabasterhaut und eine volle, schmollende Unterlippe. Ihre dunkelblauen Augen hatten etwas Schläfriges. Ihr schmachtender Ausdruck ließ sie älter wirken, und ihre schwarzen Kringellocken umflogen ihr Gesicht wie ein düsterer Heiligenschein. Leider war Annie von Menschen umgeben, deren Vorstellungskraft durch die Hormone der Pubertät beschränkt war. Halbwüchsige Jungs waren nicht in der Lage, sich auszumalen, was aus ihrem unfertigen Äußeren noch werden konnte.

Annie hatte nicht das Glück, zu einer Mädchenclique zu gehören, die sie vor den Hänseleien der Jungs hätte abschirmen können. Sie zog sich einfach in sich selbst zurück und ließ die stumpfsinnigen Kommentare über sich hinwegbranden. Manchmal stellte Annie sich vor, was man wohl nach ihrem Tod über sie sagen würde. Wenn also ein entrückter Ausdruck in ihr Gesicht trat, malte sie sich insgeheim ihre eigene Beerdigung aus.

Nancy, ihre große Schwester, meinte, die grausamen Verspottungen müssten Annie belasten, aber da irrte sie sich.

«Annie, das geht vorbei. Glaub mir», tröstete Nancy.

«Es macht mir nichts aus», erwiderte Annie. Ihr Blick ruhte auf einem kahlen Baum, der vor dem Fenster ihres Elternhauses stand.

«Ich weiß, dass es dir etwas ausmacht. Es *muss* dir etwas ausmachen.»

«Ich kümmer mich gar nicht drum, Nancy. Warum sollte ich?»

Diese Frage irritierte Nancy, denn im Grunde ihres Herzens sehnte sie sich selbst danach, die Antwort darauf zu kennen. Zu begreifen, warum man sich über so etwas Gedanken machte. Es reichte einfach nicht, darauf zu hoffen, dass Gott schon alles richten würde. Sie legte ihre Hand auf Annies Unterarm und massierte sanft die glatte, weiße Haut.

In dem leicht herablassenden Ton, mit dem sie deutlich zu machen pflegte, dass sie die große Schwester war und wusste, wovon sie sprach, sagte Nancy: «Annie, man *darf* so etwas einfach nicht ignorieren.»

Der Besuch der öffentlichen Schulen Kaliforniens diente den meisten Schülern eher dazu, Freunde zu finden, als etwas zu lernen. Die High School in Richmond, einem Viertel von San Francisco, auf die die beiden Schwestern gingen, machte da keine Ausnahme. Für die Schüler dort war es von entscheidender Bedeutung, sich einer Clique von Leuten anzuschließen, die ihnen vom Charakter, der Kleidung und den Ansichten her ähnlich waren – und vor allem kam es darauf an, dass sie in dieser Clique blieben, um den Anschein von Normalität zu wahren, während die Hormone in ihnen wüteten.

Die meisten ihrer Mitschüler waren Kinder von russischen Immigranten oder in Amerika geborenen Chinesen. Die wenigen weißen Schüler, die Gruppe, von der Annie vielleicht noch am ehesten akzeptiert worden wäre, waren ihr in ihrer Art vollkommen fremd. Sie schlurften oder krochen in derart gekrümmter Haltung durch die Gegend, als wollten sie sich gegen den ewigen

Nebel, ihre Eltern und Mitschüler panzern. Es gab niemanden an der Schule, mit dem sie sich zusammentun konnte, um sich nicht so allein zu fühlen. Dann und wann dachte Annie, dass sie sich mit den russischen Kids anfreunden könnte. Die Gestik, die melodiöse Sprache, die Wolfsaugen – das alles kam ihr so vertraut vor, dass sie sie am liebsten gefragt hätte: «Haltet ihr es für möglich, dass das gleiche Blut in unseren Adern fließt?» Aber diese Gruppe kapselte sich völlig ab, es kam Annie vor, als könnten selbst Bakterien keinen Zugang zu ihnen finden.

Da sie keine Freunde hatte, die ihr in irgendetwas hineinreden konnten, war es für Annie kein Problem, sich in den Pausen zwischen den Schulstunden aus dem Staub zu machen. Die Schule lag in der Nähe des Golden Gate Parks, und sie pflegte sich hinauszuschleichen, um ein paar Minuten lang zwischen krumm gewachsenen Eukalyptusbäumen und Kürbisranken spazieren zu gehen. Sie sog dieses bisschen von Menschenhand geschaffene Natur und die Stille in sich auf und fühlte sich wie neu geboren. In längeren Pausen lief sie zum Strand und sammelte alle unversehrten Seeigelpanzer auf, die sie finden konnte, obwohl in ihrem bescheidenen Zuhause kein Platz für derartige Kollektionen war. Dann kehrte sie rechtzeitig zum Unterricht zurück. Annie war kein Mensch, der mir nichts, dir nichts gegen Vorschriften verstieß, sie umging sie nur.

Ihre Fahrten mit öffentlichen Verkehrsmitteln waren meistens angenehmer als der Aufenthalt in der Schule. Im Bus konnte sie schweigend beobachten, wie froh alle waren, nichts miteinander zu tun zu haben. Die Fahrgäste bemerkten sie kaum. Es kam ihr vor, als würde sie alles von irgendwo außerhalb ihres Körpers beobachten. Sie machte stets den Eindruck, als sei ihr Blick nach innen und zugleich in die Ferne gerichtet.

Eines Tages stieg eine Gruppe grimmig dreinschauender und in provozierender Weise Kaugummi kauender Jungs in den Bus. Die anderen Fahrgäste wandten den Blick ab, aber Annie tat etwas Ungewöhnliches: Sie starrte sie unverhohlen an. Die Jungs erwiderten ihren starren Blick nicht, sondern sahen einfach durch sie hindurch. Dass sie nicht wahrgenommen wurde, störte Annie weniger als das, was sie da sah. Die Halbstarken hatten einem geistig behinderten Mädchen in der ersten Sitzreihe eine Puppe weggenommen und hielten sie gerade so weit von ihr weg, dass sie nicht drankam.

Die Erwachsenen im Bus blieben stumm. Annie sagte: «Gebt sie ihr zurück.» Die Jungs sahen sie an und durch sie hindurch und fuhren fort, die Behinderte, die inzwischen zu weinen begonnen hatte und sehr verwirrt wirkte, zu ärgern.

Annie fand es zum Kotzen, dass von den anderen keiner eingriff. Sie brüllte nochmal: «Gebt sie ihr zurück!» Endlich wurde der Busfahrer aufmerksam und drehte sich um. Er warf die Jungs aus dem Bus. Sie hatten immer noch die Puppe des Mädchens bei sich, hielten sie hoch und liefen lachend die Straße hinunter, während der Bus sich wieder in Bewegung setzte. Es kam Annie nicht in den Sinn, das Mädchen zu trösten. Stattdessen starrte sie die anderen Fahrgäste durchdringend an. Die taten zwar so, als würden sie sie nicht bemerken, aber daran, wie nervös sie mit Zeitschriften raschelten, Kopfhörer zurechtrückten oder sich mit den Fingern durch die Haare fuhren, war deutlich zu erkennen, dass sie sich nicht wohl in ihrer Haut fühlten. Vielleicht schämten sie sich sogar.

Von da an wusste Annie, dass sie nicht mehr unsichtbar war, obwohl sie das Gefühl, nicht dazuzugehören, nie loswurde. Trotz des Zwischenfalls mit den Jungs und der Puppe wusste sie aber auch, dass sich am nächsten Tag nur wenige Mitfahrende im Bus an sie erinnern würden. Für die meisten war sie nur einer von vielen Farbflecken, die in ein oranges Fahrzeug hinein- und wieder hinausströmten. Nicht unsichtbar, aber auch bei weitem nicht im Mittelpunkt.

Und obwohl es nie dazu kam, freute Annie sich darauf, die Jungs eines Tages wiederzusehen. Sie wünschte, sie würden versuchen, ihr etwas wegzunehmen. Sie stellte sich in allen möglichen Varianten vor, wie sie ihnen Tritte versetzte, bis sie heulten. Heulten, weil sie dem Mädchen die Puppe nicht hätten wegnehmen dürfen. Heulten, weil sie durch Annie hindurchgesehen hatten, anstatt sie anzuschauen. Heulten, weil sie nun für immer für sie verloren war.

Der Gedanke, dass diese Jungs einer schlaksigen Neuntklässlerin wegen den Schwanz einzogen, berauschte sie. Sie war nun überzeugt, dass ihr fester Blick in der Lage war, Charakterfehler zu entlarven. Sollte sie in diesem Moment sterben, würden bei ihrer Beerdigung diese Jungs mit Furcht in den Augen in der letzten Reihe stehen. Die Menschen aus dem Bus würden ihnen sagen, dass die Frau im Sarg eine Heldin war, sie hingegen Abschaum. Bis in alle Ewigkeit.

Wenige Jahre später hatte Annie es nicht mehr nötig, davon zu träumen, andere mit ihren Blicken zu erdolchen. Als sie sechzehn war, wurden plötzlich sämtliche heterosexuellen männlichen Wesen der gesamten San Francisco Bay Area auf sie aufmerksam. Der Körper, der einst wie eine von einem Künstler in großer Eile angefertigte Skizze gewirkt hatte, wurde nun zu einem voll ausgereiften Kunstwerk. Ihre Arme besaßen einen Schwung, der nicht an den Fingern oder Schultern aufzuhören schien, sondern sich weiter fortsetzte wie ein Gedanke, den man nur allzu gern verfolgen würde. Ihre Brüste waren nicht groß, aber ebenso sinnlich gerundet wie ihre Schultern, Wangen und Schenkel.

Die schmachtenden blauen Augen waren größer geworden. Sie wirkten wie ein einziges Funkeln, und wenn Annie nur ein winziges bisschen Mascara auflegte, mussten sogar die Jungs, die nur auf ihre Brüste gestarrt und davon geträumt hatten, sie zu umfassen, zu kneten oder einen Blick auf ihre Nippel zu erhaschen, ihr direkt in diese Augen schauen. Sie starrten hinein und fragten sich, wie es sein konnte, dass eine Iris die Farbe des Morgens hatte, kurz bevor die Sonne das Meer erstrahlen lässt. Sie sehnten sich danach, die Farbe für immer in ihr Herz zu schließen, sodass das Blau sie läuterte und die *anderen* Gedanken aus ihren Köpfen tilgte, die sich darum drehten, so lange ihre jugendliche Männlichkeit in Annie zu stoßen, bis sie nicht mehr stehen konnte.

Während früher alle glaubten, dass Annie keine Freunde hatte, weil sie linkisch und hässlich war, waren nun die meisten der Meinung, ihre Schönheit sei schuld. Niemand wollte sich ihr so weit nähern, dass er sie berühren konnte, denn sie hatte die Grenze zwischen alltäglicher und außergewöhnlicher Schönheit überschritten. Durch die Kombination mit ihrer gewohnten Reserviertheit und dem weggetretenen Blick machte sie nun allen ein bisschen Angst.

Kapitel 2 – «Du willst doch wohl nicht in *dem* Aufzug aus dem Haus gehen, oder?», fragte Nancy.

«Wieso, stimmt was nicht damit?», erwiderte Annie lahm.

«Warum hängst du dir nicht gleich ein großes Schild um, auf dem steht: ‹Gafft mich an›? Das wäre einfacher.»

«Ach, komm. Ich hab High-Heels an – na und? Schließlich hab ich mich nicht tätowieren lassen oder so was. Ich sag dir ja auch nicht, was du anziehen sollst.» Annie musterte Nancy und fügte halblaut hinzu: «Als wenn das was nützen würde.»

«Was soll das denn heißen, du Latexbraut? Ich mach mir nur Sorgen um dein Seelenheil, Annie. Sonst nichts.»

«Hör mal, Nancy: Bloß weil du immer nur Beige trägst, kommst du noch lange nicht in den Himmel. Was ist nun, fährst du mich? Sonst muss ich da anrufen und Bescheid sagen, dass ich zu spät komme.»

Nancy fuhr sie, wobei sie an jedem Stoppschild und jeder Ampel ihrem Unmut Luft machte. Sie seufzte, wenn die Ampel auf Rot sprang, und wenn es wieder Grün wurde, seufzte sie erneut. Die Bewegungen, mit denen sie schaltete, erinnerten in ihrer ostentativen Langsamkeit an Tai-Chi-Übungen. Annie war nicht anzumerken, ob sie davon genervt war oder nicht.

Tatsächlich ließ Nancys demonstratives Schweigen Annie kalt. Sie schien damit zufrieden zu sein, sich in einer Blase der Stille durch die Stadt zu bewegen. Sie trug ein schwarzes Latexbustier und ein Samthalsband, das ihren langen, sinnlichen Hals in zwei Partien teilte. An dem Halsband hing ein Rubin, der in ihrem von dem Bustier aufgewölbten Dekolleté ruhte. Ihr Rock war durchsichtig und bestand aus diversen Chiffonschichten in verschiedenen Pastellfarben. Eine junge, moderne Renaissance-Frau. Oder eine Hexe.

Wenn sie jetzt beerdigt würde, malte Annie sich aus, würde man sie in einem ähnlichen Outfit aufbahren, und Nancy würde endlich erkennen, wie schön dieser Stil war. Sie stünde in der ersten Reihe der Trauergemeinde, Mutter würde ihre Hand halten, und Nancy würde sagen: «Ich habe nie begriffen, wie sie das machte, aber meine Schwester wusste wirklich, wie man ein ganz und gar zeitloses Outfit zusammenstellt. Adieu, liebe Annie. Gott wird sich freuen, dass mal ein bisschen Farbe in sein Reich kommt.»

Obwohl Nancy wusste, dass Gott und ein paar ihrer Kirchenfreunde dies als unkeusch, gottlos oder einfach nur quatschig bezeichnen würden (was Gott möglicherweise darüber dachte, konnten sie sich nur mit dem Vokabular Neunzehnjähriger vergegenwärtigen), war sie eifersüchtig auf die plötzlich erblühte Schönheit ihrer kleinen Schwester, die sie verunsicherte. Als Annie noch das hässliche Entlein war, genoss Nancy es, sie zu trösten und ihr zu sagen, dass alles besser werden würde, wenn sie älter wurde. Merkwürdigerweise schien Annie dieses Mitgefühl jedoch nie zu brauchen. Verständnislosigkeit lag in ihrem schläfrigen Blick, wenn sie ihrer Schwester zuhörte. Es hatte Nancy wütend gemacht, dass Annie die Neckereien längst nicht als so verletztend empfand, wie sie selbst es getan hatte. Nancy hatten diese Gemeinheiten mitten ins Herz getroffen und ihr das Gefühl gegeben, sie würde für immer ein Mauerblümchen bleiben. Sie konnte nie wieder in den Spiegel sehen, ohne das Kichern der Jungs zu hören, die ihr einen Rasierer überreicht hatten. Ihr Damenbart war zwar nur äußerst schwach ausgeprägt, doch für Nancy war er auch im Erwachsenenalter noch fast so schlimm wie ein richtiger Bart. Obwohl sie keineswegs hässlich war, hatte sie mit einundzwanzig den ersten Mann geheiratet, der seine Liebe zu Jesus erklärt und sie geküsst hatte, ohne dabei die Augen zu schließen.

Wäre sie ehrlicher gegen sich selbst gewesen, dann hätte sie erkannt, dass hinter ihrem Mitgefühl mit Annie kein echtes Bedürfnis steckte, ihrer kleinen Schwester zu helfen, sondern sie im Grunde nur ihre eigenen alten Wunden leckte.

Nancy hatte nicht damit gerechnet, dass sich Annies Lage noch vor ihrer eigenen bessern würde. Es war wirklich schrecklich, eine kleine Schwester zu haben, die mit einem Mal so umwerfend schön war. Nun wurde Nancy zwar von mehr Jungs angesprochen als früher, aber sie taten es mit dem Hintergedanken, dass sie so vielleicht ihre kleine Schwester kennen lernen könnten. Den Satz «Bist du nicht die Schwester von Annie?» – noch dazu in diesem grässlich schleimigen Ton, aus dem sprach, dass sie selbst ihnen vollkommen gleichgültig war – konnte Nancy einfach nicht mehr hören.

Ebenso wütend machte es sie, dass ihre Schwester so unabhängig war. Während Nancy begonnen hatte, für eine Kirche in ihrem Viertel zu arbeiten, hatte Annie einen Job in einer Boutique in der Union Street angenommen. Aus irgendeinem Grund fanden ihre Eltern es völlig in Ordnung, dass Annie arbeitete, noch während sie zur Schule ging – was sie Nancy nie erlaubt hatten. Andererseits wäre Nancy auch nie auf die Idee gekommen, sich *erst* einen Job zu suchen und es dann erst ihren Eltern zu erzählen. Mit sechzehn hatte sie um die Erlaubnis dazu gebeten, doch sie war ihr verweigert worden. Annie bat nie wegen irgendetwas um Erlaubnis. Sie tat einfach, was sie wollte. Und jetzt, da Annie schön war, schienen ihre Eltern genauso viel Angst vor ihr zu haben wie alle anderen.

Annie war sechzehn, als ihre Eltern verkündeten, sie zögen nach Florida.

«Uns reicht's ... die ganzen Schwuchteln hier ... ihr wisst schon, Kinder», sagte ihr Vater, wobei seine dicken Augenbrauen sich bei jeder Silbe hoben. Seine Stimme hatte einen leichten irischen Singsang. Annie war überzeugt, dass er sich den in San Francisco zugelegt hatte, in Molly Malones Pub. Sie nahm ihm nicht ab, dass er aus Irland stammte, egal wie oft er von seiner elenden Kindheit dort erzählte und davon, wie er geflohen war, um in den Staaten ein besseres Leben zu finden. Seine Bemerkungen über die Schwulen von San Francisco konnte sie nicht ausstehen. Ständig riss er im Familienkreis verklemmte, geschmacklose Schwulenwitze, die zeigen sollten, wie gut man sich verstand. Seinen Lieblingswitz erzählte er jedes Mal, wenn er sich bückte, um etwas aufzuheben: «Wenn wir hier in der Castro Street oder im Knast wären, müsste ich das liegen lassen, sonst wäre ich ganz schnell ein Sopran.» Obwohl sie immer wieder versuchte, sich vorzustellen, wie ihr Vater bei ihrem Begräbnis sagen würde: «Annie, auch wenn es zu spät ist, vergib mir all meine rassistischen, schwulenfeindlichen Witze» – es wollte ihr einfach nicht gelingen.

Annie glaubte, dass ihr Vater die Schwulen insgeheim um ihren lockeren Lebensstil beneidete. Das war die einzig mögliche Erklärung für seine ständigen Witzeleien. Ihre beiden Eltern waren entsetzliche Spießer und steckten voller Vorurteile.

«Euch Mädels wird es in Florida gefallen», sagte ihre

Mutter, wobei ihr Arm zum ersten Mal, seit Annie sich erinnern konnte, auf dem ihres Vaters ruhte. Ihre Mutter war von einer eher slawischen Schönheit, obwohl sie schwor, sie habe keine Ahnung, wer ihre Vorfahren waren. Sie sagte, sie sei als Kind adoptiert worden. Auch das glaubte Annie nicht. Es wirkte wie ein billiger Trick, um einem ernsthaften Gespräch aus dem Weg zu gehen – etwas, das beide Eltern ziemlich gut beherrschten. Allerdings war auch Annie kein großer Fan der Kunst der Konversation.

Während Annie über die Neuigkeiten lächelte, saß Nancy nur da, starrte auf den Teller Kartoffelbrei vor ihrer Nase und wünschte sich, die Kartoffeln würden das ungesagt machen, was sie gerade gehört hatte. Und wo sollte *sie* wohnen? Umziehen wollte sie nicht. Die Kirche brauchte sie. Sie setzte gerade an, das zu sagen, als Annie sie unterbrach.

«Na fein. Ich werd allerdings nicht mitkommen», sagte sie ohne jeden Anflug von Bedauern.

Ihre Eltern sahen einander an, schauten dann in diese leuchtend blauen Augen und sagten wie in Trance: «Okay.»

Nancy knallte ihr Messer auf den Tisch und verließ fluchtartig das Esszimmer.

Annie klopfte. «Komm rein», sagte Nancy heiser.

«Scheint dir nicht sonderlich zu gefallen, was Mom und Dad da grade erzählt haben.»

«Ach Quatsch.»

Annie setzte sich auf die Bettkante und lachte leise. «Alles klar.»

«Gefällt dir das vielleicht? Du bist erst im ersten Jahr an der High School. Du wirst mitgehen müssen.»

«Nein, ich hab doch schon gesagt, ich bleibe hier.»

«Aber … wo willst du wohnen? Wo soll ich wohnen? Und», fügte sie hinzu, «was ist mit der Schule?»

«Ist doch egal. Die High School ist doch eh nur ein Witz. Die haben mir nicht viel beigebracht. Da hab ich von den Kunden in der Boutique mehr gelernt.» Annie lächelte. So wie das Licht in Nancys Schlafzimmer auf ihre Wangen fiel, sah sie fast asiatisch aus.

«Von diesen eingebildeten Snobs? Annie, das sind bloß Versager, die zufällig Geld haben. Du weißt doch, die wahre Macht liegt bei dem da oben.» Nancy blickte zur Decke hinauf, und Annie verdrehte die Augen, so weit es nur ging.

«Meine Güte! Können wir uns nicht einmal unterhalten, ohne dass du was von jemandem auf dem Dach faselst?» Annie ging zur Tür.

Nancy rief ihr hinterher: «Es gibt mehr Dinge im Universum, als wir mit unseren Augen sehen können, Horatio.»

Nachdem sie sie hinter sich zugeknallt hatte, rief Annie durch die geschlossene Tür: «Das heißt: ‹Es gibt mehr Ding' im Himmel und auf Erden, als unsre Philosophie es ahnt, Horatio.› Haben wir grade gestern in der Schule gehabt. Das mit dem Himmel hättest du eigentlich wissen können.»

Nachdem sie vierzehnmal ihr Kissen geboxt und sich wie drei anstatt wie neunzehn vorgekommen war, beruhigte Nancy sich weit genug, um sich zu fragen, wieso um alles in der Welt sie ihre kleine Schwester immer noch lieb hatte.

Annie rechnete sich aus, dass sie genug Geld gespart hatte, um sich auf der anderen Seite des Golden Gate Parks im Sunset-Viertel, ungefähr eine Meile von dem bald zum Verkauf stehenden Haus ihrer Eltern entfernt, eine Wohnung zu nehmen. Den meisten Vermietern kam die hübsche Sechzehnjährige, die beteuerte, dass sie die Miete auch wirklich zahlen könne, wenig vertrauenswürdig vor.

Zum Glück konnte ihre Schönheit, die sich in dieser Situation als Handicap erwies, einen kurzsichtigen Chinesen nicht beeindrucken. Er sagte: «Ich mag dich. Du morgen einziehen. Referenzen nicht nötig. Wenn ich Menschen sehe, ich wissen Bescheid. Du guter Mensch.»

Annie genoss ihre durch die räumliche Distanz zu ihrer Familie neu gewonnene Freiheit. Ihre Schönheit allerdings setzte ihr auf andere Weise Grenzen. Wenn sie jetzt den orangefarbenen Bus bestieg, wandten sich ihr die Blicke zu, und die Männer lächelten. Man bot ihr immer einen Platz an, denn offenbar wirkte sie auf andere zerbrechlich. Nun fühlte sie sich nicht mehr unsichtbar.

Annie wusste, dass sie eigentlich beunruhigt sein sollte, aber sie hatte mehr als jemals zuvor das Gefühl, neben sich zu stehen. Manchmal betrachtete sie sich im Spiegel und bestaunte, was aus ihrem Gesicht geworden war. Sie hatte ein distanziertes Verhältnis zu ihrer eigenen Schönheit, denn sie wusste, dass sie wenig zu ihr beitrug. An Nancys Stelle wäre sie wahrscheinlich auf die Knie gefallen und hätte dem lieben Gott gedankt … Aber sie war Annie, und sie glaubte nicht, jemandem zu Dank verpflichtet zu sein. Sie war bloß auf der Suche nach Dingen, die sie in ihr Regelbuch aufnehmen konnte.

In ihrem Tagebuch klebte eine Liste, die bislang folgende Punkte enthielt:

1. Wer ständig nur jammert und an allem herummäkelt, macht sich selbst das Leben schwer und kommt nicht voran.
2. Leben bedeutet handeln.
3. Wenn man schon jemanden ausnutzen muss, dann sollte man sich jemanden suchen, der mehr Glück im Leben hat als man selbst.

Als eines Samstags Fred die Boutique betrat, nippte Annie gerade an einer *Latte* aus dem Laden nebenan. Der Duft von heißer Milch mit Kaffee umwehte sie, und Annie fühlte sich wie im Himmel. Ein leichter Nieselregen fiel auf das riesige Schaufenster der Boutique. Sie konnte das leise Geräusch der Tropfen eben noch hören. Sie war allein im Laden, und sie genoss die Stille. Ihr Vermieter hatte 100 Kilo zugenommen, und wenn er sich nun spät nachts wie gewohnt bemühte, auf Zehenspitzen zu gehen, so hörte sich das an, als würde eine Herde schlecht dressierter Elefanten auf dem Parkettboden über ihr das Tanzbein schwingen.

Fred war so leise, dass sie ihn erst durch den kalten Luftzug bemerkte, den er mit hereinbrachte. Annie lächelte, sparte sich aber das übliche «Kann ich Ihnen helfen?» Sie wusste, dass sie anderen helfen konnte, dafür brauchte sie niemanden um Erlaubnis zu fragen.

«Hi», sagte Fred und sah ihr tief in die Augen, «ich hab dich von der Straße aus gesehen.»

«Ich nicht», gab Annie zurück.

Fred dachte kurz nach. Er wusste nicht, was er darauf sagen sollte. Ihre hübschen Augen hatten ihn einfach in den Laden gezogen.

«Ich … äh … suche ein Geschenk für meine Schwester.»

«Älter oder jünger?», fragte Annie.

«Älter», sagte Fred. Es wurde ihm viel zu still im Laden. Nach einer langen Pause wurde ihm klar, was er gerade gesagt hatte, und er begann zu lachen. «Ach, Quatsch. Ich weiß nicht, warum ich hier bin. Als ich dich gesehen hab, musste ich einfach reingehen.»

Annie setzte nun doch ihren Kaffee ab. Bis dahin hatte sie ihn durch den Dampf hindurch betrachtet. Sie war jetzt siebzehn, würde in zwei Monaten die High School beenden, und sie hatte noch nie einen Jungen geküsst. Noch nie. Ihre Schönheit schüchterte all ihre Mitschüler dermaßen ein, dass sich niemand traute, sich an sie ranzumachen. Jeder ging davon aus, dass sie einen Freund hatte, aber in Wirklichkeit verbrachte Annie die Sonnenuntergänge damit, an den Klippen des Ocean Beach spazieren zu gehen – allein.

Sie schätzte ihn auf ungefähr zwanzig. Er sah nett aus. Niemand war in der Nähe, der Laden und die Straße waren aufgrund des Regens wie ausgestorben. Der erdige Geschmack des Kaffees machte ihr Mut. Sie sah Fred in die Augen. Sie waren von einem lebhaften Haselnussbraun und weit geöffnet. Annie stellte fest, dass er nicht ängstlich wirkte, nur sehr erregt.

«Möchtest du mich küssen? Mich hat noch nie jemand geküsst.» Das sagte sie so sachlich, dass Fred erst ein paar Mal zwischen der Bedeutung ihrer Worte und ihrem Tonfall hin- und herschalten musste, bis er begriff, was sie von ihm wollte.

«*Ich* soll der Erste sein, der dich küsst?»

«Ja.»

Er zögerte, dann legte er seine kalten Hände auf ihr Gesicht und küsste sie. Annie merkte, wie die Feuchtigkeit des Kaffees von ihrem Mund in den seinen überging.

Das war ein schönes Gefühl, und sie begann zu lachen. Ein reizendes Lachen, das in dem leeren Geschäft zu ihrer Überraschung ein anheimelndes Echo hervorrief.

Auch Fred lachte, ohne zu wissen, warum. Er ließ sich von der kindlichen Stimmung, die Annie nach ihrer freudigen Entdeckung überkommen hatte, anstecken. Wie die meisten Männer genoss er es, der Erste bei etwas zu sein, vor allem bei der Liebe.

Sie küssten sich fast eine halbe Stunde lang, ohne sich vom Fleck zu rühren. Sie standen vor einer Reihe violetter, langer Kleider mit Jacquardmuster. Zum Glück kam niemand herein. Obwohl es nicht in der Geschäftsordnung stand, war Annie klug genug, um zu wissen, dass das, was sie da gerade tat, höchst unprofessionell und riskant war. Schließlich brauchte sie den Job, um die High School beenden zu können.

Danach nahm Annie sich vor, nie wieder nur für einen Kuss einen Job aufs Spiel zu setzen. Für einen ersten Kuss mochte das noch angehen, aber von nun an – nie wieder.

Fred war nicht nur beim Küssen ihr erster Mann. Annie mochte es, wie er sie innerlich zum Schmelzen brachte. Er ließ sie spüren, wie schön sie war. Diese Schönheit war jetzt für sie nichts Irreales mehr, das plötzlich über sie gekommen war, sondern etwas, das ihren Liebhaber wie sie selbst in seinen Bann zog. Wenn sie seine Hände auf ihrem Körper sah und wusste, dass sie voller Anbetung ihren Rundungen folgten, fühlte Annie sich eins mit der Welt. Fred half ihr, sich wohl in ihrer Haut zu fühlen.

Sie nahm ihn mit auf ihre Spaziergänge an der Steilküste. Sie betrachteten die in das Rosa der Aprilsonne gebadete Golden Gate Bridge. Sie zeigte Fred die Stelle oben an der steilen Treppe, an der sie immer kaum hörbare überirdische Klänge zu vernehmen meinte.

«Es ist wie ein Portal oder ein Tor zu einer anderen Dimension», beharrte sie. «Hör doch mal. Es klingt wie ‹Siguhl› oder so ähnlich. Auf jeden Fall fängt es mit S an.»

«Hach, könnte ich doch wieder siebzehn sein und ganz fest an etwas glauben!» Offenbar war Fred im Laufe seines zwanzigjährigen Lebens ein Großteil seiner Phantasie abhanden gekommen.

«Mit *Glauben* hat das nichts zu tun!», hatte Annie erwidert, die keinen Grund sah, an ihrer Überzeugung zu zweifeln.

Sie spürte, dass er sich insgeheim über sie lustig machte, obwohl sein Gesicht nichts verriet. Er schaute bestenfalls lüstern, vielleicht ein bisschen verwirrt.

Fred packte sie und legte ihr die Hände aufs Gesicht. «Ich küssss dich auf dein Sssss», rief er. Einen befremdlichen Moment lang fragte er sich, ob das, was da an sein Ohr drang, von den Bäumen geflüsterte Silben waren, aber dann küsste Annie ihn, und er konnte nur noch das Meer hören und ihre Haare, die ihm um die Wangen peitschten. Sie schmeckte so köstlich, wie ein Mund voll frischer Seeluft.

In Annie loderte das Feuer. Sie vergaß prompt, dass Fred unmöglich verstehen konnte, was sie mit dem Portal meinte. Vergaß fast ihre eben erst entwickelte Theorie, dass es möglich, ja sogar normal war, zwei unvereinbare Gedanken im Kopf zu haben. Zum Beispiel, dass sie Fred einerseits nie wieder loslassen und ihn andererseits am liebsten von der Klippe stoßen wollte. Um dann zuzusehen, wie sein Körper von dem tosenden Meer unter ihnen verschlungen würde.

Nach Fred kamen andere. Charles lernte sie am College in einem Seminar über afroamerikanische Literatur kennen, und an ihrem einundzwanzigsten Geburtstag führte er Annie in eine Bar in einem Teil der Stadt aus, den sie noch nicht kannte. Für Charles hingegen schien sie praktisch ein zweites Wohnzimmer zu sein. Er hatte gehofft, das bunte Treiben in der Bar würde sie schockieren, doch Annie genoss die sexgeladene Atmosphäre. Sie hatte nicht das Bedürfnis, selbst aktiv zu werden, aber sie sog begierig alles in sich auf, was sie sah: die Dicke in der Ecke, die bestimmt eine Granate im Bett war, ihrer Figur wegen jedoch in der Welt dort draußen keine Chance bekam; eine Drag Queen, deren ausgestopfte Brüste «Love ya» und «Mean it» blinkten und die sich nur allzu gern von jedem anwesenden Mann befummeln ließ; die riesigen Kondomschachteln mit den glücklichen Gesichtern und den «Safe Sex or No Sex»-Aufklebern; die Freundlichkeit von Menschen, die sich einander vorstellten, nachdem sie anonymen Sex gehabt hatten; ein Raum nur für Männer, ein weiterer Raum für Züchtigungen.

In diesen letzten Raum ging sie mit Charles, und sie sahen einem Pärchen zu. Der Mann stand mit dem Rücken an einem Holzbalken, und eine Frau in schenkellangen, weißen Strümpfen presste ihm ihre nackten Titten an die Brust. Ein zweites Paar umkreiste sie und versetzte beiden Schläge auf die entblößten Hinterteile. Da sie nicht durch einen Balken geschützt war, hatte die Frau mehr auszuhalten. Ihr Partner streichelte ihr übers Haar und küsste sie sanft auf die Wangen, während sie versohlt wurde. Die anderen beiden lachten und ließen dann von ihnen ab, um diskret in einer Ecke zu vögeln. Daraufhin umfasste der Mann den Hintern seiner geschundenen Partnerin und setzte sie auf seinen Schwanz.

Annie und Charles spazierten durch die anderen Räume. Der herbe Geruch sich vermengender Körpersäfte stieg ihr in die Nase, und sie fand, er harmonierte wunderbar mit dem kalten Chenin blanc, den sie im Glas hatte. All diese autonomen Körper, die sich miteinander vereinigten und dann wieder voneinander lösten. Manche Frauen sahen traurig aus.

Charles sagte: «Gefällt's dir?»

Annie starrte ihn an und sagte: «Ich liebe Sex. Lass uns nach Hause gehen.»

Nach Charles schrieb sie in ihr Regelbuch:

4. Beim Sex gelten nur zwei Regeln: Niemand darf verletzt werden, und es darf nicht gemogelt werden.
5. Sei offen für alles, aber lass dich nicht auf alles ein.

Bei ihrem Begräbnis würden Fred und Charles sich vielleicht zusammenfinden und sich murmelnd darüber austauschen, was für eine phantastische Liebhaberin Annie gewesen war. Fred würde erzählen, was er Annie, und Charles, was sie ihm beigebracht hatte. Sie malte sich aus, wie Nancy die Hand ihrer Mutter hielt und sich fragte, wer die beiden umwerfenden Männer dort hinten wohl sein mochten. Sie würde eine Rede darüber halten, wie gern sie ihre Schwester besser gekannt hätte. Ob sie wohl jemand aufklären würde? Die beiden Männer würden vortreten, ihrer Schwester etwas ins Ohr flüstern, und Nancy würde in Ohnmacht fallen.

Fred und Charles waren ein guter Anfang für eine Frau wie Annie. Sie wahrten Distanz und beteten sie gleichzeitig an. Das taten die meisten ihrer Liebhaber, mit zwei Ausnahmen: Einer wollte sie tief in ihrer Seele berühren, und ein anderer versuchte sie zu zerstören.

Kapitel 3 – Nach zwei Jahren im Sunset-Viertel konnte Annie es sich leisten, in eine Gegend zu ziehen, in der das Durchschnittsalter bei Mitte dreißig lag und das Durchschnittseinkommen (ihres natürlich nicht) sechsstellig war. Sie zog dorthin, weil sie mehr Licht brauchte. Sie war es leid, sich morgens im Nebel des Sunset-Viertels anzuziehen und dann hinüber in die sonnendurchflutete Boutique zu fahren. Andersherum gefiel es ihr besser: im Hellen leben und im Dunkeln arbeiten. Sobald ihr das klar geworden war, musste sie umziehen. Außerdem hatte ihr Vermieter angefangen, nachts mit Holzkugeln zu jonglieren, und sein Talent war eher begrenzt. Jetzt war es so, als wohnte über ihr ein sehr rücksichtsloser Elefant, der ständig eine überreife Kokospalme schüttelte.

Sie brauchte Schlaf.

Außerdem war sie beeindruckt, wie gepflegt in Nob Hill alles wirkte. Keine überirdischen Stromleitungen, kein Müll, keine Obdachlosen – nur lächelnde, glückliche, gut angezogene junge Männer und Frauen. Die Busse in dem Viertel waren stets pünktlich, während man sich im gesamten Rest der Stadt nie auf die öffentlichen Verkehrsmittel verlassen konnte – ein Umstand, der deutsche Touristen stets von neuem erstaunte. Wenn der Nob-Hill-Bus auch nur 30 Sekunden zu spät dran war, wurden Handys hervorgeholt, vorgespeicherte Nummern gewählt und Beschwerden an die Verkehrsleitzentrale übermittelt. Diese schönen Menschen waren fest entschlossen, für sich zu beanspruchen, was ihnen ihrer Ansicht nach ihres guten Aussehens und Einkommens wegen zustand: ein luxuriöses, distinguiertes Leben ohne Unterbrechungen oder Verzögerungen. Sie waren ständig in Eile, und wann immer etwas aus dem Rahmen fiel, den sie sich selbst gesetzt hatten, wurden sie ungeduldig.

Annies Lederhosen und ihre Vorliebe für Latexkleidung passten nicht recht zu den frischen Pastelltönen, die die anderen trugen, doch ihr hübsches Gesicht ließ alle über ihr Outfit hinwegsehen. Für eine Klamottenverkäuferin war das eher ungewöhnlich, doch sie hatte ihren Spaß daran, bis sie sich aus Langeweile gezwungen sah, sich einen neuen Job zu suchen.

Der Umzug nach Nob Hill war eine gute Entscheidung gewesen, und sie wohnte sieben Jahre dort, bis sie ein paar Mal zu oft ihre eigenen Regeln gebrochen hatte.

Gleißend weiße Helligkeit schwappte in Annies kleiner Wohnung in Nob Hill von den Wänden und umflutete ihre Bettdecke. Das diesige Morgenlicht, das vom Yachthafen kam und von den weißen Gebäuden am Straßenrand reflektiert wurde, schien den Raum zu weihen. In letzter Zeit brauchte Annie dieses Gefühl der Läuterung und freute sich auf jeden neuen Morgen. Manchmal durchschnitten ihre Träume das Zwielicht, und sie wachte mit dem Gefühl auf, ihre Psyche dränge sie, etwas zu vergessen. Dann zwang sie sich, wieder einzuschlafen, und sog dabei das schummrige Weiß des Morgens und die Wärme ihrer Daunendecke in sich auf. Das vage Gefühl der Leere verflüchtigte sich, sobald sie aus dem Bett stieg und ihren ersten Schluck sehr schwarzen, sehr starken Kaffee trank, der fast die Konsistenz von Blut hatte.

Annie war inzwischen fünfundzwanzig, und für ihren derzeitigen Job bei der Werbeagentur Nepravina musste sie früher aufstehen als bei all ihren bisherigen

Jobs. Neben dem Licht entdeckte sie schließlich auch andere Vorzüge an den frühen Morgenstunden. Dabei halfen ihr eine Kaffeemaschine, die auch die Bohnen mahlte, ebenso wie eine nach Osten ausgerichtete Küche und ein Radiosender, der klassische Musik des zwanzigsten Jahrhunderts spielte. (Sie hatte eine Vorliebe für den Gulag-Sound Schostakowitschs entwickelt.)

Im Büro erschnupperte sie den Duft der feuchten Haare ihrer Kollegen, den Kaffeegeruch, der noch in der Kleidung hing, und beobachtete interessiert, auf welch unterschiedliche Weise alle den Arbeitstag angehen ließen. Carol, das zarte Reh, hatte jeden Morgen einen Bestandteil ihres Outfits – eine Weste, einen Schal, eine Anstecknadel – weggelassen und legte ihn erst an, nachdem sie die gesamte Belegschaft nach ihrer Meinung befragt hatte, die sie dann doch nicht berücksichtigte. Martys Gesicht war morgens meist noch vom Bettzeug zerknittert. Peter machte in aller Ruhe Kaffee, schaute in aller Ruhe nach E-Mails, las in aller Ruhe die Zeitung und geriet dann, um zehn Uhr, in Panik. Sasha stellte ihren Computer an und besetzte dann furchtbar lange die Toilette – offenbar glaubte sie, dass ein moderner Rechner genauso lange zum Warmwerden brauchte wie ein Fünfziger-Jahre-Fernseher.

In ihren ersten Monaten bei Nepravina hatte Annies Wecker sie brutal aus dem Tiefschlaf gerissen, aber mit der Zeit wachte sie auf, bevor er klingelte, und ließ sich dann in das Grenzland zwischen Halbschlaf und Wachen zurückgleiten. Am liebsten hätte sie jeden Morgen mehr als eine Stunde in diesem Dämmerzustand verbracht, denn hier kamen ihr ihre Ideen für die Werbung und alle sonstigen kreativen Herausforderungen, die sich ihr im Laufe des Tages stellen mochten. Annie spürte, dass jenen

Stunden eine verborgene schöpferische Energie innewohnte. Wenn sie nicht arbeiten müsste, würde sie dort vielleicht etwas finden, etwas, an das sie sich zu erinnern suchte. Annie wusste, dass sie gewisse Talente besaß, aber sie hatte das Gefühl, dass diese frühen Morgenstunden den Schlüssel zu ihrer Vervollkommnung bargen.

Sie arbeitete nun seit einem guten Jahr bei der Werbeagentur. Es kam ihr allerdings länger vor, denn der Reiz des Neuen hatte sich ungefähr zur gleichen Zeit verflüchtigt, als sie sich auf ihren Wecker eingestellt hatte. Sie arbeitete nirgends länger als ein paar Jahre. Bei ihrem Job in der Boutique hatte sie herausgefunden, dass sie, sofern man ihr Zeit dazu ließ, jede Aufgabe meistern konnte. Daher musste sie alle paar Jahre den Arbeitsplatz wechseln – aus Langeweile. Wenn all ihre Chefs sich bei ihrer Beerdigung versammeln würden, wären sie sich, malte Annie sich aus, schnell einig: Annie war eine erstklassige Mitarbeiterin und praktisch unersetzbar.

In der Boutique hatte sie gelernt, wie man einem Kunden zu einem erschwinglichen und tragbaren Outfit verhilft. Sie hatte ein Gespür für Farben und dafür, zu welchen Menschen sie passten: Braun stand für Zurückhaltung, Rot für Risikofreude, Weiß für esoterische Anwandlungen, Pflaumenblau war zweifelsohne eine Farbe für Selbstmörder, und Schwarz war sexy und doch klassisch. Zum Glück wurden in dem Laden ausschließlich einfarbige Sachen verkauft. Annie gab sich nur ungern mit Mustern und Blümchen ab. Sie ließen sich nicht kombinieren und waren einfach viel zu bunt.

Ihr Aufstieg von der Stilberaterin zur Anwaltsgehilfin war kein so großer Schritt gewesen, wie man hätte meinen können. Bei der Arbeit in der Kanzlei hatte Annie festgestellt, dass nur wenige Menschen – schon gar in ihrem Alter – die Fähigkeit besaßen, für eine Verteidigung die geeigneten Anwälte, Mitarbeiter, Hintergrundinformationen und natürlich Klienten zusammenzubringen. Sie stellte in allen Belangen die richtigen Fragen und entschied dann intuitiv, wer am besten mit wem zusammenarbeiten konnte. Das war nicht das, was ihr Job verlangte, aber die Anwälte waren mit dem Ergebnis so zufrieden, dass sie eine Gehaltserhöhung bekam und in der Kanzlei schalten und walten durfte, wie sie wollte. Ihrem Chef, einem älteren Herrn, gefiel besonders gut, dass sie neuen Klienten nie die Frage «Kann ich Ihnen helfen?» stellte.

Bald war ihr die Arbeit zu leicht geworden und die Anliegen der Klienten zu vorhersehbar. Die Kanzlei war auf Familienrecht spezialisiert, und die Menschen, die sich an sie wandten, waren überzeugt, sie würden bei der Scheidung von ihrem Partner über den Tisch gezogen. Die meisten von ihnen dachten nur an sich: Ihnen lag mehr daran, der gegnerischen Partei zu schaden, als zu einer gütlichen Einigung zu kommen, die für die Kinder am besten war. Annie brachte das auf die Palme, denn nach ihrer Lebensmaxime waren Probleme dazu da, sie zu lösen und dann hinter sich zu lassen – keinesfalls jedoch dazu, anderen eins auszuwischen. Dass Menschen es fertig brachten, über zwei oder drei Jahre einen Prozess zu führen und dann bis in alle Ewigkeit vor den Kindern, die die Suppe auslöffeln mussten, darüber zu jammern, verstieß in ihren Augen gegen alle Regeln der Vernunft.

Sie gab den Job in der Kanzlei auf, um Webdesignerin zu werden. In ihrem Lebenslauf bauschte sie ihre Erfahrungen auf diesem Gebiet schamlos auf. Bis dahin war das Einzige, was sie auf ihrem Computer beherrschte, das Tabellenkalkulationsprogramm gewesen. Ihre Bewerbung kupferte sie aus einem Buch ab, in das sie im Laden einen kurzen Blick geworfen hatte. Nachdem sie sie abgeschickt hatte, rief sie ihre Schwester an, um sich von ihr ein paar Fachausdrücke beibringen zu lassen. Nancy war inzwischen verheiratet und lebte mit ihrem Mann im Silicon Valley.

«Du willst dich doch nicht auf einen Job bewerben, von dem du keine Ahnung hast! Da kommen die doch dahinter», hatte ihre Schwester protestiert.

«Das ist ein Riesenkonzern. Bevor die rausfinden, dass ich gar nicht weiß, was ich da tue, hab ich längst alles im Griff. Bitte, Nancy, verrat mir ein paar Fachausdrücke für das Bewerbungsgespräch.»

«Das gefällt mir gar nicht. Da muss ich erst Phil fragen, wie er das moralisch bewertet.»

«Was hat denn das mit Moral zu tun? Komm schon, Nancy. Ich würde ohne zu zögern für dich lügen. Das weißt du. Es ist schließlich nur ein Job.» Annie war sicher, dass Nancy sich dadurch erweichen lassen würde. Ihre Schwester wollte keinesfalls als Egoistin dastehen. Das ging ihr sogar über die Moral.

«Ich mach's, Annie, aber du weißt, wie ich darüber denke. Es gefällt mir nicht, wie du manche Dinge angehst.» Nancys Ton war ernst, ein bisschen vorwurfsvoll. Aber was konnte Annie anderes erwarten? Nancy war ihre große, immer noch religiöse Schwester, und manchmal hielt sie sich sogar für ihre Mutter.

«Danke, Nancy. Das vergess ich dir nie.»

«Nein, vergiss es. Streich es bitte komplett aus deinem Gedächtnis.»

Die Leute, die das Bewerbungsgespräch mit ihr führten, schienen nicht mal einen Blick auf ihren Lebenslauf geworfen zu haben, und niemand forderte Annie auf, irgendwelche Kenntnisse unter Beweis zu stellen. Jeder der Männer – eine Frau war nirgends in Sicht – schien eine eigene Gattung von Computerfreak zu verkörpern. Der ganz links hatte fettige Haare und eine sehr wuchtige schwarze Brille. Er kaute die ganze Zeit auf einem Filzstift, den er am Ende fast bis zur Tintenpatrone heruntergenagt hatte. Der daneben trug so etwas wie den Bill-Gates-Stil: eine weite Hose und mehrere Schichten von weiten Hemden in verschiedenen Pastelltönen. Die anderen beiden schienen darum zu wetteifern, wer den schäbigsten Anzug hatte – der eine war von einem kräftigen, Übelkeit erregenden Krankenhausgrün, der andere hatte ein gelbes Karomuster, das eher zu einem Gebrauchtwagenhändler der siebziger Jahre gepasst hätte. Annie musste lächeln, als sie an den Zustand der Unterhosen unter diesen Outfits dachte. Die sind bestimmt völlig durchlöchert, dachte sie und nickte dabei wie ein Pferd, denn irgendwie wusste sie, dass ihr der Job sicher war.

Die vier Männer starrten auf ihre Beine und das dezente, aber doch verheißungsvolle Dekolleté ihres engen Kleides. Annie war sich darüber im Klaren, dass diese Freizügigkeit auch eine Art, wie ihre Schwester sagen würde, zu «betrügen» war, aber sie wusste, dass die Firma schon nach ein paar Wochen hochzufrieden mit ihr sein würde, ganz unabhängig davon, wie sie sich kleidete. Sie sollte Recht behalten. Nachdem Annie zwei Websites designt hatte, die großartig ankamen, wurde ihr Gehalt erhöht.

Es gelang Annie sogar, sich im Job mit jemandem anzufreunden. Während sie sich heimlich die Grundkenntnisse für das Programmieren von Webpages aneignete, begannen in unregelmäßigen Abständen Computerbücher auf ihrem Schreibtisch aufzutauchen. Es war immer genau das, was sie für die Lösung eines akuten Problems brauchte, und Annie war die Treffsicherheit, mit der sie im richtigen Moment genau die nötigen Informationen bekam, etwas unheimlich. Irgendjemand wusste, dass sie praktisch keine Ahnung von dem hatte, was sie da tat. Und dennoch half diese Person ihr, anstatt sie zu verpetzen.

Eines Tages ertappte sie ihren Schutzengel dabei, wie er mehrere dicke, mit gelben Klebezetteln markierte Bücher auf ihren Schreibtisch legte.

«He, da sitze *ich*», sagte sie in freundlichem und leicht neckischem Ton.

«Ich weiß», erwiderte ein attraktiver Mann mit italienischen Zügen. «Ich bin John.»

Eine Zeile von Ayn Rand kam ihr in den Sinn: «Wer ist John Galt?» Sie konnte diese Schriftstellerin nicht leiden, deren Figuren sich für den Mittelpunkt der Welt hielten.

Dann fragte sie: «Doch nicht etwa John Cunha?» Sie hatte läuten hören, dass unter ihnen ein Computergenie weilte, jemand, der Probleme, an denen andere scheiterten, löste, als seien sie ein Kinderspiel. Vermutlich hätte Ayn Rand ihn vergöttert.

«Höchstpersönlich», kicherte er. «Und du bist Annie. Sie nennen dich die ‹Göttin der Webpages›.» Er kicherte wieder. Das war nicht sarkastisch gemeint, sondern höchstens ein bisschen spöttisch.

Annie wusste nicht, was sie von ihm halten sollte. Sie war dankbar für die Hilfe, aber verärgert über die Einmischung. Wo es ihr doch so gut gelungen war, den anderen Sand in die Augen zu streuen! Es behagte ihr gar nicht, dass man sie so schnell entlarvt hatte.

«Tja», sagte sie nach einer Pause, «danke für deine Hilfe.» Sie sah ihm in die Augen. Sie gingen ihm nicht über vor Verlangen. Nichts an John deutete auch nur im Geringsten darauf hin, dass er scharf auf sie war – also musste er tiefere Beweggründe haben. Zu ihrer eigenen Überraschung war sie nicht enttäuscht. Doch irgendetwas an ihm kam ihr vage bekannt vor.

«Kein Problem. Weißt du, wenn du das hier nicht so machen würdest ...», er ging zu ihrem Computer, setzte sich und drückte eine Taste, «... sondern so ...», mit ungefähr zehntausend Anschlägen pro Sekunde tippte er einen anderen Code ein, «... dann wärst du jetzt schon fertig.» John kicherte und drehte den Monitor zu der verblüfften Annie.

Sie konnte nicht mehr an sich halten: Spontan umarmte sie ihn von hinten und drückte ihre Wange an seine.

«Autsch», sagte sie und zuckte zurück.

«Ja, heute ist Mittwoch. Ich rasiere mich nur donnerstags.» Und mit diesen Worten verließ er kichernd ihren Arbeitsplatz.

Im Laufe des nächsten Jahres verbrachte sie zahlreiche Mittagspausen mit John an ihrem Arbeitsplatz. Er sagte, bei ihm sei's ihm zu langweilig, um dort zu essen. Dummköpfe, die obendrein ihre Hausaufgaben nicht machten, saßen ihm den ganzen Tag im Nacken. Er brachte seine japanische Instant-Nudelsuppe mit und Annie ihre Schüssel Gemüse mit Vollkornreis. Sie saßen zusammen an ihrem Schreibtisch, und John zeigte Annie, wie man Webseiten richtig baut.

Sein Gekicher fand sie zwar ansteckend, aber sein Händchen für Computer gab ihr das Gefühl, total unfähig zu sein. Doch dank Johns unaufhörlicher Beteuerungen, eigentlich sei alles ganz einfach, fiel ihr das Programmieren tatsächlich bald leicht.

John weihte sie auch in seine Methoden ein, Geld zu sparen. Er brachte sein Rabattmarkenheft mit, zeigte ihr die Websites, auf denen sie noch mehr Geld sparen konnte, teilte sich Familienpackungen mit ihr, gab ihr todsichere Tipps, wann und wo sie Geld investieren sollte, und erteilte Annie im Großen und Ganzen genau die Lektionen, die gute jüdische Eltern ihr erteilt hätten – wenn sie welche gehabt hätte. Annies eigene Familie hingegen neigte dazu, Billigprodukte zur Befriedigung kurzlebiger Bedürfnisse zu kaufen anstatt vorausschauend für die Zukunft zu planen. Infolgedessen waren sie das beste Beispiel für die Redewendung, dass wer Ramsch kauft, doppelt zahlt. Annie dachte, sie hätte schon ziemlich konsequent mit der McDermott'schen Familientradition des gedankenlosen Schuldenmachens gebrochen, aber John zeigte ihr den Weg zum Reichtum. Sie war zwar nicht zu allen Opfern bereit, derer es seiner Meinung nach bedurfte, wenn man mit dreißig Millionär sein wollte, aber sie verdankte ihm ein Portfolio, das ständig an Wert zulegte.

Doch auch John profitierte von ihrer Freundschaft, obwohl Annie das nicht so empfand. Sie half ihm beim Gestalten, zeigte ihm, wie man Informationen so präsentieren kann, dass Konsumenten dazu verleitet werden, sie zu lesen, und dazu verführt, sie zu glauben. John schien allerdings mehr an ihrer Gesellschaft zu liegen. Er war offenbar froh, eine Verbündete gefunden zu haben: Annie und John gegen all die Idioten bei Webmatter Inc. Bei ihrer Beerdigung würde John auf ein Podest steigen und ein Loblied anstimmen: «Sie war so talentiert, so aufgeweckt. Wenn sie nur gelernt hätte, ihr Geld besser anzulegen, dann wäre diese Veranstaltung noch viel spektakulärer ausgefallen.»

Von Zeit zu Zeit machte John nebulöse Andeutungen über seine Freundin Angelika. Ob Annie sie gern mal kennen lernen würde?

Annie wusste nicht, was sie davon halten sollte. Angelika trat offenbar in einem der Clubs an der Castro Street auf und war auf dem besten Weg, berühmt zu werden. Beiläufig erwähnte John, dass sie sogar bald im Fernsehen zu bewundern sein würde.

Annie, der solche Ratespielchen auf die Nerven gingen, platzte heraus: «Warum heiratest du sie nicht einfach?»

John konnte gar nicht aufhören zu kichern. «Das könnte schwierig werden.»

Aus verschiedenen Gründen, die alle mit Sex zu tun hatten, schaffte Annie es nie, in den Club zu gehen und Angelika kennen zu lernen. Sie begegneten sich allerdings viele Jahre später. Und zwar nicht auf einer Beerdigung.

Die Kreativität, die sie im Gestalten und Layouten an den Tag legte, brachte Annie auf den Gedanken, dass sie in der falschen Branche arbeitete. Das Internet verlangte die interessante Aufbereitung von Daten, aber es ließ einem nicht die Freiheit, wirklich mit Verführungstaktiken zu spielen. Informationen zu suchen und zu finden war ihr zu simpel. Geheimnisse – die Möglichkeit, dass man etwas vielleicht nie erfährt –, darin begann Annie nun die Kunst der Verführung zu sehen. Und das war es, was sie mit jedem Jahr, das verging, mehr und mehr faszinierte. So kam sie zur Werbung. Schon bei Webmatter Inc.

machte sie Werbung. Aber das, was dort beworben wurde, langweilte sie zu Tode. Computerchips konnte man nur an eine ganz spezielle Kundschaft verkaufen, für die sie nicht ewig arbeiten wollte.

Die ganze Zeit ging Annie weiter zur Schule – erst zur High School, dann aufs College. Ihr Vater bestand darauf, dass sie eine gute Schulbildung bekam, vergaß aber, seinen beiden Töchtern zu sagen, wie sie diese bezahlen sollten. Kaum in Florida, schienen ihre Eltern sie beide völlig vergessen zu haben. Auf einer einsamen Postkarte von Dad aus Dade City stand: «Hey! Kaum zu glauben, dass das früher ein Strand nur für Schwarze war! Es ist wunderschön hier!» Nancy wollte sie behalten, aber Annie bestand darauf, sie wegzuwerfen. Ihr Vater hatte seine Vorurteile mit nach Florida genommen, und da sollten sie auch bleiben.

Glücklicherweise arbeitete Annie gern. Da sie in der Schule nicht gerade eine Leuchte war, bekam sie kein Stipendium. Den meisten ihrer High-School-Lehrer fiel sie nicht durch ihre schulischen Leistungen auf – mit Ausnahme ein paar älterer Mathelehrerinnen, die ihr in den Abschlussprüfungen mit Vergnügen lauter Fünfen gaben. Ein Englischlehrer las ihr an ihrem siebzehnten Geburtstag ein Gedicht vor. Er errötete über seinem Bart, und Annie fragte sich, was das ganze Theater sollte. Sie erinnerte sich noch an die erste Zeile: «Come my Celia, let us prove», was sie einigermaßen verwunderte, denn der Name Celia hatte nicht die geringste Ähnlichkeit mit ihrem.

Annie war überrascht, als sie am College ihre Liebe zur Literatur entdeckte, denn diese verstieß häufig gegen ihre Regeln. Literatur konnte Risse ausfugen, Gedanken in tiefe Spalten zwängen und Scherben wieder zusammensetzen. Sie fand heraus, dass der Schöpfer «ihres» Gedichts Ben Johnson war, ein Zeitgenosse Shakespeares. In der High School hatten Rhythmus und Melodie von «Celia» sie davon überzeugt, dass das Gedicht völlig ungeeignet dafür war, es einem siebzehnjährigen Mädchen im Unterricht vorzulesen. Am College musste sie nun feststellen, dass sie damals den Witz daran nicht verstanden hatte. Ebenso wenig wie alle anderen in der Klasse – und das war der Punkt. Der bärtige Lehrer hatte sich beim Vorlesen über die verständnislosen Blicke der Teenager amüsiert, mit denen diese auf das stakkatohafte Versmaß und die merkwürdige Syntax reagierten. Sie hatten gelacht und dabei die Verführungskraft des Gedichts nicht begriffen:

Come, my Celia, let us prove
While we can, the sports of love …
'Tis no sin love's fruits to steal
But the sweet thefts to reveal …

Später kam Annie zu der Ansicht, dass jemanden zu verführen, ohne dass dieser begriff, was mit ihm geschah, einer Vergewaltigung gleichkam. Wer Poesie vortrug, verkörperte deren Botschaft – das Gedicht an sich war schön, doch aus dem Mund des Englischlehrers war es schmutzig.

Regel 6: Mach dich nicht über andere lustig. Punctum. Außer über Nancy.
Regel 7: Nimm dich vor Leuten in Acht, die dir ihre Hilfe anbieten – besonders vor älteren Männern.
Regel 8: Wenn du jemanden verführen willst, mach keinen Hehl daraus.

Am College belegte Annie ausschließlich Kurse, auf die sie Lust hatte. Sie fühlte sich niemandem verpflichtet, denn schließlich bezahlte sie selbst für ihr Studium und hatte mehr Geld zur Verfügung als die meisten anderen Studenten, die kein Stipendium bekommen hatten. Nach drei Jahren stellte sie fest, dass sie genug Scheine in englischer Literatur zusammenhatte, um diese zu ihrem Hauptfach zu machen. Sie glaubte zwar nicht, dass sie jemals etwas damit würde anfangen können, aber das gefiel ihr gerade daran. Annie brauchte keinen akademischen Grad, um sich am Arbeitsplatz Respekt zu verschaffen.

Die Literatur bildete eine Schutzschicht auf ihrer Seele, die nicht nur aus großartigen Shakespeare-Zitaten bestand, sondern auch aus einem Gefühl von mit Frivolität gemischter Erhabenheit. Edgar Allan Poe bestärkte sie in ihrem düsteren Kleidungsstil, während Wodehouse sie so sehr zum Lachen brachte wie nichts zuvor in ihrem Leben. Joyce' ironisches Selbstverständnis erfüllte sie mit der unerklärlichen Sehnsucht, etwas Großartiges zu leisten, und Jane Austen animierte sie zum nachmittäglichen Teetrinken. Dreimal in der Woche ging sie um vier Uhr zur Teatime ins Palace Hotel. Oft traf sie sich dort mit John Cunha, der in einer Tour schnatterte: «Hach, wie vornehm, Annie. Was sind wir wieder vornehm.» Und dann hörte man, wie sein Kichern von den Marmorwänden hin und her geworfen wurde und sich mit der Harfenmusik vermischte.

Annie hatte einen eher intuitiven als intellektuellen Zugang zur Literatur. Manchmal lieferte sie brillante, originelle Arbeiten ab («Ein Vergleich zwischen Freuds ‹*Das Unbehagen in der Kultur*› und Thoreaus ‹*Über die Pflicht zum Ungehorsam gegen den Staat*›), die mit Eins benotet wurden, ergänzt durch Bemerkungen wie: «Es wäre schön, wenn Sie Ihre Ideen mehr in den Unterricht einbringen würden.» Sie besaß die Fähigkeit, alles, was sie gelesen hatte, zu einem fragilen Gobelin zu verknüpfen, an dem viele Dozenten Gefallen fanden – aber nicht alle. Für eine Arbeit, die ein Professor als «den größten Unfug, der mir je untergekommen ist» bezeichnete («Verflixter Syphisos – Mythos und Orthographie bei Camus»), bekam sie eine Sechs. Dieses Traktat war weniger ein Gobelin als ein verunglücktes Spinnennetz.

Indem sie das, was die Bücher sie lehrten, aufs Leben übertrug, ohne sich über irgendetwas davon tief schürfende Gedanken zu machen, gelang es Annie irgendwie, eine Ahnung wenn nicht von «der» Seele des Menschen so doch von menschlicher Psyche im Allgemeinen zu bekommen. Sie machte sich dies nie bewusst, sie war wie ein Zweiwegeventil, durch das das Wissen ungehindert hinein- und heraussprudeln konnte.

Sie arbeitete, schlief, schaute kein Fernsehen, bestellte neue Klamotten und spezielle Accessoires per Katalog, hörte beim Kaffeetrinken das Kronos Quartett, machte ihren Schulabschluss, beendete die Affäre mit ihrem aktuellen Liebhaber Jeffrey und wechselte zu der Werbeagentur Nepravina. John, nur an sich denkend, hatte versucht, es ihr auszureden. «Aber dann bin ich hier ganz allein mit all den Langweilern. Du musst einfach bleiben.»

Ihr neuester Job zehrte ihre gesamte kreative Energie auf, und oft fühlte Annie sich am Ende des Tags total ausgelaugt und hatte das dringende Bedürfnis, die innere Leere wieder zu füllen. Es war, als würde mit jedem Tag ein bisschen mehr von ihrer literarischen Schutzschicht abgesaugt, als würde sie ihr Stück für Stück geraubt und jemand anderem gegeben. Sie spürte dieses schmerzliche Gefühl des Verlusts überall in sich, am deutlichsten jedoch in ihrer Möse. Von hier gingen all ihre Begierden aus – ob groß oder klein. Die Suche nach einem neuen Kleid konnte ihre Möse ebenso zum Pochen bringen wie ein saftiges Steak. Selbst Bücher las Annie mit ihrer Möse. Bei Hamlets Liebe zu Ophelia pulsierte diese ebenso wie bei der Sehnsucht von Frankensteins Monster nach menschlichen Kontakten. Am stärksten wurde das Gefühl, wenn Annie Angst hatte, aber das fand sie erst später heraus. Es schien, als sei für sie alles, jede Empfindung, auf irgendeine Weise mit Sex und einem deutlich spürbaren Pochen zwischen ihren Beinen verbunden.

Annie begann zu ahnen, dass die meisten Männer sehr schnell merken, ob eine Frau beim Sex in ihrem Element ist. Es sind weniger die Push-up-BHs, die Männer scharf machen, als die Absicht, die dahinter steckt. Vielleicht war das der Grund, weshalb sie nie ohne einen Liebhaber war. Sie flogen ihr praktisch zu. Sie fühlten sich von ihren blauen Augen angezogen und von ihrer weichen, glatten Haut, die in ihnen den Wunsch weckte zu bleiben. Doch in Wahrheit war es Annies Verlangen, das sie an sie band. Wenn man Annies sämtliche Liebhaber in einer Reihe aufgestellt hätte (wozu man allen Grund hatte, denn sie sahen alle ziemlich gut aus), um sie zu fragen, was sie an ihr so attraktiv fanden, so hätten sie es nicht sagen können. Es war eine Sehnsucht, verzehrt zu werden, zu sehen, wie die Iris jener Augen sich zu einer Öffnung weitete, durch die sie hindurchkriechen oder in die sie sich stürzen konnten, je nach Geschmack. Sie lockte, schien wortlos *füll mich aus* zu flehen. Wenn sie das Glück hatten, an sie heranzukommen und sie nicht aus der Ferne anbeten zu müssen, löste Annie durch ihre Mischung aus totaler Hemmungslosigkeit und Unnahbarkeit im Bett in den Männern das Verlangen aus, ihr Geheimnis zu knacken, sie zu erobern und zu besitzen. Sie mussten sie immer wieder vögeln, denn so oft sie auch in ihr kamen, es blieb immer etwas unerreicht, das sie nicht benennen konnten. Sie wollten sie nie wieder verlassen, denn Annie schien unermesslich. Die Taiga, eine jungfräuliche Wildnis. Fleisch gewordene Wildheit.

Annie fragte sich oft, wie es wohl wäre, zurückgewiesen zu werden. Sie konnte sich das einfach nicht vorstellen. Immer war sie diejenige, die sich aus dem Staub machte. Ohne jede Auseinandersetzung verschwand sie einfach und ließ ihre Lover verwirrt und teils todunglücklich zurück. Jeffrey hatte ihr hinterher sogar nachgestellt, und obwohl sie nicht wirklich Angst hatte, benutzte sie ihn als Vorwand, um von Webmatter Inc. zu Nepravina Advertising zu wechseln. Dafür hatte John Verständnis, obwohl sie kaum über Jeffrey gesprochen hatten. Erörterungen des Privatlebens passten nicht zu ihrer Beziehung.

Annie hatte nur vor wenigen Dingen Angst – vielleicht weil sie stets selbst die Initiative ergriff und infolgedessen nur selten anderen ausgeliefert war. Auf dieses Rezept war sie in der Theatergruppe an der High School gestoßen. Sie hatte Schauspielerin werden wollen, bis sie irgendwo las: «Die Schauspielerei besteht zu 10 Prozent aus Agieren und zu 90 Prozent aus Reagieren.» Sie kam zu dem Schluss, dass dies doch nicht der richtige Beruf für sie war, obwohl sie einige Leitsätze fürs Leben daraus zog. Sie erinnerte sich noch, wie eine Schülerin sich vor der Klasse redlich bemüht hatte zu demonstrieren, wie sie mit ihrer Mutter zurechtkam. «Stopp», hatte der Schauspiellehrer gebrüllt. «Sich auf etwas einzustellen ist doch langweilig. Zeig mal ein bisschen Initiative!»

Annie konnte Menschen, die ihr Leben nahmen, wie es war, anstatt es in die Hand zu nehmen, nicht ausstehen. Sie hatte keine Lust, sich im Nebel von Hoffnungen und Enttäuschungen zu verlieren. Dieser Umstand erschwerte es ihr, sich mit ihren Kolleginnen anzufreunden, denn die typischen Weibergespräche waren einfach nicht ihre Welt. Die Frauen pflegten neben dem Trinkwasserspender zu stehen und einander vorzujammern, wie sehr es sie fertig mache, dass ihr Partner ihnen dies oder jenes antue. Die Umstehenden drückten der Betroffenen dann ihr Mitgefühl aus, trösteten sie und munterten sie auf. Annie versuchte ein paar Mal, sich an diesen Gesprächen zu beteiligen, aber ihre übliche Frage «Warum lässt du dir das denn gefallen?» stieß bei den anderen Frauen immer nur auf irritierte Blicke. Annie wollte Probleme lösen und sie nicht wieder und wieder durchkauen. Sie glaubte, konstruktive Vorschläge zu machen, aber ein Blick in die ungeduldigen und verwirrten Gesichter der anderen sagte ihr, dass dies ein Spiel war, aus dem sie sich besser heraushielt. Ihre einzige Freundin war Nancy. Eigentlich war auch sie keine richtige Freundin, aber niemand kennt einen so gut wie die eigene Schwester – und umgekehrt.

Ihr Verhältnis zu ihren männlichen Kollegen hingegen war kaum durch Irritationen belastet, sondern fast vollständig durch knisternde Erotik bestimmt. Schon die Art, wie Annie einen Ordner hielt oder auf ein Storyboard deutete, schien darauf abzuzielen, andere zu verführen. Selbst ihre schwulen Mitarbeiter schenkten ihrer tollen Figur regelmäßig ein anerkennendes Lächeln, was bei ihren Kolleginnen nagende Eifersucht auslöste. Ihr raffinierter neuer Kleidungsstil – schwarze Spitze unter einem gut sitzenden Businesskostüm oder Netzstrümpfe zu einem konservativen Kleid – erntete immer wieder Kommentare: Die Männer sagten ihr etwas Nettes, die Frauen geiferten hinter ihrem Rücken. Bei Präsentationen griff man gern auf sie zurück – denn die Klientel war vorwiegend männlich.

Annie schauspielerte nur ungern, aber vor Publikum blühte sie auf. Wenn sich ihr ein Forum bot, war Annie in der Lage, eine Show abzuziehen. Normale Gespräche hingegen verabscheute sie, da sie in ihren Augen nur aus der Wiedergabe von Vergangenem, dem Planen der Zukunft und vor allem der Erörterung der Frage bestanden, wo man zu Abend essen würde. Vielleicht war es die Einseitigkeit von Präsentationen, die sie dazu ermutigte, aus sich herauszugehen. An verbalem Austausch lag ihr nichts, sie wollte entweder sprechen oder zuhören – nicht beides zugleich. Sie schätzte es mehr, wenn sie reden konnte, ohne unterbrochen zu werden, und dabei Männeraugen zu ihr aufsahen. Annie hatte nicht das Geringste dagegen, angehimmelt zu werden.

Obwohl sie offenbar zu jenen Frauen zählte, die Männer unbedingt rumkriegen und vögeln wollten, konnte man ihr keine Koketterie vorwerfen. Annie wirkte dermaßen natürlich und unaffektiert, dass sogar ihre Kolleginnen manchmal ihre Abneigung vergaßen. Oft waren es Frauen, die sie für Präsentationen und Kongresse empfahlen. Sie nahmen es ihr nicht allzu übel, dass sie den Archetypus des Lustobjekts repräsentierte, und manche gingen sogar so weit, sie für ihre distanzierte Sinnlichkeit zu bewundern. Ein paar Bemerkungen waren bis zu ihr durchgedrungen, darunter eine, über die sie von Zeit zu

Zeit nachsann, wenn die Busfahrt mal etwas länger dauerte: «Selbst wenn Annie McDermott hundert Kilo wöge, würden sie ihr immer noch die Tür einrennen.»

Klugerweise achtete Annie darauf, Beruf und Privatleben sorgsam zu trennen. Sie ging mittags nicht mit ihren Kollegen essen. Meistens nahm sie Biogemüse und Obst mit, manchmal auch etwas Vollkornreis und Kräutertee, den sie während der Arbeit trank. Sie ging überhaupt nur selten vor die Tür. Sie aß, um bei Kräften zu bleiben und nicht schlappzumachen.

An ihrer Arbeit gab es nichts auszusetzen, und sie lieferte niemandem einen Grund, sich über sie das Maul zu zerreißen. In der Agentur wurde gearbeitet, gevögelt wurde zu Hause – bis sie Tom kennen lernte.

Sie konnte nicht genau sagen, warum es bei Tom und ihr gefunkt hatte. An einem ungewöhnlich gedankenverlorenen Tag, an dem es ihr morgens einfach nicht gelingen wollte, in dieses gleißend weiße Dämmerland zurückzukehren, und sie stattdessen mit vorgefassten Gedanken aufwachte, in die sie nur noch hineinzuschlüpfen brauchte, glaubte Annie, es hätte daran gelegen, dass er nicht von ihr verlangte, eine andere zu sein als die, die sie war. Im Gegensatz zu manch anderen Männern fürchtete er sich nicht vor ihrer Sexualität. Er war weder eifersüchtig noch unsicher und stellte nur sehr wenige Fragen. Und vor allem bestand er nicht darauf, dass sie alles über ihn wusste, ganz nach Regel 18: *Jemanden zu kennen heißt nicht unbedingt ihn zu lieben.* Er sprach wenig und erzählte nicht ständig von seiner Arbeit oder prahlte mit seiner Manneskraft. Dass er um die üblichen Übereinkünfte, die Paare miteinander treffen, einen Bogen machte, fand Annie anziehend und selbst nach den vielen Monaten, die sie bereits zusammen waren, noch verführerisch. Tom fand immer neue Arten, sie zu küssen, zu verführen, zu lieben und sie immer wieder dazu zu bringen, mehr zu wollen.

Er hatte bei einer Präsentation im Publikum gesessen. Als sie fragte, ob es noch Fragen gäbe, schoss seine Hand als erste in die Luft. «Könnten Sie diesen pikanten Punkt noch einmal von einer anderen Seite beleuchten?» Annie drehte sich, scheinbar ohne es zu merken, zur Seite, sodass man durch ihre Bluse hindurch einen Blick auf ihre linke Brust erhaschen konnte. Sie erklärte kurz die Erfordernisse des Marktes, auf den sie abzielten, wobei sie mit den Fingern an ihrem Wasserglas auf und ab fuhr.

Hinterher ging sie auf ihn zu und fragte: «Habe ich Ihre Frage zufrieden stellend beantwortet?» Sie sah, wie sich seine Augen weiteten, seine Lippen feucht wurden, seine Finger sich krümmten, und sie wusste, dass er sie wollte. Anstatt ihr eine Visitenkarte zu reichen und sich mit ihr zum Mittagessen zu verabreden, sagte er: «Kommen Sie mal kurz mit raus?»

Annie zögerte einen Moment, aber er hatte sich bereits umgedreht und ging los. Sie folgte ihm durch ein Labyrinth von Korridoren und schummrig beleuchteten Fluren. Dann waren sie draußen, er lief die Treppe hinunter, die die obere Straße mit einer darunter gelegenen verband; sie lief ihm hinterher und beobachtete, wie Mondlicht und Schatten auf seinen Schultern spielten.

Es ging noch eine Treppe hinunter. Das Klappern ihrer und seiner Schuhe hallte von der Straße unter ihnen wider. Dann hörte man nur noch Annies Schritte auf dem alten Holz. Das Herz schlug ihr bis zum Hals. Sie stieg weiter hinunter und spürte die kalte Nachtluft mit einem Hauch von Salz auf ihrem Gesicht – ähnlich wie Tränen.

Vom Laufen war ihr heiß geworden, und diese Hitze stieg ihr ins Gesicht. Sie spürte, wie sie durch ihre Haare hochkroch und dabei irgendwie ihr Gehör schärfte. In der Ferne vernahm sie den Ruf der Seelöwen, das Flattern von Taubenflügeln, die Sirene eines Krankenwagens, das Klirren zerbrechender Flaschen und die Stimmen junger Männer, die Schimpfworte hinauf in die Nacht schickten. Mit jedem Schritt auf ihn zu wurde belangloser, dass sie ihm nachgelaufen war.

Als Tom sie packte und unter die Treppe zog, war sie alles andere als überrascht. Er küsste und küsste sie, und sie küsste ihn zurück, nur mit den Lippen. Ihre Arme hingen herunter und schlenkerten in Toms ungestümer Umarmung hin und her. Sein Mund war salzig und heiß, und sie spürte, wie auch durch seine Kleidung die Hitze aufstieg. Sie küsste ihn sehr heftig und drängte ihn mit ihrem Mund gegen die feuchte Steinmauer. Er lehnte sich mit dem Rücken dagegen, seufzte und lockerte seinen Griff. Wieder küsste sie ihn und ließ dabei ihre Zunge über seine Zähne gleiten. Sie presste ihren Mund auf sein Gesicht, sogar auf seine Augen. Er keuchte und wollte ihre Küsse erwidern, aber sie drehte sich um und lief weg. Die Treppe hinauf und zurück in den Präsentationsraum, wo ein paar ihrer Kollegen sie ungläubig anstarrten.

«Was ist denn mit dir passiert?», fragte Carol, das Reh.

Annie hob die Hand, um sich die Haare zurück in den Knoten zu streichen, dann zuckte sie mit den Schultern. Sie nahm ihre Mappe und machte sich auf den Weg zu ihrem Auto.

Ein paar Tage später rief Tom sie bei der Arbeit an.

«Weißt du, wer dran ist?» Seine Stimme war nicht

tief, aber sie hatte etwas Kehliges, das Annie sofort wieder erkannte.

«Hallo. Tut mir Leid, ich hab Ihren Namen nicht mitbekommen, als wir uns neulich kennen gelernt haben.»

«Ich heiße Tom. Ich liebe es, wie du deine Zunge bewegst. Du bist sehr sinnlich.»

«Danke, Tom. Und wie ist Ihr Nachname?» Sie versuchte, beiläufig zu klingen, falls irgendwelche ihrer Kollegen mithörten.

«Tom von Stiles Incorporated. Ich bin Buchhalter.»

«Danke für die Information. Ich werd mich bei Ihnen melden.»

«Küssen wäre mir lieber. Normalerweise mache ich so was wie neulich Abend nicht. Wir müssen uns wiedersehen. Oder vielmehr: Ich weiß, dass *ich* dich wiedersehen muss. Ich hoffe, dir geht es genauso.»

«Oh, das wäre mir sehr recht. Also, ich küsse … ich meine», sie hörte ihre Kollegen lachen, «ich melde mich dann.»

«Stiles Inc. Kann ich Ihnen helfen?»

«Ja, ich rufe von Nepravina Advertising an. Ich bin auf der Suche nach einem Ihrer Buchhalter. Sein Name ist Tom.»

«Oh, kein Problem. Wir haben drei Buchhalter, und sie heißen alle Tom. Den Nachnamen wissen Sie wohl nicht?»

«Nein.»

«Nun, könnten Sie ihn beschreiben?»

«Er war letzte Woche bei unserer Präsentation. Er wollte mir seine Visitenkarte geben, aber dann haben wir uns so gut unterhalten, dass wir es vergessen haben.» Annie ermahnte sich die ganze Zeit, sich nicht um Kopf und Kragen zu reden, aber sie konnte einfach den Mund nicht halten. «Er hat breite Schultern, welliges braunes Haar, lange Finger, schöne Lippen ...»

«Oh», sagte die Sekretärin, «Sie haben ihn sich aber *wirklich* genau angesehen. Also, Ihre Beschreibung trifft auf zwei unserer Buchhalter zu. Wie groß war er?»

Irgendetwas an der Vergangenheitsform beunruhigte sie. Natürlich war der Frau klar, dass es sich hier nicht um eine geschäftliche Angelegenheit handelte. Aber die Stimme am anderen Ende klang beruhigend, ja ermutigend. Außerdem klang sie schon etwas älter. Vielleicht war sie jemand, der Tom gern mit einer Frau sähe.

Annie versuchte Toms Körpergröße zu schätzen, wobei sie den leisen Verdacht hatte, dass die Sekretärin sie nur testen wollte, um herauszufinden, wie nahe sich die beiden bereits gekommen waren. Sie reichte Tom ungefähr bis zum Kinn.

«Circa einen Meter achtzig.»

«Das ist Tom White», sagte sie. Ihre Stimme klang jetzt sanfter, amüsiert. «Ein netter Kerl, aber ziemlich still.» Ihr Tonfall wirkte ein bisschen so, als würde sie ein Produkt anpreisen. Ein leichter Singsang. «Sie sagten, Sie hätten sich gut unterhalten?»

«Na ja, jedenfalls habe *ich* mich gut unterhalten», sagte Annie und lächelte in sich hinein, denn sie wusste, dass es stets ein Vergnügen war, mit einem netten Mann zu schlafen. *Es ist einfacher, einen netten Mann dazu zu kriegen, sexy zu sein, als einen, der sexy ist, dazu, nett zu sein,* Regel 11. «Wie ist seine Durchwahl?»

Sie legte auf, ließ ein paar Minuten verstreichen und rief dann Tom an. Er lud sie ein, zu ihm in die Firma zu kommen. Eine Konkurrenzfirma, rief Annie sich in Erinnerung, um sicherzugehen, dass sie keine Geschäftsgeheimnisse ausplauderte. Das Risiko war allerdings nicht besonders groß, denn sie hatte nicht vor, übers Geschäft zu reden.

Während sie zur Tür ging, sagte Annie mit monotoner Stimme: «Carol, ich geh mal kurz raus. Sag Marty, die Clarence-Akte liegt auf meinem Schreibtisch. Um zwei bin ich zurück.»

Carol, das Reh, musterte sie misstrauisch und warf einer Kollegin einen bedeutungsvollen Blick zu. Allein schon die Art, wie Annie ihre Handtasche an die Brust presste und eilig aus dem Haus stürmte, anstatt wie sonst lässig dahinzuschreiten und im Vorbeigehen Gegenstände graziös mit den Händen zu streifen, verriet ihnen, dass etwas im Busch war. Annie sah wieder ihre Beerdigung vor sich. Ihr Blick schweifte über die Trauergemeinde, auf der Suche nach dem geheimnisvollen Mann, für den sie ihren Arbeitsplatz verließ. Den einzigen, für den sie das je getan hatte.

«Schicken Sie sie rauf», ertönte Toms Stimme aus der Gegensprechanlage.

«Der Aufzug ist um die Ecke», lächelte die Sekretärin, eine hübsche Frau in den Fünfzigern mit asiatischen Zügen und einem Hauch Grau im schwarzen Haar.

«Wo ist die Treppe?»

Annie rannte drei Stockwerke hoch und platzte ein wenig außer Atem in Toms Büro. «Sie wollten mich sehen?», fragte sie.

«Ja. Würden Sie bitte die Tür hinter sich zumachen?»

Annie drehte sich um und schloss die schwere Mahagonitür. Als sie sich ihm wieder zuwandte, stand Tom wenige Zentimeter von ihr entfernt. Er küsste durch ihre Bluse hindurch ihre linke Brust.

«Ich fand es toll, wie du die bei der Präsentation für mich blitzen lassen hast.»

«Hab ich? Das war mir gar nicht bewusst», sagte Annie.

«Das kann nicht angehen.» Sein Atem roch nach Orangensaft und Schokolade, und Annie hätte ihn am liebsten aufgefressen. «Dein gesamtes Publikum hat derart viele Pheromone abgesondert, dass ich schon dachte, ich bräuchte eine Gasmaske.»

«Die Dame unten hat dich als still bezeichnet.» Sie betonte das Wort *still.* «Und als netten Kerl.» Dann küsste sie ihn.

Tom lächelte. Er forderte sie auf, sich hinzusetzen.

«Wo soll ich mich hinsetzen, Tom? Zu dir? Neben dich? Auf dich?» Annies Augen, die nun von einem tiefen Blau waren, funkelten.

«Mir gegenüber würde eigentlich reichen.» Er lächelte immer noch. Seine Zähne waren blendend weiß und hatten etwas Raubtierhaftes.

Er setzte sich in einen schwarzen Ledersessel, und Annie nahm in einem zweiten ihm gegenüber Platz. Ohne ein Wort zu sagen, sahen sie sich nur an. Annie war erstaunt, dass sie das nicht furchtbar langweilte, immerhin verstieß es gegen zahlreiche ihrer Regeln. In Toms Blick lag etwas so Friedvolles, so Vertrauensvolles. Sie hatte nicht das Gefühl, dass er versuchte, sie abzuschätzen und herauszufinden, was sie ihm zu bieten hatte. Er schien sie in sich aufzusaugen – ihren Körper und ihre Energie.

Wieder schärfte sich ihr Gehör. Sie vernahm das Summen seines kleinen Kühlschranks, das Ticken einer seiner Uhren, die leisen Schritte über ihnen. Sie stellte fest, dass derselbe Radiosender, den sie morgens immer einschaltete, leise im Hintergrund lief. Sie hätte schwören können, dass sie hörte, wie ihre Rückenmuskeln sich entspannten und das Blut zwischen ihren Schenkeln pochte.

Er trug eine ordentlich, aber nicht zu eng gebundene Paisley-Krawatte. Annie fiel auf, dass das spermienähnliche Muster besonders plastisch wirkte. Toms Schultern und Arme ließen sein Hemd kantig erscheinen, was äußerst ansprechend aussah. Er hatte einen sexy dunklen Schönheitsfleck neben der Unterlippe. Seine braunen Augen waren golden gesprenkelt und extrem weit aufgerissen. Seine Nasenlöcher blähten sich, wenn er Luft holte, und bei jedem Atemzug hob seine Brust sich kaum merklich. Annie spürte, dass er ihren Geruch aufsog. Das gefiel ihr.

Nach beinahe einer Viertelstunde zog Tom ein Buch hervor und las: «‹Sie kam zu ihm, um ihn zu zähmen. Er kam aus der Wildnis des Waldes, und sie schenkte ihm die Wildnis des Buschs unter ihrem Bauch.› Bist du damit gemeint, Annie? Du kommst mir vor wie die Hohepriesterin des Sex und der Eroberung.»

Annie starrte ihn immer noch an. Eine innere Ruhe hatte sie erfasst, wie sie sie noch nicht erlebt hatte. Dieser Zustand war zu angenehm, um ihm ein Ende zu machen, deshalb schwieg sie.

«Du willst nichts sagen? Schon okay. Dann rede ich eben. Ich bin ziemlich einfach gestrickt, Annie. Ich weiß, was mir gefällt. Du gefällst mir. Du hast etwas Geheimnisvolles an dir, das wahrscheinlich in jedem Mann, den du kennst, den Wunsch weckt, dich zu vögeln. Stimmt's?»

Annie lächelte wieder und spürte, wie eine ungekannte Wärme ihre Wangen durchglühte. Es fühlte sich an wie die Küsse ihrer Mutter in ihrer Kindheit, aber irgendwie doch anders. Das alles verwirrte sie, diese Ruhe und zugleich die Notwendigkeit, sich zu beherrschen.

«Also, was ich sagen will: Möchtest du meine Geliebte sein? Ich bin gesund, ich bin treu, und ich werde gut zu dir sein. Und von dir verlange ich nichts anderes.» Er sagte das leichthin, ohne eine Spur von Verlegenheit, als würde er sie fragen, ob sie lieber Schokoladen- oder Erdbeereis zum Nachtisch hätte.

Annies Lächeln wurde breiter und begann sich dann, als ob sie sich seine Worte nochmal durch den Kopf gehen ließe, zu verschmälern. «Hmm. Na, das ist ja vielleicht ein Antrag. Müssen wir uns etwa gegenseitig Treue schwören, noch bevor wir intim miteinander werden?»

Tom lächelte wehmütig. «Wie schön du das sagst. Die meisten Frauen würden sich zieren und Genaueres wissen wollen. Nicht Annie. Meine Liebe», das Gold seiner Augen reflektierte das Licht, was ihm etwas Pantherhaftes verlieh, «ich dachte, wir wären schon intim miteinander geworden. Ich rede vom Vögeln. Vögeln bis zur Besinnungslosigkeit.»

Annie stand auf und ergriff ihre Handtasche. «Ich werd drüber nachdenken, Tom. Ganz bestimmt. Wie wär's mit einem Abschiedskuss zur Ermutigung?»

Tom küsste erneut durch ihre Bluse hindurch ihre Brüste, zog dann die linke heraus und liebkoste sie. Er küsste Annie weich auf den Mund und sagte: «Ich hoffe sehr, dass dies kein Abschiedskuss ist. Darf ich dich anrufen?»

«Ich rufe dich an.»

Mit gummiweichen Beinen und klatschnassem Slip ging sie zum Aufzug. Sie dachte an seine anmutigen Hände, die in seinem Schoß gelegen hatten. Es war ihr vorgekommen, als hätten sie sie gestreichelt, ohne sich auch nur zu bewegen, ebenso wie er sie zwar die ganze Zeit unverwandt angesehen, sie aber zugleich mit den Augen ausgezogen, festgehalten und verschlungen hatte. Es war, als sei sie bereits einer Sucht verfallen, für die sie noch keinen Namen gefunden hatte. Sie erinnerte sich an die Hitze jenes Kusses und wusste, dass Tom ein guter Liebhaber sein würde. Ein phantastischer Liebhaber.

Warum nicht, dachte sie, drehte sich um und ging zurück zu Toms Büro. Sie musste nicht mal klopfen. Er öffnete die Tür, und so nahm ihr Arrangement seinen Anfang.

Kapitel 4 – Annie beschloss, nie mit einem Mann zusammenzuleben. Männer durften bei ihr übernachten, aber nicht so oft, dass sie Zahnbürste und Socken bei ihr ließen. Das galt auch für Tom, nur dass er nie zu ihr kam: Annie ging zu ihm oder traf sich mit ihm an einem Ort, den er festgelegt hatte. Das gefiel ihr. Es gab ihr das Gefühl, sie hätten eine Affäre, keine Beziehung. Und vielleicht war es ja auch so. Sie hasste das Wort *Freund*. Und es war befreiend, einen Mann zu haben, der nicht in ihrem Kleiderschrank nach Hinweisen auf ihren Charakter suchte oder sich bei gesellschaftlichen Anlässen mit den Worten «Ich bin Tom … Annies *Freund*» vorstellte.

Im Vergleich zu Jeffrey, ihrem vorigen Lover, erschien ihr Tom als Inbegriff des animalischen Liebhabers.

Bevor Jeffrey angefangen hatte, ihr nachzustellen, hatte er ihr immer Briefchen hinterlassen. Reizende Briefchen, die die Adressatin jedoch vollkommen kalt ließen. Zu ihrer Schmach musste Annie sich eingestehen, dass das Einzige, was sie an diesem Jungen interessierte, sein großer Schwanz war. Wenn Jeffrey sie voll pumpte, fühlte Annie sich von innen her durchwärmt. Sie hatte kein Bedürfnis danach, Jeffreys Hände auf ihrem Körper oder seine Lippen auf ihrem Hals zu spüren, aber sie brauchte seinen Schwanz in sich, brauchte es, dass er sie stundenlang rammelte.

Die Affäre hätte viel länger gedauert, wenn Jeffrey sich damit begnügt hätte, Annies Beschäler zu spielen; doch er wollte unbedingt eine konventionelle Beziehung mit ihr – irgendwann Kinder haben, ein Haus, vielleicht sogar heiraten. Er versuchte sie allmählich so weich zu kochen, dass er sie irgendwann als gemütliches Ruhekissen benutzen konnte und sich nie wieder vom Fleck regen musste.

Anfangs waren Jeffreys Briefchen furchtbar kitschig: «Darling, du bist die Sonne in meinem Kaffee, das weiß ich jetzt, da ich an dich denke. Du bist die schönste Frau der Welt, in deinen Augen sehe ich meine noch ungeborenen Kinder» usw. Aber später bekamen sie einen seltsamen Beiklang, dessen Ursprung Annie nicht recht ergründen konnte. Es war wie eine Fuge von Bach, die irgendwann die Tonart wechselt, ohne dass man genau sagen kann, in welchem Takt.

Plötzlich wechselte Jeffreys Tonart zu g-Moll. Er wollte Annie häufiger sehen, er wollte zu ihr ziehen oder eine gemeinsame Wohnung suchen; er wollte ein Versprechen, ein Treuebekenntnis. Sie versprach jedoch nichts, und er begann Dinge zu schreiben wie: «Warum tust du so, als sei die Liebe ein Spiel? Bin ich eine Monopoly-Karte? Du spielst nur mit mir. Wo soll das hinführen? Bedeute ich dir denn gar nichts? Für mich ist unsere Liebe ein kostbares Geschenk, das ich am liebsten in eine goldene Schachtel betten und in meine Tasche stecken würde.» Wenn er so weitermachte, würde er ihr am Ende Briefchen in den Sarg pinnen und vor aller Welt erklären, dass Annie und er kurz davor waren, den «Bund fürs Leben» zu schließen.

Die goldene Schachtel in der Tasche brachte das Fass zum Überlaufen, und Annie schlug vor, dass sie sich auf unbestimmte Zeit nicht mehr sahen. Eine Weile schien es, als würde er durchdrehen. Er hinterließ überlange Nachrichten auf ihrem Anrufbeantworter. Annie war zu beschäftigt, um sie bis zum Ende anzuhören und löschte sie meistens nach ein paar Minuten. Gar nicht mal aus

Grausamkeit; sie löschte einfach *jede* Nachricht, die länger als eine Minute war, denn sie fand, wenn sich das, was man zu sagen hatte, nicht innerhalb von einer Minute sagen ließ, dann handelte es sich um keine Nachricht, sondern um einen Monolog. Außerdem hatte sie Jeffrey bereits wissen lassen, dass sie nicht mehr mit ihm zu sprechen wünsche.

Zu jener Zeit konnte Annie nur mit Männern schlafen, die gut reden konnten. Keine Labertaschen, sondern solche, die Phantasie bewiesen. Ein paar Worte waren schon nötig, um sie anzumachen. Und originell mussten sie sein. Jeffreys erste Worte hatten gelautet: «Ich möchte das Blau deiner Augen mit meinen Lenden verschlingen.» Das hatte funktioniert.

Annie hatte erwidert: «Dann versuch's doch. Ich werde es dir gleich wieder rauslutschen.»

Wäre er danach doch auch so poetisch gewesen! Und er hätte nie etwas aufschreiben dürfen. *Die Art, wie Worte sich auf einem Blatt Papier oder auf der Zunge eines Liebhabers machen, entscheidet alles.* Regel 19.

Eine Zeit lang lief alles gut, ja prächtig, aber bald begann Jeffrey sie allzu fest an sich zu drücken, allzu oft Liebeserklärungen zu flüstern (die sie nie erwiderte) und ihr hemmungslose Eifersuchtsszenen zu machen, wenn sie mal nicht ans Telefon ging oder bei einem seiner spontanen Besuche nicht zu Hause war. Annie war nicht im üblichen Sinne untreu: Wenn sie einmal begonnen hatte, regelmäßig mit jemandem ins Bett zu gehen, schlief sie mit niemand anderem. Aber sie brauchte gewisse Momente nur für sich, besonders jene weiße Phase am Morgen, die ihr so wichtig war. Das bedeutete, dass sie morgens um vier aufstand und nach Hause fuhr oder, falls sie sich in ihrer Wohnung geliebt hatten, den Mann wegschickte. Jeffrey ging nie, wenn sie ihn darum bat, daher beschloss sie nach ein paar Malen, nur noch mit ihm zu schlafen, wenn sie bei ihm waren. Und dann zog sie sich vor Sonnenaufgang an, ging und schlüpfte für ein paar Stunden wieder in ihr eigenes Bett, bevor sie in den Tag startete. Jeffrey meinte, sie hätte etwas mit einem anderen, und sie wusste nicht, wie sie es ihm erklären sollte. Daher ließ sie es sein.

Nachdem er zweimal frühmorgens bei ihr aufgetaucht war, kurz nachdem sie seine Wohnung verlassen hatte, beschloss Annie, dass es an der Zeit war, die Beziehung ein für alle Mal zu beenden. Wo sollte das hinführen, wenn sie schon mit vierundzwanzig Jahren Männern so etwas durchgehen ließ?

Leider wollte Jeffrey partout nicht wahrhaben, dass sie es sich schlicht anders überlegt hatte und nicht mehr mit ihm schlafen wollte. Mit ihrer bewährten Methode, sich einfach aus dem Staub zu machen, kam sie daher nicht durch.

«Was hab ich getan?», greinte er ihr fast täglich auf den Anrufbeantworter. «War ich schlecht im Bett? War ich gemein zu dir? Habe ich mich irgendwie verändert? Habe ich etwas Falsches gesagt? Was ist der Grund? Verdammt, Annie. Was habe ich getan?»

Wie sollte sie ihm erklären, dass er nichts getan hatte, außer sie mehr zu brauchen, als sie gebraucht werden wollte? Dass sie sich eingeengt fühlte und seine Ansprüche als maßlos empfand? Also sagte sie nichts.

Dann stand Jeffrey zu den unmöglichsten Tageszeiten vor ihrer Tür und bestürmte sie mit den immer selben Fragen, als hoffte er, ihre Achillesferse zu finden und sie schließlich doch noch dazu zu bringen, nachzugeben und zu sagen: «Komm zurück, Jeffrey.» Er war wie ein Regentropfen, der ein Loch in eine Stahlwand höhlen möchte.

Doch Annie war bereits mit ihm fertig. In ihrer ohnehin sehr beschränkten Vorstellung von Vergangenheit war er nur ein kleiner Kreis. In einem Fortbildungsseminar waren die Teilnehmer einmal aufgefordert worden, drei Kreise zu zeichnen, die ihre Sicht der Vergangenheit, der Gegenwart und der Zukunft repräsentierten. Annies Vergangenheits- und Zukunftskreis waren nur Punkte, ihr Kreis für die Gegenwart indes groß und symmetrisch.

Schließlich erwirkte Annie, nicht etwa aus Angst, sondern weil sie genervt war, eine Unterlassungsklage gegen Jeffrey. Er durfte nicht näher als hundert Meter an sie herankommen, sonst drohte ihm Gefängnis. Er schien sich zu fügen, aber dennoch benutzte Annie den Polizisten, der im Büro der Agentur aufkreuzte, als Vorwand für ihre Kündigung.

John kicherte und flüsterte ihr ins Ohr: «Ich hab dich ja gewarnt, Annie! Warte, bis Angelika davon erfährt! Kriminelle Aktivitäten in unserer Firma! Du verstehst es wirklich, Staub aufzuwirbeln!» Er war total aufgedreht.

Alle in der Computerfirma glaubten zu verstehen, warum sie gehen wollte, und boten ihr an, sie Nepravina Advertising in den wärmsten Tönen zu empfehlen, doch sie ahnten nicht, dass sie nicht vorhatte, jemals wieder eine Website anzufassen. Ebenso wenig wie sie vorhatte, aus ihrer Wohnung auszuziehen. Ein neues Türschloss hielt Jeffrey auf Abstand.

Kapitel 5 – «Hast du schon mal den Vietnamesen ausprobiert?», fragte Carol, das Reh, Annies Design-Assistentin. Sie hielt Annie am Ellbogen und dirigierte sie zu einem Restaurant bei Nepravina um die Ecke.

«Nein», antwortete Annie rasch.

«Hast du Lust?»

«Klar.» Besonders überzeugt hörte sich das nicht an, schließlich hatte Annie keine Vorstellung davon, wie vietnamesisches Essen überhaupt schmeckte, und sie fragte sich, ob es in San Francisco erlaubt war, Hundefleisch zu servieren. Außerdem fragte sie sich, ob es sich für eine Kollegin schickte, sie am Ellbogen anzufassen.

Carol schien das nicht ungewöhnlich zu finden, vielleicht weil sie selbst so viel Energie darin investierte, nicht gewöhnlich zu wirken.

Sie saßen in einem kleinen Café mit geflickten roten Vinylstühlen und Melamintischen. Stimmen dröhnten durcheinander und vermischten sich zu einer dräuenden Kakophonie – wie bei allen Sprachen, die man nicht versteht. Annie wäre sich beinahe vorgekommen wie in Vietnam, wären da nicht die geschäftsmäßig angezogenen Weißen mit den raspelkurzen Haaren gewesen. Frequentierten die Vietnamesen auch die Restaurants der Schickeria, oder war das ein einseitiger Austausch?

Carol bestellte für sie beide. Frische Frühlingsrollen mit Minze und zwei «kleine» Schalen Nudelsuppe mit fünffach gewürztem Huhn, die den ganzen Block satt gemacht hätten. Die Frühlingsrollen mit der klaren Soße zum Eintunken gefielen Annie sehr. Sie mochte auch den Geschmack der Suppe, tat sich aber schwer, die großen Hähnchenstücke mit ihren Stäbchen zu essen. Die glitschigen Glasnudeln und die Sojasprossen bereiteten ihr noch mehr Probleme.

«Was isst du denn normalerweise zu Mittag?», fragte Carol.

Annie dachte kurz nach. «Die Frage ist eher: Esse ich überhaupt zu Mittag? Meistens hab ich zu viel zu tun.» Ein Hauch von Stolz klang durch.

«Ich kann selbst sehen, wie dünn du bist. Jetzt sag mir, was du isst.»

«Ich glaube, ich esse bloß eine große Schüssel Haferflocken zum Frühstück und dann den ganzen Tag Obst.»

Carol zog ein ärgerliches Gesicht und schnaubte, den Mund voller tropfender Nudeln: «Kein Wunder, dass du so aussiehst.»

Annie fragte sich, ob Carol sie in Wirklichkeit zum Mittagessen eingeladen hatte, um sich an sie ranzumachen. Es wäre nicht das erste Mal, dass eine Frau Interesse an ihr bekundete. Doch im Laufe des Essens wurde Annie klar, dass Carol ihr keine leisen Avancen machte, obwohl sie zweifelsohne irgendetwas im Schilde führte. Annie beschloss, dies zu ignorieren, und zwang sich zu einem gewissen Maß an Konversation. Sie hatte das Gefühl, in den Schleier gehüllt zu sein, von dem Blake schrieb, er nehme den Menschen die Fähigkeit, die Dinge zu erkennen, wie sie wirklich sind – den Schleier, der uns alle voneinander trennt. Er wurde von Minute zu Minute dichter. Wenn das so weiterging, fürchtete Annie, würde sie Carol bald nicht mehr sehen können.

Da es sie nervös machte, herumzusitzen und über Belanglosigkeiten zu plaudern, beschloss Annie, Carol in ein Gespräch zu verwickeln, von dem sie nicht wusste, ob es irgendwohin führen würde, aber das war ihr egal. «Carol, hier sitzen Leute, die Französisch sprechen,

Leute, die Spanisch sprechen, Yuppies aus dem Bankenviertel … Weißt du, ob es auch Vietnamesen gibt, die in deren Restaurants gehen?»

In Carols Augen trat ein verständnisloser Ausdruck. «Ich hab keine Ahnung», sagte sie, und sie schien nicht vorzuhaben, in nächster Zeit etwas daran zu ändern.

Und so redeten Carol und Annie in dem Bemühen, einen gemeinsamen Nenner zu finden, übers Essen – leckere Speisen, unvergessliche Geschmackserlebnisse. Carol hielt praktisch einen Monolog über das Thema, so wenig trug Annie zum Gespräch bei. Sie merkte Carol an, wie sehr es sie schockierte, dass Annie nichts lieber aß als eine Pellkartoffel. Während sie sich unterhielten, wurde Annie klar, dass Tom derjenige war, dem sie widerstrebend gestattet hatte, sie in ihr erstes «exotisches» Restaurant auszuführen, ganz in der Nähe ihrer Wohnung. Thai-Food – zitronig, grasig, mit Basilikum, Erdnüssen und Chilis. Wenn sie jetzt dort hinging – ob mit oder ohne Tom –, bestellte sie fast immer das Gleiche: Hähnchen-Saté oder Kokossuppe mit Huhn, Salat mit grüner Papaya und Pad-Thai-Nudeln.

Carol, die gerade darüber philosophierte, was für ein Vergnügen es sei, splitternackt eine Mango zu essen, unterbrach sich und fragte Annie, was sie am Abend vorhabe.

«Ich bin verabredet», erwiderte Annie vage. Sie spürte, dass dies der Grund war, weshalb Carol sie zum Lunch eingeladen hatte.

«Mit Tom?», konterte Carol.

Annie hatte das Gefühl, als stäche eine kleine Nadel sie in den Nacken. Ihr war klar, dass das Gespräch endlich die Wendung nahm, auf die Carol von Beginn des Essens an hinsteuerte.

«Kennt ihr beide euch?», fragte Annie, wobei sie versuchte, nicht misstrauisch zu klingen.

«Eigentlich nicht. Aber wir wissen alle über ihn Bescheid. Komm schon, Annie. Raus mit der Sprache.»

Doch den Gefallen tat Annie ihr nicht. Sie erzählte nur, wie groß Tom war und was für eine Position er bei Stiles innehatte. Letzteres war dazu gedacht, dass Carol, falls sie von Nepravina beauftragt worden war, etwas über die Konkurrenzfirma herauszufinden, mit leeren Händen zurückkam. Und sie verriet Carol, dass sie am Abend mit Tom thailändisch essen würde.

«Und, bist du verliebt?», trötete Carol mit ihrer nasalen Stimme so laut, dass es trotz der allgegenwärtigen Schlürfgeräusche alle im Raum hören konnten.

Annie fand Carols plumpe Vertraulichkeit und ihre versteckspielhafte Gesprächstaktik nervig und irritierend.

Offenbar bereitete es Carol eine diebische Freude zuzusehen, wie Annie ihre Stäbchen auf den Tisch legte und es vermied, sie anzuschauen.

Da sie nicht unter den Tisch sehen konnte, hatte Annie nicht gemerkt, dass ihr eigener Fuß, der in einem gemusterten Strumpf steckte, aus dem burgunderroten Samtpumps, in den sie ihn am Morgen gesteckt hatte, heraus- und wieder hineinschlüpfte.

Carol hingegen hatte all ihre nervösen Angewohnheiten wie Nägelkauen, Lippenschnalzen oder Haarezwirbeln abgestellt und wirkte sehr ruhig. Sie wiederholte ihre Frage und versuchte sie in andere Worte zu fassen, so wie man es beim Therapeuten lernt: Wenn man eine Antwort bekommen möchte, muss man nur zusehen, dass man die Frage richtig stellt.

«Also, ich meine, ist es etwas Ernstes?», fragte sie, diesmal etwas sanfter.

«Ist nicht jede zwischenmenschliche Beziehung etwas Ernstes?», sinnierte Annie und schloss dabei unbewusst die von ihr mit Bedacht oberflächlich gehaltenen Beziehungen zu ihren Kollegen aus.

Carol versuchte es erneut. «Habt ihr irgendwelche Pläne für die Zukunft?»

Annie, die es leid war, den lästigen Fragen auszuweichen, drehte den Spieß um. «Musst du das *wirklich* wissen?»

Carols Wangen passten sich plötzlich der Haarfarbe an, die sie in dieser Woche trug. Sie stotterte: «Nein, nein, wohl nicht.»

Annie beugte sich vor und flüsterte in gespielter Vertraulichkeit: «Kannst du ein Geheimnis für dich behalten?»

Carol wirkte erleichtert. «Klar.»

Annie schnappte sich ihre Handtasche, stand auf und sagte Carol leise ins Ohr: «Ich auch.»

Abends nach der Arbeit ging Annie auf den Klippen spazieren. Es war Sommer, und die Tage wurden länger – allerdings ohne Gewähr für mehr Sonnenschein oder Hitze. Mark Twain hatte einmal gesagt, der kälteste Winter, den er je irgendwo verbracht habe, sei ein Sommer in San Francisco gewesen. Nebel kam auf, und Annie fragte sich, ob ihre lederne Bomberjacke den eisigen Wind abhalten würde. Sie beschloss, sehr zügig zu gehen, damit ihr warm wurde.

In der Ferne konnte sie gerade noch die Spitze der Golden Gate Bridge sehen – sie schwebte wie eine Phantasmagorie in der Luft.

An jenem Tag hatte der Wind ihr nichts zu sagen, denn er brüllte einfach alles an. Feine Sandkörner, die durch die Luft gepeitscht wurden, peelten ihre Haut. Die schwarzen Locken standen ihr zu Berge, und es schien, als wollten sie sich von ihrem Schädel losreißen.

Annie ging die Treppe hinunter zu den blühenden Heidelbeerbüschen und der sich schälenden Eukalyptusborke. Wie hat es hier wohl ausgesehen, grübelte Annie, als die Indianer hier noch lebten? Es war schwer zu sagen, was von Menschenhand geschaffene und was natürliche Schönheit war. Den wilden Lauch mit seinen winzigen, glockenförmigen Blüten, die normalerweise herabhingen, jetzt aber wild hin und her gewirbelt wurden, hatte sicher niemand dort ausgesät. Ebenso wenig wie den arg mitgenommenen Eukalyptus. Und die Erdbeeren, obwohl Annie glaubte, dass Vögel die Samen von den riesigen, von Menschen angelegten Erdbeerfeldern im Süden hergetragen hatten.

An manchen Tagen, wenn sie sah, wie die Sonnenstrahlen auf einen bestimmten Fleck Grün trafen, wäre sie am liebsten mit der Landschaft verschmolzen. Sie versuchte, den Geist dieser Natur einzuatmen und sich von ihm umfangen zu lassen. Während sie das Gras mit den Fuchsschwanzähren darin betrachtete, das im Wind zu fließen schien, öffnete sie sich ganz der Szenerie vor ihren Augen. Das Meer toste und pfiff durch sie hindurch, und Annie stellte sich als Venus in einer großen Muschelschale vor.

Und so lösten sich Carol, die Arbeit und Tom in Luft auf. In ungefähr einer Stunde würde sie ihn treffen, aber bis dahin widmete sie sich ganz und gar den Klippen und dem Wind.

Im Thai-Restaurant küsste Tom Annie zur Begrüßung auf die Augen. Er hatte bereits das Saté bestellt und gab dem Kellner durch eine Geste zu verstehen, er solle Annie ein Thai-Bier bringen.

Mit Tom zusammen zu sein war einfach für Annie. Er wollte wissen, wie sie ihren Tag verbracht hatte ... oder auch nicht, je nachdem, welche Richtung sie dem Gespräch gab.

Sie erzählte ihm von Carol und dachte laut darüber nach, wieso Frauen sich immer in die Affären ihrer Geschlechtsgenossinnen verbeißen müssen. Was war daran so aufregend? Warum legten sie sich nicht selbst eine Affäre zu?

«Deshalb sind sie ja so langweilig, Darling. Im Gegensatz zu dir. Du denkst über viel spannendere Dinge nach.»

Dann griff Tom unter das weiße Tischtuch und begann die Innenseite von Annies Oberschenkeln zu streicheln. Er war freudig überrascht, auf die Oberkante von Strümpfen zu stoßen und nicht auf die glatte Naht einer Strumpfhose.

Sie sagte nichts, sondern starrte ihn nur unverwandt an. Ein Auge schien tief in sein Inneres zu blicken und das andere gleichzeitig etwas in weiter Ferne zu fokussieren.

Tom vergötterte diese Augen, aber er konnte ihren Blick nicht lange ertragen. Sie hatten die seltsame Fähigkeit, ihm das Gefühl zu geben, er sei unaufrichtig. Ihre Unterlippe bewegte sich – wie Tom wusste, ein Zeichen, dass sie bis zum Äußersten erregt war. Er zog seine Hand unter dem Tisch hervor und steckte Annie noch ein Stück Saté in den Mund.

«Liebste Annie, du bist der Traum meiner schlaflosen Nächte.»

Für einen kurzen Moment erhob das schlaksige Mädchen von damals sein Haupt und setzte an, den Satz mit der Neckerei ihrer Kindheit zu vollenden: *der Traum eines Tischlers – platt wie ein Brett.* Aber es verzog sich sofort wieder, und Annie erwiderte: «Ich werde dafür sorgen, dass deine Nächte schlaflos *bleiben.*» Etwas später machte sie ihr Versprechen wahr, und sie war sicher, dass von all den kleinen Jungs, die sie geärgert hatten, nicht einer auch nur annähernd das bekam, was sie inzwischen zu bieten hatte.

Annie spürte, dass Tom ein Geheimnis hatte und kurz davor war, es ihr zu verraten. Das machte sie nervös, denn sie hätte dem gern etwas entgegenzusetzen gehabt, aber ihr fiel nichts Vertrauliches ein, das sie ihm hätte erzählen können.

Sein Geheimnis hatte ihr außerdem Raum gelassen zu lügen, und darauf wollte sie ungern verzichten

Denn, Herz, ich lüge nicht, wenn ich so liege. Solange Tom nichts über sie wusste, nicht das schlaksige Kind kannte, das sie gewesen war, oder die Phantasien, die zu teilen sie noch nicht ganz bereit war, konnte Annie jederzeit sein, wer oder wie immer sie wollte. Das war eine enorme Freiheit, und die brauchte sie. Sie gab ihrem Körper so etwas wie Sicherheit und ihrem Verstand etwas, das sie für Klarheit hielt.

Kapitel 6 – Die Art und Weise, wie sie mit Tom tagsüber Kontakt hielt, kam Annie äußerst gewagt vor. Sie nutzte dafür alle technischen Möglichkeiten, die ihr an ihrem Arbeitsplatz zur Verfügung standen. Sie faxte ihm Bilder von ihren Brüsten, versteckt zwischen geschäftlich daherkommenden Unterlagen. Tom spielte ähnliche Suchspielchen mit ihr, indem er ihr verfremdete Anzeigen schickte, auf denen Annie, versteckt im Laub eines Baums oder in den Eiswürfeln eines Drinks, ihm einen blies.

Telefon und E-Mail waren jedoch ihre bevorzugten Flirtkanäle.

«Annie, hier ist Tom.»

«Hallo, Tom.»

«Könntest du bitte mal rüberkommen? Ich glaube, mein Penis ist kaputt. Er ist total steif und ragt so komisch vor. Wärst du so lieb, schnell mal herzuflitzen und erste Hilfe zu leisten?»

Liebe Annie, hier ist ein E-Mail-Limerick für dich. Hab ich mir ganz alleine ausgedacht. Vergiss nicht, ihn zu löschen. Nicht, dass ihn jemand liest. Dies ist mein erster Limerick / über Annie, den phantastischen Fick / Sie lutscht gern am Schwanz / und ich sag dir, die kann's / sie beherrscht auf den Knien jeden Trick.

Lieber Tom, das freut mich zu hören / doch willst du mich noch weiter betören / dann sei lieb wie ein Engel / und ramm in mich deinen Schwengel / denn sonst nehm ich stattdessen die Möhren.

Annie, deine Zunge ist weich wie ein Fell / und auch als Dichterin bist du sensationell / doch suchst du den Mann mit dem Harten / dann lass dir mal legen die Karten / beim Tarot find'st ihn sicher ganz schnell.

Lieber Tom, für den Tipp lass dir danken / ungern will ich auch mit dir zanken / eins aber muss ich dir sagen / mit Tarot da kannst du mich jagen / für mich liegt die Magie in deinen Flanken.

Liebe Annie, hast du schon mal ein Schamhaartoupet gesehen? Ich hab dir eins mit Juwelen gekauft.

«Hallo Annie, wie läuft's bei der Arbeit?»

«Prima, ich muss allerdings gleich zu einem Meeting.»

«Wie wär's, wenn wir uns nachher treffen, ich dir den Slip vom Leib reiße und dir meinen gut geschmierten Finger reinstecke?»

«Hört sich ziemlich gut an. Lass uns später darüber sprechen.»

«Bist du jetzt feucht?»

«Allerdings. Sehr.»

«Möchtest du mir diese Nässe aufs Gesicht schmieren? Mich mit deiner Möse küssen?»

«Ja, das wäre schön, aber wir müssen es vertagen.»

«Auf wann denn?»

«Morgen so gegen vier hab ich etwas Zeit. Du kannst ins Büro kommen.»

«Darf ich auch im Büro kommen?»

«Ja, das wäre mir recht. Dann also bis morgen.»

Liebe Annie – noch ein Limerick. Mein Girl hat am Po einen Schönheitsfleck / der reizt mich jedes Mal, wenn ich sie leck / ich muss mich gewaltig beherrschen / nicht reinzubeißen ins kleine Ärschchen / bevor ich mein Ding ihr hineinsteck ins Heck.

Lieber Tom – ich gönn's deinem Speer / dass er mal bekommt etwas mehr / und solang du nicht beißt / bevor du von hinten mich aufreißt / werd ich dich nicht strafen zu sehr.

Doch andererseits, Liebling, wer weiß / vielleicht macht's dich ja sogar ganz heiß / ein Klaps auf den Schaft / bevor ich trink deinen Saft / ich wette, da läuft dir der Schweiß.

Derartige Telefonate und E-Mails gingen pausenlos hin und her, und manchmal stieg die Lust so süß in Annie auf, dass sie nicht mehr arbeiten konnte. Sie entdeckte neue Arten, bei Meetings die Beine übereinander zu schlagen, an Tom zu denken und kleine Schauer der Erregung durch ihren Körper zu senden, indem sie die Schenkel zusammenpresste oder kaum merklich auf ihrem Ledersessel herumrutschte. Sie wusste, dass es riskant war, das Telefon und das E-Mail-System der Firma für solche lustvollen Techtelmechtel zu nutzen, aber sie konnte der Versuchung nicht widerstehen.

«Annie, wir brauchen mal deine Meinung», sagte Peter, der stets ein weißes Hemd anhatte und sie an Nancys Phil zu der Zeit erinnerte, als dieser Pfarrer werden wollte. Er sah ziemlich gut aus, auch wenn er nicht dem gängigen Schönheitsideal entsprach: Boxernase, kantiger Kiefer, buschige Augenbrauen.

«Wir müssen die Emotionen der Kunden ansprechen – in Wirklichkeit verkaufen wir keine Orangen, sondern Sonnenschein», ratterte sie ohne nachzudenken herunter.

Annie war oft selbst überrascht, was für druckreife Sätze aus ihrem Mund kamen, wenn sie eigentlich fürchtete, keinen einzigen klaren Gedanken im Kopf zu haben, nur das Blut, das unter ihrer Gürtellinie pulsierte.

«Danke, Annie. Ich glaube, du hast Recht: Mit der Farbe Orange für Orangen zu werben bringt uns nicht weiter. Irgendwelche Ideen, mit denen wir arbeiten können?» Peter trommelte mit der linken Hand auf den Konferenztisch, und es schien, als würde er ihr über den Kaffeebecher in seiner Rechten hinweg zuzwinkern.

«Ich werd dir schon bald ein paar scharfe Sachen präsentieren, Peter. Du weißt, darin bin ich gut.»

«Aber ist das auch gut für dich?», fragte er mit monotoner Stimme, und in der Runde wurde es plötzlich ganz still. Bestimmt wussten alle, dass Tom bei ihr im Büro gewesen war; dass sie ihm einen geblasen hatte, während draußen Klienten auf ihre Termine warteten. Vereinzeltes Husten bei den Männern und das eine oder andere Glucksen bei den Frauen ließen Annie kurz zusammenzucken.

Ihr war klar, dass ihr Job nicht mehr zu retten war, und überraschenderweise war sie erleichtert. Annie konnte alles ertragen, wenn sie wusste, dass ein Ende in Sicht war.

«Eigentlich ist fast alles gut für mich», sagte sie, schob ihre Papiere zusammen und lachte, wie sie selbst fand, etwas gekünstelt. Annie hoffte, dass es niemandem auffiel.

Als sie an jenem Tag das Büro verließ, fühlte sie sich wie der Erzähler in Dostojewskijs *Weiße Nächte*, der ganz St. Petersburg über die Architektur erspürt.

Ihr Büro lag im schattigen Stadtzentrum, aber sie

brauchte nur zwei Blocks weit zu laufen, und schon schien wieder die Sonne. Die pastellfarbenen Wohnhäuser, die so eng zusammen standen wie falsche Zähne, lächelten sie an. Sie sandte ihnen beim Gehen gedankliche Botschaften. Du siehst hübsch aus mit deinen schmunzelnden Erkerfenstern. O nein! Wer hat denn grünen Zement auf deinen Rasen gekippt? Warum, weißes Haus, hast du eine zweite Fassade über der ersten? Altes viktorianisches Gemäuer, hat dir das Erdbeben große Angst gemacht, und wie hast du es überlebt?

Die Häuser lächelten dankbar. Annie spürte das. Wieder meinte sie, ihr Gehör würde geschärft, und einen Augenblick lang glaubte sie ein Kichern zu vernehmen, das Kichern alter Damen. Doch es war niemand zu sehen. Eine Krähe warf ihren Schatten auf die Markise eines eierschalenfarbenen Gebäudes. Kleine Babyfußabdrücke, die in eine der Gehwegplatten eingeprägt waren, erschienen vor ihr, und sie trat hinein.

Die Luft teilte sich still, um ihr Platz zu machen, und bald würde sie wieder in ihrer sonnigen Wohnung sein. Wenn sie sich in ihrem großen Sessel zusammenrollte, konnte sie durchs Fenster gerade noch die Golden Gate Bridge sehen.

Sie fand, dass sie genau das Richtige tat: nach Hause gehen und alles vergessen. Ein paar neue Regeln aufstellen und weitermachen. Was geschehen ist, kann man nicht ungeschehen machen – man kann es nur noch einmal tun. Oder, sinnierte sie, immer und immer wieder. Ein maleziöses Lächeln breitete sich auf ihrem Gesicht aus. Das war es wert gewesen.

Tom im Mund zu haben und dabei zu beobachten, wie vor dem schmalen Schlitz unter ihrer Bürotür Füße hin- und hereilten. Gedämpfte Stimmen und die durch den Spalt hindurchsickernde Ratlosigkeit: «Sollen wir einfach reingehen? Ob wir den Klienten Bescheid sagen? Wie lange wird das … äh … dauern?» Und Tom, der ihr ganz leicht den Schwanz in den Mund stieß, mit dem Rücken gegen die Tür gelehnt (schade, dass sie nicht gepolstert war) – grinsend, die Finger in ihre schwarzen Locken geschlungen. Was für ein diskreter Liebhaber – er war imstande, nur mit einem ganz leisen Stöhnen zum Höhepunkt zu kommen. Annie hatte sich nie derart in der Gewalt.

Dieses Bild von Tom blieb ihr einen Moment im Gedächtnis, dann verschwamm es. Es wurde von seinen dichten Schamhaaren überlagert, und von dem Geschmack, den er an sich hatte, bevor er kam. Auch diese Bilder wischte sie beiseite und sagte stattdessen im Geiste dem Thai-Restaurant mit seiner byzantinischen Kuppel und der blaßrosa Fassade Hallo. Sie ging an dem Käseladen vorbei, der einem attraktiven Schwulenpärchen gehörte, an dem Geschäft, in dem Teddybären und Schokolade verkauft wurden, vorbei an ihrem alten Stammcafé, vor dem die Schlange inzwischen bis auf den Gehsteig reichte … Noch sechs Läden und drei Restaurants, und sie wäre zu Hause.

Nicht stehen bleiben, Annie. Das ist die Hauptsache.

Kapitel 7 – Es war Mittwoch, und Annie hatte sich einen Tag freigenommen. «Öffne mich, wann du willst», stand auf dem Umschlag. Tom schrieb:

Mein Schatz. Ich muss ständig an deinen Duft denken und an deine wundervollen Säfte. Du riechst wie der Ozean und der Wald in einem. Der Sex mit dir letzte Nacht hat mich zu einem anderen Menschen gemacht. Gott, wie scharf ich auf deinen Körper bin. Ich will dich auf meinem Gesicht, in meinem Bart. Ich will sehen, wie deine Brüste hüpfen, wenn du auf meinem Schwanz sitzt. Ich will sehen, wie dein glitzernder Körper sich zu seiner eigenen Musik wiegt. Ich will deinen weißen Arsch sehen, die rosa Flecken an den Stellen, wo ich dich zu hart angefasst habe – aber es hat dir gefallen. Ich will dich zur Ekstase bringen. Du weißt, dass ich das kann. Du bist letzte Nacht nicht oft genug gekommen, meine Süße. Komm zu mir, damit wir da weitermachen können, wo wir aufgehört haben.

Annie quietschte vor Wonne, was sie selten tat, wenn sie allein war. Ihr war vom Lesen des Briefes heiß geworden, und sie griff zum Telefon, um Tom anzurufen. Genau in dem Moment, als sie den letzten Satz zu Ende gelesen hatte, nahm er ab.

«Tom hier.»

«Ich will dir den Schwanz lutschen, mich auf dich legen und dich reiten, bis du mit einer solchen Macht in mir kommst, dass du glaubst, dein Kopf explodiert.»

«Das ist wirklich nett. Ich habe heute um fünf Uhr Feierabend. Hast du nicht Lust, nachher vorbeizukommen?»

«Ich träume von deinem Schwanz. Ich träume davon, wie du ihn in mich reinstößt. Dein Brief hat mich ganz feucht gemacht. Was soll ich denn bis um fünf machen? Soll ich mit einem deiner Spielzeuge auf dem Bett masturbieren? Ich könnte alles mit meinem Saft vollschmieren, wenn du willst.»

«Ja. Das ist wirklich eine gute Idee.»

«Hast du einen Ständer?»

«Ja, doch, ich denke schon.»

«Sitzt du oder stehst du?»

«Ja.»

«Du stehst?»

«Nein.» Tom stieg das Blut ins Gesicht, und er hatte Angst, die anderen Toms könnten etwas merken.

«Du sitzt. Gut. Stell dir vor, dass ich gerade auf deinem Schoß hocke und du deinen Schwanz in mich hineinrammst, bis meine Titten hüpfen.»

«Das hört sich gut an. Aber ich muss jetzt Schluss machen. Wir können das ja nachher in aller Ruhe erörtern, okay?»

«Okay.»

Manchmal fragte sie sich, ob es mit ihr und Tom einfach bloß deshalb so gut lief, weil er nur vier Blocks entfernt wohnte. Zu ihm hin ging's bergauf, und morgens um vier wieder bergab. In dem Viertel hatte man nachts nichts zu befürchten. Man konnte ganz bequem mal eben rübergehen, schnell eine Nummer schieben, und dann nach Hause zurückkehren, um sich noch eine Mütze voll Schlaf im eigenen Bett zu gönnen.

Annie zog ein trägerloses schwarzes Kleid und keine Strumpfhose an. Sie warf ihre Zahnbürste in ihre Kosmetiktasche und rannte aus der Wohnung. Schon bald hatte sie das Apartmenthaus erreicht und schloss die Tür zu der Wohnung im obersten Stockwerk auf.

Tom hatte ihr als kleine Aufmerksamkeit Blumen geschickt. Ein paar Minuten nachdem sie bei ihm eingetroffen war, klingelte der Bote an der Tür und lieferte sie ab. Sie riss sich die Kleider vom Leib, zupfte ein paar Rosenblütenblätter ab und verteilte sie auf dem Bett und den Kissen. Ein paar davon steckte sie sich in den Arsch. Dann öffnete sie eine Flasche Champagner und legte sich bäuchlings aufs Bett, so dass ihr Hintern zur Tür gerichtet war.

Sie hörte, wie Tom hereinkam, tat aber so, als hätte sie es nicht bemerkt. Sie machte Bewegungen, als spiele sie an sich herum. Plötzlich packte er mit beiden Händen ihren Arsch. Fest. Dann sagte er mit leiser Stimme: «Du warst ein sehr unartiges Mädchen, deshalb setzt es jetzt eine Tracht Prügel.»

«Stimmt. Ich war wirklich sehr unartig.»

Er hob sie auf seinen Schoß, und sie drehte sich nicht einmal um. Dann begann er ihr sanft und hin und wieder auch etwas weniger sanft den Hintern zu versohlen. Sie kletterte von seinem Schoß herunter und kauerte sich auf allen vieren aufs Bett. Seine Schläge wurden rhythmischer, und sie wandte den Kopf, um zuzuschauen.

Es war nicht Tom! Sie wich zurück, und der Mann sagte: «Keine Angst. Tom hat mich hergeschickt, damit ich dich beschäftige, bis er kommt. Wie hättest du's denn gern?»

«Hmm», seufzte sie. Sie kannte Tom nun schon eine Weile. Sagte der Mann die Wahrheit? Sie beschloss zu warten. «Lass uns Champagner trinken und warten, bis Tom nach Hause kommt.»

«Nun ja, er hat mich dafür bezahlt, dass ich schon mal anfange, mit dir rumzumachen, sodass er, wenn er kommt, einfach mit einsteigen kann.»

«Das kann er immer noch. Lass uns erst Champagner trinken.»

«Du hast einen phantastischen Arsch. Und dann diese Rosenblätter! Die haben mir sofort Lust gemacht, dich zu vögeln.»

«Das wirst du auch bestimmt bald tun. Hast du einen hübschen Schwanz?»

«Guck ihn dir an», sagte er und ließ die Hose herunter. Heraus sprang ein riesenhaftes Glied, das Annie gierig mit den Augen verschlang. Es war lang und dick und glatt wie Marmor. So etwas hatte sie noch nie gesehen, und sie dachte: Wozu braucht man bei so einem Schwanz noch Spielzeug. Vielleicht hatte Tom ebenso gedacht.

«Er ist wirklich wunderschön. Zeigst du ihn vielen Leuten?»

«Nur Kunden. Ich bin übrigens vollkommen gesund. Falls du meine Testergebnisse sehen willst …»

«Was heißt das schon? Du könntest auf dem Weg hierher jemanden gevögelt haben.»

«Stimmt, aber das hab ich nicht. Ich hab vor zwei Tagen den letzten Test gemacht, und das hier ist bloß ein Nebenjob. Eigentlich bin ich Schauspieler.»

«Mit so einem Schwanz kannst du dir doch bestimmt irgendeine einsame reiche Lady suchen, die dir den Unterhalt und deinen kostspieligen Berufswunsch finanziert.»

«Das hab ich alles schon hinter mir. Ich kann dir später mal meine Filme zeigen. Möchtest du ihn anfassen?»

«Warum nicht? Er sieht ziemlich einladend aus.»

«Warst du auch brav? Vielleicht sollte ich dir erst noch ein bisschen den Hintern versohlen. Mir scheint, das gefällt dir.»

«O Mann, ich liebe es. Also gut, aber schön sanft. Hau dahin, wo er am dicksten ist. Wenn ich meinen Arsch vorstrecke wie ein Hund, kann ich die Schläge an meiner Klit spüren.»

«Gott, du machst mich heiß. Tom ist wirklich ein Glückspilz.»

Bedächtig begann er sie zu vertrimmen. Nach fünf Hieben griff er in ihre Säfte hinein und begann ihre Klit zu massieren. Sie stöhnte, und er hörte wieder auf, um sie weiter zu versohlen. «Sei schön brav», ermahnte er sie.

«Ich bin brav. Schlag mich.»

«Allein dafür knete ich dir deine Knospe, bis dir schwindelig wird.» Er bearbeitete mit langsamen Bewegungen ihre Klit. Ihr Stöhnen zeigte ihm an, wie viel Druck er ausüben musste. Er rieb fester, und Annie begann sich wie ein Tier zu bewegen. Ihr linkes Bein begann zu zittern, und er verringerte den Druck ein wenig. Als sie sich entspannte, legte er wieder los. «Kommen darfst du nur für Tom.»

Sie atmete schnell und geräuschvoll – wie eine Lokomotive – und bekam nicht mit, dass Tom eintrat. Er bedeutete dem anderen, kein Wort zu sagen, und entledigte sich rasch seiner Kleidung. Dann stellte er sich neben Annie und begann ihre Brüste zu massieren. Sie konnte ihn immer noch nicht sehen. Der andere Mann fuhr fort, an ihrer Klit herumzuspielen, und sie begann vor Ekstase zu weinen. Tom leckte sich die Fingerspitzen und zog sanft die Rosenblätter aus ihrem Arsch. Dann befeuchtete er seinen kleinen Finger und schob ihn ihr langsam ins Loch. Sie zuckte kurz zurück und begann dann noch schwerer zu atmen. Ihre Rosette verengte sich um seinen Finger, und er fürchtete fast, er würde ihn nicht wieder herausbekommen. Sie war kurz vorm Höhepunkt.

Der Fremde ließ von ihr ab. Daraufhin drang Tom von hinten in sie ein, und die ersten Wellen des Orgasmus durchliefen Annie. Er ritt sie hart und hörte auch, als sie fertig war, nicht auf. Ein paar Minuten später kam auch er, und sie sanken erschöpft aufs Bett. Tom zog sich aus ihr zurück, und der andere Mann vergrub sein Gesicht in Annies Schoß und begann sie zu lecken.

«O mein Gott.» Sie fing wieder an sich zu winden und schien keinen weiteren Kitzel nötig zu haben, doch Tom fragte, ob er ihr die Arme festhalten dürfe.

«Schatz, ich hab dir versprochen, dass du vor Ekstase schier durchdrehen wirst», murmelte er. «Ich will, dass du uns anflehst, aufzuhören. Vielleicht machen wir nach deinem zehnten Orgasmus mal eine Pause.»

«O mein Gott.» Annie schaute zu Tom auf und lächelte, und dann entgleisten ihre Züge, denn der Fremde sog ihre Klit durch seine Zähne. Er rollte sie vor und zurück, und Annie schmolz dahin. Ihre Säfte waren überall, und Tom schaute zu. Dann ging er ins Badezimmer, um sich zu waschen. Als er zurückkehrte, steckte er seinen Schwanz in Annies Mund. Er hielt ihr wieder die Arme fest, und der Fremde fuhr fort, an ihr zu saugen, während sie einen schier endlosen Höhepunkt erlebte. Ihr Körper war steif vor Lust, die fast an Schmerz grenzte.

«Lutsch fester, Prinzessin. Ich kann dich spüren. Komm schon, meine Süße. So ist's recht. Du machst es immer so gut. Du bläst am besten. Gut, Baby.» Kurz darauf spritzte Tom in ihren Mund ab, und Annie schluckte sein Sperma herunter.

Alle drei lagen auf dem Bett und schauten in den Spiegel an der Decke. Annie sah wieder diesen schönen Schwanz, und ihr fiel ein, dass er ihr noch gar nicht angeboten worden war. Beide Männer schienen ihre Gedanken zu erraten. Tom packte sie und zog sie auf sich. «Du hast diesen phantastischen Schwanz noch gar nicht probiert, was?» Sie schüttelte verneinend den Kopf.

Der Fremde bestieg sie von hinten, und Tom nahm sie in die Arme, küsste sie und liebkoste ihre Brüste. Gleichzeitig drang der andere mit seinem dicken Schwanz von hinten in sie ein. Tom hielt sie fest, während sie einen weiteren Orgasmus hatte. Auch der Fremde kam rasch zum Höhepunkt, und Tom sagte: «Ich glaube, darauf sollten wir anstoßen», stand auf und holte eine Flasche Champagner.

«Lasst uns darauf anstoßen, dass ich dank euch vor Lust fast vergehe», sagte Annie mit ihrer sanften Stimme. «Meine Herren, ich danke Ihnen dafür, dass Sie es so gut verstehen, eine Frau zu befriedigen.»

«Danke gleichfalls. Du weißt, was du willst. Das hat etwas sehr Befreiendes. Ich heiße Brad.»

Annie musterte ihn und sah dann Tom an. Sie begann sich zu fragen, woher die beiden sich kannten, aber keiner der beiden schien willens, sie aufzuklären. Annies Motto lautete: Was du nicht willst, dass man dir tu, das füg auch keinem andern zu. Sie hasste bohrende Fragen und stellte deshalb auch anderen keine. «Wie gesagt, Brad, du hast einen wunderschönen Schwanz, und es ist ein herrliches Gefühl, ihn in mir zu haben. Deinen auch, Tom. Ich hab wirklich Glück.»

Sie stand auf und ging zur Spüle. In der Küche war es dunkel, und die Lichter der Stadt glitzerten auf ihrem Rücken. Tom war wahnsinnig verliebt. Er liebte sie so sehr und war sich ihrer Liebe so sicher, dass es ihm nichts ausmachte, sie mit jemand anderem zu teilen. Annie schien sein Geschenk wirklich zu gefallen.

«He, Annie», rief Tom in die Küche. «Hast du Lust, so was noch mal zu machen?»

«Mit Brad? Bist du dabei, Brad?»

«Du machst mich wahnsinnig scharf. Aber ich muss euch warnen: Annie ist eine Frau, in die ich mich ganz schnell verlieben könnte. Und das würde alles sehr kompliziert machen. Lasst es uns nur hin und wieder tun, okay?»

Tom machte ein etwas besorgtes Gesicht, aber Annie bemerkte das offenbar nicht. «Ja. Wenn man die Lust hinauszögert oder sich ganz versagt, ist die Ekstase am Ende umso größer.» Sie schüttelte diesen Aphorismus einfach so aus dem Ärmel und war ein wenig überrascht, welche poetischen Fähigkeiten sie nach so einer hirnlosen Bumserei noch an den Tag legte.

«Annie! So ein kluges Köpfchen! Macht mich das wieder geil! Am liebsten würde ich dich aufs Bett werfen und gleich nochmal ficken», ächzte Tom. Seine Augen waren so weit aufgerissen, dass die Goldsprengsel darin zu vibrieren schienen.

«Na dann, worauf wartest du?»

«Okay. Brad, bis zum nächsten Mal dann, ja? Ich ruf dich an. Du kannst gern duschen oder zuhören, wenn du willst. Ich glaube, Annie hätte gern Publikum. Und ich fände das auch nicht schlecht.»

Tom begann Annie langsam und leidenschaftlich zu küssen. Er rutschte hinunter zu ihren Brüsten und begann an den Nippeln zu saugen, zart und manchmal auch fester. Sie schob ihre Hand unter seinen Körper und begann gemächlich seine Eier hin und her zu rollen. Tom sagte ihr, wie toll sich das anfühlte, und sie spürte erneut, wie eine Hitzewelle ihren Körper durchströmte. Wie sehr sie ihn immer wieder aufs Neue begehrte! War das möglich? Konnte man jemanden so sehr wollen? Er machte sie verrückt.

Tom legte sich auf Annie und sah ihr in die Augen. Er hob ihre Beine an und zog ihren Körper Stück für Stück auf dem Laken hinunter. Sie rührte sich nicht und starrte ihm tief in die Augen. Die vorderste Spitze seines Schwanzes berührte ihre triefende Vagina. Er schob ihn langsam hinein, bis sich nur noch das letzte Viertel außerhalb ihrer Möse befand.

Dann stieß er zu. Annie schrie auf, und er hielt ihre Hände fest und umschlang ihre Finger mit seinen. Er spürte die Hitze in ihrem Körper aufsteigen. Ihre Lippen wurden rot, und ihre Augen weiteten sich. In ihrem Blick lag ein so großes Verlangen, dass er hätte weinen mögen.

Er führte noch ein paar Stöße aus. Dann hob er ihren Arsch an und rammte tiefer in sie hinein. Annie verlor völlig die Gewalt über sich, so sehr fühlte sie sich ausgefüllt, angebetet, begehrt. Einen Moment lang dachte sie «geliebt». Sie schlang ihre Unterschenkel um seinen Rücken, und er schien in ihrem Inneren noch weiter anzuschwellen.

Sie spürte, wie die Spannung sich immer weiter aufbaute, während seine Eier mit lautem Schmatzen gegen ihren Arsch klatschten. Toms Schwanz weitete sie, und sie fühlte sich, als hätte sie einen Zug von einem Joint genommen.

«O Tom. O mein Gott. Ja. Ja.»

«Gefällt es dir, wie ich dich ficke?»

«Ja. Wie du mich fickst. Wie du mich liebst.»

«Annie, ich liebe dich. Spürst du meine Liebe? Ich

will sie dir schenken. Ich möchte in dir abspritzen. Gott, bist du eng. Ich kann mich nicht mehr zurückhalten.»

«Du kannst ruhig in mir kommen, Tom. Komm zu mir, Tom, jetzt. Tom, ja, ja», schrie sie. Es klang, als hätte sie Schmerzen, aber Brad, der gerade die Haustür hinter sich zumachte, interpretierte ihre Schreie anders.

War es denn wirklich Liebe? Jeden Morgen nahm Annie ihr Tagebuch zur Hand und überlegte, ob neue Regeln hinzugefügt oder alte überarbeitet werden mussten. Dies war auch eine der Fragen, über die sie Tag für Tag zwischen dem ersten und dem zweiten Klingeln des Weckers nachdachte: Muss ich etwas addieren oder subtrahieren? Plus oder minus? Eine Bilanz ihres Gefühlshaushalts.

Nach der vergangenen Nacht jedoch wurden Taten wichtiger als Gedanken. Irgendwie musste sie dieses seltsame Gefühl beschwichtigen, das an ihr nagte. Sie schrieb die erste Zeile und dachte dabei, dass dies vielleicht der Tag war, an dem sie tatsächlich anfing, ein Tagebuch zu führen.

«Ist das Liebe?»

Sie kam sich albern vor und hörte auf zu schreiben. Spielte Liebe bei dieser Geschichte überhaupt eine Rolle? Sie betete Tom an, er betete sie an, und der Sex mit ihm war phantastisch. Aber aus irgendeinem Grund dachte sie, wenn sie nicht zusammen waren, kaum noch an ihn. Er war gegenwärtig, wenn sie sich berührten, aber er hatte keinen festen Platz in ihren Gedanken oder ihrem Herzen.

Er hatte Nancy nie kennen gelernt, daher konnte sie nicht mal mit ihrer Schwester über Tom sprechen. Vielleicht wäre er dadurch realer geworden, aber es gab in Annies Seelenleben nirgends eine Basis dafür, ihm zu gestatten, mehr als ein Liebhaber zu sein, den sie von Zeit zu Zeit sozusagen aus der Schublade holte, um sich mit ihm zu vergnügen.

Annie verkörperte das Gegenteil von Nancy. Aber wer war wessen Schatten? Annie war sicher, dass ihr Lebensstil nicht bloß eine Gegenreaktion auf Nancys Spießigkeit war. Nancy würde ihre anspruchslose Beziehung zu Tom bis zum bitteren Ende durchanalysieren, glaubte Annie. Sie auf der Suche nach Beweisen für die Echtheit der Gefühle ihres Liebhabers immer wieder drehen und wenden. So machte Nancy es jedenfalls mit Phil – so sehr Annie sie auch mahnte, den Blick fürs Wesentliche nicht zu verlieren. In Annies Augen sah es einfach so aus, als würde ihre Schwester sich bloß im Kreis drehen.

Nancy fragte sich: Warum geht Phil nicht mit mir aus?

Ihre Antwort: Das weiß nur Gott. Maß dir kein Urteil über ihn an.

Sie fragte sich: Warum hilft Phil mir nicht in der Küche?

Die Antwort: Er tut es eben nicht. Immerhin glaubt er an *diese* Botschaft der Bibel.

Annie fragte sich, wieso sie sich diese Monologe überhaupt anhören musste. Wenn die Sprache auf Phils mangelnde Qualitäten als Liebhaber kam, platzte ihr der Kragen.

Sie fragte Nancy: «Warum verlässt du ihn dann nicht?»

«Danke, Annie. Nächstes Mal werd ich auch bestimmt nur über Geld mit dir reden. Ich musste mich bloß bei jemandem ausheulen.»

«Heul nicht, *tu* etwas.»

Wieder einmal wurde Nancy bewusst, wie wenig Annie begriff, dass eben alles nicht so einfach war. Oder dass sie schon etwas unternahm, indem sie sich die Probleme von der Seele redete. Nancy fragte sich, ob ihrer Schwester irgendein Gen fehlte, das andere Menschen menschlich macht. Manchmal kam sie ihr allen anderen haushoch überlegen vor, manchmal aber auch total minderbemittelt.

Kapitel 8 – Die nächste Nacht verbrachte Annie bei Tom. Wieder einmal hatte sie den gleichen Traum. Sie kam in einen großen Raum mit vielen Männern und Frauen. Sie lächelte, aber niemand lächelte zurück. Dann zog sie ein Kleidungsstück aus; jedes Mal etwas anderes. Oft war es ihre Strumpfhose. Ein alter Mann spannte das Stück zwischen den Händen, und alle gingen vorbei, um es zu untersuchen. Ein paar Frauen kommentierten die Qualität. Dann legte Annie ein zweites Kleidungsstück ab, meistens ihre Bluse. Das Publikum seufzte auf, und dann trat der schwarzhaarige Mann mit den Wolfsaugen vor.

Sie liebte seine Augen. Sie verhexten sie. Er sagte mit sehr leiser, heiserer Stimme: «Ich halt's nicht mehr aus. Ich begehre dich schon so lange. Jetzt werde ich dich nehmen.»

Sie war verwirrt – vor all diesen Menschen? Würden sie zusehen? Würden sie sie anfassen? Der Mann sagte: «Ich sagte, ich will dich jetzt. Ich nehme dich, wo ich will. Komm jetzt mit.» Und er packte unsanft ihre Handgelenke.

Plötzlich stand sie auf der Straße, und der Schwarzhaarige war nirgends zu sehen. Jetzt war sie nackt. Sie fragte sich, wohin sie gehen sollte, denn sie wusste, dass der Mann sie verlassen hatte. Dann hielt eine Limousine vor ihr, und die Tür zum Fond ging auf. Drinnen saß der Mann, links und rechts von ihm junge Frauen. Er lächelte. «Jetzt bist du dran», befahl er, und sie stieg ein.

Das Leder der Rücksitzbank war kühl, doch gleichzeitig spürte sie überall wunderbar heiße Berührungen. Bei dem Geruckel des Wagens konnte Annie nicht feststellen, wer sie absichtlich berührte und wer nicht. Der Mann drückte ihre Beine auseinander und schob erst einen lederbehandschuhten Finger in sie hinein, dann noch einen. Schließlich zog er beide wieder heraus und steckte ihr einen sehr nassen Finger in den Arsch.

«Sie ist so weit. Es geht los, Ladys.» Die Frauen hängten Annies Handgelenke in ein Paar seidige Schlaufen und befestigten sie zu beiden Seiten des Wagens. Dann umwickelten sie ihre Knie mit dem gleichen Stoff und fesselten sie an beide Türgriffe, so dass sie völlig entblößt und ausgeliefert war.

«Meine Liebe, dieser Wagen ist voller Lesben. Der Geruch deiner Klamotten hat uns verraten, dass du eine von uns bist. Ich bin nämlich auch eine Frau. Wir werden dir jetzt das Hirn rausficken, und du kannst rein gar nichts dagegen tun. Heather, wo ist der Knebel? Danke, Schatz. Nur damit unser Fahrer nicht merkt, dass wir hier hinten eine wilde Orgie feiern. Du bist doch heiß, oder? Natürlich bist du's. Du tropfst ja den ganzen schönen Ledersitz voll. Angel, leckst du sie bitte trocken?»

Eine Asiatin lächelte, hockte sich zwischen Annies Beine und machte sich ohne Umschweife über ihren Schoß her. Annie versuchte sie abzuwehren. Sie wollte keine Lesbe sein! Aber sie konnte sich nicht richtig bewegen. Wenn sie es versuchte, schien es so, als würde sie sich absichtlich Angel entgegenrecken.

Alle feuerten Angel an. «Du verstehst wirklich dein Handwerk. Braves Mädchen. Lutsch ihr die Klit. Jetzt windet sie sich. Sie will dich. Das machst du toll. Guck sie dir an. Sie bäumt sich auf wie ein Pferd.»

Annie linkes Bein begann zu zucken, dann ihr rechtes. Eine andere Frau schob ihre Finger in ihrer Vagina vor und zurück. Der Lederhandschuh steckte immer noch in ihrem Hintern. Dann machte sie eine furchtbare Entdeckung. Eine Videokamera. Bei dem Gedanken, dass sie gefilmt wurde, schoss ihr ein heißes Gefühl des Entsetzens durch den Bauch. Sie sah, wie alle sie leckten und befummelten. Sie war zwar nicht lesbisch, aber ihre Gegenwehr schwand. Die Lust überwältigte sie. Frauen küssten ihre Brüste, sogen ihre Nippel in ihre Münder. Jemand hatte begonnen, in ihrem Nacken einen Knutschfleck zu produzieren. Es war, als würden ganze Scharen von Frauen sie lecken und in ihrer Möse herumstochern, bis sie nichts mehr spürte außer ihrer Nässe. Sie fühlte sich total prall und erfüllt, doch sie leckten sie immer weiter. Durch den Knebel hindurch flehte sie sie stöhnend an aufzuhören. Sie wand sich vor Ekstase. Sie hatte das Gefühl, sie würde ohnmächtig. Und dann schwanden ihr tatsächlich die Sinne.

So hörte der Traum jedes Mal auf. Sie beschloss, Tom davon zu erzählen. Sie fühlte sich ihm immer näher. Oder vielleicht wünschte sie sich das auch nur – sie wusste es nicht. Es erschien ihr wichtig, dass er wusste, wovon sie träumte. Sie überlegte, dass sie eines Tages vielleicht doch versuchen würde, die ganze Nacht bei ihm zu bleiben. Ihm ihre Träume zu erzählen war ein Schritt in diese Richtung.

«Keine Sorge, meine Süße. Du bist nicht lesbisch. Du stehst bloß auf Sex. Wo ist das Problem?»

«Wie würdest du dich fühlen, wenn du geträumt hättest, dass dich eine ganze Horde Männer zu Tode fickt?»

«Tja, wie schon? Das hieße noch lange nicht, dass ich schwul bin. Es würde nur bedeuten, dass ich gerne mal mit Homosexualität experimentieren würde.»

«Du glaubst also nicht, dass mein Unterbewusstsein mir etwas zu sagen versucht?»

«Nur dass du in diesem Leben so viele Orgasmen wie möglich haben solltest. Komm, wir machen uns gleich ans Werk. Dein Traum hat mich angeturnt. Siehst du?» Tom zog die Decke zurück und enthüllte einen mächtigen Ständer.

«O Geliebter! Du bist wirklich wunderbar. Allein, dass du immer kannst! Fessel mich und fick mich wie eine ganze Horde sexhungriger Frauen.»

«Wird gemacht. Welche Seite des Betts?»

«Deine. Vergiss den Schlüssel nicht.»

Tom holte ein Paar Handschellen hervor und befestigte eine an Annies linkem Arm. Dann hob er ihre Arme hoch und zog die freie Handschelle durch die Gitterstäbe am Kopfende des Bettes. Er fesselte ihre andere Hand und schnallte dann beide Schellen ein bisschen fester.

«Liegst du bequem?»

«Ja. Und jetzt bums mir, verdammt nochmal, die Seele aus dem Leib.»

«Erst werde ich dich massieren. Deinen ersten Orgasmus mache ich dir per Hand.»

«Womit hab ich dich bloß verdient? Ich liebe deine flinken Finger.»

Tom ging zu seinem Kiefernholzschrank und holte ein Paar schwarze Handschuhe heraus. Mit langsamen Bewegungen streichelte er Annies Körper, kniff sie in die Nippel und zog an ihren Zehen. Seine Hände glitten über ihre Schenkel.

«Du bist doch ein braves Mädchen, oder? Sonst stopf ich dir nämlich meine Hand in den Arsch.»

Einen Augenblick lang war Annie ernsthaft beunruhigt. Sie hatte noch nie etwas Dickeres als einen Finger in ihrem Po gehabt, und sie bezweifelte, dass sie Lust darauf hatte.

«Ja, ich bin ein sehr, sehr braves Mädchen», erwiderte sie mit einen Anflug von Verzweiflung in der Stimme.

«Wenn nicht, werde ich dich tatsächlich in den Arsch ficken, bis du nicht mehr weißt, wie du heißt. Und du kannst nichts dagegen tun, denn du bist ja gefesselt.»

«Aber ich bin wirklich brav. Überzeugen Sie sich selbst, Herr. Sehen Sie, wie nass meine Möse ist?»

«Schön, dass du mich Herr nennst. Dafür werde ich dir nicht die ganze Hand in den Arsch stecken, sondern nur einen Finger. So. Oh, du fängst an zu zappeln. Soll ich dir noch einen reinstecken?»

«Nein, Herr. Einer ist genau richtig.»

Tom begann langsam, seinen behandschuhten Mittelfinger in Annies Arsch zu bewegen und kleine Kreise damit zu beschreiben. Dann schob er seinen Daumen in ihre erwartungsvolle Möse. Er bewegte Finger und Daumen so, dass es sich anfühlte, als würde er ihre Eingeweide massieren. Annie entfuhr ein Schrei.

«He, denk dran: Nicht schreien. Du musst ganz leise sein, sonst schiebe ich dir doch noch die ganze Hand in den Arsch. Entspann dich einfach. Ich ficke dich von beiden Seiten mit den Fingern. Toll, ich kann sie sogar aneinander reiben. Ah. Dir gefällt's also auch. Mann, bist du heiß.»

Tom bewegte seine Finger vor und zurück, schob einen hinein, während er den anderen herauszog. Annie fühlte sich prall ausgefüllt. Dann begann Tom ihre Klit zu lecken, und sie spürte den Höhepunkt nahen. Sie zitterte so sehr, dass ihr Körper auf dem Bett auf und nieder hüpfte.

«So ist's brav. Wie weit du geöffnet bist! Gut so. Lass dich gehen. Brave Prinzessin. Braves Mädel.»

Tom zog seine Finger heraus, verdrehte ihr die Arme und warf sie herum. Annie surfte immer noch auf den Wellen der Lust, die sie nach dem Höhepunkt durchströmten. Sie ließ alles mit sich machen. Dann begann Tom, sich Annies Säfte auf den Schwanz zu schmieren. Sie rief immer wieder: «Das war phantastisch», aber Tom sagte kein Wort.

Annie spürte, wie sein steifer Schwanz sich gegen ihren Hintern presste. Sie hob ihr Becken ein wenig an, damit er in ihre immer noch pulsierende Vagina eindringen konnte, doch Tom drückte ihr Gesäß sanft wieder herunter. Dann spürte Annie seinen Schwanz an ihrem Arschloch. Er löste die Handschellen.

«Entspann dich, Annie. Lass es uns mal versuchen. Davon hab ich schon lange geträumt.»

«Okay. Aber das heißt», sagte sie schwer atmend, «dass ich kein braves Mädchen mehr bin.»

Langsam schob Tom ihr die Spitze seines Schwanzes in den Arsch. Die Öffnung war noch sehr eng. Annie versuchte sich zu entspannen, sodass Tom Zentimeter für Zentimeter weiter vordringen konnte. Sie stellte fest, dass es ihr gefiel, und sie versuchte, ganz still zu liegen, während Tom langsam sein Ding in sie einführte.

Tom spürte, dass es in ihrem Arsch sogar noch heißer als in ihrer Möse war, doch er riss sich zusammen, um nicht wie ein Irrer loszurammeln. Er wollte ihr auf keinen Fall wehtun. Es fühlte sich wahnsinnig gut an, so als würde sie das Sperma aus ihm herauspressen. Annie lag ganz still da. Tom seufzte, als sie mit der Hand nach unten griff und begann, sich die Klit zu massieren.

Wieder und wieder musste Annie sich daran erinnern,

den Schließmuskel locker zu lassen. Das war nicht einfach. Sie kämpfte gegen das Bedürfnis an, die Muskeln abwechselnd anzuspannen und wieder zu lösen, eine Technik, die ihr immer sehr geholfen hatte, zum Höhepunkt zu kommen. Jetzt versuchte sie, sich nur noch zu entspannen.

Tom war inzwischen fast ganz in ihr drin, und Annie war äußerst erregt, hatte jedoch Angst, sich zu bewegen.

«O Gott, Annie, das fühlt sich so gut an. Alles in Ordnung?»

«Es ist wunderbar.»

Annie reckte das Hinterteil in die Luft, um ihm vollends den Weg frei zu machen. Er war hingerissen.

«Ich werde jetzt einfach so lange den Arsch zusammenkneifen, bis du kommst. Mir ist noch ein bisschen mulmig bei der Vorstellung, du könntest richtig zustoßen. Nächstes Mal, ja?», stöhnte Annie.

«Na gut, aber dafür setzt es Schläge.»

«O ja, bitte.»

Tom begann ihr den weißen Arsch zu versohlen und begann entgegen ihrer Bitte zu pumpen. Er war so erregt, dass er rasch zum Orgasmus kam, und Annie spürte zum ersten Mal, wie sich heiße Flüssigkeit in ihren Arsch ergoss. Jetzt verstand sie, wieso manche Menschen auf Einläufe stehen. Es war ein phantastisches Gefühl.

Doch als Annie am frühen Morgen nach Hause zurückkehrte, fühlte sie sich leer. Tom war zwar in die Tiefen ihres Körpers vorgedrungen, aber nicht in die Tiefen ihrer Seele. In seiner Gegenwart fühlte sie sich frei – beinahe zu frei. Es war kein Risiko involviert, außer vielleicht das, ihren Job zu verlieren. Kein emotionales Risiko und keine tiefe Beziehung. Die Energie, die sie in den Sex mit ihm investierte, schien wieder in sie zurückzufließen. Irgendwie war sie sicher, dass aus dieser Energie eigentlich irgendwelche Gefühle erwachsen müssten.

Es fiel Annie schwer, genau auf den Punkt zu bringen, woran es ihrer Beziehung mangelte. In der Literatur tauchte dieser Mangel an Nähe nirgends auf, und auch beim Niederschreiben ihrer Regeln war ihr keine Erleuchtung gekommen. Wie konnte sie bei so viel Lust das Gefühl haben, emotional kaum berührt zu werden?

Vielleicht, dachte sie, ist das die Melancholie, die einen nach dem Sex überkommt. In einigen der Gedichte, die sie gelesen hatte, war die Rede davon. Ich bin so oft gekommen, dass ich jetzt todtraurig bin.

Während sie darüber nachdachte, entdeckte sie zu ihrer Überraschung Tränen auf ihrem Gesicht – sie hatte gar nicht gemerkt, dass sie weinte.

Das diesige Morgenlicht weckte sie mit einem Ruck. Es hatte nicht den richtigen Farbton. Sofort war ihr klar, dass sie verschlafen hatte.

Rasch holte sie drei Kleidungsstücke aus dem Schrank. Annies schlichter Stil machte alles, was sie besaß, irgendwie austauschbar. Sie zog einen kurzen, schwarzen Lederrock an, eine enge graue Weste und einen jadegrünen Pullover. Sie band ihre schwarzen Ringellocken zu einem wuscheligen Pferdeschwanz und putzte sich die Zähne, während sie sich das Gesicht wusch.

Im Bus kam sie zu dem Schluss, dass in ihrem Leben kein Platz für eine Krise war. Dabei hätte sie sich gern eine gegönnt. Eine kleine persönliche Krise, um ihre Tränen zu begreifen.

Später, sagte sie sich, später.

Doch noch während sie dies dachte, schwante ihr, dass sie niemals die Zeit dafür opfern würde herauszufinden, was sie so traurig machte – falls es überhaupt etwas herauszufinden gab. Sie mokierte sich über Leute, die zum Therapeuten gingen, die Tausende von Dollars für die Erkenntnis ausgaben, dass es doch keinen Ausweg gibt. Annie pflegte Probleme aller Art dadurch zu lösen, dass sie sie mit größtmöglichem Einsatz direkt anging. Noch am selben Abend Tom zu besuchen schien ihr das richtige Rezept, um ihre Tränen zu trocknen. Sie wollte etwas unternehmen anstatt vor etwas davonzulaufen. Annie war der Überzeugung, dass alle Menschen im Leben immerzu vor der Entscheidung stehen: Kämpfe ich oder kneife ich? Sie kämpfte allerdings nicht mit Worten oder Fäusten, sondern mit Willenskraft.

Kapitel 9 – «Annie, hier ist Brad.»

«Brad, woher hast du meine Büronummer?»

«Ich weiß, wo du arbeitest. Mein Arbeitsplatz liegt nämlich gegenüber. So haben Tom und ich uns kennen gelernt. In der Bar an der Ecke. Diese ziemlich finstere Kaschemme. Weißt du, welche ich meine? Ein reiner Aufreißschuppen.»

«Ja, den kenne ich.»

«Das war halt unser Laden.»

«Wie?»

«Annie, sei doch nicht so naiv. Du kennst doch deinen Lover. Du weißt doch, worauf er steht. Und worauf ich stehe. Ich will dir meinen Schwanz reinstecken, und zwar jetzt!»

«Ich fürchte, das ist im Augenblick nicht möglich, Brad. Wir müssen das leider verschieben. Unser Gespräch, Ihr Anliegen ...» Sie lächelte und blickte in die Runde ihrer Mitarbeiter. «Es passt gerade nicht. Ich hab einfach zu viel zu tun. Auf Wiedersehen.» Annie legte auf.

«Worum ging's denn?», fragte Carol, jetzt mit pinkfarbenen Haaren und gelben Fingernägeln. Sie änderte ständig ihr Aussehen.

«Wieso fragst du?» Annie erwiderte ihren neugieren Blick. Carol drehte sich weg, und Annie starrte wieder auf die Papiere auf ihrem Schreibtisch.

Carol und Peter tauschten einen langen Blick, bis Peter seinen übergroßen Kaffeebecher zum Mund hob und so die Sicht versperrte. Annie bekam nicht mit, dass er Carol kaum merklich zuzwinkerte und sie die Augen so weit verdrehte, dass sie für einen gruseligen Moment ganz weiß wurden. Die Deckenlampen malten merkwürdige Kästchen auf Peters Halbglatze.

Wie ist das möglich, grübelte Annie. Kann es sein, dass die Liebe meines Lebens schwul oder bi ist oder wie auch immer man das nennt? Was ist mit letzter Nacht? Mein Arsch ist zwar jetzt noch wund, aber ... Wo denke ich eigentlich hin? Ehrlich, der Gedanke an sich macht mir gar nichts aus, eher die Tatsache, dass er mich betrogen hat. Nancy würde sagen, Annie, du bist wirklich total verkommen. Die Vorstellung geilt dich auch noch auf. Brad und Tom zusammen ... und du könntest ihnen dabei zusehen. Sag Tom doch gleich, dass du gern zuschauen würdest. Wenn er es mit einer anderen Frau triebe, würde dir das ... Nun ja, das würde mir schon etwas ausmachen. Aber das hier ... Der Gedanke an ein derartiges Schäferstündchen ließ die Tränen der letzten Nacht langsam Richtung Unterleib wandern.

Sie war so feucht und das Verlangen zwischen ihren Beinen so groß, dass sie auf die Toilette ging, um zu masturbieren. Doch der Orgasmus wollte und wollte nicht kommen, und ihr war nicht wohl dabei, so lange zu verschwinden. Sie spülte und ging wieder hinaus, um sich mit dem Aktenstapel zu befassen und sich bis fünf Uhr in die Arbeit zu vertiefen.

«Wiedersehen, Annie», grüßte Carol, das Reh, als Annie zur Tür hinauseilte. Sie winkte geistesabwesend zurück, denn sie dachte bereits an ihr bevorstehendes Wiedersehen mit Brad. Sie wollte ihn bitten, ein Überraschungstreffen mit Tom zu arrangieren, so wie Tom es für sie getan hatte. Sie stellte sich vor, wie sie sich zu dritt vergnügen würden, und schon wieder begann sich Feuchtigkeit zwischen ihren Schenkeln zu sammeln. So viele Hände überall, so viele Körperöffnungen …

Von draußen sah man nur eine schwarze Tür, schwarze Fenster und ein schwarzes Vordach. In der Bar war es ebenfalls dunkel, und es roch nach schalem Bier und abgestandenem Wein. Nachdem sie beim Barkeeper einen Tequila bestellt hatte, setzte sie sich in die dunkelste Ecke, die sie finden konnte. Er brachte ihr den Drink mit einer ganzen Limette und einem Messer. Nett gemeint, dachte sie, aber wir sind hier doch nicht auf einem Piratenschiff.

Sie konnte kaum erkennen, was um sie herum vor sich ging. Bei der Aussicht, Brad zu treffen, wurde ihr ganz anders. In ihrer Klit prickelte es, wie immer, wenn sie vergeblich nach etwas suchte. Das ging ihr schon seit ihrer Kindheit so. Sie konnte nie begreifen, wieso es sie erregte, etwas *nicht* finden zu können. Sie ermahnte sich, ruhig zu bleiben und sich zu konzentrieren. Die Bar schien nicht besonders gastfreundlich zu sein. Sie spürte zahlreiche Blicke und war sicher, das einzige weibliche Wesen am Ort zu sein. Nein, da drüben saß eine voluminöse, großbusige Blondine mit langen Beinen. Sie lachte und rauchte eine Zigarre. Eine dicke Zigarre. Offenbar gab es Frauen, die auf so etwas standen. Sie hatte sogar mal gelesen, dass manche Männer das sexy finden. Dann bemerkte sie den dicken Schnurrbart der Frau.

Ihr fiel wieder ein, wie sie mit Charles in die «Normalo»-Sexbar gegangen war. Hier war von Normalität keine Spur, und sie dachte: «Okay, Annie. Du trinkst jetzt deinen Tequila aus, und dann gehst du. Entweder riechen die, wie hetero du bist, oder sie glauben, du hast dich gekonnt ausstaffiert. So oder so bist du hier fehl am Platz.» Sie begann gerade hinter dem Tisch hervorzurutschen, als sie Brad sah. Er bemerkte sie nicht, und sie wollte nicht nach ihm rufen. Daher setzte sie sich wieder ins Dunkel und beobachtete ihn.

Er sprach mit einem Freund der Blondine, und es schien fast so, als gebe der Mann Brad Geld. Brad lächelte und schüttelte ihm die Hand. Aus irgendeinem unerfindlichen Grund schauten sie alle in Annies Richtung.

«Annie! Wie schön, dass du gekommen bist. Was für eine Überraschung!» Brad kam herübergeeilt, um sie zu begrüßen. «Freunde, das ist Annie. Sie ist wirklich phantastisch im Bett.»

Annie spürte, wie ihr die Hitze in die Wangen stieg. Eine derartige Lobhudelei vor wildfremden Leuten – so sollte man sie nicht in Erinnerung behalten. Was wäre das für eine Beerdigung: Nancy stünde in der ersten Reihe, hielte die Hand ihrer Mutter und wäre entsetzt über die Gerüchte, die über ihre Schwester erzählt wurden. Mutter würde lächelnd sagen: «Ach, wir wissen doch nichts Genaues.»

Brad schien offenbar zu glauben, Annie sei immer auf der Suche nach einem neuen Kick und er könne ihr zu einem verhelfen. Dabei war sie nur die normale, sexhungrige Annie. Weiter nichts. Gesundes Mittelmaß mit ganz normalen sexuellen Vorlieben, mal abgesehen von dem wunderbaren Dreier letzte Woche.

«Hallo, Leute. Tut mir Leid, aber ich muss los.» Sie eilte an ihnen vorbei zur Tür hinaus.

Auf der Straße hielt Brad sie am Arm fest. «Ich dachte, du wärst aus einem bestimmten Grund hier aufgekreuzt.»

«Ich bin hier aufgekreuzt, weil dein Anruf mich scharf gemacht hat und ich mit dir über Tom reden wollte. Ich würde ihn auch gern mal überraschen, aber nicht mit jemandem, der sich regelmäßig prostitutiert. O Mann, jetzt muss ich auch noch zum Aidstest.»

«Annie, ich hab dir doch gesagt, ich hab nichts. Ich lasse mich ständig testen. Willst du mal sehen?»

«Deine Einstichspuren? Nein danke. Bleib mir vom Leib, Brad, mir wird ganz anders, wenn ich an den Sex denke, den wir miteinander hatten.»

Er mühte sich, mit ihr Schritt zu halten, und flüsterte: «Es war wunderschön mit dir. Du hast den tollsten Körper von allen Frauen, mit denen ich je zusammen war.»

«Vergiss, dass das jemals passiert ist. Ruf mich nicht an, ich rufe dich an.» Annie eilte die Straße hinunter, und Brad kehrte zu seinen Geschäften in der Bar zurück.

«Schatz, wir müssen unbedingt miteinander reden.»

«O nein! Annie, du weißt doch, Diskussionen machen jede Beziehung kaputt, und in ein paar Monaten ist es aus zwischen uns.»

«Tom, ich hab heute Brad getroffen.»

«Ach ja?» Toms Mund schien zu zucken. «Und, war es nett?»

«Er hat mich angerufen, um mir zu sagen, er wolle mich vögeln.» Sie versuchte, Tom nicht allzu durchdringend anzustarren.

«Hmm, na so was! Ich hab ihm gesagt, er soll dich nicht anrufen.»

«Hat er früher schon alles gemacht, was du gesagt hast?»

«Aber Annie», lachte Tom, «das klingt ja fast, als würdest du mir irgendetwas vorwerfen.»

«Das tue ich auch. Mir ist egal, ob es stimmt oder nicht, aber … hast du mit Brad geschlafen?»

«Das klingt wirklich wie ein Vorwurf.»

«Nur wenn man gleichgeschlechtlichen Sex für unmoralisch hält.»

«Du weißt, wie ich darüber denke.»

«Du bist für alles offen, stimmt's?»

«Nun ja, solange ich damit niemandem wehtue …»

«Tom, wenn du die Wahrheit sagst, wird mir das nicht wehtun.» Sie holte Luft, denn sie hatte das Gefühl, als hätten diese Worte ihr einen Schlag in die Magengrube versetzt. Warum sollte es ihr nicht wehtun? Was, wenn nicht das? Warum sagte sie so etwas? Aber jetzt war keine Zeit zum Zaudern. Sie musste handeln. Nicht stehen bleiben.

«Aber weißt du auch, dass Brad auf den Strich geht?», fuhr sie fort.

«Ihr habt euch ja wirklich ausführlich unterhalten.»

«Ich hab ihn in der Bar gegenüber vom Büro getroffen.»

Tom setzte sich auf die Bettkante und fuhr sich mit seiner großen Hand übers Gesicht, als wische er ein spöttisches Grinsen weg oder als knete er ein Stirnrunzeln hinein. Er schlang seine langen Finger ineinander und ließ den Kopf hängen. Annie ging nicht zu ihm hinüber, sondern blieb stehen. Während sie seinen gut gebauten Körper betrachtete, fühlte sie sich ihm irgendwie fremd. Sein Haar glänzte im sanften Licht. Die dunkle Haarfarbe betonte seine Gesichtszüge, die wie aus Marmor gemeißelt wirkten. Sein neuer Bart war sorgfältig gestutzt, und Annie schnurrte innerlich, als sie daran dachte, wie weich er war. Aber Toms größter Vorzug waren seine Finger. Er hatte die Hände eines Künstlers. Es spielte keine Rolle, dass er nur Buchhalter war. Als sie ihn das erste Mal sah, wusste sie gleich, dass seine Berührungen sehr zärtlich sein würden. Sie hatte nicht erwartet, dass er mehr als ein guter Liebhaber sein würde. Ein so kreativer Liebhaber. Ein so sensibler Liebhaber. Er gestand Annie die Distanz zu, die sie beim Sex brauchte, und er wusste immer, wann er sich zurückhalten und wann er die Initiative ergreifen musste. Das war aber auch nicht schwer. Annie hatte immer Lust, mit ihm zu schlafen. Sein dicker Schwanz erregte sie, und seine Augen hatten eine hypnotische Wirkung, die sie in einen angenehmen Dämmerzustand versetzte.

Selbst jetzt, da sie einen seltsamen neuen Konflikt zwischen ihnen heraufziehen spürte, begehrte sie ihn. Wollte seine Arme auseinander drücken, seine Hose aufreißen und seinen Schwanz in den Mund nehmen. Das würde ihn sicher trösten. Aber sie beherrschte sich. Sie sah ihn mit traurigem Gesicht auf der Bettkante sitzen, und sie wusste genau, was sie tun konnte, um ihn und auch sich selbst glücklich zu machen. Sie widerstand der Versuchung, ihn an sich zu ziehen und seine Männlichkeit zu streicheln.

«Tom, ich mache mir Sorgen, weil wir uns in letzter Zeit nicht auf irgendwelche Krankheiten haben testen lassen.»

«Ja.»

«Tom?»

«Annie, du weißt, dass ich dich liebe. Manchmal ist es schwer, immer ganz ehrlich zu sein. Am ehrlichsten bin ich, wenn ich mit dir schlafe.»

«Das spüre ich, Baby. Es macht mir nichts aus, wenn du mit Brad geschlafen hast. Ich hab nur Angst, dass er auch noch mit anderen im Bett war und uns mit irgendwas Schrecklichem anstecken könnte.»

«Na gut.» Er wandte sich ihr zu, und sein Blick war alles andere als freundlich. So hatte Annie ihn noch nie gesehen. Ihr wurde mulmig. «Ich werde einen Test machen. So. Bist du jetzt zufrieden? Mann! Soll ich dir was sagen? Du vögelst wie ein Schwuler.»

«Ich weiß wirklich nicht, weshalb du plötzlich so feindselig bist.»

«Was?!»

«Feindselig. Dein Blick ist voller Wut und Hass.»

«Habe ich nicht auch mal das Recht, wütend zu sein?»

«Auf mich? Warum? Wir haben doch die ganze Zeit nur phantastischen Sex. Meinetwegen eben schwulen Sex. Wen kümmert's? Weswegen solltest du wütend sein?!»

«Vergiss es!»

«Tom, was soll ich vergessen? Sag's mir. Was? Aber schrei mich nicht an. Was hab ich Falsches gesagt? Ich hab gesagt, es ist mir egal, ob du mit Brad geschlafen hast ...»

«Hör zu, du Schlampe. Mir ist es nicht egal, was du sagst!» Tom stand auf und stürmte aus dem Zimmer.

In den ganzen zehn Monaten, die sie zusammen waren, hatte Annie nur die liebevollsten Worte aus Toms Mund gehört. Sie hatte auch nie etwas anderes erwartet oder gewollt. Vielleicht unanständige, versaute Worte. Aber keine feindseligen. Warum auch? Um der Wahrheit willen?

Annie glaubte grundsätzlich nicht an eine zweite Chance. Sie hatte ihre Schwester in ihren gescheiterten Beziehungen und einer trostlosen Ehe beobachtet, und daher wusste sie, dass ein Mann, der einmal einen Fehler gemacht hat, diesen Fehler immer wieder macht. So wie ein Hund, wenn er ein anderes Haustier tötet. Er hat dann Blut geleckt und wird nie wieder so tun, als sei das Kaninchen oder die Ratte ein Freund und Spielgefährte.

Annie verließ Toms Wohnung in dem Glauben, dass sie am Ende einer Zeit unglaublichen Glücks und himmlischer Lust angelangt war. Wenn man bei einem Mann, egal bei welchem, die Oberfläche ankratzt, dachte sie, findet man darunter immer einen Tyrannen. Oder einen kleinen Jungen. Oder beides.

Sie ging auf den Klippen ihres alten Lieblingsorts spazieren – und horchte auf etwas, das knapp außer Hörweite zu sein schien. Lagen da wirklich Stimmen in der Luft?

Sie stand an der Stelle oben an der ausgetretenen Holztreppe, die sie Fred gezeigt hatte. Dem Portal. Die Sonne schien und ließ das Salz auf dem Laub der Bäume glitzern. Unten toste das Meer.

Die Brandung brach sich am Ausleger eines vor langer Zeit gestrandeten Bootsmotors. Durchgeknallte Surfer paddelten um die Biegung und forderten die tückischen Wellen heraus, die schon Hunderte von ihnen das Leben gekostet hatten. Dieser Pazifik war ganz anders, als sein Name vermuten ließ. Oder besagte dieser, dass er erst noch pazifiziert werden musste? Annie erinnerte sich, dass im Jahr zuvor drei Kinder, die einfach nur an den Felsbrocken am Meer gespielt hatten, plötzlich von einer großen Welle weggerissen und nie wieder gesehen wurden. Ihr Vater würde sagen, sie seien «fort», aber ihr war klar, dass sie tot waren.

Ein Nebelhorn trötete einmal lang und zweimal kurz für den großen Tanker, der sich einem der anderen Schiffswracks in der Bucht näherte.

Sie hatte bei Tom einen Fernsehbericht über russische Siedler gesehen. In dem Hafen, der direkt unter ihr lag, waren sie gelandet. Sie hatten ein Fischerdorf gegründet und waren dann wieder verschwunden. Niemand wusste, was sie vertrieben hatte. Annie vermutete, dass es nicht die Wellen waren, sondern ein Ruf von der anderen Seite der Welt. Ein Heimatgefühl, das Kalifornier niemals verstehen oder empfinden würden.

Ein alberner Gedanke, das wusste sie. Es war der Wind, der ihr diese Geschichte in Erinnerung rief. Sie stand still, denn sie hatte das Gefühl, jemand hauche zärtlich das Wort «Schicksal» in ihr Ohr. Still genug, um die gute alte Regel 15 wieder zu beleben und die Situation in den Griff zu bekommen: *Stopp das Hexenbrett. Die Antwort liegt ganz in deiner Hand.*

Kapitel 10 – Regel 9: *Die Illusion der Liebe macht uns schwach, die Weisheit des Sex nicht. Oder, wie Nietzsche sagt: Was uns nicht umbringt, macht uns stärker.*

Vier Monate waren vergangen, seit sie Tom verlassen hatte. Annie war nicht mehr so unbefangen wie früher. Solange sie mit ihm zusammen war, hatte sie sich ein bisschen so gefühlt, als könne nichts auf der Welt ihr etwas anhaben. Doch seit ihrer Trennung war es, als sei Tom ein Gemälde, das jemand von der Wand genommen hatte, und nun wirkte das Zimmer plötzlich nackt.

Außerdem machte Annie Sorgen, dass sie überhaupt keine Lust auf Sex mehr hatte. Bis jetzt, dachte sie, bestand mein Leben zu neunzig Prozent aus Sex und zu zehn Prozent aus allem anderen. Diese zehn Prozent sind mir geblieben, aber was füllt die entstandene Lücke? Als sie versuchte, diese Gedanken zu vertiefen, legte sich ein diffuser Nebel über ihren Verstand. Sie kämpfte nicht dagegen an, sondern ergab sich in dieses Gefühl der Leere.

Sie dachte an all die wundervollen Bücher, die sie am College gelesen hatte, und daran, dass sie jedes einzelne nur berühren musste, um sich seinen Inhalt wieder lebhaft in Erinnerung zu rufen. Sobald sie ihren Riverside-Shakespeare in die Hand nahm, wurde ihr Kopf von einer Flut von Zitaten und Bildern überschwemmt. Das Buch wurde für sie zu einem direkten Draht zum Leben der Figuren darin.

Vielleicht ist es beim Sex genauso, dachte sie und seufzte wehmütig. Toms Berührungen verschwammen bereits in ihrer physischen Erinnerung. Sie wusste, dass sie eines Tages aufwachen und keine Ahnung mehr haben würde, was er mit ihr angestellt hatte, um sie dermaßen zu erregen. Ihr Körper war nicht in der Lage, diese Informationen in vollem Umfang zu speichern.

Ebenso wenig wie ihr Verstand. Im Gegensatz zu Nancy war sie nicht sonderlich gut darin, sich Dinge über längere Zeit zu merken. Ihre große Schwester erinnerte sich auf den Tag genau an jeden Streit, den sie je gehabt hatten, und daran, wer wann, wo und warum wen gekränkt hatte – zumindest ihrer Meinung nach. Annie war zwar in der Lage, sich Unmassen von Details zu merken, die sich auf Projekte oder Menschen bezogen, aber eben nicht für lange. Sie hatte clevere Methoden ersonnen, große Mengen an Informationen zu verarbeiten, aber wenn über einen Auftrag länger als sechs Monate nicht gesprochen wurde, war er für sie praktisch nicht mehr existent. Sie musste jede Kleinigkeit in alten Dateien nachlesen, was schwierig war, denn oft hatte sie deren Namen bereits vergessen.

An den genauen Charakter einer geschäftlichen Vereinbarung oder der daran beteiligten Personen konnte Annie sich nach einiger Zeit einfach nicht mehr erinnern. Zum Glück musste sie das in ihrem Beruf auch nicht. Carol genoss es, Akten für Annie herauszusuchen, und im Gegenzug lobte Annie sie überschwänglich. So erweckte sie den Eindruck, ihre Design-Assistentin sei eine tüchtige Mitarbeiterin – was nicht der Realität entsprach –, und machte sich selbst vor, sie habe alles unter Kontrolle – was ebenso wenig der Fall war.

In Sachen Sex hingegen konnte sie sich an alles Mögliche erinnern, als habe man es ihr direkt ins Herz gefräst. In die Knochen. Es waren keine kompletten Menschen, die ihr im Gedächtnis geblieben waren, sondern eine Lippe an einer Avocado, der Schwung einer Hüfte, der salzige Geschmack von Toms Mund – das waren Bilder, die sie nie vergessen würde. Worte wie *goldene Schachtel, Schlampe, eine Frau, in die ich mich verlieben könnte,* gingen ihr ebenfalls nicht mehr aus dem Sinn. Sie schlummerten in einem geheimen Schrein in ihrer Brust.

Die Agentur, in der sie arbeitete, schmückte sich mit allerlei schillernden Charakteren, die sich schon seit der Schulzeit für Genies hielten. Ihre Kollegen hatten sich so oft neu erfunden, dass von ihrem wahren Ich nicht mehr viel übrig war. Peter war ein Ex-Hippie, der mittlerweile gern Beethoven hörte und aussah, als würde er sein Gesicht mit Bodenpolitur waschen. Carol, das Reh, hatte inzwischen Haar- und Nagellackfarbe vertauscht, sodass nun ihr Kopf gelb war und ihre Nägel pink. Marty, der Chef des Ganzen, trug stets Schwarz und achtete darauf, dass seine langen, zu einem Pferdeschwanz gebundenen Haare immer schön fettig waren. Ständig erzählte er irgendwelche Räuberpistolen aus Vietnam, aber eines Tages erhaschte Annie einen Blick auf das Geburtsdatum in seinem Führerschein und stellte fest, dass er unmöglich dort gedient haben konnte. Offenbar machte es ihm Spaß, sich als leidendes Opfer zu gerieren, das sich mit Wut im Bauch durchs Leben schlug. Sasha, die androgyne Frau, hatte sich so sehr bemüht, ihren texanischen Akzent loszuwerden, dass nun die meisten Menschen zwar vielleicht an ihrer Weiblichkeit zweifelten, dafür aber fest davon überzeugt waren, dass sie aus Kanada stammte. Sashas Gesicht sah aus, als würde sie es jede Nacht bleichen. Am Ende eines langen Tages schien es sich tatsächlich nach und nach in eine schlechte Kopie seiner selbst zu verwandeln, in einen Schatten ohne Ursprung.

Annie saß an ihrem Zeichentisch und betrachtete die Anzeige, die sie bearbeiten sollte.

Natürlich war darauf eine Frau mit einem Auto zu sehen. Natürlich ging es um Sex. Sie fand nur keinen Zugang dazu. In letzter Zeit hatte sie ihre weißen Morgenstunden damit verbracht, sich mit ihrem Tagebuch anstatt mit Werbestrategien und Entwürfen zu beschäftigen.

Während sie das Bild betrachtete, wurde ihr klar, dass sie selbst sich diese Anzeige vor mehreren Monaten ausgedacht hatte. Jetzt fand sie sie grauenhaft. Alle Werber gingen davon aus, dass die Menschen Autos mit Sex gleichsetzten. Das gehörte nun mal zum American Way of Life. Wie viele ihrer Kollegen hatten ihre Unschuld im Fond eines Autos verloren? Doch mittlerweile war Annie der Ansicht, dass Sex für Sex stand und Autos für Autos. Ein Ersatz für Sex waren sie gewiss nicht, sonst hätte Phil, falls man Nancy glauben konnte, ein Wohnmobil anstelle des gebrauchten Hyundai, den er fuhr.

Wieder war Annie beunruhigt darüber, dass sie offenbar keine Energie, ja nicht mal den Wunsch hatte, auszugehen und sich einen neuen Mann zu suchen. Sie masturbierte nicht einmal mehr. Mit ihren fünfundzwanzig Jahren war es ihr noch nie passiert, dass jemand sie als «Schlampe» beschimpfte. Und sie wollte es auch nicht noch einmal erleben. Sie dachte daran, wie groß die körperliche Nähe zwischen ihr und Tom gewesen war, und dass man sich, wenn man sich so nahe kommt, eigentlich recht gut kennen sollte. Aber weit gefehlt. Oder kannte sie Tom *zu gut*, und er hatte sie dafür gehasst? Was um alles in der Welt war an der Wahrheit so schlimm?

Und noch eine andere unerfüllte Sehnsucht schwelte in ihr, doch sie konnte sie nicht genau bestimmen. Ein weiches, wehes Gefühl – wie ein Kaninchen an einem sehr kalten Tag draußen auf dem Feld. Sie hatte Angst, jemand könne plötzlich in ihr Leben treten und dieses Etwas einfach zertrampeln. Daher ließ sie niemanden an sich heran. Sie konnte sich kaum noch an Toms Berührungen erinnern und fragte sich, ob sich alle Menschen nach einer Trennung so fühlten, ob sie alle nur so taten, als sei ihnen elend zumute, während in Wirklichkeit all ihre Empfindungen im Winterschlaf lagen.

Annie war in einem Zustand, der schlimmer und zugleich angenehmer war als eine Depression: Sie begrüßte die Leere in ihrem Innern. Sie hatte das Gefühl, wenn jemand sie öffnen und sich ganz in sie ergießen würde, würde sie das völlig kalt lassen und ihren Hunger nicht stillen.

Männer schienen das Vakuum in ihr zu bemerken, das danach verlangte, belegt, gefüllt und versiegelt zu werden. Sie konnte all die Anträge, die sie bekommen hatte, seit sie wieder frei war, gar nicht mehr zählen. Dennoch hatte sie sich, als sie noch mit Tom zusammen war, freier gefühlt. Jetzt lebte sie wie ein Panther im Käfig, immer auf der Hut. Die Wildheit, die Tom so begeistert hatte, lag brach, verkümmerte vielleicht sogar. Annie hatte nicht gewusst, dass es möglich war, eben noch vor Geilheit fast zu platzen und von einem Tag auf den anderen völlig frei davon zu sein.

Ihr Aidstest war negativ, was ihr ein Gefühl der Sicherheit gab. Das war aber auch das Einzige, was diese Wirkung hatte. Sie sehnte sich danach, in Ruhe gelassen zu werden, aber niemand erfüllte ihr diesen Wunsch. Peters Zwinkern wurde bald zu einer Art nervösem Tick – jedoch von einer unterschwelligen Wut gefärbt. Marty saß ein bisschen zu dicht neben ihr, wenn er ihr neue Vorschläge erklärte. Sogar Sasha war an Annies Schreibtisch gekommen, um ihr den Rücken zu massieren. Annie hatte dankend angenommen, aber nachdem Sasha ihr fünf Minuten lang ihre fürchterlich harten Fingerknöchel zwischen die Schulterblätter gebohrt hatte, schickte sie sie wieder weg.

Sashas misslungenen Annäherungsversuch eingeschlossen, war es ihr einfach unangenehm, sich von irgendjemandem begrapschen zu lassen. So enge Kontakte konnte sie nicht ertragen. Sie hatte das Gefühl, als wäre ihr Körper ganz weit weg, als schwebte er in kristallisierter Form durch die Gegend und wartete darauf, dass jemand kam und ihm eine Gestalt und Energie gab. Früher hatte sie immer gemeint, ihr Ich, ihre Seele beobachte sie von weitem, jetzt war ihre Seele bei ihr, aber ihr Körper war fort. Je unnahbarer sie wurde, umso mehr wurde sie von anderen begehrt. Sie fühlte sich an die High-School-Zeit erinnert – nur dass sie mittlerweile an den Gedanken, schön zu sein, gewöhnt war.

Fremde sprachen sie auf der Straße, im Bus, im Waschcenter, in der Lebensmittelabteilung ihres Lieblingssupermarkts an. Die Verkäufer dort schienen ihr jetzt lüsterne Blicke zuzuwerfen und boten ihr exotische Sternfrüchte oder Babyzucchini zum Probieren an. Solche Aufmerksamkeiten führten dazu, dass sie ihre Brustmuskeln verkrampfte und den Blick abwandte. Sie hatte sich noch nie so verletzlich gefühlt. Hatte Tom ihr vielleicht als Puffer gedient, als sie noch zusammen waren? Vielleicht war es mit Fred, Charles und Jeffrey genauso gewesen. Allein das Bewusstsein, einen Geliebten zu haben, hatte Annie viel lockerer gemacht. Nichts schien damals wirklich ernst zu sein. Einen Mann anzulächeln war kein eindeutiges Angebot, sondern nur ein Kompliment für seine Schönheit und seine erotische Ausstrahlung.

Das Gefühl, sexy zu sein, ein aufreizender Gang und provokante Kleidung hatten nie die dreisten Anmachen ausgelöst, mit denen sie jetzt konfrontiert war. Falls es sie doch gegeben hatte, hatte sie sie einfach überhört. Sie konnte es sich leisten. Es gab jemanden, der auf sie wartete.

Carol, das Reh, wollte alles über Annies veränderte Situation brühwarm erzählt bekommen. Mehrmals versuchte sie, etwas aus Annie herauszukitzeln, indem sie auf ihre eigenen Trennungen anspielte und darauf, wie schmerzhaft sie gewesen waren. Annie ließ ihr nicht die geringste Hoffnung auf Erfolg. Meistens zog sie mit den Worten «Das tut mir aber Leid» von dannen. Carol war frustriert. Als jemand, der in Kalifornien aufgewachsen war, glaubte sie ein Anrecht darauf zu haben, dass all ihre Freunde und Kollegen ihr ihr Herz ausschütteten. Carol «teilte» ihre Gefühle stets gern mit anderen und fand, dass Annie, die zwar ihre direkte Vorgesetzte, nicht aber die Chefin der gesamten Firma war, das auch tun sollte. Annie lernte sich zu verteidigen, indem sie auf jede indiskrete Frage entgegnete: «Warum fragst du?» und Carol so daran erinnerte, dass sie das Ganze nichts anging.

Ihr Liebeskummer war allein Annies Sache, und sie hatte nicht vor, ihn sich zerreden zu lassen. Ein Geheimnis war etwas, das einem selbst gehörte. Die Versuche der anderen, in ihre Intimsphäre einzudringen, belasteten sie. Mit Tom hatte sie ein Leben im Verborgenen geführt, in das sich außer Brad niemand eingemischt hatte. Jetzt schienen alle jede ihrer Handlungen genau zu beobachten, als wäre sie eine Einladung zum Angriff. Sie versuchte sich in eine Art Kokon zu hüllen, aber man ließ ihr keine Ruhe. Es war merkwürdig. Irgendwie glaubte Annie, dass Nancy sich ähnlich gefühlt haben musste, wenn sie schon auf dem Weg zur Schule wusste, dass dumme Sprüche und Rasiercreme sie dort erwarteten.

Annies weiße Morgenstunden waren vorerst passé. Sie bemühte sich angestrengt, sich an nichts zu erinnern, nichts zu sein. Sie wusste, dass man so etwas als Depression bezeichnete, aber es kam ihr eher wie eine Entleerung vor. Ihre Bewegungen verloren nach und nach ihre Sinnlichkeit, obwohl die animalische Energie, die sie umgab, keineswegs erloschen war. Die Erotik, die sie früher verströmt hatte, brodelte nun in ihr vor sich hin.

Eines Tages ging Annie nach der Arbeit in die Bar. Es war, als folge sie einem inneren Zwang. Sie war schon auf dem Weg in die entgegengesetzte Richtung, als sie plötzlich umkehrte. Ihr Körper führte sie an einen Ort, den ihr Verstand nicht wieder erkannte. Sie war bereits eingetreten, als sie sich zu fragen begann, was sie dort wollte.

«Einen Tequila, bitte.»

«Schön, Sie zu sehen», sagte der Barkeeper, und die Dunkelheit des Raums schien direkt aus seinem Mund zu kommen.

«Sie erinnern sich an mich?»

«Hier kommen nicht viele schöne Frauen rein, die *echt* sind. Und Brad hat uns alles über Sie erzählt.»

«Ist er hier?»

«Er kommt noch. Ich bringe Ihnen Ihren Tequila.»

Warum unterhielt sie sich bloß mit so einem übel riechenden Mann? Um nach einem Stricher zu fragen! Aber sie wollte Brad nicht sehen, denn sie spürte, dass etwas mit ihr geschah.

Tom. Es war die Erinnerung an Tom. Plötzlich wusste sie wieder, wie er sich in ihr angefühlt hatte, wie wunderbar und warm. Wie erfüllt und befriedigt sie sich gefühlt hatte und wie ausgehungert sie jetzt war. Plötzlich hatte sie das Gefühl, sie wäre imstande, sich den Rock vom Leib zu reißen und den stinkenden Barkeeper gleich dort auf dem Tresen zu vögeln. Hinterher würde sie ihn Soda in ihre Möse füllen lassen, und dann könnten alle Gäste aus ihr trinken. Ein Feuer breitete sich wie ein Spinnennetz in ihr aus, und sie spürte, wie die Geilheit sich ihrer wieder bemächtigte. Regel 14 fiel ihr ein: *Jeder gute Sex beginnt mit einem One-Night-Stand.*

Hitze stieg von ihrer feuchten Möse auf und rötete ihre Wangen. Sie senkte den Blick und hoffte, dass niemand es merkte.

«Hi, hier ist dein Tequila.»

Annie sah auf und erblickte Brad. Er nahm ihren Drink vom Tablett des Kellners und setzte sich damit zu ihr. Annie streckte instinktiv die Hand aus, und Brad streichelte ihre Handfläche, während er ihr den Tequila reichte – eine Geste, die so zart war, dass Annie sie vor ein paar Stunden vielleicht gar nicht bemerkt hätte. Jetzt entfachte sie ein verzehrendes Feuer in ihr.

«Annie, ich hab die ganze Zeit an dich denken müssen.»

«Und über mich reden.» Ihre dunkelblauen Augen verengten sich und wanderten über sein Gesicht. Ein attraktives Gesicht, wenn auch nicht so makellos wie Toms. Brads Gesicht sah aus wie das eines Zockers, so als wasche er es ständig rein. Sein Adamsapfel ragte aus seinem Hemd hervor. Doch Annie hatte ihn ohne Klamotten in Erinnerung. Sie dachte an seine anderen großzügig bemessenen Attribute und begann zu lächeln.

«Annie, ich halt's nicht mehr aus. Ich will dich so sehr. Ich muss endlich mit dir schlafen.»

«Lass uns jetzt gleich ins Krankenhaus fahren und einen Bluttest machen. Für ein hübsches Sümmchen bekommt man das Ergebnis innerhalb von ein paar Stunden. Kannst du noch so lange warten?» Brad nickte. Annie musterte ihn. «Kannst du auch zahlen?»

«Lass uns gehen, Annie. Trink deinen Tequila aus.»

Im Taxi zog Brad Annies Rock hoch und riss ein kleines Loch in ihre Strumpfhose. Er massierte ihre Klit, und sie bemühte sich, keinen Mucks von sich zu geben, auch wenn die ständigen Blicke des Taxifahrers in den Rückspiegel keinen Zweifel daran ließen, dass er Bescheid wusste. Doch das erregte Annie nur noch mehr.

Als Brad ihre Brüste durch den Blusenstoff hindurch küsste, begann sie zu stöhnen. Dann stieß er seinen dicken Mittelfinger in sie hinein und begann sie damit zu masturbieren, bis sie leise zu winseln begann. Er küsste ihre Augen, die sie in völliger Hingabe geschlossen hatte.

Als sie vor der Klinik hielten, war der Druck zwischen Annies Beinen kaum noch auszuhalten. Fast wäre sie aus dem Taxi gefallen. Sie gingen den hellen Gehweg entlang. Der Tag wirkte reichlich surreal: Hier die verborgene Nässe zwischen ihren Beinen, da die Sonne, die lächelte, als wolle sie ihr tiefstes Geheimnis preisgeben.

Entsprechend verschwörerisch kam sie sich vor. Sie warf Brad einen Blick zu, und er grinste. Er weiß, dass er gesund ist, dachte sie, und sie sehnte sich umso mehr nach seinem Schwanz. Brad schob seinen Arm unter ihren Mantel und packte ihren triefnassen Arsch. Annie stöhnte, während sie durch die Kliniktür traten.

«Fester, fester.»

«Lauter. Du willst es doch, also schrei's raus!»

«Fester. Ja, Brad, so ist's gut. Ja.» Annie spürte, wie sein großer Schwanz sie aufspießte. Ihre Beine ragten in die Luft, und er tauchte, so tief er konnte, in sie ein. Sie wusste nicht mehr, wo sie waren, wann sie angefangen hatten, und manchmal vergaß sie sogar, wer sie waren. Es kam ihr vor, als sei sie nur noch eine einzige große, pulsierende Höhle und Brad ein Pumpen darin, das an Schmerz grenzte, aber so dringend Not tat. Der Druck war unerträglich. Sie sehnte sich nach Erlösung. Plötzlich tauchten hundert Schwänze vor ihrem geistigen Auge auf, und während Brad sie bumste, stellte sie sich vor, dass einer nach dem anderen in sie eindrang.

«Ist das gut, Annie. Mann, ist das gut.»

Sie sagte «Jaja», aber es kam ihr vor, als riefe sie ihm das von ganz weit weg zu. Ihr war schwindelig, und sie glaubte ohnmächtig zu werden. Plötzlich raste eine Hitzewelle auf ihre Klit zu, und dann, nachdem sie den Orgasmus von irgendwo tief in ihrem Innern anrollen spürte, explodierte sie. Brad rammelte weiter und schien genau zu spüren, wann ihr Höhepunkt begann. Er behielt seinen Rhythmus bei, um sie nicht zu stören. Er spürte, wie ihre Möse sich krampfartig zusammenzog. Nach ungefähr zehn Sekunden begann er noch tiefer in sie hineinzustoßen. Annie heulte auf und begann zu weinen. Er hörte auf, aber sie sagte: «Mein Gott, nein. Nicht aufhören. Nicht aufhören. Nicht aufhören.» So fuhr er fort, bis er sich in einem riesigen Schwall in sie ergoss.

Brad lag auf Annie und sah, wie das diesige Zwielicht auf ihre rosige Haut schien. Er war noch nie mit so einer schönen Frau zusammen gewesen und auch mit keiner, die sich ihm so total hingeben konnte. Sein Instinkt hatte ihn bei jener ersten Begegnung mit ihr in der Wohnung von Tom nicht getrogen: Dies war die Frau, in die er sich verlieben konnte.

Er zog vorsichtig seinen halb erschlafften Schwanz aus ihr heraus und rollte sich von ihr herunter, um sich an sie zu kuscheln. Sie murmelte: «Tom», und Brads gute Laune verflog. Er begann mit ihr zu reden, merkte aber, dass sie schlief – diesen speziellen Schlaf, der auf großartigen Sex folgt. Er fühlte sich tief in seinem Innersten berührt. Sie auch? Nachdem sie ihn als Stricher bezeichnet hatte? Nachdem sie mit ihm im Krankenhaus gewesen war? Vielleicht vermisste sie Tom und brauchte nur einen guten Fick. Denn ein guter Fick war Tom allemal. Brad beschloss, dass Geld von nun an nicht mehr alles für ihn sein sollte. Das, was er wirklich brauchte, lag neben ihm. Ihm reichte schon ihre nasse Möse, aber hinzukam, wie sie sich bewegte, was sie fühlte, wie sie beim Sex mit ihm abging. Sein Schwanz regte sich wieder, doch er hielt es für besser zu warten. Er streichelte sanft ihre Titten. Sie drehte sich um und legte den Kopf an seine Brust.

Grell drang der Morgen durchs Fenster von Brads Wohnung im ersten Stock. Das helle Licht schien von den kahlen Wänden zurückzuprallen. Brad wusste nicht mehr, wo er war. Neben ihm lag Annie ... Er konnte sich kaum noch erinnern, wie sie aussah. Für ihn war sie die Quintessenz aller Frauen. Sie vereinigte all ihre Kraft und Erotik in sich. Sie verkörperte ihre Offenheit und zugleich all ihre größten Geheimnisse. Er spürte sie mit dem Körper, aber nicht mit dem Verstand. Er roch sie tief in seinem Innersten. Das war alles zu viel für ihn. Er sah, dass Annie schlief – ganz real im Hier und Jetzt. Er konnte diese schlafende Frau nicht mit der unglaublichen Ekstase, die er empfunden hatte, in Verbindung bringen. Er verlor das Gefühl für sein eigenes Geschlecht und fragte sich, wo er war. Ihm war übel – eine überwältigende Übelkeit, aber nicht vom Magen her, sondern eine Übelkeit, wie sie einen überkäme, wenn man mit seiner eigenen Mutter geschlafen hätte. Er wünschte, die unerbittliche Sonne wäre nie aufgegangen. Durch sie wurde Annie langsam zu real. Sie würde aufwachen, sagen, dass sie zu ausgehungert gewesen sei, dass sie einen Fehler gemacht habe, dass sie Tom liebe …

«Annie, Liebling.»

«Mmm.»

«Liebste Annie. Annie, Schatz, bist du wach?»

«Mmm-hmm.»

«Willst du was essen?»

«Dich.»

«Ich hab Hunger.»

«Und ich hab Hunger auf dich. Bitte lass mich deinen herrlichen Schwanz vernaschen.»

«Annie! Wir sind füreinander geschaffen.»

«Ja, da könntest du Recht haben.»

Sie griff nach seinem Schwanz und begann ihn zu massieren. Brad stand ganz still. Er wollte nicht eingreifen, sondern abwarten, was Annie tun würde. Er fühlte sich von ihr verhext. Ihre Finger spielten sacht mit seinen Eiern und kneteten zwischendurch fest seine Eichel. Er schloss die Augen. Er spürte, wie sich eine sehr heiße, feuchte kleine Öffnung um ihn schloss. Er schnappte nach Luft. Annie fuhr mit ihrer Zunge um die äußerste Spitze seiner Eichel, sog seinen Schwanz in ihren Mund und pustete ihn dann wieder aus. Er stöhnte, und sie begann das Tempo ein wenig zu erhöhen, aber nicht wie all die Frauen, die ihm das Gefühl vermittelt hatten, sie täten ihm einen großen Gefallen. Annie lutschte an ihm, als sei *er* derjenige, der etwas für *sie* tat. Sie bewegte ihre Hüften und rückte näher an ihn heran.

Brad fühlte, wie die Spitze seines Schwanzes hinten an ihre Kehle stieß. Dann zog sie ihn heraus. Rein, raus, rein, raus. Brad rührte sich nicht. Er war wie gelähmt. Er öffnete die Augen und war wie erstarrt vor der Schönheit ihrer glänzenden schwarzen Haare und der Magie ihrer Zunge. Plötzlich begann er abzuspritzen. Er hatte nicht mal gemerkt, dass er so weit war, und plötzlich schoss er ihr sein heißes Sperma in den Schlund. Sie stöhnte und legte sich noch mehr ins Zeug. Sie sog seinen ganzen Saft aus ihm heraus. Brad fiel aufs Bett. Er fühlte sich auch des letzten Restes seiner Persönlichkeit entblößt. Er war nur mehr ein bebender Nukleus sexueller Empfindungen. Die Denkfähigkeit war ihm abhanden gekommen. Sein Herz hämmerte und schwoll an, als sei es ebenfalls ein pochendes Glied.

«Brad, du schmeckst köstlich. Wie ein guter Wein.»

«O Mann. Wie hast du das gemacht? Das war zu viel für mich.»

«Hat es dir nicht gefallen?»

«Mehr als das. Du bist eine Zauberin.»

«Danke. Jetzt lass uns essen.»

Brad sprang aus dem Bett, obwohl er vor fünf Sekunden noch sicher war, dass er nie wieder würde gehen können. Aber er konnte. Und Annie war immer noch da, das Gesicht umrahmt von ihren glänzenden schwarzen Locken. Er schätzte sie auf 25 oder 26, aber sie wirkte vollkommen alterslos. Sie hätte auch jedweder Nationalität sein können. Ihr Körper war wohl gerundet und straff, ihre Augen bodenlos. Ganz Frau, jede Frau, seine Frau.

Annie zog sich im verblassenden Morgenlicht an und fühlte sich sehr entspannt, warm und ausgeruht. Ihr war noch gar nicht klar geworden, dass sie zum ersten Mal in ihrem Leben eine ganze Nacht in einem fremden Bett verbracht hatte.

Sie gingen in ein billiges mexikanisches Restaurant und bestellten Chili. Die Schärfe trieb ihnen den Schweiß auf die Stirn. So etwas hatte Annie noch nie gegessen, und sie konnte kaum fassen, wie sinnlich es war. Sie rollte das Fleisch in ihrem Mund hin und her und delektierte sich an dem Brennen, das die Chilis in ihrer Kehle hinterließen. Sie bestellte noch eine Portion.

«Das ist das Beste, was ich je gegessen habe. Tut mir Leid, aber ich glaube, ich muss essen, bis ich dick und fett bin.»

«Iss so viel du willst. Freut mich, dass es dir schmeckt.»

«Unglaublich, was für einen Hunger ich habe. Was machst du nur mit mir, Brad?»

«Ich liebe dich.»

«Du liebst mich? Ist das nicht ein bisschen früh?»

Brad lehnte sich etwas zurück. Er war wie vor den Kopf geschlagen. Sie empfindet also wirklich nichts, dachte er.

«Brad? Brad, sieh mich an.»

Er wandte den Blick ab, doch Annie merkte sofort, dass er mit den Tränen kämpfte. Sie wollte ihn in den Arm nehmen, ihn streicheln, aber irgendetwas hielt sie davon ab. Vertraute er ihr nicht? Glaubte er ihr nicht? Wurde das, was sie miteinander teilten, durch das Wort «Liebe» nicht entwertet?

«Brad, ich empfinde mehr als Liebe für dich. Brad», ihre Stimme wurde leise und beinahe drohend, «Brad, wenn es dir hilft, sage ich, dass ich dich liebe.»

«Kannst du nicht einmal normal sein?», fragte er ungläubig. «Die meisten Frauen wären außer sich vor

Glück, wenn ein Mann ihnen nach einem One-Night-Stand eine Liebeserklärung machen würde.»

«Ja, wirklich?»

«Nun, das solltest du eigentlich besser wissen als ich.»

«Nicht unbedingt. Ich kenne nicht viele Frauen. Wir sollten lieber beim Vögeln bleiben, denn wenn wir zu viel reden, bekommen wir bloß eine Menge Probleme. Ich möchte dich spüren, Brad ... nicht analysieren. Das können wir immer noch tun, wenn uns die Arme und Beine abfallen, okay?»

Brad wollte Annie sagen, dass ein ganz neuer Mensch aus ihm wurde. Das Potenzial dazu hatte er immer in sich gespürt, nur der zündende Funke hatte gefehlt. Irgendwie gab ihm die Kraft ihrer Sexualität den Mut, sich neu zu definieren. Es geschah rasend schnell.

Von dem Moment an, als sie sich das erste Mal berührten, hatte sich, obwohl Tom dabei gewesen war, sein gesamtes Innenleben komplett auf Annie umgestellt. Bis dahin hatte er sich für einen einsamen Wolf gehalten, eine Insel. Bei der Arbeit schaltete er das Gehirn aus. Nichts hatte ihn je tief berührt – es hatte Frauen und Männer gegeben, die ihn besitzen wollten. Genau deshalb konnten sie nicht bei ihm landen. Das machte seine Arbeit so leicht. Mechanisch. Er war dabei eigentlich gar nicht richtig anwesend.

Aber Annie war anders. Dafür liebte er sie. Sie hatte nichts mit dem gemein, was Brad bis dahin erlebt hatte. Energiegeladen und sanft war sie, und wenn sie fickte, fickte sie. Mit Leib und Seele. Sie ging darin auf. Und das Gleiche galt für ihren Schlaf. Sie schlief wie ein Stein. Keine Rituale, keine Bettlektüre, nur der pure Schlaf.

Wie eine gut eingestellte Maschine. Eine ganz präzise justierte Fickmaschine oder, wie er hoffte, eine Liebesmaschine. Er liebte sie so, wie manche Leute es ihm von ihren Partnern erzählt hatten. Auf den ersten Blick, so sagten sie, sei ihnen klar gewesen: «Die ist es.» Er hatte nie geglaubt, dass ihm das passieren könnte, doch dann geschah es, und angesichts der Tatsache, dass er ihr nun zu Füßen lag und darum kämpfte, nicht von ihr zerbrochen zu werden, fühlte er sich schwach.

Kapitel 11 – Eine Regel schwirrte ihr durch den Kopf und verlangte danach, aufgeschrieben zu werden, aber Annie konnte sie noch nicht in Worte fassen. Sie war jedoch sicher, dass sie sie begreifen würde, sobald sie ihre Regelsammlung aufschlug und zu schreiben begann.

Zu ihrer eigenen Überraschung schrieb sie stattdessen in ihr Tagebuch.

Liebe. So ein kurzes Wort. Sagt es irgendetwas über Gefühle aus? Ich glaube, dass ich verliebt bin, aber sicher bin ich nicht. Brad löst jedenfalls tiefe Empfindungen bei mir aus.

Gibt es überhaupt eine Zukunft? Ich dachte, ich würde immer mit Tom zusammenbleiben, aber ein schreckliches Wort und ein sehr kalter Blick genügten, und ich war schneller draußen, als Nancy «Herrgott» sagen kann. Du weißt, dass ich Tom alle Gefühle geschenkt habe, die ich hatte.

Und, Annie, was waren das für Gefühle? Die Dunkelheit in dir?

Brad hat von dieser Dunkelheit Besitz ergriffen. Aber er bekommt auch all die anderen Gefühle. Zumindest wünsche ich mir das.

Meine Morgenstunde – ich hab sie verloren. Es fällt mir schwer, zur Arbeit zu gehen. Ich wusste nicht, dass ich kreativ sein kann, ohne mir dessen bewusst zu sein. Bei der Arbeit denke ich ständig, ich hätte keine Ideen mehr. Wirklich. Es ist schwer zu erklären, aber es scheint, als wäre Brad gekommen, um diese Morgenstunden zu füllen. Jetzt ist er es, der mich in diesen Schwebezustand versetzt.

Zwischen Brad und mir gibt es nichts als eine animalische Intimität. Es ist, als wären wir auf einer Instinktebene verbunden, die sich nie ganz erforschen lassen wird.

Mir gehen all die anderen Lover durch den Kopf und all die Dinge, die wir nicht ausprobieren konnten …

Tom war ein toller Liebhaber. Wenn ich so darüber nachdenke, habe ich eigentlich nie einen schlechten Liebhaber gehabt. Das ist wirklich ein Segen. Meine Schwester meint, ich würde lügen. Sie sagt, es gibt keine guten Liebhaber. Aber was weiß die schon? Man sehe sich nur diesen Phil an. Nancy kommt nach Hause, müde von der Arbeit, kocht ihm was zu essen, versucht sich zu entspannen und einzuschlafen, denn sie muss in aller Frühe wieder aufstehen. Der Mann könnte ihr wirklich mal im Haushalt helfen. Bescheuert. Sie meine ich. Warum tut sie das? Wie auch immer. Wenn sie ihn im Laufe der Nacht versehentlich berührt, meldet sich sofort sein kleiner Penis. Doch es ist ihm egal, ob sie bereit ist oder nicht. Wenn sie ihm zu trocken ist, sucht er ihre Klit und massiert sie, aber er befeuchtet nie seinen Finger, sodass es ihr prompt wehtut. Wenn sie dann seine Hand zwischen ihren Beinen wegschiebt, nimmt er das als sicheres Zeichen, dass sie so weit ist, und wenn er kann, dringt er in sie ein. Wenn nicht, probiert er es wieder mit dem trockenen Finger auf der wunden Klit. Meistens dreht sie sich dann um, streckt ihm den Arsch entgegen und versucht zu masturbieren. Aber neulich hat er zu ihr gesagt, ihr Hang zur Selbstbefriedigung sei die Ursache ihrer beider sexuellen Probleme!

Du siehst, ich weiß, dass ich Glück habe. Ich werde geliebt, habe meine Freiheit und so unglaublich tollen Sex, dass ich Angst habe, süchtig zu sein. Aber ist das nicht ein herrliches Laster, solange man es immer mit demselben Mann tut?

Oh, Brad hat eine Büchse der Pandora in mir geöffnet, und ich finde es wunderbar, dass immer mehr dunkle Geheimnisse zum Vorschein kommen. Ist das Liebe? Ja?

Er gibt mir das Gefühl, ganz Frau zu sein. Eine mächtige Frau. Kann ein Schwanz so etwas bewerkstelligen? Das frage ich dich. Die Art und Weise, wie Brad mich anbetet, hat etwas Elementares. Manchmal, wenn wir zusammen sind, habe ich das Gefühl, dass es keine zwei Geschlechter gibt. Nur das Sein. Zum ersten Mal fühle ich mich tief mit jemandem verbunden. Aber bis jetzt fühle ich es nur. Ich kann es noch nicht aussprechen.

Also, liebes Tagebuch, ist das Liebe, oder mache ich mir nur etwas vor? Oder ist die Idee der Liebe so lange von einer Kultur zur nächsten weitergereicht worden, dass wir sie einfach nicht mehr begreifen? Liebe ist ein Fertigprodukt, und wir sind darauf trainiert, uns an die Gebrauchsanleitung zu halten, wenn wir glauben, verliebt zu sein. Du weißt schon, gemeinsame Pläne schmieden, beim anderen übernachten, zusammenziehen, heiraten und so weiter – bis zum Erbrechen.

Im Job ist es die Hölle, aber irgendwie beiße ich mich durch. Es ist allerdings ziemlich gefährlich, den anderen ständig solche schrägen Ideen zu präsentieren und mich mit verschrobenen Ansichten ins Abseits zu manövrieren. Ich komme mir manchmal vor wie vom Teufel besessen. Ich weiß noch, wie sehr Miltons Satan mich damals fasziniert hat. Brad ist wie er. Er schert sich nicht um Konventionen. Er verstößt nicht absichtlich gegen sie, denn für ihn existieren sie gar nicht. Ich möchte auch so frei sein. Ich möchte mein Seelenleben neu ordnen, um es zu durchblicken. Seins vielleicht auch.

Ach, wie gut es tut zu schreiben. Werde ich darauf zurückgreifen, wenn ich mal nicht handeln will?

Schon gut, Annie. Du bist jetzt alt genug, dir Gedanken zu machen. Also los!

Kapitel 12 – Gegen zehn Uhr abends rief sie ihn an.

«Tom, hier ist Annie.»

Stille. Dann: «Oh, hallo.»

«Hör zu», fiel sie sofort mit der Tür ins Haus. «Ich kann einfach nicht glauben, dass wir uns mal so nahe waren, so intim miteinander, und jetzt sprechen wir nicht mal mehr miteinander.»

«Das war deine Entscheidung, Annie.»

Sie ließ sich nicht provozieren. «Tom, ich möchte, dass wir wieder miteinander reden. Und du?»

«Ja … Das würde ich mir auch wünschen … und mehr.»

«Tut mir Leid», Annie schaltete auf den Ton um, den sie bei Kundenbeschwerden anschlug, «mehr als Reden ist nicht drin.»

Das sah ihr ähnlich. Tom lachte über Annies Sturheit. «Okay, dann kaufe ich Reden für fünfhundert.»

Annie lachte nicht.

«Ach ja», sagte Tom, «ich vergaß. Du hast ja keinen Fernseher. Das ist aus einer Gameshow.»

Annie ignorierte den Anflug von Sarkasmus in Toms Stimme und fragte: «Thailändisch?»

Der Ober in ihrem alten Stammlokal brachte dem auf Enthaltsamkeit eingeschworenen Pärchen unaufgefordert Saté-Spieße. Er erkundigte sich, wieso sie so lange nicht da gewesen seien. Tom wartete darauf, dass Annie ihm eine Antwort gab, doch sie hüllte sich in Schweigen. Er zuckte mit den Schultern, und der Ober eilte davon. Er spürte, dass er einen wunden Punkt getroffen hatte. Zumindest bei einem von beiden.

Tom starrte Annie durchdringend an und versuchte sie durch reine Willenskraft dazu zu bewegen, zu ihm zurückzukommen, zurück in sein Leben. Unglücklicherweise verrieten ihre blauen Augen nichts als gelinde Neugier. In ihnen lag keine Erregung, nicht das lebhafte Blau eines stürmischen Sees und auch nicht der lockende Blick, den sie so teuflisch gut beherrschte.

Annie schockierte ihn, indem sie ihm ihre Intimitäten mit Brad schilderte.

Tom fiel es immer schwerer, seiner umwerfend gut aussehenden Exfreundin gegenüberzusitzen und sich Geschichten über seinen umwerfend gut aussehenden Exfreund anzuhören. Sich anzuhören, dass es zwischen den beiden gefunkt hatte und wie toll es bei ihnen im Bett lief, war beinahe zu viel für ihn.

Dann schüttete er Annie sein Herz aus, denn ihm war klar, dass er nichts mehr zu verlieren hatte – sie würde nie wieder zu ihm zurückkehren. Ohne auch nur einmal «Mm-hm» zu machen, hörte Annie ihm zu, während er davon erzählte, wie sehr er sie vermisste, und auseinander setzte, was er durch die Trennung alles verloren habe und wie schrecklich eifersüchtig er sowohl auf Brad als auch auf sie sei. Wenigstens war er ehrlich.

Er bestellte Kürbiscurry, extrascharf. Annie sollte sich daran den Schlund verbrennen. Stattdessen aß sie es mit großem Genuss und lobte das Gericht als eines der besten, die sie je gegessen hatte.

«Die Kartoffeln und der Kürbis passen wirklich toll zu den Pilzen. Und dieses rote Curry ist einfach göttlich.»

«Annie, seit wann magst du scharfes Essen?» Tom merkte, dass er den Ärger in seiner Stimme nicht viel länger verbergen konnte. Er fühlte sich schon wieder betrogen. War er nicht derjenige gewesen, der ihren Gaumen an andere Speisen als gekochtes Rindfleisch und Weißbrot gewöhnt hatte?

Annie hatte den Mund voll und antwortete nicht. Auf einmal bekam sie das beunruhigende Gefühl, Brad zu betrügen. Mit Tom essen zu gehen ... Sie und Brad hatten einander nichts versprochen, aber trotzdem ...

Das Gespräch verstummte beinahe. Annie fühlte sich verantwortlich dafür, es am Laufen zu halten, schließlich war sie diejenige, die ihn eingeladen hatte. Aber worüber konnte sie mit ihm reden? Über die Vergangenheit? Die war ihr gleichgültig. Die Zukunft? Mit der hatte Tom bislang nichts zu tun. Aber sie ahnte, dass er doch noch nicht ganz aus dem Spiel war, und diese Ahnung war der Anlass dieses Treffens.

Die Gegenwart? Das war das Hier und Jetzt, in dem sie sich gerade immer unwohler fühlte. Entgegen ihrer Regeln begann sie zu bereuen, dass sie die Initiative ergriffen und Tom zum Essen eingeladen hatte. Es würde noch mindestens eine halbe Stunde dauern, bis sie fertig wären, und die Zeit schien rückwärts zu laufen.

Tom langte über den Tisch und berührte ihre Hand. «Annie», sagte er, «ich weiß nicht, was du im Augenblick so tust, und mir ist klar, dass es seine Zeit brauchen wird ... Ich meine, ich habe ein halbes Jahr lang versucht, dich zu vergessen, aber ich kann es einfach nicht. Was ich sagen will ... Ich nehme dich in jeder Form, in der ich dich kriegen kann.» Während er so herumstotterte, dachte Tom die ganze Zeit: Das wirst du mir büßen, Brad.

Annie war gerührt und erleichtert. Das war der Tom, den sie kannte. Jetzt war alles wieder im Lot, und sie war sich immer sicherer, dass er ihrem Vorschlag zustimmen würde. Ein Funken der Anbetung glomm immer noch in seinen Augen. Vielleicht könnten ja sie eine Beziehung wie der Vetter und die Cousine in Henry James' *Bildnis einer Dame* führen: Er erfüllt von leidenschaftlicher Verehrung und sie eine Frau, die Respekt und Ehrerbietung verdient – eine gute Basis für eine von beidseitiger Wertschätzung geprägte Freundschaft. Bei ihrer Beerdigung wäre Tom derjenige, der aufstehen und sagen würde, es sei wunderbar gewesen, Annie zu kennen und zu lieben. Sie sei für eine Weile das Licht seines Lebens gewesen, aber dann war sie das Licht eines anderen geworden. Und das hatte ihm nichts ausgemacht, denn schließlich wollte er nur, dass sie glücklich war.

Es kam Annie nie in den Sinn, *Bildnis einer Dame* als einen Roman zu interpretieren, in dem alle keuschen Sehnsüchte unerfüllt bleiben.

Das Essen, das nach und nach aufgetragen wurde, betörte Annies Sinne: Spinatblätter mit gerösteter Kokosnuss, süße Soße, Limonen und salzige Trockenfischchen, Gemüsecurry mit so viel Basilikum, dass es fast schmeckte wie der wilde Fenchel, der an den Klippen wuchs, ein süßer Nachtisch aus Tapioka und Tee. Ihr platzte fast der Rock. Annie öffnete den obersten Knopf und ließ sich seufzend gegen die hohe Lehne ihrer Bank zurücksinken.

Sie war satt. Erst als sie Toms Teller sah, bemerkte sie, dass er sehr wenig gegessen hatte. Offenbar hatte er von all den leckeren Speisen immer nur ihr etwas nachgefüllt, um sie nach und nach zu mästen. Annie fragte sich, ob das nicht ein kleiner Sabotageakt war. Konnte sie am Abend so zu Brad gehen, mit diesem dicken Bauch – dem Resultat eines Fressgelages mit ihrem ehemaligen Liebhaber?

Vielleicht lag es an den berauschenden Aromen des Mahls oder dem dritten Bier, bei dem Annie bereits war, dass der Tisch sich plötzlich von ihr wegzubewegen schien. Sie spürte, wie sich hinter ihr ein Schlund auftat und eine Kraft sie nach hinten zog. Toms Gesicht kam ihr dunkler, kleiner, verzerrter vor, und sie legte die Hände auf den Tisch, um ihr Gleichgewicht wieder zu finden. Sie wusste, dass das lächerlich war, aber sie hatte das Gefühl, dass Toms starke Willenskraft, die an ihr zerrte, irgendwo anders im Restaurant oder im Universum eine ebenso starke Gegenkraft hervorrief. Irgendwo gab es den Anti-Tom oder die Negation des Magnetismus, den er auf sie ausübte.

Denn sie fühlte sich in keiner Weise zu ihm hingezogen, und dennoch ging ein starker Sog von ihm aus. Annie wusste, dass sie sich wehren musste. Nicht nur sie, sondern auch irgendetwas außerhalb ihrer selbst wollte das. Ein universeller Wille? Zu viel Bier?

«Tom, ich fühle mich nicht so gut.»

«Willst du mit zu mir kommen? Da könntest du dich hinlegen, Schatz.»

«Nein.» Es kam ihr vor, als mache er ein verblüfftes Gesicht, aber sie sah ihn zu verschwommen, um sicher zu sein. «Ruf mir einfach ein Taxi.»

«Sei nicht albern, Annie. Bis zu dir sind es doch nur fünf Blocks. Ich kenne den Weg noch. Komm, ich bring dich nach Hause.»

Sie willigte ein, denn sie witterte keinerlei Hintergedanken seinerseits.

Draußen rüttelte die kalte Luft sie so weit wach, dass sie wieder klarer denken konnte. Darauf hatte sie gehofft. Die Nächte in San Francisco waren stets etwas frisch.

Tom hatte sie untergehakt, aber ohne eine Spur von Zudringlichkeit. Annie begann zu glauben, sie könnten vielleicht wirklich Freunde sein – mehr als sie es in ihrer Zeit als Paar gewesen waren. Als sie vor ihrer Haustür standen, sagte sie ihm das und auch alles andere. Sie hoffte, ihr Vorschlag würde ihn nicht abstoßen, doch gleichzeitig wünschte sie sich irgendwie, dass er genau das tat. Brad wäre bestimmt einverstanden gewesen, dass sie dieses Risiko einging. Sie glaubte, dass sie in jedem Fall auf ihre Kosten kommen würde, jetzt, da sie die ganze Vorgeschichte kannte. Und was Tom anging …

Er küsste sie sanft auf die Wange, trat einen Schritt zurück und sah Annie wehmütig an.

«Ich werde über deinen Vorschlag nachdenken, und wahrscheinlich werde ich ihn annehmen», sagte er schließlich, als er eine Armlänge von ihr entfernt stand. «Wie gesagt, ich nehme dich in jeder Form, in der ich dich kriegen kann.»

Annie fasste das als ein Ja auf. Sie sah zu, wie Tom in der nebligen Nacht verschwand, dann eilte sie nach drinnen, um Brad anzurufen. Sie konnte ihn heute Abend unmöglich treffen. Er würde enttäuscht sein, aber wie immer verständnisvoll. Ihre Überraschung wollte sie ihm später präsentieren.

Kapitel 13 – An diesem Morgen, dem ersten von vielen, an denen Brad neben ihr in ihrem Bett lag, wurde Annie bewusst, dass sie sich die ganze Nacht über berührt hatten. Sie maß diesem Umstand große Bedeutung bei, und ihre Möse reagierte auf dieses tiefe Gefühl, indem sie ihre Sekrete auf Brads Bein absonderte.

Brad schlief noch, sein Rücken schimmerte in jenem speziellen weißen Licht, und als Annie ihn betrachtete, sehnte sie sich danach, seine Geheimnisse zu kennen. Irgendwo in ihrem Innern vernahm sie eine Stimme, die ihr zuflüsterte, sie solle den Schritt wagen – alle Vorsicht aufgeben und es mit Brad versuchen, ihn bis ins Letzte verstehen lernen.

Wenn sie ein bisschen tiefer in sich hineingehorcht hätte, wäre ihr klar geworden, dass es ihr eigenes Geheimnis war, das sie zu ergründen suchte. Irgendetwas in ihr war in Bewegung, und das machte sie ganz unruhig.

Mit einem Finger schrieb sie L … O … V … E … auf Brads Rücken und fügte am Ende ein ganz zartes Fragezeichen hinzu, für den Fall, dass er es im Reich der Träume spüren konnte.

«Frühstück!» Annie stellte ein großes Tablett aufs Bett. Frischer Apfel-Karotten-Saft, Vollkorntoast, eine Schale Erdbeeren, flockige Rühreier mit Dill und eine Kanne Kaffee.

«Mmm. Ich hab gar nicht gewusst, dass du kochen kannst.» Brads Augen waren vom Schlafen noch ganz verquollen.

«Kann ich eigentlich auch nicht. Aber du inspirierst mich. So was macht man entweder mit Liebe oder gar nicht.» Sie zuckte zusammen, als ihr das Wort Liebe herausrutschte, und hoffte, Brad würde es nicht merken. Wovor hatte sie Angst?

Sie setzte sich nackt aufs Bett und schenkte ihnen beiden Kaffee mit reichlich Sahne ein.

Es war noch sehr früh. Brads Gesicht sah überraschend unschuldig aus. Sein schmutzig blondes Haar war zerstrubbelt, seine schiefergrünen Augen blickten noch etwas abwesend. In ihrer Möse pochte es angesichts seiner unprätentiösen Schönheit.

Es war still in der Wohnung – angenehm still. Sie schlürften ihren Kaffee, aßen Erdbeeren und schauten sich tief in die Augen. Annie konnte sich nicht erinnern, jemals so etwas empfunden zu haben wie in diesem Moment: Beim Blick in seine Augen sah sie etwas, das viel tiefer lag. Eine einfache Botschaft, die sie hätte entschlüsseln können, wenn sie an diesem Morgen der Selbstbesinnung ein paar Minuten länger still gelegen hätte. Stattdessen verbreitete sie rasch wieder ihre gewohnte Betriebsamkeit.

Das Telefon klingelte. «Hallo, Nancy … Danke. Ich habe vor, den Tag mit jemand Besonderem zu verbringen … Nein, nicht mit dem … Du kennst ihn noch nicht … Wir feiern später. Du brauchst mir nichts zu schenken … Okay, danke für die guten Wünsche. Bis dann.»

«Annie», fragte Brad, «hast du heute Geburtstag?»

«Ja, und ich fühle mich wie neugeboren.» Sie lächelte ihn von der Seite an und schaufelte sich eine Gabel Rührei in den Mund.

Sie gingen im Park spazieren, vom Panhandle zum Meer. In Queen Wilhelmenia's Tulip Garden blühten die Tulpen, Entenküken schwammen auf dem Stow Lake, die Kapuzinerkresse öffnete gerade ihre roten und gelben Blüten. Annie pflückte eine ab und aß sie vor Brads amüsiert aufgerissenen Augen. Es war wirklich ein Tag, um sich wie neugeboren zu fühlen.

Am Strand zeigte sie Brad etwas, das Tom ihr beigebracht hatte: tote Seeigel zertreten. Das machte richtig Spaß, als würde man mit den Füßen Tortillachips zertrampeln. Die Skelettpanzer barsten krachend, bis die Seeigel wieder zu dem Sand wurden, aus dem sie gemacht waren. Für Tom barg dieses Knirschen das befriedigende Gefühl, etwas zu Ende zu bringen, während für Annie das Zermalmen eines leblosen Körpers eine Art Gnade war, die sie einer stummen Kreatur gewährte.

Brad war immer auf der Suche nach der anderen Hälfte der Kreaturen. Annies Zerstörungslust befremdete ihn ein wenig, und das sagte er ihr.

Sie lachte. «Davon gibt's hier Millionen.»

«Nicht da, wo ich herkomme», antwortete Brad.

Ihr ging auf, dass sie keine Ahnung hatte, wo er herkam, aber sie scheute sich, ihn zu fragen. Zum Glück ersparte Brad ihr das.

Er begann, ihr von der Gegend in Chicago zu erzählen, in der er gewohnt hatte. Obwohl sie damit gegen eine ihrer Regeln verstieß, unterbrach sie ihn und fragte: «Was hast du da gemacht?»

«Dasselbe wie hier», antwortete er. «Na ja, das stimmt nicht ganz. Ich hab inzwischen damit aufgehört. Weißt du warum?»

Annie schüttelte den Kopf, ohne zu begreifen, dass er diese Frage nicht rhetorisch, sondern völlig ernst meinte.

Ein Flugzeug flog lärmend über sie hinweg, das einzige Geräusch, das es mit der Brandung aufnehmen konnte. Brad schaute hoch. Er fragte sich, ob das einer seiner

Fluglehrer war – er nahm seit einiger Zeit Flugunterricht und brauchte noch fünf Flugstunden bis zum Pilotenschein. Eines Tages würde er sie mitnehmen, und sie würden über die Stadt hinwegschweben und sehen, wie eng all diese Menschen aufeinander hockten. Sie würden gen Norden fliegen und nach Delphinen oder Walen Ausschau halten. Rauf nach Alaska. Dann die Beringstraße überqueren. Im Sommer. Es würde die ganze Zeit hell bleiben, und sie könnten auf einem neuen Kontinent landen.

Er sagte zu Annie: «Da kriege ich richtig Lust, mir mal die andere Seite anzusehen», und deutete dabei aufs Meer.

Sie nickte. Sie war nie weit über die Grenzen von San Francisco hinausgekommen. «Wie es wohl wäre, wenn man einfach alles stehen und liegen lassen und davonsegeln würde?»

Brad überlegte, ob er Annie sagen sollte, dass er genau das gerade mit ihr tat, aber er glaubte nicht, dass sie bereit war, es zu hören. Zu hören, dass er dabei war, sein Herz an sie zu verlieren.

Annie bespritzte Brad mit Wasser und sagte: «Ich taufe dich im Namen irgendeines Vaters, des Hohns und des heiligen Geleises.»

Er spritzte zurück. «Und ich taufe dich. Punctum. Dafür, dass es dich gibt.»

Im alten Beach Chalet hatte ein neues Restaurant eröffnet. Von ihrem Tisch aus konnten sie zusehen, wie die Möwen auf den am Strand parkenden Autos landeten. Surfer huschten in dunklen Surfanzügen über den Highway. Die Warnschilder, die auf die Gefahren der Brandung hinwiesen, konnten sie wie üblich nicht abschrecken.

Das Meer und das Nebelhorn drangen an Annies Ohren. Seit sie mit Brad schlief, war ihr Gehör noch empfindlicher geworden. Sie hätte schwören können, dass sie hörte, wie seine Gedanken sich formten und sein Verlangen nach ihr in Schwingungen geriet wie eine große Kodotrommel.

Das Lokal besaß eine eigene Brauerei, und sie probierten ein Bier nach dem anderen und stellten Vergleiche an.

«Das hier schmeckt nach Erdbeeren, aber es hat auch etwas von dir.»

«Na, herzlichen Dank, Brad. Ich rieche also nach Hopfen und Malz?»

«Nein, eher wie ein schöner Ozean an einem Wintertag.»

Sie neckten und kabbelten sich eine Weile. Plötzlich wurde Brad ernst.

«Annie, bin ich wirklich jemand Besonderes?»

«Natürlich bist du das.»

«Ich meine, bin ich jemand Besonderes für dich?»

«Immerhin feiere ich mit dir meinen Geburtstag, und ...» Doch dann versagte Annies Stimme. Ihre Kehle schnürte sich zu, und sie glaubte einen Augenblick lang, sie würde gleich in Tränen ausbrechen. Aber dazu war sie nicht bereit. Das hatte sie noch nie vor jemandem getan. Und daran sollte sich auch heute nichts ändern.

«Und? O Annie, ich kann mir nicht helfen. Ich will nicht nur eine Affäre sein.»

«Das bist du nicht.»

«Aber was bin ich dann?»

«Brad, heute ist mein Geburtstag. Lass uns was zusammen unternehmen. Reden können wir später – vielleicht nachher im Bett.»

Sie sah, wie er die Stirn runzelte und sich dann wieder fing. Einen Moment lang betrachtete sie ihn wie aus weiter Ferne. Sie zwang sich, wieder in ihren Körper zurückzukehren – nicht abwesend zu sein.

Brad überraschte sie mit der Frage: «Wo warst du gerade?»

Sie hätte es ihm gern gesagt, doch sie wusste keine Antwort. Sie bemühte sich verzweifelt, Brad wieder wachsen zu lassen. In ihrer distanzierten Sicht war er zu Stecknadelkopfgröße geschrumpft.

«Annie, bist du bereit?»

«Für dich? Ja. Liegst du schon?»

«Ich mach alles genau so, wie du es sagst. O Mann. Was für ein Anblick.» Brad konnte die Augen gar nicht weit genug aufreißen, um ihre überwältigende Schönheit in sich aufzunehmen. Sie war gerade aus der Dusche gekommen, und das Wasser perlte noch von ihren Brüsten. Ihre Möse verströmte einen schweren, berauschenden Duft nach rohen Pilzen. Annies Augen waren geweitet und schienen mit jedem verstohlenen Blick, den sie ihm zuwarf, noch größer zu werden. Er schob sich auf dem Bett ein Stück nach oben und stopfte sich ein Kissen unter den Kopf. Einen Moment lang machte ihr Geruch, ihre Erotik ihm Angst. Er sah ihr an, dass sie bereit war, ihn zu verschlingen. Sie hatte die Finger gespreizt, und ihre Schenkel schienen sprungbereit wie die einer Katze. Sein Herz begann zu rasen. Er hatte ihr versprochen, sie könne mit ihm machen, was sie wollte. Es war ihr Geburtstag, und er hatte eingewilligt, ihr völlig die Regie zu überlassen. Was hatte er sich nur dabei gedacht? Inzwischen bereute Brad diese Entscheidung, denn Frauen lieben es, wenn Männer sie ihre Macht spüren lassen.

Sie lieben es zu wissen, wer gewissermaßen das Zepter schwingt. Dieses düstere, moderige Fluidum, das ihn umgab, wenn seine Männlichkeit einen Raum durchflutete … irgendwie spürte er, dass Frauen (und auch viele Männer) davon angezogen wurden. Es war der Geruch von Erfolg oder Sex – welches von beidem wusste er erst in dem Moment, in dem er ihn bemerkte, und dann konnte er sich darauf verlassen, dass niemand ihm würde widerstehen können. Genau wie Annie in der Bar. Sie wusste nicht, warum sie dort hingegangen war – er schon. Er hatte in ihr die Schwäche des weiblichen Geschlechts gespürt, das Warten auf ein Zeichen, dass sie die heilige Hohepriesterin war. Sie wollte durch Anbetung gevögelt oder durchs Vögeln angebetet werden. Annie verstand es selbst nicht so genau. Aber Brad spürte, dass sie im Bett fast alles für ihn tun würde. Er hatte viele Überraschungen in petto. Und er war sicher, dass sie ihr alle gefallen würden.

Jetzt lag er da und fragte sich, ob nicht auch Annie ihn überraschen konnte. Zum Beispiel dadurch, dass sie ihn dazu brachte, sich in sie zu verlieben, indem sie genau das nicht wollte. Sie war so betörend wie ihre Möse und ebenso schwer zu ergründen. Für Brad war sie ein herrlicher dunkler Tunnel, in den er pausenlos eindringen wollte. Er wollte bis zu ihrer Seele vorstoßen und so ihrem Geheimnis auf den Grund kommen. Was faszinierte ihn so an ihr? Warum war er so besessen von ihr? Jetzt roch er sie überall. Bevor sie ohne Tom miteinander ins Bett gegangen waren, hatte er sie überall zu sehen geglaubt; jetzt schmeckte und roch er sie in seinem Kaffee, auf seiner Krawatte, in seinem Wagen, in der Bar. Sie perlte aus seinen Poren.

«Brad, du siehst sehr hungrig aus. Du wirst mich jetzt

lecken. Ich werde dir genau sagen, was du zu tun hast, okay?»

«Ja, Herrin.»

«Das ist gut. Ich hab's gern, wenn du mir gehorchst. Hast du dich rasiert? Lass mich mal fühlen.» Sie fuhr mit ihrem glatten Oberschenkel über seine Wange und setzte sich dann auf ihn und rieb beide Schenkel an seinem Gesicht. «Braver Junge. Du bist wirklich schön glatt. Okay, du wirst mich jetzt ganz langsam küssen, und ich werde deinen Kuss erwidern.»

Annie ließ sich auf Brads Mund nieder und bewegte ihre Scheidenmuskeln so, dass sie ihn küssten. Brad küsste ihre Möse und ließ sich dann von ihr zurückküssen. Ihre Säfte waren bereits so sehr in Wallung geraten, dass sie Brads Gesicht mit einem süßen, klebrigen Film überzogen.

«Sag mir, dass du meinen Nektar magst.»

Mit erstickter Stimme flüsterte Brad: «Ich liebe deinen Nektar. Ich will jeden Tropfen davon schlürfen. Lass mich saugen, Annie.»

«Keine Angst, das kommt noch. Jetzt lässt du ganz behutsam deine Zunge um meine Klit kreisen. O Gott. So ist's recht, Baby. Genau wie ich sage. Mmm. Ja. Ja, das ist gut, mein Schatz. Jetzt leg deine Hände hinter deinen Kopf.»

Annie holte ein Paar Handschellen heraus, und bevor Brad sich's versah, waren seine beiden Hände ans Bett gefesselt. Ihm gefiel das Gefühl, Annie ausgeliefert zu sein. Er fuhr fort, ihre Möse zu lecken.

«Sehr, sehr gut, Brad. Jetzt drück die Zunge fester drauf und fahr an meiner Klit rauf und runter. Ist das toll, Baby. Mein Gott.»

Sie warf den Kopf zurück und begann zu stöhnen

oder vielmehr eine Art Gesang anzustimmen. Brad konnte kaum noch dem Drang widerstehen, die Handschellen abzureißen und tief in sie einzudringen. Es hörte sich an, als würden ein Engel und der Teufel zusammen in einem alten Kloster singen. Sie gab undeutlich artikulierte Worte von sich. Das Licht draußen wurde schwächer, und Schatten begannen an der Wand zu erscheinen. Brad konnte alles nur halb durch die wirren Mösenhaare auf seinem Gesicht sehen. Es war, als habe er sich in Seetang verfangen. Der Duft war schön, aber langsam wurde er ihm zu schwer. Annie sang immer noch vor sich hin, und er konnte nicht aufhören, mit der Zunge ihre Klit zu umkreisen.

Plötzlich stieg sie von ihm herunter. «Du bist ein schlimmer Junge. Du hast versucht, mich zum Höhepunkt zu bringen. Das will ich aber nicht. Und du darfst auch nicht kommen. Du wirst mich noch anflehen, dich zu erlösen, bevor die Nacht vorüber ist.»

«Bitte, Herrin, lass mich jetzt kommen. Sieh dir meinen armen Steifen an. Wie soll ich das aushalten?»

«Oh, das kriegst du schon hin. Du wirst sehen.»

Sie ging um die Ecke, und als sie zurückkam, steckte ihre eine Hand in einem Plastikhandschuh. Er glitzerte im Zwielicht. Brad wurde ein bisschen nervös.

«Hast du das schon mal gemacht, Brad? Als du noch auf den Strich gegangen bist?» Und sie schob ihm ihren behandschuhten, mit Vaseline eingeschmierten Mittelfinger in den Arsch. Brad seufzte. «Oh, das scheint dir ja zu gefallen.» Sie fuhr fort: «Also, jetzt bin ich der Mann, und ich werde dich ficken.»

Sie setzte sich auf ihre Hand und ließ Brads Schwanz zwischen ihre Schamlippen gleiten. Sie wuchtete sich auf ihn, und ihr Finger fuhr tief in seinen Arsch. Dann zog sie ihn wieder heraus, ebenso wie seinen Schwanz. Wieder stieß sie zu. Rein und raus. Brad stöhnte. War das toll! Mit ihr zu schlafen machte all die Male wieder gut, die er es mit anderen getrieben hatte. Er fühlte sich jetzt bereit für eine Frau, die ein Mann oder eine Frau oder Gott weiß was sein mochte. Sie war Annie, die Verführerin, und sie fickte ihn. Er begann zu stöhnen, und sie sagte: «Das findest du toll, was? Ich hab's ja gewusst. Jetzt zieh ich meinen Finger raus, aber den Handschuh lass ich drin. Du musst mich noch ein bisschen lecken, das fühlt sich wunderbar an.»

«Ja, Herrin. Ich werd dich lecken, und ich werd dich trinken.»

«Gut. Ich hab nämlich ein bisschen Likör mitgebracht. Ich gieße mir jetzt etwas davon auf die Möse, und wenn du ein braver Junge bist, dann fängst du ganz schnell an zu lecken.»

«Keine Sorge, das tue ich. O Mann. Mmm.» Brad leckte um sein Leben, denn Annie presste sich in ihrer Ekstase derart auf sein Gesicht, dass er fast keine Luft mehr bekam. Der berauschende Duft ihres Buschs und das süße Orangenaroma des Likörs raubten ihm fast die Sinne. Jetzt stöhnte sie, irgendwo ganz weit weg. Er sog ihre Klit zwischen die Zähne. Sie stöhnte und stöhnte, und plötzlich sah Brad einen weiteren Schatten an der Wand. Es kam ihm vor, als sei es der eines Mannes, aber er war sich nicht sicher. Es sah aus, als ginge er von Annie aus, als verlasse ein dunkler Schatten ihre Seele. Er versuchte, durch ihre Haare hindurch etwas zu erkennen, aber sie presste sich zu sehr auf ihn.

Plötzlich kam sie auf seinem Gesicht. Der Likör und ihr Saft schossen ihm die Kehle hinunter und auf seinen Hals. Dann war er sicher, dass er es sah. Die Hände eines anderen Mannes auf ihren Brüsten. Er zerrte an seinen Fesseln. Annie schienen die Hände nicht zu stören, und er hatte keine Ahnung, was da vor sich ging. Sein Schwanz wuchs noch ein paar Zentimeter, aber er wusste nicht, ob es vor Wut oder vor Erregung geschah. Annie beugte sich plötzlich zu ihm herunter und begann ihm einen zu blasen. In dem Moment sah er das Gesicht des anderen: Tom.

Tom drang von hinten in Annie ein, und sie lutschte Brads Schwanz in Toms Rhythmus.

Brad zerrte an seinen Handschellen. Er wollte nicht sehen, wie seine Freundin von einem anderen Mann gefickt wurde – oder doch? Er ertrug es nicht mehr, dass sie ihn abschlürfte. Eine wütende Hilflosigkeit überkam ihn. Plötzlich wünschte er sich ganz weit weg, aber sein Körper bebte vor Verlangen. Er wollte ficken und mit dem Schatten kämpfen, der inzwischen zu einem Gesicht geworden war, die dazugehörigen Hände auf seiner Frau. War sie überhaupt seine Frau? Hatte Annie sich ihm geschenkt? Sie hatten einander nichts versprochen, aber jetzt wünschte er, diese Hände auf ihre Brüsten wüssten, dass sie *ihm* gehörte. Und wie kam es, dass Annie die Wut einfach aus ihm herauszusaugen schien?

Annie spürte, dass er kurz vorm Höhepunkt war, und sie hörte auf. «Brad, weißt du noch? Du hast gesagt, du würdest alles tun, was ich will. Ich will, dass Tom dich fickt. Ich weiß, dass Tom es will, und du willst es auch. Ich werde jetzt die Handschellen aufschließen und deine Arme um mich herum fesseln. Du wirst mich lecken, während ich zusehe, wie Tom dich fickt. Mmh, genau so, Tom.»

Tom rückte näher an Brads Arsch heran, und Annie beobachtete Brads Augen, als Tom in ihn eindrang. Beide stöhnten, und Tom begann Brad den Hintern zu versohlen. «Gut so, Brad. Ich weiß genau, dass dir das gefällt», ächzte Tom.

Brad stieß seine Zunge in Annies triefende Möse. Seine Handschellen schnitten ihr in den Rücken. Sie stöhnte und ließ sich dann unter ihn gleiten. Plötzlich war sein Schwanz in ihrer Möse, und Brad fühlte sich voll bis zum Anschlag. Merkwürdigerweise gelang es Tom nicht, ihn zum Orgasmus zu bringen, und Brad hatte das Gefühl, er müsse gleich platzen. Er schrie: «Komm schon, Tom. Komm jetzt. Los, mach schon», Tom wuchtete sich nach vorn, und Annie spürte sein Sperma auf ihren Händen.

Dann krallte sie ihre Finger in Brads Fleisch, und er begann wie wild zu rammeln.

«So ist's recht. Fick sie, Brad», rief Tom, und Brad verlor jedes Gefühl für Raum und Zeit. Er spürte nur noch, wie er in diese Höhle gesogen wurde. Die erste Welle seines Orgasmus bemerkte er gar nicht, denn sie entsprang einem urzeitlichen Lustzentrum, von dem er nichts gewusst hatte.

Er schrie sich die Kehle aus dem Hals. Verzweifelt flehte er Tom an, seine Fesseln zu lösen. Tom gehorchte, und Brad packte Annies Arsch, ohne den Rhythmus seiner Stöße zu unterbrechen. Es war, als würde er kommen und doch nicht kommen. Er begriff nicht, was mit ihm geschah. Er wollte sie einfach ficken, bis sie das Bewusstsein verlor. Stattdessen wurde er selbst ohnmächtig.

Einen Moment lang empfand Brad jene ersten grausamen Minuten des Morgens genauso wie damals, als er noch auf den Strich ging. Wenn man im Bett liegen bleibt und einem ganz schlecht wird angesichts dessen, was man getan zu haben glaubt, wird das Gefühl der Leere schnell unerträglich. Sobald er aus dem Bett stieg, ließ sich der Gedanke daran besser aushalten, und die Übelkeit legte sich. Als er sich umdrehte, um aufzustehen, erkannte er Annies kräftigen Rücken, der im sanften Morgenlicht schimmerte. Sein Herz hüpfte ihm in der Brust. Sie war da, und alles würde gut werden. Sie war da.

Er schlich auf Zehenspitzen im Schlafzimmer umher, denn irgendwie fürchtete er, diese Zuversicht könnte flöten gehen, wenn er sie aufweckte. Da ließ er sie lieber liegen, strahlend und weiß, umkränzt von kleinen Lachen aus schwarzen Locken. Ihm war nicht danach, ihre Stimme zu hören, obwohl sie so melodisch klingen konnte. Ihm war nicht danach zu sehen, wie ihre Augen oder irgendein anderer Teil von ihr zum Leben erwachte. Er erinnerte sich, dass er mal gelesen hatte, Edgar Allan Poe habe gesagt, das Romantischste auf der Welt sei eine sterbende schöne Frau. Vielleicht wäre es besser, wenn Annie tatsächlich im Sterben läge.

Irgendetwas an diesem Gedanken musste bis zu Annie durchgedrungen sein. Sie setzte sich kerzengerade auf. «Was schleichst du hier herum?»

«Ich wollte dich nicht aufwecken.»

«Warum nicht? Lass uns vögeln, Brad. Hast du Lust?»

«Ehrlich gesagt, also, ähm, können wir nicht erst mal was essen? Mir ist etwas flau im Magen.»

«Och, mein armer Schatz. Was ist denn los?»

«Ach, gar nichts. Das war ja vielleicht 'ne Nacht gestern.»

«Hat's dir Spaß gemacht? Daran liegt mir echt viel. Tom hat es jedenfalls ...»

«O Gott. Es war also wirklich Tom. Was zum Teufel hast du dir bloß dabei gedacht? Die Zeiten sind vorbei.

Verdammte Scheiße!» Brad trat in den Wandschrank, schob Bügel hin und her und trat dann theatralisch wieder daraus hervor. «Was sollte das, Annie? Warum gerade das?»

«Warum nicht? Ich hatte den Eindruck, du hast es genossen.»

«Wenn ich bei einem verdammten Orgasmus ohnmächtig werde, heißt das noch lange nicht, dass ich Spaß an der Sache habe.»

«Ist dir eigentlich klar, was du da sagst?»

«Mir ist jedenfalls klar, dass es dir ganz offensichtlich einzig und allein um die Befriedigung deiner eigenen Lust geht.»

«Was?!» Annie zog sich die Bettdecke über die Brüste, und plötzlich konzentrierte sich ihre gesamte Aufmerksamkeit auf die Stelle an Brads Hinterkopf, an der seine Haare langsam schütter wurden. Sie verstand überhaupt nicht, was er meinte. Seine Lust bedeutete ihr sehr viel – mehr als ihre eigene. Da er keine Tabus kannte – jedenfalls merkte sie nichts davon –, fand sie es nur angemessen, wenn auch sie keine hatte. Und ihr Abschied von Tom war äußerst befriedigend gewesen. Er hatte sie sogar geküsst und sich dafür entschuldigt, dass er das Ganze so schwer genommen und seinen Ärger an ihr ausgelassen hatte. Unbekümmert hatte sie sich ausgemalt, dass aus ihnen vielleicht sogar eine recht harmonische Ménage à trois werden könnte.

«Annie, ich glaube, ich brauche heute ein bisschen Zeit für mich, okay?»

«Was immer du willst, Brad. Du weißt, dass ich dich liebe.»

«O Mann, warum sagst du das? Ausgerechnet jetzt sagst du mir zum ersten Mal, dass du mich liebst? Ich fühle mich wirklich gefickt, Annie, in jeder Hinsicht. Ich weiß nicht, ob ich das durchhalte. Ich verstehe dich einfach nicht.»

«Vielleicht gibt es da nichts zu verstehen.»

«Genau das, meine Liebe, ist es, was mir wirklich Angst macht.»

Annie sah die Tränen auf ihre Brust tropfen, bevor sie merkte, dass sie weinte. «Was hab ich denn falsch gemacht, Brad? Ich hab dir jeden Wunsch erfüllt. Du liebst doch das Aufregende, das Ungewöhnliche. Herrje! Er war dein Geliebter.»

«Sag das nie wieder. Wir waren keine Geliebten, so wie du es verstehst. Wir waren Benutzer. Er hat meinen Körper benutzt, und ich habe es ihm erlaubt. Es war ein Austausch von Körperflüssigkeiten. Es war Ficken, nichts weiter. Du und ich, wir lieben uns. Ich wollte immer vermeiden, dass diese beiden Welten sich vermischen.»

«Haben sie das nicht schon?»

«Als ich damals als Callboy bei dir war? Schon, aber da bestand zwischen uns noch keine Verbindung. Wir waren Benutzer, keine Geliebten. Spürst du denn den Unterschied nicht? Ich schenke dir mein Herz, Annie. Wir reden vielleicht nicht darüber, aber das ändert nichts. Wenn ich in dir abspritze, öffne ich dir gleichzeitig mein Herz.»

«Bist du sicher?», fragte Annie verzagt. Den Unterschied, von dem er sprach, spürte sie tatsächlich nicht. Sie merkte, wie es ihr kalt den Rücken hinunterlief, denn sie wusste, wenn sie dieses Gespräch nicht bald beendete, würde es böse ausgehen.

«Okay, Brad. Geh in deine Wohnung und ruf mich an, wenn du kannst.»

«Moment mal, ja? Oh, bitte lass die Bettdecke oben. Ich kann es jetzt nicht ertragen, dich nackt zu sehen.» Er holte Luft. «Verstehst du mich?»

«Ehrlich, Brad, ich verstehe kein Wort.»

Sie schrieb:

Ich fürchte, ich habe keine Seele. Ich habe bisher nie wirklich darüber nachgedacht, aber wie kann ein Mann wie Brad, mit einer solchen Vergangenheit, Angst vor mir haben? Und er hat Angst.

Ich liebe Sex. Durch ihn spüre ich Liebe. Je mehr Lust ich dabei empfinde, desto mehr kommt es mir vor, als würde ich lieben. Macht das irgendeinen Sinn?

Ich habe über meine große Schwester nachgedacht. Sie ist nicht nur religiös, sondern auch sehr tugendhaft. Ich meine, sie hält immer ihr Wort, sie tut nichts, was irgendwem unangenehm sein könnte, sie versucht sich auf ihren Mann einzustellen, meine süße kleine Nichte lieb zu haben und dabei auch noch dem Gemeinwohl zu dienen. Ich würde sagen, sie ist eine Frau, wie sie in unserer Welt als vollkommen gilt. Sie ist immer noch schön, färbt sich die Haare, trägt zu jeder Gelegenheit die passenden Beigetöne und ist eine Mutter, die ihre Kinder später als toll bezeichnen werden.

Auf all das lege ich keinen Wert. Aber mir fehlt etwas. Ich finde, der Platz, den ich auf der Welt einnehme, sollte nicht vergeudet sein. Wenn ich in Ruhe darüber nachdenke, macht es mir Angst, in welche Richtung mein Leben sich entwickelt. Wenn ich allein bin, masturbiere ich andauernd und lebe nur für den Augenblick, in dem ich wieder vögeln werde. Sonst gibt es nichts, was mir wirklich wichtig ist. Was hat diese Welt denn zu bieten außer Lust? Wozu ist uns dieser Körper gegeben, wenn nicht, um jeden einzelnen Augenblick zu spüren? Um zu experimentieren – um Fehler zu machen.

Nein, das ergibt keinen Sinn. Ich habe einen Fehler gemacht. Ich weiß nicht genau, welchen, aber ich habe trotzdem ein schlechtes Gewissen, weil ich in Brads Revier gewildert habe. Wie konnte das passieren? Ich hab überhaupt nicht nachgedacht. Ich wollte, dass er sich vor mir erniedrigt, so sehr es nur geht. Warum, Annie?

Wegen dieses Körpers! Ich sehe ihn buchstäblich in allen Einzelheiten vor mir. Oh, wie der Muskel an der Außenseite seines Oberschenkels beim Gehen hervorspringt. Wie sein Haar ständig die Farbe zu wechseln scheint: von Rot zu Blond zu Braun. Seine grünen Augen sind mal gelb wie die einer Katze, mal blau wie die eines Vogels. Seine Stimme hat mich vom ersten Moment an verführt. Er ist ganz Mann. Und das gibt ihm sogar das Recht, andere Männer zu vögeln – obwohl ich bislang nicht weiß, warum. Vielleicht weil er sie dadurch, dass er so sehr Mann ist, so gut versteht.

Aber die Sache hat einen Haken. Irgendetwas stimmt da nicht. Ich glaube, er braucht mich.

Kapitel 14 – «Brad?»

«Hallo, Annie. Mann, tut das gut, deine Stimme zu hören. Du hast lange nichts von dir hören lassen.»

«Du auch nicht.»

«Ich hatte Angst. Wirklich. Ich weiß nicht, was ich von der ganzen Geschichte halten soll.»

«Du meinst das mit Tom?»

«Und alles, was war, bevor du in mein Leben tratst. Du gibst mir das Gefühl, als hätte ich vorher gar nicht richtig gelebt. Es ist wie eine Droge.»

«Das ist aber süß, dass du das sagst, Brad. Hast du nicht Lust rüberzukommen, damit wir Versöhnung feiern können?»

«Wie gesagt, Annie, ich hab wirklich Angst vor dir. Du verzehrst mich. Also, ich weiß nicht …»

«Was weißt du nicht? Du weißt, wie du mir die Muschi lecken musst. Du weißt, wie du mir die größten Lustgefühle verschaffen kannst, die ich je erlebt habe. Du verstehst es, selbst Lust zu empfangen und zu genießen. Du verstehst mit deinem wundervollen Schwanz umzugehen und …»

«Das ist genau der Punkt, Annie. Meine Gefühle für dich sind viel tiefer. Ich bin kein hohler Benutzer mehr. Dich zu lieben hat mich in der Seele berührt. Dich auch?»

«Was meinst du?»

«Bitte sag, dass du mich verstehst, Annie. Du musst es einfach verstehen.»

«Ich versuch's ja, Brad. Wirklich. Ich will dich sehen, dich in den Arm nehmen, dir einen blasen, spüren, wie du kommst. Die Tür ist offen, und ich bin bereit.»

Annie legte auf. Sie zog ihre Bürokleidung aus und

behielt nur ihre schwarzen Strümpfe und ihre Strapse an. Dann legte sie sich aufs Bett. Ihr Zimmer duftete stets nach den Lilien, die auf ihrem Balkon wuchsen. Es war in dunklen Rot- und Lilatönen eingerichtet. Kürzlich hatte Annie diverse Spiegel mit Trompe-l'œil-Vorhängen davor aufgehängt, um dem Zimmer durch die verwirrenden Perspektiven etwas Geheimnisvolles zu verleihen. Sie liebte es, auf ihrem Bett zu liegen und von einer anderen Epoche zu träumen, als die Menschen noch mehr Zeit für die Liebe hatten.

Sie griff unters Bett und holte ihr Lieblingsspielzeug hervor. Es war ein lederbezogener Vibrator mit Klitoris-Stimulator. Annie drückte ihn an ihre Muschi und schaltete ihn ein. Er versetzte ihre Klit und ihre Vagina in Schwingungen und brachte ihr gesamtes Becken zum Beben, indem er kleine Kreise auf ihrer Klit beschrieb, während ein Dildo sich langsam in ihrer Möse vor- und zurückbewegte. Er brachte sie stets im Nu zum Orgasmus, und Annie musste sich Geschichten ausdenken, um länger etwas davon zu haben. Sie liebte die Gefühle, die dem Höhepunkt vorangingen, doch sobald sie ihn erreicht hatte, stellte sie den Vibrator wieder aus. Wenn es vorbei war, machte er sie nur noch traurig.

Sie begann sich einer ihrer Lieblingsphantasien hinzugeben: Sie saß in einem Zug aus der Zeit um 1900, als Touristin unterwegs zu fremden Orten. Annie stellte sich vor, sie sei entsprechend der damaligen Zeit gekleidet, mit geknöpften Stiefeletten und einer engen Korsage. Ein eleganter Hut mit einer langen Feder verdeckte halb ihr Gesicht.

Es war Nacht, und sie versuchte, in ihr Abteil zu kommen, aber die Tür ging nicht auf. So sehr sie sich auch mühte, die Tür bewegte sich kein Stück. Hin und wieder geriet der Zug ins Schlingern, und sie wurde zwischen ihrem Abteil und dem auf der anderen Seite des schmalen Ganges hin- und hergeworfen.

Plötzlich spürte sie eine feste Hand auf ihrem Po. Sie protestierte lautstark, aber es war niemand da, der sie hätte hören können. Die Hand begann ihren langen Rock hochzuschieben, dann rutschte sie unter den Saum und glitt ihren Schenkel hoch. Sie war wie gelähmt, und die Hand zerrte sie in das Abteil gegenüber.

Der Zug schwankte heftig hin und her, während ein Paar geübter Hände ihren Rock ganz hochschlug und ihre Unterwäsche aufknöpfte. Mit entblößtem Schoß saß sie nun da, nur noch mit Strümpfen bekleidet. Die Hände begannen ihre Klit zu massieren, und sie war hin und her gerissen: Sollte sie gehen, wie es sich für eine anständige viktorianische Frau gehörte, oder bleiben, um sich auf nie gekannte Weise verwöhnen zu lassen? Sie seufzte, als die Hände in ihrer Vagina auf einen Quell der Lust stießen. Sie fuhren rein und raus, und sie begann laut zu heulen. Es war wunderbar, sich richtig gehen zu lassen, schließlich konnte niemand im Zug sie hören.

Sie fühlte, wie ein kalter, harter Gegenstand in ihre Möse geschoben wurde. Zuerst protestierte sie zaghaft, aber dann stellte sie fest, dass es ihr gefiel. Die Hände begannen das Ding im Rhythmus des Zuges vor- und zurückzubewegen. Sie spürte einen steifen Schwanz an ihrem Po.

Annie riss sich aus ihren Träumen, denn plötzlich wurde ihr bewusst, dass es an der Tür geläutet hatte. Sie zog sich einen Morgenmantel aus roter Seide über und öffnete. Es war Brad.

«Ich bin schon total heiß, Schatz. Komm mit.» Annie griff nach seiner Hand und drückte ihn in den goldenen

Samtsessel vor ihrem Bett. Sie warf den Bademantel ab und holte ihr Spielzeug wieder hervor.

«Ich hoffe, du siehst gern zu», sagte sie schwer atmend.

«Nichts lieber als das, Annie.» Seine Stimme klang, als wolle er noch etwas sagen, doch Annies pochende Klitoris lenkte sie zu sehr ab. Sie rollte sich kokett auf dem Bett herum und zog sich die Bettdecke zwischen den Beinen hindurch und übers Gesicht. Brad war sicher, dass sie in einem früheren Leben die Hohepriesterin der Versuchung gewesen war. Er sah bildhaft vor sich, wie sie Männer dazu verführte, jegliche Moralvorstellungen, die sie besitzen mochten, über Bord zu werfen. Dafür war sie bestimmt gehenkt oder verbrannt worden, aber *nie* hatte sie es bereut.

Das Gesicht von der Decke verhüllt, setzte sie den Vibrator an. Annie spürte Brads sexuelle Energie im ganzen Raum, und es reizte sie, dass er das Verlangen in ihren Augen und ihren roten, erwartungsvollen Mund nicht sehen konnte. Sie gab sich ganz ihrer Lust hin und bewegte den Vibrator ihrem eigenen Rhythmus folgend vor und zurück. Dabei rutschte sie an dem antiken Überbett auf und ab.

«Wie du tanzt, Geliebte! Du bist so *animalisch*, so fraulich. Woran denkst du gerade?»

«Wenn ich masturbiere, mein Süßer, kann ich nicht richtig reden. Ich vögele mich einfach selbst. Ich stelle mir gerade etwas vor, aber … oh … mmh, das lässt sich … jetzt … nicht so einfach … erklären.»

«Dann lass es. Ich liebe es, dir zuzusehen. Du bist für mich der Inbegriff der Frau. Führe mich in Versuchung, du süßes viktorianisches Püppchen …»

«Genau das ist meine Phantasie. Du kannst wohl Gedanken lesen.» Annie hielt den Vibrator still und zog sich die Decke vom Gesicht. «Brad, komm jetzt zu mir. Ich brauche dich. *Dich*, verstehst du? Ich will dich überall spüren, dein Sperma riechen.»

«Annie, es fällt mir schwer, das zu sagen, aber ich glaube, das kann ich nicht. Es geht einfach nicht. Vielleicht lässt du mich einfach ein bisschen mit dir und deinem Vibrator spielen?»

«Alles, was du möchtest. Mach mit mir rum oder vergnüg dich selbst damit. Mir egal. Aber könntest du dich wenigstens ausziehen?»

Brad schlüpfte schnell aus seinen Sachen, und dann stand er, halb schüchterner Junge, halb Michelangelos David, vor ihr, dieser personifizierten Versuchung. Er spürte, wie ihre Augen ihn von oben bis unten musterten, und gab diesem Gefühl der Machtlosigkeit nach. Er wollte ihr Sklave sein, ihr gehorchen, sich erniedrigen oder erweichen lassen, ganz wie Annie es wünschte.

Sie starrte diesen Halbgott an, und ihr wurde klar, dass es Wochen her war, seit sie das letzte Mal richtigen Sex gehabt hatte – oder überhaupt irgendwelchen Körperkontakt. Ein paar Umarmungen zur Begrüßung im Büro zählten für sie nicht als Berührungen. Es war ohnehin merkwürdig, wie penibel die Menschen, wenn sie jemanden an sich drücken, darauf achten, dass gewisse Körperteile sich nicht berühren.

Annie wusste genau, worauf sie Lust hatte, als sie Brads sehnigen Körper betrachtete, weich, stark und sehr männlich. Er bewegte sich, wie kein Tier es je könnte. Er verströmte Energie, und der Anblick seiner Gliedmaßen löste eine Fülle von Gefühlen bei Annie aus. Sie wusste, dass es herrlich sein würde, ihn wieder überall zu spüren, und sie übergab ihm das Spielzeug.

Er küsste es, sah ihr in die Augen und war mit einem Satz auf ihr.

Brads angestaute Leidenschaft breitete sich in ihm aus wie ein Flächenbrand. Noch bevor er sich dessen bewusst wurde, war er bereits dabei, Annie zu vögeln. Wut und Sehnsucht übermannten ihn, und er packte ihren Arsch so fest, dass sie aufschrie. Doch er fuhr fort, sie wie wild zu stoßen. Aus einer längst vergessenen Prärie, die er vielfach durchstreift hatte, drang Annies Stimme an sein Ohr, ihr Busch war reif und voll. Er wollte ihr sein Brandzeichen aufdrücken als Zeichen seines Besitzanspruchs. Mit jedem Stoß spürte er, wie die Glut, die ihn durchrann, allmählich sein Gehirn erfasste.

Sie ergab sich und empfing seine Stöße wie Schläge, denen man nicht ausweichen kann. Mit angehaltenem Atem bemühte sie sich, nichts zu tun, was seinen brutalen Rhythmus stören konnte. Sie spürte, dass er fast so weit war. Er wollte sie unbedingt besitzen.

Als er kam, glaubte sie, sein letztes Stündlein habe geschlagen. Seine Augen rollten nach oben, und er zitterte am ganzen Körper. Brads Atem und sein Schweiß ließen Annie schon einen Schlaganfall befürchten. Sie lag noch stiller, während er sie weiter bumste und auch nach seinem ersten Orgasmus nicht aufhörte.

Ihr Hände brannten auf seinem Rücken, und Brad wusste nicht, ob es ihm wirklich lieb war, dass sie ihn in diesem Moment berührte. Er hatte das Gefühl, eben etwas so Urtümliches und Verletzliches in sich entblößt zu haben, dass er ihr nicht in die Augen sehen mochte. Ihr Geruch hallte schmerzlich in seinen Adern wider. Wer war sie? Wie schaffte sie es, ihn derart um den Verstand zu bringen?

Annie spürte seinen Zwiespalt und wurde unwillkürlich wütend. Entweder er wollte sie, oder er wollte sie nicht. Wenn er sie wollte, wenn er etwas für sie empfand, kam er nicht darum herum, sie zu berühren. Wenn ihm das nicht passte, sollte er auf der Stelle aufstehen und verschwinden. Dann überkam sie eine Welle von etwas, das sie nur als «weiblich» bezeichnen konnte, und Mitleid und Liebe zu Brad wallten in ihr auf.

«Brad, Schatz, alles in Ordnung?», fragte sie und versuchte ihm in die Augen zu sehen.

«In Ordnung?», antwortete er erschöpft. «Was soll in Ordnung sein?»

Annie spürte, wie eine gewisse Schärfe sich in ihre Stimme schlich, aber sie wusste nicht genau, ob Brad es auch merkte. «Alles.»

«Warum fragst du mich nicht einfach das, was du mich fragen willst?» Er klang verärgert.

«Ich will dich gar nichts fragen. Jedenfalls nicht jetzt.»

«Annie», Brad zog seinen Schwanz heraus, setzte sich auf und sah ihr fest in die Augen, «was fühlst du? Fühlst du dich mir wirklich nah?»

«Ach, jetzt kommt das wieder! Wir treiben es doch ständig miteinander, Mann. Näher geht's nun wirklich nicht.» Zum ersten Mal in ihrem Leben bereute Annie ihre eigenen Worte.

«Ich weiß nicht, ob du das je verstehen wirst. Du hast mich *verändert.*» Er nahm ihr Gesicht in seine Hände. «Habe ich dich auch verändert?»

«Natürlich.» Sie hielt inne. Ihre Empfindungen für Brad überwältigten sie, aber sie konnte sie nicht in Worte fassen. Stattdessen sagte sie: «Menschen verändern sich nun mal gegenseitig.» Verdammt, wieso konnte sie bloß den Mund nicht halten?

«*Inwiefern* habe ich dich verändert?» Brads Hände sanken herab.

«Musst du das *jetzt* wissen? Jetzt gleich?» Geistesabwesend strich sie mit dem Finger durch sein Brusthaar. «Okay. Ich versuch's. Ähm, also, du bist wild. Soweit ich sehen kann, kennst du keine Tabus.»

«Was?»

«Willst du mir nun zuhören, oder meinst du die Antwort schon zu kennen?» Sie spürte, wie Wut in ihr hochkochte, ohne jedoch überzulaufen. Das ließ sie nicht zu. Annie konnte sich nicht erinnern, sich jemals so missverstanden gefühlt zu haben, aber das war es eigentlich gar nicht. Es war eher, als triebe Brad sie auf einer Bühne, auf der sie nie zuvor gestanden hatte, in die Enge. Ihre Gedanken – oder eher deren klägliche Überreste – sausten ihr im Kopf herum wie eine Ratte in einem Hamsterrad: hysterisch, deplatziert, startbereit, aber ohne ein Ziel vor Augen. Sie musste jetzt etwas sagen, aber was?

«Sprich weiter ... Nein, warte, Annie, hast du eine Seele? Ich meine etwas in dir, womit du alles fühlst. Etwas, das dich aufwühlt und bewegt?»

Ohne zu zögern erwiderte sie: «Ja, meine Möse.»

Brad verstummte. Er wusste nicht, wie er ihr die Reaktion entlocken sollte, auf die er wartete. Ihm wurde klar, dass ihm das nie gelingen würde. Obwohl man nicht sagen konnte, dass Annie seelenlos war, hatte sie etwas Goldrichtiges und zugleich etwas Grundverkehrtes an sich. Er hatte plötzlich das Gefühl, dass sie kein Herz hatte, dass es in ihr nichts gab, auf das sie mehr hörte als auf ihre Möse. Sosehr sie ihn auch verändert hatte, *sie* würde er nie verändern. Sie würden nicht zusammen wieder geboren werden. Doch das waren nur Hirngespinste. Immerhin war dies die Frau, die Tom zu ihm zurückgebracht hatte. Eben jenen Tom, der ihn in Kenntnis seiner desolaten finanziellen Lage angefleht hatte, einen letzten Job zu machen, mit einer Freundin, bevor er sich von alldem zurückzog. Woher sollte Tom auch ahnen, dass die Erinnerung an ihren Dreier Brad keine ruhige Nacht lassen würde? Danach war es ihm nicht mehr möglich, in diesem Geschäft zu arbeiten, denn es gelang ihm nicht mehr, Distanz zu den Körpern zu wahren, in die er eindrang und die in ihn eindrangen. Annie hatte alles verändert. In ihrer Nacht zu dritt hatte es angefangen, aber mit ihrem ersten Kuss unter vier Augen wurde es besiegelt.

Und doch war sie von ihnen allen die Gefühlsärmste. Hatte Brad deshalb so ein überwältigendes Bedürfnis, eine echte Beziehung zu ihr aufzubauen? Sex allein reichte ihm nicht, er wollte mehr.

«Annie, deine Möse ist wunderschön. Aber ich fürchte, sie genügt mir nicht.»

«Wovon redest du? Ich kapier das einfach nicht, Brad. Bin ich dir nicht schon genug verbunden?»

«Nein, Süße. Du kapierst es wirklich nicht. Aber das macht nichts. Vielleicht versteh ich's selber nicht. Ich liebe dich. Und zwar von ganzem Herzen.»

«Aber du kennst mich doch kaum.» Eigentlich hatte sie *Ich liebe dich auch* sagen wollen, aber das kam ihr zu gezwungen, zu aufgesetzt, zu abgedroschen vor.

Brad stand auf. «Annie, ich suche etwas in dir, das ich nicht erkennen kann, aber dafür kann ich nichts. Ich will mit dir zusammen sein. Ich möchte mit dir zusammenleben und dich jeden Morgen neben mir spüren. Wir sind füreinander geschaffen. Ich meine, es passt einfach alles.» Er hielt inne, ermutigt durch ihr Lächeln. Dann platzte er heraus: «Heirate mich!»

«Einfach so?» Annie begann zu lachen. Sie fiel tatsächlich vor Lachen vom Bett. «Das ist doch kindisch.»

Brads Gesicht verfinsterte sich. Es sah aus, als würde es das Licht, das ihn umgab, absorbieren und als Schatten wieder ausspeien. Annie hätte den letzten Satz am liebsten zurückgenommen, aber sie wusste: Was man einmal gesagt hat, lässt sich nicht ungesagt machen. Regel Nr. 10.

«Brad, bitte zieh dich nicht an. Es tut mir Leid. Bleib hier. Bitte.» Wie sehr sie ihn wollte. Aber nicht so, nicht heiraten, nicht jetzt. Ihre Verwirrung begann sich aufzulösen.

«Auf Wiedersehen, Annie. Du hast mir gerade das Herz gebrochen.» Er machte behutsam die Tür hinter sich zu, offenbar in der Hoffnung, sie würde ihn zurückrufen. Doch Annie rührte sich nicht. Sie war wie gelähmt.

Ein paar Minuten später wurde ihr klar, dass sie soeben die Liebe ihres Lebens verloren hatte. Zumindest kam es ihr so vor.

Während sie ihr Spielzeug wegpackte und sich anzukleiden begann, ließ sie den Tränen freien Lauf. Ihr Körper kam ihr plötzlich vollkommen nichtig vor, und sie wollte ihn am liebsten verstecken – sogar vor sich selbst. Wenn bei ihrer Beerdigung der Deckel des Sargs geschlossen wurde, würde Brad im Hintergrund bleiben. Ihre Schwester würde die Hand ihrer Mutter halten und sich suchend nach jemandem umblicken, der eine Rede auf Annie halten könnte. Doch es würde still bleiben, so sehr sie auch von innen gegen den Sarg hämmerte, damit man sie rausließe.

Kapitel 15

Das Leben ist derart aufreibend,
dass einem kaum Zeit für etwas anderes bleibt.
EMILY DICKINSON

Es gibt Augenblicke, die rückwärts ablaufen, die die Zeit nicht nur außer Kraft setzen, sondern transformieren. Jeder, der mal einen Autounfall erlebt hat, kennt das: In den Sekundenbruchteilen, bevor man gegen den Baum prallt, laufen Hunderte von vergangenen und zukünftigen Momenten wie ein Film vor einem ab. Stunden und Minuten haben keine Bedeutung, wenn sie miteinander verwoben sind wie das Fadenkreuz bei einem Pendelorakel – vor, zurück, tick, tack, rein, raus. In solchen Momenten kann Sex herrlich sein, die Gesetze der Physik scheinen außer Kraft gesetzt, jedes Molekül hat seine eigene Zeitzone. Allerdings nur, wenn man aus freien Stücken und mit Spaß bei der Sache ist, andernfalls zieht sich die Zeit zwischen Kommen und Gehen endlos hin.

Es gibt andere Momente, die wie ein Karren sind, der auf den Tod eines Pestopfers wartet: kalte Momente, eisige Momente, atomisierte Momente. In solchen Momenten ist der Sex mal im Nu vorbei, mal wuchert er wie Krebs, genährt durch Gefahr oder Liebe oder beides. Die Zellteilung kann so erschreckend schnell voranschreiten, dass man sich fragt, ob es nicht doch Schwarze Löcher gibt, die alles leer saugen – nicht im Universum, sondern in uns selbst. In solchen Momenten liegt im Sex die Verheißung gelüfteter Geheimnisse, tatsächlich aber höhlt er die Partner nur aus und lässt sie voll unerfüllter Sehnsucht und unbefriedigt zurück. Solcher Sex kann Menschen für immer in die Enthaltsamkeit treiben und ist schuld daran, dass Ehefrauen sich beschweren, Männer wollten immer nur das eine.

Allein die Anstrengung zu leben kostete Annie jeden Funken Energie, den sie besaß, und ihr ohnehin schon kärgliches Innenleben löste sich nun allmählich in seine Bestandteile auf. Manchmal schaute sie den Trauertauben vor ihrem Fenster beim Umherstolzieren und Gurren zu, ohne zu merken, dass dabei ein ganzer Tag verging. Staubflusen in ihrem Heizlüfter, der Tag und Nacht lief, weil ihr einfach nicht warm wurde, konnten eine ganze Stunde lang völlig ihre Aufmerksamkeit absorbieren. Sie sinnierte dann darüber, wie der Staub dort hingekommen war und ob das Gerät ihn ansog oder ihn selbst fabrizierte, um ihn dann wieder von sich zu geben. Ameisen, die kürzlich vor dem Regen in ihr Badezimmer geflohen waren, ließ sie stundenlang nicht aus den Augen. Es war ihr ein Rätsel, wie das Zusammenleben dieser Tiere organisiert war und wie sie über solch große Entfernungen hinweg miteinander kommunizierten.

Wenn sie um acht Uhr morgens aufwachte, fühlte sie sich für einen Moment zufrieden und unbeschwert. Dann legte sich die Realität wie ein Schleier über sie und tilgte den Glanz von ihrer Haut. Eine Sehnsucht rumorte in ihrem Bauch. Sie versuchte es mit Essen, doch sie fand nichts, was ihren unergründlichen Hunger zu stillen vermochte. Sie gewöhnte sich an, ihr Leben nicht in Kaffeetassen zu messen, sondern in der Zeit, die es dauerte, sich einen Toast zu machen. Es kostete sie eine ungeheure Anstrengung, daran zu denken, ihn rechtzeitig aus dem Ofen zu holen und nicht noch mehr Holzkohle zu produzieren, die sie nur noch den Tauben vor dem Fenster zuwerfen konnte.

Die Zeit zwischen zwei Bissen Toast kam ihr vor wie ein ganzes Leben. Sie kaute auf der rechten Seite und versuchte, nicht an die verschiedenen Körperteile Toms zu denken. Sie kaute auf der linken Seite und versuchte, Brads Vollkommenheit zu vergessen. Jeder Schluck Kaffee rief ihr in Erinnerung, wie Brad von Ehe und Treue gesprochen hatte, und jeder Bissen brannte ihr in der Kehle wie heißes Sperma bei Halsschmerzen.

Kauen war ihr zu sinnlich, denn es bestäubte den Augenblick mit einem Puderzucker des Kummers. Oft ertappte sie sich dabei, wie sie versonnen vor ihrem Bücherregal stand und wahllos Bände herauszog und Umschläge befingerte. Sie brauchte einen Bücherarzt, jemanden, der ihr ein Buch verschrieb, das sie wieder aufbauen würde. Irgendwo in all diesen Werken musste doch eine Antwort zu finden sein.

Annie ging nicht so weit, die Ereignisse ihres Lebens mit einer Shakespeare'schen Tragödie zu vergleichen, gleichwohl drängten sich Parallelen auf: die missverstandene Ophelia, die mächtige Lady Macbeth, die so blind verliebte Julia, die treuherzige jüngste Tochter König Lears.

Bücher purzelten zu Boden, Platon neben die *Bhagavadgita,* Kochbücher neben *Gray's Anatomy*, Freud neben Melville. Lyrik lag auf Ratgebern, ihr Riverside-Shakespeare unter einem Wissenschaftslexikon. So viele Informationen, so viele Bilder steckten zwischen all den Buchdeckeln. Annie glaubte, so könne jeder die Welt verstehen – durch Lesen.

Bei Annies Beerdigung würde Nancy, beeindruckt vom vorangegangenen Besuch in Annies Wohnung, aufstehen und sagen: «Ich kannte meine Schwester nicht besonders gut, aber sie hat viel gelesen. Den Büchern nach zu urteilen muss sie eine ziemlich intelligente Frau gewesen sein.» Mutter würde Nancys Hand halten und nicken. Der kleinen Trauergesellschaft würde vor Verblüffung darüber, dass Annie gern las, die Spucke wegbleiben.

In der Wirklichkeit von Annies Apartment war alles ganz verstaubt, sogar ihre Lenden.

Es tat ihr weh, sich anzuziehen, denn sie empfand das Streicheln von Seide und Spitze auf ihrer Haut als aufdringlich. Annie wollte am liebsten vergessen, dass sie einen Körper hatte.

Sie versuchte, ihre Seele zu finden, und war in der Kluft zwischen Körper und Geist gefangen, die das abendländische Denken schon lange verwirrt, Annie jedoch bis dahin entgangen war. Sie las ein Buch von Platon, das ihr half, ihren Körper Stück für Stück zu zergliedern, bis sie nicht mehr wusste, wer der Geist in der Maschine war und wofür im Höhlengleichnis die Höhle stand. Keine besonders empfehlenswerte Lektüre, wenn man ohnehin schon ziemlich durcheinander ist. Als würde man Solschenizyns *Krebsstation* lesen, während man auf Biopsieergebnisse wartet.

Brads Worte verschorften in ihrem Herzen und hinterließen schmerzhafte Narben der Trennung. Ihr ganzes Leben lang hatte sie ihren Geist und ihren Körper als eine Einheit empfunden, auch wenn ihr Körper meist im Vordergrund stand. Obschon sie nie richtig darüber nachgedacht hatte, war sie zutiefst davon überzeugt. Sie versuchte dieses Gefühl zu fassen zu bekommen, doch es entglitt ihr wie ein Heliumballon der Hand eines Kindes.

Sie war in der Tat ebenso todtraurig wie das heulende Kind, das plötzlich seinen Schatz verliert. Ein neuer Ballon ist kein Ersatz, wenn der, den man in der Hand hatte, einem so unmittelbare Glücksgefühle verschafft hat. Ihr Glück schien Brad gewesen zu sein. Das begriff sie erst im Nachhinein. Es hatte nicht gereicht, sie dazu zu bringen, ihn zu heiraten oder auch nur mit ihm zusammenzuleben. Gab es denn keine Möglichkeit, diese Dinge zu vermeiden? Schließlich war sie ein kreativer Mensch. Konnte sie sich nicht etwas einfallen lassen, wie Brad und sie trotzdem ihr Verlangen stillen konnten?

Zu heiraten war jedenfalls keine Lösung. Konnten zwei Menschen nicht zusammen sein, ohne Kompromisse einzugehen und Abstriche an den gemeinsamen und persönlichen Wünschen zu machen? Sie würde Brad erst anrufen, wenn sie darauf eine Antwort hatte. Annie wollte nicht zu diesen ratlosen Paaren gehören, die eine Krise durchmachen, ohne dass einer von beiden begreift, wieso. Sie wollte eine Lösung, aber ihr fiel keine ein.

Doch was waren überhaupt ihre Wünsche? Sie hatte in ihrem Leben immer nur nach vorn geschaut, für den Moment gelebt und nie die Absicht gehabt, enge emotionale Bindungen einzugehen. Musste sie das? Hatte nicht vielmehr Kurt Vonnegut Recht, von dem angeblich der Ausspruch stammte: «Nach reiflicher Überlegung komme ich zu der Überzeugung, dass der Sinn des Leben einzig und allein im Herumvögeln besteht»? Sie war vollauf zufrieden damit gewesen, die Dinge zu nehmen, wie sie kamen, und sich jeweils das Beste herauszupicken. Warum hatte Brad es nicht einfach genauso gemacht? Warum müssen die Menschen, wenn ihnen etwas Gutes widerfährt, sich immer wünschen, dass es noch besser wird?

Annie stellte fest, dass sie im Gegensatz zu den Heldinnen aus Liebesromanen weder Hoffnungen noch Zukunftspläne in Bezug auf Männer hatte. Sie baute keine

Luftschlösser und war auch nie bereit gewesen, in welchen zu leben. Sie fragte sich, ob jene steinernen Häuser, die andere sich irgendwo in der Nähe des Himmels für die Zukunft bauten, ihre Seele ausmachten. Konnte man die Sehnsucht, die die Menschen unbestreitbar erfüllt und auf die die Religionen ein Monopol zu haben glauben, nicht auch anders betrachten? Hatte sie, Annie, es sich in einer zweiten Dimension bequem gemacht, während alle um sie herum von der dritten schwärmten? Eine Zeit lang fand sie Trost bei Walt Whitman: «Ich habe viele Facetten, in mir steckt vielerlei.» Sie hätte sich lieber auch den ersten Teil des Gedichts ins Gedächtnis rufen sollen: «Widerspreche ich mir? Na, wenn schon.» Damit hätte sie sich eine Menge erspart.

Sie ertappte sich dabei, dass sie krampfhaft überall nach innerer Zusammengehörigkeit suchte: die Welt in einem Sandkorn, den Himmel in einer Wiesenblume, einen Menschen in einem einzelnen Laut.

Gab es den «wahren Kern» eines Menschen, oder löste man sich nach Entfernung einer bestimmten Anzahl von Schichten einfach in Luft auf? Es war wirklich wie bei einer Zwiebel oder einer Auster. Annie pulte an ihrer äußeren Hülle herum, in der Hoffnung, sie würde darunter eine Perle finden. Doch sie fürchtete, es könnte nichts darunter sein als immer nur weitere Schichten. Keine Wahrheit, keine Seele, nur Schichten ihrer selbst. Schichten, die diejenigen, die sie abzuschälen versuchten, zum Weinen brachten: Brad, Nancy, vielleicht Tom. Und jetzt Annie selbst. Sie pulte weiter, versuchte sich bis auf die Knochen zu entblößen, um zu dem vorzudringen, was ihr Wesen ausmachte – und das brachte sie zum Heulen.

Im Büro war es in diesen Wochen kaum auszuhalten.

Sie mochte niemanden um sich haben. Annie gab sich unnahbar, und alle hielten unbewusst Abstand. Das war schon immer so gewesen, aber jetzt fiel es ihr selbst auf. Sie fragte sich, ob die anderen eine Seele hatten, und wenn ja, wo sie sich verbergen mochte. Bestimmt nicht in Carols gelben Haaren oder dem Vietnamgequatsche des Pferdeschwanzes. Dachten diese Menschen überhaupt über solche Dinge wie die Seele oder den Zwiespalt zwischen Geist und Körper nach?

Vielleicht fickten ihre Kollegen einfach wie Kakerlaken, die nur ein zentrales Nervensystem und keine intelligenten Hirnströme besitzen. Nein. Das galt wohl eher für sie selbst: das Dasein als ein einziger langer, gedankenloser Orgasmus. Annies Art zu leben hatte definitiv etwas Konvulsives.

Konnte man Beziehungen nicht auf eine andere Art führen, ohne anderen Frauen am Trinkwasserspender davon vorheulen zu müssen? Liebe ... wie viel wurde über sie geschrieben, wie oft vor ihr gewarnt. Sie war eine Verheißung, ein Traum ... Annie war ratlos. Sie wusste nur, dass sie die Menschen aus heiterem Himmel überkam und sich meist sehr problematisch und höchst unerfreulich gestaltete.

Sie hatte Angst, dass sie in ihrem Leben nie stärkere Empfindungen gehabt hatte als beim Vögeln. Und am stärksten waren sie beim Sex mit Brad gewesen.

Warum hatte sie ihm nur erzählt, dass ihre Seele mit ihrer Möse gleichzusetzen sei? Wie konnten Worte vermitteln, was sie fühlte? Dieses Rätsel hatte sie immer noch nicht gelöst.

Was fühlte sie denn eigentlich? Sie wusste nicht, wie sie es benennen sollte. Jeden Morgen, wenn die Sahne einen Strudel in ihrem Kaffee bildete, versuchte sie einen

Namen dafür zu finden, wie Kafkas hungriger Künstler die Lippen gespitzt auf der Suche nach dem Wort, das das Geheimnis ihrer Seele barg. Es klebte irgendwo an ihrem Gaumen. Oder an einer Stelle ihres Körpers, an die sie nicht herankam. Aber es war da.

Dieses Gefühl, dass etwas auf ihrer Haut lauerte und nur auf ein Schwächeln von ihr wartete, damit es in sie hineinkriechen konnte, ängstigte sie. Sie schlief schlecht, wachte schweißgebadet für einen kurzen Moment auf, in dem ihr plötzlich einfiel, was es war, und fiel dann wieder in Schlaf. Schlafen bedeutete fallen – tief hinab in eine dunkle Höhle mit schimmligen, bemoosten Stufen und metallisch hallenden Geräuschen.

Hin und wieder träumte sie von Sex, aber diese Träume handelten von Tieren, Geistern und geflüsterten Worten.

Sie war sicher, dass sie nie wieder mit Brad, ja nicht einmal mit jemandem wie Tom zusammen sein würde. Auch wenn sie sie vielleicht noch begehrten – die Chemie in ihrem Körper stimmte nicht mehr. In ihr regte sich nichts – keine Triebe, keine Gelüste. Sie hatte kein Verlangen, penetriert zu werden.

Ohne es zu wollen, war Annie enthaltsam geworden. Sie sehnte sich nach einer mystischen Erkenntnis, die über die Anspannung des Geschlechtsakts hinausreichte. Sie schmachtete nach Erfüllung, nach Befriedigung – nur wodurch?

Die Hungerkünstlerin – sie wünschte, sie könnte die Nahrung benennen, die ihr fehlte. Die Momente hingen in der Luft und warteten auf Anweisungen von ihr, der Herrin über die Zeit. Doch sie konnte weder ihnen noch ihrem Körper die Richtung weisen. Sie wartete darauf, dass jemand sie an die Hand nahm. Sie wartete auf ein

Zeichen, vielleicht einen Hautausschlag, der ihr bedeutete: «Zu deiner Seele geht's da entlang.»

Sie war sicher, dass es zum Greifen nahe war, ihr auf der Zunge lag, in ihrem Kaffee schwamm. Sie war sicher, dass sie die Sache aussitzen konnte. Sie war sicher, dass sie sich an den Albtraum erinnern würde, der ihr so entsetzlich bekannt vorkam. An diesen Geschmack in ihrer Kehle, fremd und vertraut zugleich, als wäre sie in der Nacht von einem Teufel heimgesucht worden, dem ihre Seele gehörte – wo auch immer sie zu orten und worin sie auch bestehen mochte.

Das Radio plärrte eine Broadway-Melodie: «It only takes a moment», und Annie grinste so schief wie ein Herz, das eine Fünfjährige für ihre Mutter zeichnet.

Ein Moment. Mein Leben besteht aus lauter aneinander gereihten Momenten. Ihre einzige Gemeinsamkeit scheint darin zu bestehen, dass sie zusammengenommen mein Leben ausmachen. Das ist alles.

Sie schrieb:

> Ich war mir meiner selbst noch nie so unsicher. Mein Kopf tut weh, mein Herz tut weh. Hab in der Zeitung ein Zitat der Lyrikerin Edna Millay gelesen: «Das Leben ist keine Abfolge von immer neuen Erlebnissen, sondern die Wiederholung ein und desselben.»
>
> Was wiederhole ich? Ich bin ein Plattenspieler der Emotionen, und die Platte hat einen Sprung, den ich nicht hören kann. Komm schon, Annie, denk nach!
>
> Oder fühle. Tu etwas!
>
> Ich bin total aufgewühlt. Ich hab noch nie solche Kopfschmerzen gehabt. Was geschieht mit mir?

Was soll das alles? Komisch, auf dem Stück Zeitung, das ich abgerissen habe, um den Millay-Spruch aufzuschreiben, steht ein Zitat von einem anderen Dichter – Shelley (war wohl ein Lyrik-Special an dem Tag): «Mich dünkt, dass Träume aus einer fernen Welt die Seele während des Schlafes heimsuchen.»

Lieber Gott! Bitte sei so gut und schenk mir diesen Schlaf. Den Schlaf, der eine Seele mit sich bringt.

Ich fühle mich wie eine Statue, die noch im Marmor steckt – ich warte auf einen talentierten Bildhauer, der mich befreit.

Annie! Mach dir nichts vor. Niemand wird dich befreien.

Also, was soll ich tun? Irgendwo gibt es eine Lektion, eine Geschichte, eine Perle für mich. Ich *werde* sie finden.

Okay, Annie. Konzentrier dich. Glaubst du, dass du deine Seele oder was immer es ist, das dir dieses Gefühl der Leere gibt, finden wirst, wenn du nur genug schreibst?

Gibt es etwas, an das ich mich einfach nicht erinnere? Ich habe das Gefühl, dass dieses nicht Greifbare, das danach schreit, benannt zu werden, ganz dicht unter meiner Zwiebelhaut liegt.

Was ist mit mir passiert? Ich war so glücklich, so voller Sinnlichkeit. Diese verdammten Männer haben mir mein unkompliziertes Leben kaputtgemacht. Tom mit seinen Worten und Brad mit seiner Liebe.

Liebe. Jetzt habe ich eine Vorstellung davon. Ich glaube, ich weiß jetzt, was das ist. Woran erkennt man sie? Brad liebt mich. Tom hat mich geliebt. Jeffrey glaubte mich zu lieben, ebenso Charles. Fred vermutlich auch … Annie, die Serien-Monogamistin!

Es ist spät. O süßer Schlaf, komm zu mir heut Nacht. Wenn ich mich bei der Arbeit nicht deutlich mehr anstrenge, werde ich bald gefeuert. Aber wie soll ich das tun? Ich bin ein Zombie. Wieso kann ich das alles nicht einfach ignorieren? Am liebsten würde ich mich in irgendein Loch verkriechen, bis dieses furchtbare Gefühl der Verlorenheit sich legt und ich mich wieder wohl in meiner Haut fühle.

Ist das gefährlich? Sich so angestrengt mit diesen Dingen zu beschäftigen? Wenn ich so weitermache, verwandle ich mich noch in Nancy. Vielleicht ist sie ja doch auf dem richtigen Weg. Widme dein Leben Gott und deinen Körper der Farbe Beige.

Nein.

Kapitel 16 – «Annie, könntest du mal in mein Büro kommen?» Der Pferdeschwanz hatte sie gerufen, und sie wusste, was ihr bevorstand.

Sämtliche Sinne aufs Äußerste geschärft und mit klopfendem Herzen sagte Annie: «Schon klar, Marty. Ich bin gefeuert, stimmt's?»

«Komm doch erst mal in mein Büro, dann reden wir darüber.»

«Herrgott, ich will nicht allein mit dir in dein Büro gehen. Wozu? Damit du mich ohne Zeugen feuern kannst? Sei nicht so feige, Marty. Denkst du, nur weil du hier der Boss bist, tanze ich nach deiner Pfeife?»

Ihre Kollegen standen mit offenen Mündern um sie herum. Sie hatten sie noch nie so emotional erlebt, nie gehört, dass ihre Stimme sich vor Erregung beinahe überschlug. «O Mann, hört bloß auf, mich so anzuglotzen!» Annie schnappte sich ihre Handtasche und rannte hinaus. Sie kehrte nie wieder zurück.

Oh, was für eine Beerdigung sie sich damals ausmalte! Peter würde versuchen, die Regie zu übernehmen und nur Carol würde sich erfolgreich dagegen auflehnen. «Ich kannte sie besser als ihr alle.» Marty würde den Kopf hängen lassen, weil er sie gefeuert hatte. Sasha stünde schweigend im Hintergrund, traurig, aber nicht allzu sehr. Sie war schon seit langem auf Annies Job scharf.

Nancy würde vorn stehen, Mutters Hand halten und sagen: «Möchte sonst noch jemand etwas über meine liebe Schwester sagen?» Nancy würde ein Schluchzen unterdrücken, der Himmel würde sich verdunkeln, und ihre Kollegen würden wie aus einem Mund und von ganzem Herzen rufen: «Sie war die beste Werbegraphikerin aller Zeiten!»

Annie malte sich das Ganze so plastisch aus, dass sie es richtig gehend bedauerte, nicht dabei sein zu können.

Sich irgendeinen Hiwi-Job zu suchen, nachdem man bereits mit beiden Beinen im Berufsleben stand, fällt den meisten Menschen nicht leicht. Annie schon. Sie beschloss, einen Barkeeperkurs zu machen, doch dann überlegte sie sich: Was soll's, ich fang einfach so in einer Kneipe an, was gibt's da schon zu lernen?

Nachdem sie diese Entscheidung getroffen hatte, fühlte sie sich schon wieder etwas mehr wie sie selbst.

Annie ging in das Lokal, in dem sie und Brad sich das erste Mal getroffen hatten. Der stinkende Barkeeper war immer noch da. Offenbar erinnerte er sich an sie, denn er begrüßte sie mit einem derart schmierigen, wissenden Lächeln, dass Annie ihm am liebsten in sein Glas Maraschinokirschen gekotzt hätte.

Stattdessen streckte sie die Hand aus und sagte: «Ich bin gefeuert worden. Jetzt suche ich einen Job in einer Bar.»

«Willst du hier arbeiten?» Die Worte kamen aus seinem Mundwinkel, und Annie hätte schwören können, dass sie von einem Stück Solei begleitet wurden.

«Darauf war ich noch gar nicht gekommen. Ich hatte eigentlich gehofft, du könntest mir einen Laden empfehlen, in dem sie verrückt genug sind, jemanden mit null Erfahrung einzustellen.»

«Ich dachte, du hast Erfahrung.» Er grinste und musterte sie von oben bis unten. «Zumindest in gewisser Hinsicht.»

«Das ist aus und vorbei.» Sie merkte, dass sie wütend

wurde und Lust bekam, den Barkeeper ein bisschen zu piesacken. Es tat ihr gut, etwas zu empfinden, egal was es war – Liebe, Hass, Wut. Sie entspannte sich ein wenig, denn sie hatte schon geglaubt, dass ihre Gefühle sich eins nach dem anderen in Luft auflösten.

Dennoch, etwas zu empfinden und danach zu handeln waren zwei Paar Schuhe, auch wenn Annie noch nie verstanden hatte, warum das so war. Früher hatte sie es vorgezogen, jegliche Gefühle, von denen sie sich nicht beeinflussen lassen wollte, einfach als irrelevant zu betrachten und zu ignorieren. Jetzt wäre sie am liebsten aufgesprungen und hätte den Barkeeper glücklich und wütend zugleich mit den Fäusten ins Gesicht geschlagen. Doch zum Glück konnte sie sich zusammenreißen. Sie zwang sich, ihm direkt in die Augen zu schauen. «Also, kennst du eine Bar?»

«Ja, so eine wie die hier. Aber ich glaube nicht, dass du da zurechtkommst. Was du brauchst, ist ein Laden mit Grünpflanzen, Bananendrinks und reichen Hohlköpfen.»

«Dann mach mal einen Vorschlag.» Seine schonungslosen, aber zutreffenden Beobachtungen ermutigten sie.

«Na, hör mal, bist du nie ausgegangen? Du bist doch sicher mal mit deinen … Kollegen irgendwo gewesen.» Die Art und Weise, wie er über das Wort «Kollegen» hinwegnuschelte, ließ Annie aufhorchen.

«Ja, du hast Recht. Ich geh wieder dahin, wo ich hingehöre. Adios.» Sie lächelte ein Lächeln wie aus der Seifenwerbung, um ihm zu demonstrieren, dass sie ihm in Sachen Reinlichkeit weit überlegen war, dann eilte sie zur Tür hinaus. Der Barkeeper grunzte zum Abschied nur wie ein von einem Schiff fallender Seelöwe.

Draußen schien die Sonne über ihren Ekel vor all dem Schmutz zu spotten. *Was ist bloß mit mir los*, leierte das neue Mantra in ihrem Innern. Sie ging schneller, denn sie fühlte sich beobachtet, und zwar weniger von einer Person als von einem Etwas. Es war beinahe, als wäre ihr ein Traum auf den Fersen, so wie die geflüsterten Worte auf den Klippen zu ihr kamen. Irgendetwas in ihrem Universum zerriss.

Leicht benommen spazierte sie in eine der vornehmeren Bars der Stadt. Noch weggetretener bewarb sie sich um einen Job und wurde vom Fleck weg engagiert. Die Wirtin, eine dunkelhaarige Frau mit weicher, blasser Haut, Sommersprossen und schalkhaften grünen Augen, gratulierte Annie zu ihrer neuen Stellung.

«Ich bin sicher, dass Sie hier all Ihre Fähigkeiten wunderbar zum Einsatz bringen können. Vor allem Ihren Charme.» Lächelnd entblößte sie ihre spitzen, perlweißen Eckzähne. Das Neonschild hinter ihr ließ sie aussehen wie ein gefallener Engel mit einem fluoreszierenden rosa Heiligenschein.

Annie war außerordentlich erleichtert, so schnell wieder einen Job zu haben, nur wenige Tage nachdem sie den anderen verloren hatte. «Ich bin Ihnen sehr dankbar, dass Sie mir eine Chance geben. Ich verspreche Ihnen, dass ich mein Bestes geben werde.»

«Darin habe ich vollstes Vertrauen. Willkommen.» Die Frau berührte ihre Hand auf eine Art, die ihr das Gefühl gab, etwas Warmes ranke durch ihr Inneres.

Die 1500 Dollar Monatsmiete für ihre Wohnung konnte sie nun nicht mehr aufbringen. Sie ließ sich alles Mögliche einfallen, um zu sparen und so in dem schönen Licht von Nob Hill bleiben zu können. Aber sie wusste, dass es nur eine Frage der Zeit war, bis ihr das Geld ausging, daher entschloss sie sich, die Wohnung zu räumen, solange die Entscheidung noch in ihrer Hand lag.

Nancy und Phil halfen ihr beim Unzug. Auch Tom kam.

Annie merkte, wie ihre Schwester ihn musterte. Vermutlich hielt sie ihn für arrogant, nur weil er gut aussah. Und wahrscheinlich fühlte sie sich betrogen, weil Annie ihrer großen Schwester mal wieder nichts von ihrer Beziehung erzählt hatte.

Tom und Annie hatten sich seit ihrem Geburtstag vor zwei Monaten nicht mehr gesehen. Vor einer Woche hatte er begonnen, sich Sorgen um sie zu machen, wobei er bis dahin nicht gewusst hatte, dass er seiner ehemaligen Geliebten gegenüber zu solchen Gefühlen fähig war. Daher rief er sie an.

So, wie er Brad kannte, hatte Tom sich schon gedacht, dass dieser an der Geburtstagsüberraschung schwer zu knabbern haben würde. Aber dass es deswegen zur Trennung gekommen war, überraschte ihn. Seine Neugier war geweckt.

Als Annie ihm davon erzählte, bekam er ein schlechtes Gewissen, fühlte sich aber auch seltsam befriedigt. Er war überrascht zu hören, dass sie außerdem ihren Job verloren hatte und demnächst umziehen würde. Aus nicht ganz uneigennützigen Grunden bot er ihr seine Hilfe an.

Kisten mit Büchern, Bildern und Geschirr wurden rauf- und runtergeschleppt. Annie hatte schon Rückenschmerzen, und dabei waren sie erst seit zwanzig Minuten am Schuften.

Schnell kristallisierte sich wie von selbst ein bestimmtes Schema heraus: Sie lief ständig Tom hinterher und war immer wieder minutenlang mit ihm allein, während Nancy und Phil die andere Hälfte der Arbeit machten.

«Ich bin wieder mit jemandem zusammen», sagte Tom, als sie das dritte Mal die Treppe hinuntergingen.

Da Annie gerade eine große Kiste vor sich her trug, konnte sie ihn nicht sehen. Sie hatte das Gefühl, er warte auf eine Reaktion – ihren Segen, einen Wutausbruch, irgendwas. Auf jeden Fall wartete er, daher sagte sie: «Na, wie schön.» Keine weiteren Fragen. Tom wirkte enttäuscht.

«Weißt du, Annie, so jemanden wie dich gibt es nicht nochmal. Ich vermisse dich noch immer.»

Sie setzte zögernd die Kiste ab.

«Tom ...», begann sie. Plötzlich hatte sie wieder das Gefühl, ihr Gehör schärfe sich. Eine Fliege summte über ihnen, und sie hörte, wie sich die Luft um sie herum bewegte. Einen Augenblick lang fühlte sie sich quicklebendig und wieder im Vollbesitz ihrer selbst.

«Annie.» Er sah sie durchdringend an, und sie spürte, wie ihr Herz schneller schlug. All ihre Berührungen schossen ihr wieder in den Kopf, vor allem die Art und Weise, wie er das Feuer in ihr zum Lodern brachte. Tom machte ein verlegenes Gesicht. «Ich habe wirklich jemand Neues. Aber ich möchte trotzdem, dass du eins weißt: Es tut mir Leid, dass es mit uns nicht funktioniert hat.»

Sie wusste, dass sie «mir auch» sagen sollte, aber sie konnte nicht, und sie hob die Kiste wieder auf, um ihre Sprachlosigkeit zu verbergen. Gleichwohl verblüffte es sie, so unmissverständlich abgewiesen zu werden. Tom versuchte ihr zu sagen, dass er über sie hinweg war und dass es kein Zurück gab.

Sie hatte nicht gewusst, wie sehr sie sich zu hören gewünscht hatte, dass Tom sie immer noch begehrte. Seltsam. Dabei wollte sie gar nicht ihn, sondern nur eine lebhaftere Erinnerung an ihre Beziehung.

Es war nicht Annie McDermotts Art zurückzublicken. Wenn sie sich eingestanden hätte, welchen Horror sie davor hatte, welche Angst, dass loszulassen bedeuten könnte, von Reue übermannt zu werden, hätte sie gleich ihre ganze Lebensgeschichte neu schreiben können. Aber zum Glück waren die meisten von Annies Regeln noch in Kraft.

Und eigentlich ging es auch gar nicht so sehr um Tom.

Draußen hievte Phil eine riesige Matratze auf den Laster. «Scheißfamilie!», fluchte er halblaut. Nancy berührte Annie am Arm.

«Du ziehst also um. Gibt es irgendeinen Grund dafür?»

«Ich hab meinen Job verloren. Ich kann mir die Gegend hier nicht mehr leisten.»

«Ist vermutlich auch besser so. Du weißt ja: Snob Hill.» Nancy legte den Arm um Annie. «Das wird schon wieder. Tom kann dir helfen.»

Annie wich zurück.

«Oder auch nicht ... Also, ich finde ihn ziemlich nett», sagte Nancy zögernd.

Annie blickte zu Boden. «Weißt du, es ist schon seit einiger Zeit aus zwischen uns.»

Einen kurzen Moment lang dachte Nancy, Annie spräche von ihrem schwesterlichen Verhältnis, aber sie wischte den Gedanken rasch beiseite. «Und woher soll ich das wissen? Du stellst mir deine Typen doch nie vor», sagte sie ein bisschen arg theatralisch. «Und was hat er dann noch hier zu suchen?»

«Ich weiß nicht, Nancy. Ich nehme an, er will helfen.» Nancy fiel auf, dass Annie angespannt klang, wütend und durcheinander. Vielleicht sogar verletzlich.

Plötzlich bog ein rotes Mazda-Miata-Cabrio um die Ecke. Annie erkannte ihn an seiner Kopfform. Sie merkte, wie ihre Arme schlaff wurden, dann gaben ihre Beine nach. Sie setzte sich auf die Steintreppe.

«Hi, Annie. Tom hat gesagt, du ziehst um», übertönte eine Stimme die Motorengeräusche des Wagens.

Nancy flüsterte aufgeregt: «Wer ist das?»

Annie sah zu, wie er Schritt für Schritt näher kam – mit kräftigen Armen und einem hautengen Rippen-T-Shirt.

Nancy ließ sich tatsächlich zur Blasphemie hinreißen. «Mein Gott, guck dir *das* an», sagte sie mehr zu sich selbst als zu Annie.

Je näher er kam, desto mehr zog sich Annie in sich zurück.

«Hi, Annie.» Er schaute ein wenig traurig drein. «Hallo», sagte er lächelnd zu Nancy. «Ich bin Brad. Du hilfst ihr beim Umzug? Dann bist du sicher Annies Schwester.»

Nancy stotterte: «Äh, ja. Willst du mithelfen?» Sie kicherte wie ein Schulmädchen. Das ging Annie durch Mark und Bein.

«Das würde ich gern. Annie?» Es schien, als sei er gleichermaßen darauf eingestellt, sie zu küssen wie auch mit ihr zu streiten.

«Ach, wie nett. Also wirklich. Findest du nicht, Annie? Annie!» Nancy sah sie eindringlich an.

Annie blieb wie erstarrt auf der Treppe sitzen. Das Herz schlug ihr bis zum Hals, und sie konnte Brad nicht in die Augen sehen. Sie war zu überrascht von der Erkenntnis, wie sehr sie ihn vermisst hatte, als dass sie zu einer Reaktion fähig gewesen wäre. Das letzte Bild von ihm, das sich ihr ins Gehirn gebrannt hatte, stammte aus einer verworrenen Phase, und das, was sie jetzt sah, bildete einen scharfen Gegensatz dazu. Sie brauchte Zeit, um alles zu verarbeiten.

Brad schaute sie an und sagte dann: «Tja, offenbar hast du genug Helfer.» Er wartete auf eine Antwort, sah aber nur diesen abwesenden Blick, der ihn so irritierte. «Also dann … bis bald, Annie. Tut mir Leid, dass ich euch gestört habe.»

Nancy rief hinter ihm her: «Wir könnten wirklich noch ein Paar Muskeln … äh, Arme brauchen.» Aber Brad war sowohl körperlich als auch emotional schon zu weit weg, um sie zu hören.

Er brauste davon, und Annie blieb immer noch sitzen. Nancy versetzte ihr einen Klaps auf die Schulter.

«Hallo? Wer *war* das?», fragte sie.

«Die Liebe meines Lebens, glaube ich», erwiderte Annie.

«Was?! Wie kannst du so einen gut aussehenden Mann einfach so ziehen lassen?»

«Ich hatte nicht das Recht, ihn zu halten, Nancy.» Annie begann zu weinen. Ihre Schwester war schockiert, denn sie hatte noch nie erlebt, dass Annie offen ihre Gefühle zeigte. «O Nancy. Ich weiß nicht mehr, was ich tun soll.»

Nancy legte den Arm um Annie, und diesmal wich Annie nicht zurück. Sie schluchzte und schluchzte. Tom und Phil rackerten allein weiter, während die beiden

Schwestern auf der Treppe saßen und zusammen Dinge beweinten, über die die Männer nur Vermutungen anstellen konnten. Beiden bereitete es aus unterschiedlichen Gründen eine gewisse Freude, Annie heulen zu sehen.

Als Annie Nancy und Phil beim Umzug geholfen hatte, hatten sie hinterher gegrillt, und beide Kühlschränke waren mit Bier gefüllt gewesen. Schon, sie besaßen viel mehr Kram als Annie – sehr viel mehr, wenn man bedachte, dass die beiden vorgaben, nicht an irdischen Gütern zu hängen.

Irgendwie war Annies Umzug aus dem Ruder gelaufen. Annie hatte sich das Ganze etwas anders vorgestellt. Innerhalb von zwei Stunden war alles auf den Laster geladen, und sie hatte nur drei Kisten ein paar Treppen hinuntergeschleppt. Als kleines Dankeschön stand Bier im Kühlschrank. Jetzt wollten offenbar alle nach Hause fahren, ohne etwas davon zu trinken.

Phil war missmutig, wie Annie feststellte, als sie sich schließlich wieder gefasst hatte. Tom war amüsiert. Nancy wirkte zufrieden, dass sie endlich wieder die große Schwester sein konnte. Oder eher: erstmals. Nancy wusste es selbst nicht genau. Immerhin war dies das erste Mal, dass Annie sich widerspruchslos in die Rolle der kleinen Schwester fügte.

«Hey», sagte Nancy in die Runde, «lasst uns in North Beach Pizza essen gehen. Ich lad euch ein.»

Phil wirkte noch aufgebrachter als vorher, schließlich hatte Nancy ihn nicht mal um Erlaubnis gefragt. Wenn jemand Familienangehörige zu etwas einlud, dann er. Wofür sein sauer verdientes Geld ausgegeben wurde, entschied immer noch er. Toms Anwesenheit hielt ihn jedoch davon ab, das Familienoberhaupt raushängen zu lassen und mit der Faust auf den Tisch zu hauen.

Annie gefiel die Idee, Pizza essen zu gehen. Sie brauchte Ablenkung, und weder in ihrer alten Wohnung noch in ihrer neuen in Richmond gab es irgendwelche Sitzgelegenheiten.

Ein bisschen störte es sie, ausgerechnet in das Viertel zurückzukehren, in dem sie aufgewachsen war, weit entfernt von dem Trubel Nob Hills.

Regel Nr. 12: *Schau ruhig zurück, wenn du dir das Leben richtig versalzen willst.*

So ein Blödsinn! Was geschehen ist, ist geschehen. Brad versuchte, Geschehenes ungeschehen zu machen. Die Zeit zurückzudrehen. Das wurde ihr jetzt klar. War das wirklich möglich?

Kapitel 17 – Die grauweißen Wände der Wohnung in Richmond gefielen ihr nicht, aber sie einfarbig weiß zu streichen hatte keinen Sinn. Durch den Nebel würde das Weiß nur schmutzig aussehen.

Mit einem kleinen Schwamm begann Annie die Wände so zu bearbeiten, dass sie so aussahen, wie sie sich die Außenmauern eines Hauses in der Toskana vorstellte. Die Wand, die am wenigsten Licht abkriegte, bekam ein zitronengelbes Fleckenmuster mit leichtem Rotstich und ähnelte nun einem unvollendeten Fresko. Die Wand gegenüber wischte sie in einem hellen Rostbraun und das Stück über den Fenstern der Ostseite in einem warmen Pfirsichton.

Alle Farben gingen ineinander über, und es war schwer zu bestimmen, wo eine aufhörte und die nächste begann.

Annie war mit der an Escher erinnernden Komposition, die sie geschaffen hatte, sehr zufrieden. Wenn sie schon auf das Licht der läuternden Morgenstunden verzichten musste, würde ihr Verstand beim Erwachen wenigstens von Farben durchflutet. Kaskadenartige Vorhänge aus blauem, grünem und gelbem Segeltuch schmückten die Fenster den ganzen Tag über mit leuchtenden Regenbogenfarben. Annie stattete die Wohnung so geschickt mit Spiegeln aus, dass sie dreimal so groß wirkte, wie sie eigentlich war.

Doch dies hier war Richmond, und der Wind blies den Sand vom Ocean Beach in alle Häuser hinauf. Feuchtigkeit kroch durch die Wohnung und kräuselte ihre Haare wie die der Frauen auf den Gemälden der Präraffaeliten – sinnlich, leicht ungepflegt, aber umwerfend.

Wenn sie aus ihrer Wohnung trat und gen Westen schaute, bot sich ihr ein besänftigender Blick aufs Meer. Am späten Nachmittag färbte der Sonnenuntergang, der sie zu ihren Wandfarben inspiriert hatte, den Himmel in einer Weise, die Annie mit Bewunderung und Dankbarkeit erfüllte. Gar nicht übel, ihr neues Viertel. Nur kleiner und den Großteil des Sommers in Nebel gehüllt.

Die Bar mit der grünäugigen Wirtin lag in der Nähe von Nob Hill, und Annie begann wieder zwischen dem Leben im Nebel und der Arbeit in der Sonne zu pendeln. Nun ja, nicht ganz, denn ihre Schicht begann erst um fünf Uhr nachmittags.

Zu lernen, wie man Drinks mixt, fiel Annie nicht schwer. Margarita: ein Teil Tequila, ein Teil Orangenlikör, ein Teil Lime Juice.

Innerhalb einer Woche kannte sie alle Rezepte: Haemorrhaging Brain – ein Teil Pfefferminzschnaps, ein Teil Bailey's, den man langsam über einen Löffel zugießt, bis er gerinnt, dann einen Spritzer Grenadine dazu; Crotchless Panties – zwei Teile Kaffeelikör, ein Teil Orangenlikör; Harvey Wallbanger – ein Schuss Lakritzlikör und ein Glas Orangensaft; A Screaming Orgasm – zu gleichen Teilen Wodka, Kaffeelikör und Bailey's mit einem Spritzer Haselnusslikör; Grasshopper – Crème de Menthe mit Scotch, so lange im Shaker gemixt, bis der Drink recht kalt ist; Sex on the Beach – Schichten von verschiedenen bunt zusammengewürfelten Spirituosen, die zusammen einen hübschen Sonnenuntergang ergeben.

Die eigentliche Herausforderung bestand darin, auf die individuellen Bedürfnisse der Gäste einzugehen. Für den Mann in der Ecke mussten die Drinks möglichst rasch und stets ohne Eis serviert werden, weil er sie gern ohne Umschweife hinunterstürzte. Das junge Pärchen am Tisch in der hintersten Ecke hingegen hielt sich gern an jedem Glas fest, das man ihm hinstellte, um seinen Aufenthalt in der Bar mit dem schmelzenden Eis in die Länge zu ziehen. Manche hielten die Barfrau bloß für eine Art Zirkus-Seehund, dem man anstelle von Trinkgeld ebenso gut einen Fisch zuwerfen konnte; andere wünschten sich so sehr eine Zuhörerin, dass sie kaum noch zum Arbeiten kam. Manche Leute erwarteten, dass sie wusste, wann sie das Bedürfnis hatten, mit jemandem zu reden, andere wollten in Ruhe gelassen werden. Einmal sagte ein Mann zu Annie: «Hier sind fünfzig Dollar, und nun verschwinden Sie.» Sie nahm das Geld, lächelte und behelligte ihn den ganzen Abend nicht weiter.

Doch irgendwie hatte Annie das alles im Griff. Sie fühlte sich als Mittlerin zwischen den Menschen und ihren Bedürfnissen. Das begann ihr zu gefallen. Sie war fast wieder die Alte. Sie fand für jeden das richtige Getränk, und wer immer das Bedürfnis hatte, mal was ganz Neues zu probieren, fragte sie um Rat. Annie hatte ein Gespür dafür, welcher Drink am besten zu den persönlichen Vorlieben und der äußeren Erscheinung eines Gastes passte. Sie genoss es, dass ihr als Barkeeperin Tag für Tag viele Menschen begegneten, die aber offenbar allesamt nicht sonderlich scharf darauf waren, sie kennen zu lernen. Niemand kannte sie wirklich. Man flirtete mit ihr, aber es war ein bisschen wie in der High School: Alle dachten, sie sei viel zu hübsch, um keinen Freund zu haben. Annie hatte sich wieder in ihren schützenden Panzer zurückgezogen und verhielt sich unbewusst so, als wäre sie bereits vergeben. Wenn sich ihr auch nur die kleinste Chance einer romantischen Begegnung eröffnete, musste sie sofort an Brad denken. Das verdarb ihr für den ganzen Abend die Laune, und so versuchte sie einfach an überhaupt nichts zu denken.

Die Bar hatte rein gar nichts mit der gemein, in der sie Brad getroffen hatte. In ihrer Biederkeit erinnerte sie an das Las Vegas von heute – ein Urlaubsort für die ganze Familie. Sie hatte ein bisschen was von dem Sexschuppen, in den Charles sie geschleppt hatte, nur dass hier niemand in aller Öffentlichkeit kopulierte. Sie sah zu, wie alle ihr süßes Gift tranken und Dinge taten, die sie normalerweise nie tun würden. Sie stellte fest, dass die meisten Gäste ziemlich verklemmt waren. Oft kamen verkniffene Frauen herein, die sich nach zwei Martinis in Nymphomaninnen verwandelten. Nach neun oder zehn Bier waren auch die Männer imstande, aufzustehen und Liebeslieder zu singen. Drinks wurden hin- und hergeschickt wie Visitenkarten.

So ganz durchschaute sie das bunte Treiben allerdings nicht. Bevor sie diesen Job antrat, hatte sie nie darüber nachgedacht, was die Menschen alles anstellen, um jemanden ins Bett zu kriegen. Oder sich einfach nur zu amüsieren. Und das galt keineswegs nur für die Älteren. Gerade Menschen ihres Alters wirkten unsicher. Erst wenn ein paar Zentiliter Alkohol durch ihre Venen flossen, wurde das Lächeln auf ihren Gesichtern echt und ihr Hüftschwung locker.

An einem Tisch in der Ecke saß oft ein älteres Pärchen. Annie mochte die beiden. Sie redeten nicht viel, hockten aber immer ganz dicht beieinander. Die körperliche Nähe ersetzte das Gespräch. Sie tranken jeder nur einen Scotch pur mit einem Glas Wasser dazu und spielten «frisch verliebt». Annie gefiel die Vorstellung, dass sie glücklich verheiratet waren. Als sie das einem ihrer

Stammgäste gegenüber erwähnte, sagte der: «Nein, ich glaube, sie leben beide im Altersheim und treffen sich hier zum Liebesspiel.»

Doch trotz ihrer aufschlussreichen Beobachtungen, ihrer Selbstanalyse und ihrer hart erarbeiteten Lebenserfahrung hatte Annie das Gefühl, noch nichts von der Welt gesehen zu haben. Das wurde ihr bewusst, als sie eines Tages ein paar Frauen, die sie aus der High School kannte, über ihre Jahre in Europa reden hörte. Eine Fahrt über eine der vielen Brücken, die die Spitze der Halbinsel von San Francisco mit der gegenüberliegenden Seite der Bucht verband, war die weiteste Reise, die Annie je unternommen hatte. Und da San Francisco von Menschen aus aller Welt besucht wurde, litt sie nicht so sehr unter Fernweh wie die meisten anderen jungen Leute.

Als sie aber ihren ehemaligen Mitschülerinnen zusah und zuhörte, wurde Annie klar, dass deren Reisen sie verändert hatten und sie ihrer Heimatstadt San Francisco entwachsen waren. Diese Frauen verströmten den Duft von Erfahrung und Weisheit, sie hatten an Persönlichkeit gewonnen.

Wenn Annie danach in der Bar Ausländern begegnete, ließ sie sich entgegen ihrer Gewohnheit auf eine Unterhaltung mit ihnen ein. Die blöden Anmachsprüche, die sie zu hören bekam, und der eklatante Sexismus, den manche dieser Männer an den Tag legten, störten sie nicht. Im Gegenteil, sie fand sie sogar ganz reizvoll. Sie kamen ihr aufregend altmodisch und exotisch vor. In der Bay Area durfte man solche Dinge noch nicht einmal denken, geschweige denn zu einer Barkeeperin so etwas sagen wie: «Ich liebe es, von einer schönen Frau bedient zu werden.» Naiv, wie sie war, fasste Annie diesen Spruch, wenn er mit der richtigen Betonung gesagt wurde, als smart und kühn auf. Den meisten männlichen Bewohnern San Franciscos waren solche Aufreißtaktiken längst ausgetrieben worden. Sie waren zu sensibel, um ihr Verlangen derart unverhohlen zu offenbaren.

Annie fiel ein Freud-Zitat wieder ein, das sinngemäß besagt: Je älter eine Zivilisation ist, desto repressiver ist sie. Und je kultivierter sie ist, dachte Annie. Dieses Element der Tiefgründigkeit, diese Sehnsucht, sich über eine andere Kultur zu definieren und weiterzuentwickeln, machte sie hochgradig empfänglich für den Reiz eines Akzents, nicht aber für die Faszination eines Charakters. Es war, als bräuchte sie ein gewisses Maß an Fremdheit, um sich überhaupt zu einem Mann hingezogen fühlen zu können. Denn wenn sie ganz ehrlich zu sich war, gehörte ihr Herz immer noch Brad.

Sie sehnte sich nach Weltgewandtheit, denn sie glaubte, die würde ihr Rätselhaftigkeit verleihen. Ihr war nicht bewusst, dass sie die bereits besaß, indem sie einfach sie selbst war. Annie malte sich eine Beerdigung in vierzehn verschiedenen Sprachen aus, bei der jeder Mann sich mit einem Dolmetscher erhob, um zu erklären, wie sehr er sie geliebt hatte und was für ein schrecklicher Verlust für die Menschheit ihr Tod sei.

Nach einer Woche erfuhr Annie, dass am Samstag eine Angelika zur Schicht erwartet wurde. Kurz bevor sie kam, begannen alle, ein bisschen schneller zu trinken und ein bisschen lauter zu reden. Der Gedanke an Angelika elektrisierte sie, und Hemmungen lösten sich – allein aufgrund der Nachricht, dass sie bald eintreffen würde. Annie schenkte im Akkord Margaritas und Martinis aus und fragte sich die ganze Zeit, ob es sich wohl um *die* Angelika handelte.

Um acht Uhr ging ein Johlen durch die Menge. Ein

paar Stammgäste, die auf ihren gewohnten Barhockern thronten, sagten in freundlichem Ton: «Oha!» Angelika bahnte sich den Weg durch die Menge.

Sie war gut einen Meter achtzig groß und hatte hoch aufgetürmte, grell blonde Haare. Annie hatte noch nie jemanden gesehen, der so stark geschminkt war. Obwohl sie immer noch nicht wusste, wer Angelika war, begriff sie zumindest, was sie war: eine Drag Queen erster Güte.

Unter dem engen Fummel blinkten ihre Brüste abwechselnd «Love ya» und «Mean it», und die Gäste riefen die Worte im Chor.

Eine liebenswürdige Stimme mit einem leichten Ostküstenakzent sagte: «Schätzchen, auf die Idee, dass wir uns hier wiedersehen würden, wär ich in tausend Jahren nicht gekommen. Was ist denn aus dem grässlichen Werbejob geworden, wegen dem du mich verlassen hast?»

Die Stimme klang nach einer affektierten Dolly Parton.

«Kennen wir uns?»

Angelika kicherte. «Guck mal genauer hin, liebste Annie.»

Annie musterte das Gesicht mit den viel zu weit oben aufgemalten Brauen und den dicken, geschminkten Lippen. Diese Augen, dieses Kichern. War das möglich?

«John Cunha!», rief sie aus.

Angelika legte Annie die Hand auf den Mund. «Nicht hier, Darling. Heute Abend bin ich Angelika, verstanden?» Annie nickte, und Angelika kicherte.

Annie fragte: «Arbeiten wir zusammen?»

«Darauf kannst du Gift nehmen, meine Liebe. Was glaubst du, wer dir die Samstagsschicht besorgt hat? Wir werden uns prächtig amüsieren und dabei richtig Kohle machen. Ich bin ja so froh, dass du den Beruf gewechselt hast. Der andere war echt langweilig. Außerdem können wir hier umsonst saufen. Das spart richtig Geld! Ich hab das ganze letzte Jahr nicht einen einzigen Drink selbst bezahlt.»

Sie stürzten sich in die Arbeit, denn es war brechend voll in der Bar. Annie war begeistert, wie gut die Zusammenarbeit mit John/Angelika funktionierte. Sie riefen einander Drinks zu, oder einer stellte Gläser auf, und der andere füllte sie. Annie versah reihenweise Gläser mit einem Salzrand oder schwenkte sie mit Wermut aus.

Um elf Uhr begannen alle in der Bar in die Hände zu klatschten und rhythmisch «An – ge – li – ka! An – ge – li – ka!» zu skandieren. Die Hintergrundmusik wurde ausgestellt, und Annie erkannte die Anfangsakkorde eines Dolly-Parton-Songs, der aus den Boxen drang.

Angelika sprang mit einem Satz auf den Tresen, wobei sie beinahe über ihre eigenen Fünfzehn-Zentimeter-Absätze fiel. Annie hatte gar nicht bemerkt, dass sie sich umgezogen hatte. Ihre Freundin trug nun ein Goldlamé-Abendkleid mit einem Reißverschluss auf der Vorderseite und eine rote Federboa um den Hals.

«I'll always love you», sang Angelika wild gestikulierend zum Vollplayback. Sie streckte ihre Hand zu Annie hinunter, und bevor diese sich's versah, wurde sie auf die Theke gezerrt. Sie stand da und schaute auf ein Meer von Gästen mit brennenden Feuerzeugen hinab.

Plötzlich begann ein anderer, viel schnellerer Song. «Ain't nothing dirty going on here», schmetterte Dolly. Angelika hüpfte ein paar Mal auf und ab, dann riss sie sich das Abendkleid vom Leib und schleuderte es in die Menge. Jetzt nur noch mit einem Korsett mit besagten blinkenden Körbchen bekleidet, drehte sie auf dem Tresen Pirouetten, zog sich die rote Federboa zwischen den Beinen hindurch – und sprang dann ins Publikum, das sie begeistert auffing.

Annie lachte Tränen. Angelika hatte ihr Publikum fest im Griff. Fünf-Dollar-Scheine wurden ihr von allen Seiten ins Korsett geschoben, während sie durch den Club lief, Glitzerzeug in die Luft warf, kicherte und Küsschen verteilte.

Dann schob sie sich wieder hinter die Theke. «Annie, Schatz, könntest du mir das Geld rausziehen?» Annie zählte zweiundzwanzig Fünf-Dollar-Noten. Sie gab sie Angelika, die sagte: «Bei der nächsten Runde werd ich dir beweisen, dass ich nicht zu viel versprochen hab. Du wirst staunen, wie viel Geld wir scheffeln werden.» Sie kicherte.

Angelika schnallte sich anstelle des Blinklichts eine Flasche Tequila an die linke Brust. Dann tauschte sie das Licht an der rechten Brust gegen eine Flasche Gin aus.

«Da fahren die total drauf ab. Als wär's die Mutterbrust. Kümmer du dich nur weiter um die Gläser, meine kleine Amme.»

Annie stellte Gläser auf und schwenkte sie mit Wermut aus, stellte Gläser auf und schwenkte sie aus, salzte, schwenkte aus, salzte – bestimmt über fünfhundert Margarita- und Martinigläser. Angelika spritzte unermüdlich Alkohol für die ebenso unermüdlichen Gäste aus ihren falschen Brüsten. Annie hatte nicht gewusst, dass man so schnell trinken und so schnell Drinks mixen konnte. Angelika tat beides und zeigte keinerlei Wirkung. Annie beobachtete, dass mindestens eine halbe Flasche Tequila hinter Angelikas dicken, rubinroten Lippen verschwand. Die Gäste stießen grüppchenweise mit den Worten «Love ya» auf Angelika an, stürzten den Tequila herunter, saugten ein Stück Limette aus und setzten zum Schluss ihr Glas mit den Worten «Mean it» geräuschvoll auf der Bar ab. Angelika hielt eifrig mit.

Am Ende der Nacht teilten sie sich das Trinkgeld. Jede ging mit fünfhundert Dollar nach Hause. Angelika sagte zu der grünäugigen Wirtin: «Das war kein schlechter Abend, Kerri. Wir haben Getränke für über fünftausend Dollar ausgeschenkt.»

Kerri war hocherfreut. «Wann willst du das nächste Mal arbeiten, Angelika? Du kannst kommen, wann immer du willst ... du bist einfach super fürs Geschäft.»

Angelika sah Annie an. «Wann bist du wieder dran?»

Sie richteten es so ein, dass sie jeden Samstag zusammen Schicht hatten, und schon bald stellte Annie zu ihrer Überraschung fest, dass sie fast so viel verdiente wie in der Welt der Werbung. Ihr neuer Job bot zwar nicht die Sicherheit einer Festanstellung, hatte dafür aber seine eigenen Reize. Mit ihrer Tresenshow und ihrem flinken Service nahmen John und sie jeden für sich ein. Nach drei Samstagen begannen die Gäste zu Annies großer Freude, auch «An – nie! An – nie!» zu brüllen.

Am vierten Samstag machte Angelika, die soeben ihre Stripshow mit dem abschließenden Sprung in die Menge abgezogen hatte, sich daran, Trinkgelder einzusammeln. Sie nahm Annie ins Schlepptau, und so drängten sie sich zwischen all den erwartungsfrohen Gesichtern hindurch. Sie hatten festgestellt, dass Annie, wenn Angelika nicht hinterm Tresen stand, die meisten Drinks loswurde, wenn sie hinter ihr herging. In jedes sich anbietende Kleidungsstück wurde ihnen Geld gestopft, und wenn alles voll war, steckte man ihnen Dollarscheine in die Haare – ihnen beiden.

Plötzlich schoben zwei vertraute Hände ihr etwas tief

in den Ausschnitt. Annie schaute sich um, konnte aber niemanden entdecken. Dann wurde sie wieder von der allgemeinen Ausgelassenheit mitgerissen, und sie vergaß den Zwischenfall.

Zurück an der Bar, zog sie eine rote Chili hervor.

Angelika wollte unbedingt wissen, wer auf die sonderbare Idee gekommen war, ihrer Freundin eine Schote ins Dekolleté zu stecken, die Annie auch noch ein Lächeln entlockte.

«Ich weiß nicht, ob er es war, aber mir reicht schon der Gedanke.»

«Mein Gott, Annie, Liebling, warum rufst du den Mann nicht einfach an? Das ist mal wieder typisch weiblich.»

Annie wusste, dass Angelika Recht hatte, und sie ärgerte sich über sich selbst. Doch so sehr sie auch mit sich rang, sie schaffte es nicht, ihn anzurufen.

Nach ihren gemeinsamen Schichten pflegten sie zusammen mit dem Bus nach Hause zu fahren. Es stellte sich heraus, dass John, der mit seinen 26 Jahren erstaunlicherweise bereits Hausbesitzer war, nicht allzu weit von ihr entfernt wohnte.

Während der Fahrt stellte ihr John, nun ohne Make-up und Titten, das Panoptikum seiner Mitfahrer vor.

«Da wäre einmal die Dachsfrau, dann die chinesische Roseanne, der Junge in der roten Hose und schließlich Mrs. Finklehopper, die aussieht wie meine Kindergärtnerin.»

Tatsächlich tauchte jedes Mal, wenn sie zusammen Bus fuhren, eine dieser Figuren auf. Die Dachsfrau war klein, hatte eine Stupsnase und eine breite weiße Strähne im dunklen Haar. Auch die anderen erkannte sie auf den ersten Blick. Keiner von ihnen wusste, wie John hieß.

Vermutlich nannten sie ihn den «Italiener mit dem verschmierten Lidstrich und dem dicken Portemonnaie».

Annie und John schlossen Wetten ab, wem sie auf der Heimfahrt begegnen würden, und meistens gewann Annie. John meinte, sie habe hellseherische Fähigkeiten, die sie ganz anders nutzen müsse. «Damit kannst du reich werden, Annie», kicherte er. «Du musst es nur richtig anfangen ... und nicht gleich alles wieder ausgeben. Kaufst du dir deine *Latte macchiato* immer noch, anstatt sie dir selbst zu machen?»

Angelika und Annie waren zum samstäglichen Publikumsrenner geworden. Ganz nebenbei war es ihnen gelungen, das ehemals nur aus Yuppies bestehende Publikum der Bar in einen repräsentativen Querschnitt der verschiedenen gesellschaftlichen Gruppen von San Francisco zu verwandeln. Schwule, Lesben, Schwarze, Latinos, Alte, Junge, Gepiercte und Nichtgepiercte kamen, um zu trinken und an dem Spektakel teilzuhaben – das mit jeder Show überdrehter wurde.

Manchmal trat Annie in ihrem Lederbustier und mit einer Peitsche auf, um «unartige Jungs» zu bestrafen, während Angelika «Who's sorry now?» zum Besten gab.

Angelika hatte das Publikum darauf gedrillt, schillerndes Konfetti zu werfen, und mehrere Stammgäste trugen inzwischen T-Shirts mit der Aufschrift «Love ya» oder «Mean it!».

Annie war auf die Idee gekommen, sich auch eine Flasche umzuschnallen. Nun schenkte sie kalten Wodka aus einer Vorrichtung zwischen ihren Beine aus. Angelika pflegte ein Glas mit ein wenig Sahne darunter zu halten. Dann hielt sie es hoch und sagte: «Und wie war's für dich?», bevor sie den Kahlua dazugoss, der einen White Russian daraus machte. Die Gäste standen auf solche

Obszönitäten und waren erstaunt, dass eine Frau und so etwas Ähnliches wie eine Frau zu so etwas imstande waren. Ihre Reaktion bestand darin, noch mehr zu trinken, woraufhin Annie und Angelika noch größere Mengen Alkohol ausschenkten und immer versautere Sachen anstellten. Manchmal war Kerri so schockiert, dass sie einfach zurück ins Restaurant ging und die beiden sich selbst überließ. Gelegentlich rief jemand die Bullen, aber sobald sie Annie sahen, blieben sie einfach nur da, um zuzuschauen.

Hin und wieder kreuzte ein Fernsehteam auf, oder ein Reporter fotografierte sie. Da Annie keinen Fernseher hatte, wusste sie nicht, wie sie ihren Ruhm einschätzen sollte. Aber er bedeutete ihr ohnehin nicht sehr viel. Sie freute sich über die Trinkgelder und darüber, dass sie eine neue und amüsante Methode gefunden hatte, sich ihren Lebensunterhalt zu verdienen.

Was gäbe das für eine Beerdigung! Es wäre brechend voll, und sämtliche Stammgäste würden mit brennenden Feuerzeugen in der Hand «An – nie! An – nie!» rufen. Nancy würde dastehen und nicht fassen können, was für einen Lärm die Freunde ihrer Schwester machten. Vater wäre entsetzt über die komischen Typen, mit denen sie sich angefreundet hatte. Annie würde in ihrem Sarg vor sich hinlächeln, angetan mit einem Outfit, das Angelika extra für sie zusammengestellt hätte.

Und Brad würde wehmütig eine einzelne rote Chilischote hochhalten und bereuen, dass er sie hatte gehen lassen. Besser, Annie malte sich die Beerdigung nicht so genau aus. Dieser Teil ihres Innenlebens musste unter Verschluss bleiben.

Als sie eines Nachts von einer besonders turbulenten Samstagsschicht nach Hause fuhren, sagte Angelika zu

Annie: «Schätzchen, ich begreife einfach nicht, wieso du keinen Freund hast. Die wollen dich doch alle, Mädel, also … worauf wartest du?» Angelika hatte immer noch ihren Fummel an, allerdings begann ein leichter Bartschatten durch ihre Grundierung zu schimmern.

«Hmm. Ich nehm an, ich warte einfach. Ich hatte gehofft, mein Leben würde von selbst wieder ins Lot kommen. Früher hab ich die Dinge immer in die Hand genommen, und guck dir an, wohin mich das gebracht hat.»

«Da kannst du lange warten, Annie. Kein Märchenprinz wird seinen hübschen Arsch in unsere Bar bewegen und dich aus allem rausholen.»

«Ich weiß … es ist nur … Weißt du, ich möchte was erleben.»

Angelika kicherte, ohne den traurigen Ausdruck in Annies Augen zu bemerken. «Ich weiß nicht, was du willst, meine Liebe. Mit dir erlebt man doch die tollsten Sachen.»

Annie wandte sich Angelika zu, stellte aber fest, dass ihr wohler war, wenn sie an ihr vorbei zur gegenüberliegenden Wand blickte, die von ein paar Couplets eines Gedichts aus der Reihe «Lyrik im öffentlichen Raum» geschmückt war. «Nein, das meine ich nicht, John. Mein ganzes Leben habe ich die Welt zu mir geholt. Jetzt will ich runter von meiner Insel. Ich will irgendwohin, wo nicht ich nach der Welt suche, sondern sie nach mir. Ich will auf sie zugehen.»

«Ich heiße Angelika, Süße. Das haben wir doch alles schon mal durchgekaut! Also …», sie zupfte ihre Perücke zurecht, «für Angelika klingt das so, als wünschtest du dir nicht, passiver zu sein, sondern aktiver.»

«Nein. Ich will, dass mich jemand weit von hier wegbringt. Dass jemand meine Freiheit ein bisschen einschränkt, damit meine Lebensart Schliff bekommt und ich etwas tiefgründiger werde. Ich bin viel zu oberflächlich. Weißt du, ich will so werden wie die Leute, die nach einem Aufenthalt in Europa zurück in die Staaten kommen.»

Angelika machte nicht den Eindruck, als habe sie auch nur die geringste Ahnung, wovon Annie sprach. Ein bisschen verärgert, dass ihre Freundin sie offenbar nicht ernst nahm, fuhr Annie fort.

«Wenn diese Menschen zurückkommen, sind sie verändert. Das habe ich mit eigenen Augen gesehen. So will ich auch sein. Kultiviert.»

«Liebste Annie, das klingt, als ginge es dir bloß um die Fassade. Glaub mir, mit so etwas kenne ich mich aus.» Angelika wandte den Blick ab, die rubinroten Lippen zum Schmollmund geschürzt.

Annie beachtete den plötzlichen Stimmungswechsel ihrer Freundin nicht und begann lauter zu sprechen, als könnte Lautstärke die Verworrenheit und mangelnde Überzeugungskraft des Gesagten aufwiegen. «Ich möchte von jemandem verführt werden, der von ganz weit her kommt. Er soll mich hier wegbringen und mich irgendwo mit hinnehmen, wo ich alles vergesse, was war, bevor …»

Sie hielt inne.

Angelika, die gerade eine flapsige Bemerkung machen wollte, sah Annies betrübtes Gesicht und legte den Arm um sie. «Ich nehme an, Liebes, dass du nicht meinst, bevor wir uns kennen gelernt haben oder bevor du Johns Bekanntschaft gemacht hast.»

Annie erzählte ihr von der inneren Leere, die sie empfand, seit sie sich von Brad getrennt hatte.

«Was? Du willst keinen Stricher heiraten? Warum hast du ihn mir nicht vorgestellt?»

Annie lachte und stand auf. Bei der nächsten Haltestelle musste sie aussteigen. Sie lächelte Angelika zu. «Danke, du bist eine echte Freundin.»

«Ich bin immer für dich da, Schatz», brüllte Angelika aus dem Fenster.

Ein paar Monate später hatte Annie die Suche nach ihrer Seele schon fast vergessen, als eines Abends ein dunkelhaariger Mann die Bar betrat und alles anders wurde.

«Hallo. Ich heiße Ilmar», begrüßte er sie mit einem breiten slawischen Akzent, der noch aus der Zeit der Zaren zu stammen schien. Annie lächelte, stellte sich vor und forderte ihn auf, sich an die Bar zu setzen.

«Du bist wirklich eine der schönsten Amerikanerinnen, die ich je gesehen habe.»

Annie schaute sich um, um festzustellen, ob noch jemand das gehört hatte. Offenbar nicht. Sie lächelte. Die Wolfsaugen dieses Mannes waren voller Lüsternheit, und sie spürte, wie ein Kribbeln von ihren Fesseln bis in ihren Schoß emporstieg. Annie hatte geglaubt, solche Empfindungen lägen hinter ihr. Sie konnte sich kaum noch daran erinnern, dass sie sich vor nicht allzu langer Zeit von einer sexuellen Eskapade in die nächste gestürzt und ansonsten ein total belangloses Leben geführt hatte. Dank ihres Jobs in der Bar kam ihr das Leben nicht mehr so hoffnungslos vor, und sie genoss es, beobachten zu können, wie Beziehungen sich im Laufe eines Abends entfalteten und wieder in die Brüche gingen. Aber Eskapaden gab es nicht. Noch nicht.

«Ilmar», sie lächelte wieder, «was möchtest du trinken?»

«Könntest du mir eine Flasche Dom Perignon bringen?»

«Wenn wir welchen haben. Ich seh mal nach.»

«Geh nicht. Schick jemand anders.» Er warf einen Blick zu der Cocktailkellnerin hinüber.

«Cindi», lächelte Annie, «könntest du Jim mal fragen, ob wir Dom Perignon haben?»

«Was? Dom Perrier?», brüllte Cindi quer durch die ganze Bar.

«Dom Perignon. Das ist Champagner. Sag Jim, das ist ein sehr *guter* Champagner. Den sollte er kennen.» Annie bemerkte, dass es ihr durch das laute Rufen gleichzeitig gelungen war, die Titten rauszustrecken.

Ilmar folgte Cindi mit den Augen und wandte sich dann Annie zu. «Ich sehe, du hast Geschmack.» Er schnurrte diese Worte geradezu, mit einer Stimme so weich wie Kahlua auf Eis.

«Ich schmecke auch gut», sagte Annie und wurde sofort rot. Was tat sie da? Sie kannte den Mann doch gar nicht. Es war, als habe wieder ihre Muschi die Regie übernommen. Sie konnte sogar riechen, wie sie ihren Duft über ihn verströmte. «Ich meine, ich habe einen feinen Gaumen.»

«Keine Sorge, Annie, ich weiß schon, wie du das gemeint hast.» Sein Blick verweilte auf ihrem dezenten Dekolleté. «Manche Männer spüren es, wenn sie einer sinnlichen Frau gegenübersitzen. So deutlich wie den Unterschied zwischen Dom Perignon und einem kalifornischen Schaumwein.»

Annies Gesicht nahm die Farbe eines Zinfandel Rosé an, und dann eilte sie zu einem anderen Gast an der Bar, der ihre Aufmerksamkeit eigentlich gar nicht benötigte.

Als der Champagner kam, scheuchte Annie Cindi

fort, die ihn öffnen wollte, obwohl er noch warm war. Unter den Ohs und Ahs der versammelten Gäste bereitete Annie den Eiskübel vor. Ein fetter Kerl knurrte: «Komm schon, Süße. Lass ihn knallen.»

Ein anderer meldete sich zu Wort: «Ja, wir wollen ein anständiges Plopp hören. Mann, endlich wieder Silvester!»

Annie lächelte sie an. «Das ist nicht eure Party, Jungs. Dieser Mann hier hat gerade etwas sehr Feines bestellt.»

Der mit der knurrenden Stimme sagte: «So fein kann's nicht sein, wenn er's allein trinkt.»

Ilmar lächelte nur. «Das habe ich nicht vor, meine Herren.» Er grinste Annie an und fragte leise: «Wann hast du Feierabend?»

Sie verspürte ein brennendes Verlangen in der Körperregion, die man nur als ihre Lenden bezeichnen konnte. «Ziemlich bald. Wie wär's in einer Stunde? Wartest du auf mich?»

«Ja, ich glaube, ich warte schon sehr, sehr lange auf dich.»

Die nächste Stunde war die Hölle: Annie versuchte gleichzeitig Drinks zu mixen und zu überlegen, ob sie mit einem Mann mitgehen sollte, den sie gerade erst kennen gelernt hatte. Sie konnte nicht mal Erkundigungen über ihn einholen, denn es war nicht zu überhören, dass er weder aus San Francisco noch aus einem anderen Teil der Staaten stammte.

«Schatzchen, Tisch dreizehn möchte etwas zu essen bestellen», sagte die grünäugige Wirtin. Sie legte Annie freundlich die Hand auf die Schulter. «Könntest du das ausnahmsweise übernehmen?»

«Na ja, wenn du das Essen und das ganze Drum und Dran herbringst, krieg ich das schon hin.» Ihre Stimme erstickte, und Annie spürte, wie ihr unfreiwillig die Tränen in die Augen stiegen.

«Alles in Ordnung, Ann? Annie?» Die Geschäftsführerin zeigte mehr Besorgnis, als der Situation angemessen war. Annie wusste, dass sie sich zu ihr hingezogen fühlte – was ein klein wenig auf Gegenseitigkeit beruhte, aber dann fiel ihr Regel Nr. 16 ein: *Schlafe nie mit jemandem, nur weil er oder sie sich um dein Wohlbefinden zu sorgen scheint.* Außerdem stand sie nicht allzu sehr auf Frauen.

«Ja, alles klar. Also, ich muss mal schnell ein paar Drinks mixen. Keine Angst», sie sah sie an. «ich hab alles im Griff.»

Als Annie einen von vielen klebrigen Tischen abwischte und abgegessene Kirschstängel entsorgte, stellte sie fest, dass sie diese Tätigkeit als erniedrigend empfand. Ebenso wie die Arbeit an der Bar, bei der man stundenlang hinter dem Tresen stand und einer größtenteils männlichen Kundschaft ausgesetzt war, die darauf wartete, bedient zu werden. Mit Angelika war das alles nur eine einzige Farce und keine wirklich ernst zu nehmende Arbeit. Jetzt, da ein Gentleman auf sie wartete, der aussah, als habe er sich noch nie im Leben die Hände schmutzig gemacht, fand sie ihren Job gar nicht mehr komisch. Er war die reinste Schinderei. Sie kam sich vor wie eine Sklavin, die plötzlich begriff, dass ihr der Adelsstand verwehrt war. Einen Moment lang konnte sie sich vorstellen, wie ihre Mutter all die Jahre ihren Vater gesehen haben musste, denn sie hatte jene feinen Züge und Manieren – eine aristokratische Nase und eine stille Noblesse –, die ihr eine Aura der Erhabenheit verliehen und den Eindruck erweckten, als würde sie von einem sehr hohen Ross auf ihren Mann herabschauen.

Ilmar nippte an seinem Champagnerglas und unterhielt sich mit dem Mann zu seiner Linken über Immobilien. Annie machte Feierabend, zog sich um und setzte sich neben ihn. Jim, der Barkeeper, der die Spätschicht übernommen hatte, stellte ihr ein gekühltes Glas hin. Als Ilmar gerade in die andere Richtung schaute, zwinkerte er ihr verstohlen zu. «Gute Wahl», flüsterte er fast lautlos.

«Der Champagner ist köstlich. Sieh dir nur diese Beine an.» Ilmar deutete auf die feinen Bläschen, die im Glas aufstiegen, und legte dabei seine rechte Hand auf Annies seidig bestrumpftes Knie. Sie schob es ganz sacht tiefer in seine Hand. Er beugte sich zu ihrem Ohr. «Ich kann dich riechen. Ich wünschte nur, ich könnte dich auch schmecken.»

Annie stand auf, legte einen Zehn-Dollar-Schein auf den Tresen und begann hinauszugehen. Ilmar folgte ihr.

«Hab ich etwas Falsches gesagt, Annie? Wenn ja, dann tut's mir Leid.» Ilmar folgte ihr ins Parkhaus.

Sie schritt rasch voran. Als sie das Treppenhaus erreichte, öffnete sie eine Seitentür und sagte: «Komm hier rein.»

Ilmar folgte ihr in einen kleinen Betonraum, und Annie schaffte es, die Tür abzuschließen und ihn gleichzeitig zu küssen. Seine Hände glitten an ihrem Rock hoch, dann berührten sie ihr Gesicht und liebkosten ihre Haare. Er küsste ihre Augen, ihre Kehle, ihre Ohrläppchen. Er schlang seine Zunge um die ihre, ihre Zähne berührten sich, fast zerquetschten sie einander die Lippen. Sanft sog er Annies Zunge in seinen Mund, während er mit seiner Hand über ihren Schenkel glitt.

Sie stöhnte und überließ sich ganz dem Moment. Sie drängte sich an ihn und drückte ihm ihre Titten an die

Brust. Ilmar murmelte: «Können wir irgendwo anders hingehen?»

Annie ergriff seine Hand, und sie gingen nach draußen, zur Bushaltestelle, wo sie noch einen Moment warten mussten. Alles war still, die Stadt ein Skelett ihrer selbst.

«Ilmar, es ist schon eine Weile her, dass ich mit einem Mann zusammen war. Aber ich muss dich etwas fragen. Hast du was zum Verhüten dabei?»

«Wozu brauchen wir das?»

Annie zögerte. Sie setzte zum Sprechen an und verstummte dann wieder. Ilmar war und blieb ein zauberhafter Mann, wie aus einer anderen Zeit. Seine Naivität im Umgang mit der Gefahr, sich mit einer Geschlechtskrankheit anzustecken, beunruhigte sie, stieß sie aber nicht ab. Seltsamerweise wirkte er dadurch bloß blauäugig und nicht arrogant. Damit konnte sie umgehen ... vielleicht.

Ruhig fragte sie: «Ilmar, wie lange bist du schon in den Staaten?»

«Nicht sehr lange. Ein paar Monate vielleicht.»

«Dein Englisch ist sehr gut.»

Er lächelte sie an und sagte, das nehme er ihr nicht ab. Sie schätzte ihn auf ungefähr vierzig – älter als ihre anderen Liebhaber, aber nicht weniger attraktiv. Seine Augen blitzten, als sie sich über die Schönheit San Franciscos unterhielten. Es erinnerte ihn an Istanbul, eine Stadt, die er liebte. Allein ihm dabei zuzuhören, wie er über die verschiedenen Städte sprach, die er schon bereist hatte, ließ Annie innerlich wachsen. Er wirkte kultiviert und warmherzig. Anders als die meisten Kalifornier lächelte er nicht nach allem, was er sagte. Annie mochte ihn.

Sie hatte sich wieder in der Gewalt und lud Ilmar

nicht zu sich ein. Erst musste sie darüber nachdenken, wie sie sich in der Kondomfrage verhalten sollte. Vielleicht gab es in seiner Sprache, welche auch immer das sein mochte, gar kein Wort dafür. Sie sprach vage von einem nächsten Mal, aber dabei beließ sie es.

Ilmar stieg als Erster aus. Annie gab ihm einen zarten Kuss und bat ihn, sie anzurufen.

Doch kaum war er außer Sichtweite, ging auch etwas von seinem Charme verloren. Er gehörte nicht zu den Männern, die einen nachhaltigen Eindruck hinterlassen. Sein Bild verblasste, während Annie es noch heraufzubeschwören versuchte, um sich besser entscheiden zu können.

Vergiss ihn, Annie, ermahnte sie sich und bereute, dass sie ihm ihre Nummer gegeben hatte.

Doch in jener Nacht hatte sie bruchstückhafte erotische Träume, die alle etwas mit ihm zu tun hatten. Seine dunklen Haare, seine fremdländische Ausstrahlung, die Art, wie er sie geküsst hatte, all das hatte in ihrer Psyche etwas ausgelöst. Ihr rauschte das Blut durch die Adern, und jedes Mal, wenn sie versuchte, ihn zu vergessen, sich auf Brad oder auf gar nichts zu konzentrieren, hörte sie wieder Ilmars Stimme: *Ich kann dich riechen.*

Ihre wirren Träume gingen alle ineinander über. Sie begannen in der Zeit der Inquisition. Sie wurde der Ketzerei beschuldig. Da trat Ilmar in einem schwarzen Umhang vor und sagte: «Lasst mich mit ihr allein sprechen.»

Sie wurde in eine Kammer mit steinernen Mauern und einem riesigen, protzigen Bett geführt. Er zog ihr das Tuch vom Kopf und biss sie sanft in den Hals. «Gestehe nicht, meine Liebe. Genieße einfach.» Und sie war wie gelähmt vor Lust. Sie bekam eine Gänsehaut auf

Schenkeln und Armen. Regungslos ließ sie seine Liebkosungen über sich ergehen. Mit jedem Biss zog er ihr ein Kleidungsstück aus, bis sie nackt vor ihm stand.

«Du hast nichts zu gestehen, meine Liebe. Das weiß ich genau. Ich bin es, der alles gestehen wird. Leg dich einfach hin, Schatz.» Und mit einem Satz sprang er aufs Bett und bestieg sie, wobei sein Umhang über sie beide fiel.

Dann war Ilmar plötzlich König eines sehr kleinen Landes, in das sie als mögliche zukünftige Königin gebracht wurde. Er wollte sie prüfen, um herauszufinden, ob sie dieser Position würdig war. Annie war mit einem weißen, fließenden Jungfrauengewand angetan. Er packte sie und hielt sie so fest, dass sie sich nicht mehr bewegen konnte. «Möchtest du meine Königin sein?»

Sie senkte den Blick und sagte: «Wenn es Ihnen gefällt.»

«Was mir gefällt, spielt keine Rolle. Gefällt *dir* die Vorstellung? Du bist so schön. So weiß. So sinnlich. Ich will, dass du untersucht wirst.» Er läutete, und zwei Diener traten ein.

«Entkleidet sie und sagt mir, ob sie wirklich noch Jungfrau ist.» Annie wurde in einen anderen Raum gebracht, wo die Diener ihr vorsichtig die Kleider auszogen und sie auf Unmengen von kleinen, weichen Kissen legten. Ein Diener spreizte ihr die Beine, während der andere sich dazwischenbeugte, sie erst beschnupperte und dann leckte. Annie fand die ganze Angelegenheit hochnotpeinlich und erregend zugleich.

«Und was für eine Jungfrau du bist. Reif zum Pflücken. Und lecker. Sehr, sehr lecker.»

Sie brachten sie wieder in das Zimmer, in dem Ilmar sich befand. «Sie ist rein wie frisch gefallener Schnee, mein Gebieter.» Ilmar lächelte, und ehe sie sich's versah, fand eine Zeremonie statt.

Aber dann geschah irgendetwas Schreckliches mit ihr, und Ilmar sagte immer wieder: «Jetzt wirst du sehen, was man mit Huren macht. Schön stillhalten!» Er hatte sie gefesselt, so dass sie weder Arme noch Beine bewegen konnte. Ihr Körper war bis zum Äußersten gespannt, und der Griff seines Schwerts tauchte immer wieder in sie ein. Andere paradierten vor ihr auf und ab, um zuzusehen, wie das liederliche Weibsstück gereinigt wurde, und Ilmar sagte: «Das wird alles abtöten.»

Wieder sank sie in einen anderen Traum. Sie fühlte sich ähnlich wie in ihrem geliebten Morgenlicht, nur dass es diesmal andersherum war. Die Sonne beschmutzte sie.

Sie befand sich auf einem sehr alten Feld und war sich dessen bewusst, dass es eine Schande war, dort allein zu sein. Angst tropfte rot und dunkel durch ihre Gedanken und sogar vom Himmel herab. Sie wusste, dass er näher kam, und sie konnte nichts tun, sich nirgends verstecken. Die Bäume waren zu weit weg.

Das Hufgetrappel kam näher und klang wie ein fernes Donnergrollen. Das Pferd hatte rote Augen. Ein Mann, nein, es war Ilmar, der König, sprang von seinem Ross und ging auf sie zu. Es war ein anderer Ilmar. Er war nicht schön, nicht attraktiv. Zum Glück war er nicht fett, aber sein Gesicht wirkte verzerrt und bösartig. Sie sah ihm an, dass er ihr nur wehtun wollte.

«Ich habe ein Recht auf dich wie auf alle Gefährtinnen der Prinzessin.»

Annie hatte große Angst. Ihre Furcht lähmte sie, erregte sie jedoch zugleich. Er versetzte ihr einen Schlag. «Du wirst dich nicht vor deinem König fürchten. Ich befehle dir, dich nicht zu fürchten.» Dann riss er ihr die Robe herunter und entblößte so ihre Brüste. «Du wirst mir dafür danken, dass ich dir die Nippel lutsche.»

«Wieso ich, Eure Hoheit? Ich bin noch Jungfrau. Ich soll bald heiraten. Mein Mann ...»

«Du sprichst von deinem Mann, während dir der König die Brüste küsst?» Er versetzte ihr erneut einen Schlag, und plötzlich standen hundert Männer auf dem Feld. Sie umringten sie und jubelten, während der König sie schlug und dann eine ihrer Titten in den Mund nahm.

«Entweder du sagst jetzt danke, oder du wirst sterben», flüsterte er und spuckte ihr dabei ins Ohr.

«Dann sterbe ich eben.»

«Und mit dir alle deine Lieben.»

So laut sie konnte, sagte sie: «Oh, Eure Hoheit. Danke, dass Sie mir die Nippel lecken. Danke, dass Sie mit solcher Gier an ihnen saugen. Danke, dass Sie sich in aller Öffentlichkeit an mir vergehen. Danke, dass Sie vor diesen grässlichen Männern meine Brüste entblößen. Danke ...» Er versetzte ihr einen harten Schlag und griff dann nach einem Schwert. Damit schlitzte er ihr Kleid auf und fügte ihr dabei einen Schnitt zu.

«Ich werde meine Waffe in dich hineinstecken, und dann werde ich meine Waffe in dich hineinstecken, und ich allein entscheide darüber, was davon ich zuerst tue.» Schallendes Gelächter aus der Menge.

Sie wurde nicht auf die übliche Weise vergewaltigt, sondern sank auf die Knie und begann ihm einen zu blasen. Sie zog ihm eigenhändig die Unterhose aus und begann an seinem Schaft aufwärts zu lecken. Die Umstehenden tobten vor Begeisterung und brüllten: «Gib's ihm, Mädel.» – «Lutsch die königliche Salami.» – «Leck ihn, wie es ihm gebührt.»

Ilmar, dem König, versagten die Knie, als er ejakulierte. Annie küsste ihn zuerst mit dem Mund voller Sperma und flüsterte ihm dann zu: «Das war toll. Sehen wir uns morgen?»

Ilmar lächelte. Annie sammelte ihre Sachen zusammen und schämte sich furchtbar. Sie war ihrer wahren Liebe untreu geworden.

Das Problematische an dem letzten Abschnitt dieser Nacht voller Albträume war, dass bereits der Morgen graute und sie dieses spezielle Licht verschlafen hatte, das sie geläutert und all das, was in der Traumwelt geschehen war, ausgelöscht hätte. Die Träume schienen zu lebendig, um ihrer Phantasie zu entstammen. Sie roch den modrigen Geruch von König Ilmar, spürte die Hände des Inquisitors Ilmar auf ihrem Körper. Das war kein Traum, dachte Annie. Das Portal wird durchlässig.

Kapitel 18 – Ilmar rief an.

«Meine liebe, süße Annie. Wie geht es dir heute? Gibt es irgendwelche Probleme?»

«Nein. Warum fragst du?»

«Irgendetwas hat dich davon abgehalten, eine Nacht mit mir zu verbringen. Ich war sicher, dass du es wolltest. Du bist so ein wunderschönes, sinnliches Wesen. So jemand wie du ist mir noch nie begegnet, Annie. Ich möchte, dass du mit mir mitkommst.»

«Zu dir?»

«Nein. Ich habe die verrückte Idee, dich mit nach Lettland zu nehmen. Ich muss bald in mein Land zurückkehren. Es würde mich sehr freuen, wenn du mich begleiten würdest.»

Annie fand Ilmars Bemerkungen über ihre Sinnlichkeit charmant. Sie hatte nicht genug Erfahrung mit anderen Kulturen, um zu wissen, dass ein Satz, der ins Englische übersetzt originell klingt, möglicherweise die älteste Anmache ist, die es in der Originalsprache überhaupt gibt. Sie verlor sich vielmehr in der Vorstellung, wie aufregend es wäre, mit einem neuen Mann in ein fremdes Land zu gehen.

Annies Instinkt und ihre Regel *Lass dich nicht auf alles ein* sagten ihr, dass die Sache nicht ungefährlich war. Sie versuchten, sie in ihrer Entscheidung zu beeinflussen. Normalerweise ging Annie in ihrer eigentümlichen methodischen Art stets auf Nummer sicher. Sie wagte sich nur selten über die Grenzen ihres persönlichen Regelsystems hinaus. Es war verrückt, mit Ilmar fortzugehen. Sie konnte ihr Ringen mit der Vernunft bildlich vor sich sehen. Aber wer würde eine abenteuerliche Reise in solch ein exotisches Land ablehnen? Die Gefahr war allzu verführerisch. Die Aussicht auf eine völlig neue Erfahrung erfüllte etwas tief in ihr – irgendein Bedürfnis, das sie nie benennen konnte, obwohl es stets präsent war. Sie musste einfach fahren – ohne Rücksicht auf ihre Regeln.

«Annie? Bist du noch da?»

«Ja.» Sie zögerte lange genug, um sich einbilden zu können, dass sie nicht aus einem Impuls heraus handelte. «Was soll ich tun, Ilmar?»

«Willst du denn etwas tun? Ich möchte nur, dass du mit mir fortgehst. Ich werde alles für dich erledigen, Annie. Mach dir nur keine Sorgen. Das ist alles.»

Annie spürte, wie die köstliche Sehnsucht zu fliehen sie übermannte. Ihr Verstand versuchte erneut, sie zu warnen: Geh nicht! Gefahr! Es ist nicht leicht, einen vierzigjährigen Mann umzuerziehen. Du hast die Kondomfrage noch nicht gelöst.

Ihr Mund bewegte sich, bevor sie ihre Gedanken geordnet hatte. «Na gut, Ilmar. Wie viel Zeit habe ich?»

«Wenn du mit mir mitkommen willst, entscheide dich jetzt. Ich muss mich um die Papiere kümmern.»

«Ich komme mit.»

«Gut.» Und damit legte er auf.

Es besteht kein Grund zur Sorge, sagte sie sich. Sie hatte immer noch Zeit, es sich anders zu überlegen. Dennoch spürte Annie, als sie sich in ihrem Stuhl zurücklehnte, wie Panik von ihrem Bauch zu ihrem Herzen hochkroch. Sie rief ihre Schwester an, um ihr zu sagen, was sie vorhatte.

«Annie, was ist mit Brad?» Nancy klang merkwürdig hoffnungsvoll.

Annie wusste keine Antwort.

«Und wer ist überhaupt dieser Ilmar? Du weißt doch gar nichts über ihn. Du kennst ihn überhaupt nicht», beharrte Nancy.

«Ich weiß ... bitte rede mir die ganze Sache aus. Dabei würde ich wirklich am liebsten mit ihm durchbrennen.»

«Moment mal. Das sieht dir aber gar nicht ähnlich. Sonst handelst du immer, ohne nachzudenken. Was ist denn los mit dir? Du wirst doch nicht demnächst auch noch zur Kirche gehen?»

«Nein ... das ist schwer zu erklären, Nancy. Ich will einfach alles hinter mir lassen. Du weißt schon, Brad, den Job, alles.» Annies Stimme klang belegt.

«Aber ich dachte, dein Job gefällt dir. Du hast gesagt, du arbeitest gern mit Angelika, obwohl du mir verboten hast, euch mal samstagabends zuzuschauen.»

«Du trinkst nichts. Das würde nur unangenehm auffallen.»

Sie redeten noch eine Weile, aber Annie merkte, dass sie mal wieder aus ihrem Körper heraustrat, und beendete das Gespräch. Zum ersten Mal in ihrem Leben konnte sie sich eingestehen, was sie in jenen vielen Monaten, seit sie Brad verloren hatte, quälte: Es war Angst. Tatsächlich hatte Annie nämlich große Angst, San Francisco zu verlassen, was wiederum dazu führte, dass sie erst recht gehen wollte. Es war eben eine Herausforderung, der sie sich noch nicht gestellt hatte.

Wenn sie nur ein paar Tage länger über ihren Drang zu fliehen nachgedacht hätte, wäre ihr klar geworden, dass es ihr weniger um die Kultiviertheit ging, die eine solche Erfahrung ihr verleihen würde, als um die Möglichkeit, einmal mehr die Augen davor zu verschließen, wovor sie wirklich Angst hatte: vor der Liebe.

Sie hatte Brad aus keinem anderen Grund geliebt als dem, dass sie ihn liebte. Doch Lettland rief, und dass sie diesem Ruf nicht aus Liebe oder aufgrund eines wohl durchdachten Plans folgte, war nur allzu klar. Sie ging, weil der Gedanke zu gehen ihr Angst machte und sie keine Angst haben wollte.

Bis zum Morgen wollte Annie sich Bedenkzeit nehmen – dann würde sie Ilmar zu- oder absagen.

Um drei Uhr morgens hörte Annie es an ihrer Tür klopfen. Für einen Moment war sie noch in jener anderen Welt, ihrer Traumwelt, die ihr stets realer vorkam als die, in der sie aufwachte. Sie sprang auf der falschen Seite aus dem Bett und stieß mit dem ganzen Körper gegen die Wand. Sie schmeckte Blut und ging leise fluchend zur Tür.

«Nancy?»

«Schatz, hier ist Ilmar. Wärst du so nett aufzumachen?»

«Woher weißt du, wo ich wohne?»

«Ich hab dich nach Hause gehen sehen, als du aus dem Bus gestiegen bist. Darf ich reinkommen?»

Zu verschlafen und schmerzerfüllt, um misstrauisch zu sein, öffnete sie die Tür.

Mit einem Satz war er drinnen. Es kam ihr vor, als habe sein Gesicht sich verändert. Plötzlich wirkte es bedrohlich. Sie wich innerlich zurück, und das schien er zu spüren, denn er packte sie beim Arm.

«Süße Annie. Hab keine Angst. Du sollst endlich mir gehören.» Er holte zwei Schals hervor, und ehe sie sich's versah, fesselte er ihre Hände hinter ihrem Rücken. Er legte seinen Arm auf ihren Bauch, riss ihr den Bademantel vom Leib und warf sie mit mächtigem Schwung unsanft aufs Bett. Annies linke Seite schmerzte noch mehr.

«Vertraust du mir?», fragte er.

«Ilmar, ich kann dir erst vertrauen, wenn wir über die Kondomfrage gesprochen haben. Mach mich los.»

Er löste langsam die Schals und liebkoste dabei die Stellen, an denen sie gefesselt gewesen war.

«Kondome, ich verstehe. Hast du das mit ‹Verhütung› gemeint?»

Sie nickte und lächelte. Nachdem sie sich eine Minute lang angeschaut hatten, sagte Ilmar: «Komm, wir küssen uns nochmal, Annie. Das war so bezaubernd.»

Sie küssten sich, und Annie spürte, wie sie langsam feucht wurde. Ilmars Küsse waren berauschend, und das schien er zu wissen. Ein kleiner Teil von ihr wollte fliehen, aber sie war gefangen im Netz seines Charmes und seines Sexappeals.

«Annie», er löste sich von ihr, «bist du schon mal versohlt worden?»

Sie beschloss, die Wahrheit zu sagen, und erklärte: «Ja.»

«Hat es dir gefallen?»

«Ja.»

«Wenn ich verspreche, ein Kondom zu benutzen, wärst du dann bereit, etwas ganz Neues auszuprobieren?»

«Etwas ganz Neues» waren genau die Worte, auf die Annie ansprang, und sie willigte ein.

Er fesselte sie erneut mit den Schals, und zwar so, dass sie sich leicht befreien konnte, wenn ihr etwas gegen den Strich ging. Sie hörte, wie er sich entkleidete. Dann hörte sie nichts mehr.

Zehn Minuten lang. Zwanzig Minuten lang. Sie hatte das Gefühl, die Zeit verginge rückwärts. Ihre Flanke tat ihr weh, aber das brennende Verlangen in ihrer weit offenen Möse war stärker. Sie spürte, wie schön und gleichzeitig gefährlich es war, so entblößt zu sein. Ihre Gedanken begannen an jenen Ort zu wandern, von dem metallische Geräusche und geheimnisvolles Geflüster an ihr Ohr drangen. Ihr war, als wäre sie drauf und dran, sich an etwas zu erinnern. Sie hatte wieder diesen Geschmack im Mund. Schwach und angenehm.

Zack. Hart und plötzlich klatschte etwas auf ihren Po. Annie hatte keine Ahnung, was diesen brennenden Schmerz verursachte. Eine Hand war es nicht. Dann noch ein Hieb. Es tat richtig weh. Sie wollte gerade etwas sagen, als sie merkte, dass sie in etwas eingewickelt wurde.

Ihr Arsch wurde mit etwas umhüllt, das sich wie Gummi anfühlte. Genauer gesagt fühlte es sich an wie ein Kondom, das ihren gesamten Genitalbereich umschloss.

Sie spürte, wie ein weicher Gummischlauch in ihren Arsch glitt und dann ein zweiter in ihre Möse. Die Schläuche hatten etwas Wabbeliges, Verschlungenes, wie Seetang. Es machte Annie nichts aus, dass Ilmar sich an all ihren Körperöffnungen verging. Ihr kam der Gedanke, dass dies mehr ein Sichzurückbesinnen war als Sex – keineswegs etwas Neues, sondern eher eine unfreiwillige Heimkehr.

Dann kletterte er aufs Bett. Er steckte etwas Hartes, Dünnes in den Schlauch in ihrem Arsch, damit sich das Loch nicht schließen konnte. Dann drang er mit seinem Schwanz in sie ein. Er stieß kräftig zu und umklammerte dabei ihren Arsch.

Annie fühlte sich hilflos, denn sie konnte seinem Gewicht nicht standhalten, ohne ihre Hände zu benutzen. Sie wollte ihn gerade bitten, sie loszumachen, als er ihr mit einem weiteren Schal den Mund zuband. Annie protestierte nicht, obwohl seine Stöße immer brutaler wurden.

«Na, Annie, wie fühlst du dich mit so einem Teil im Arsch?»

Seine Worte machten Annie wütend, und sie begann durch den Schal hindurch zu stöhnen.

«So ist's recht. Gefällt dir mein ... Glied?» Er sagte dieses altmodische Wort mit so einem breiten slawischen Akzent, dass es geradezu böse klang, wie aus einem Vampirfilm. Ja, Annie gefiel es, ihn in sich zu spüren. Ihr war nicht klar gewesen, wie sehr es ihr gefehlt hatte, ausgefüllt zu werden. Jetzt entspannte sich ihr Körper, und das Ding in ihrem Hintern weckte in ihr das Bedürfnis, die Mösenmuskeln anzuspannen, wie sie es sonst tat, um zum Höhepunkt zu kommen. Sie begriff, dass ihr das in dieser Position nicht gelingen würde.

Sie erwiderte Ilmars Stöße, so gut sie konnte, weil es ihr Lust bereitete und sie außerdem davor bewahrte, vom Bett zu rutschen. Er rammelte wie besessen weiter. Annie spürte, wie es tief in ihr zu pulsieren begann, und sie wusste, dass der Orgasmus nicht mehr fern war. Sie versuchte, sich von der Hitze tragen zu lassen, die sich allmählich von ihrer Scham ausbreitete und ihren Bauch durchwallte. Trotzdem gelang es ihr nicht, zum Höhepunkt zu kommen. Es fehlte ihr an Reibung. Nicht nur, dass sie zur Passivität verurteilt war, das Gummiteil schwächte auch noch ihre Empfindungen ab. Sie weinte vor Frustration, bereit, Ilmar in jeder Form zu nehmen, in der er sich ihr hingab.

Doch den Gefallen tat er ihr nicht. Seine Stöße ließen nicht nach, bis Annie vor angespannter Erwartung schon fast übel wurde. Schließlich zog er seinen Schwanz heraus und spritzte auf ihren Rücken ab.

Nach ein paar Minuten löste er ihren Knebel und ihre Handfesseln. Das Gummiding gab ein obszönes Schmatzen von sich, als er es rauszog. Annie wusste nicht recht, ob sie glücklich war, ängstlich oder beides. Es ärgerte sie, dass sie ihre Gefühle nicht auseinander halten konnte. Wenn sie mit Ilmar zusammen war, verschwammen die Emotionen.

Nach ein paar Minuten lächelte sie.

Er saß mit erschlafftem Penis am anderen Ende des Zimmers auf ihrem viktorianischen Stuhl. Es war das erste Mal, dass sie ihn nackt sah. Er war blass, straff und muskulös. Das gefiel ihr. Sie schenkte ihm ein anerkennendes Lächeln, das er nicht erwiderte.

«Dir gefällt also mein Körper. Das ist schön. Sind Aussehen und Verhütung das Einzige, was für dich zählt?»

Es klang nicht ganz ernst gemeint, aber sie schaute ihn an und versuchte eine Antwort zu finden, die ihm nicht missfallen würde. Ihr Verlangen, ihn sofort wieder in sich zu spüren, war überwältigend. Er machte ihr Angst, und das barg für sie einen noch größeren erotischen Kitzel.

Annie war tatsächlich von Angst erfüllt … und von Ehrfurcht. Sein flammender Blick lähmte sie. Sie fürchtete, durch etwas so Triviales wie ein gesprochenes Wort die Stimmung zu zerstören.

Ihr wurde bewusst, dass sie bislang im Bett immer bekommen hatte, was sie wollte. Immer. Die Tatsache, dass Ilmar ihr einen Orgasmus verweigerte, reizte sie mehr, als wenn sie einfach zusammen ins Bett gehüpft wären und er ihr jeden Wunsch erfüllt hätte. Das hier besaß schon eher die Kultiviertheit, über die sie so viel nachgedacht hatte. Hier ging es nicht einfach nur um schnelle Befriedigung, sondern darum, an sich zu halten, sich zu disziplinieren.

«Erzähl mal was über unsere Reise», sagte Annie.

Ilmar antwortete nicht. Sie saßen in Mishka the Bear, einem Restaurant ganz in der Nähe ihrer neuen Wohnung. Die fremde Sprache, die hier gesprochen wurde, tat Annie gut. In den Lebensmittelläden, die sie frequentierte, hörte sie oft russische Laute. Wenn Ilmar russisch sprach, bewegte seine Oberlippe sich nicht. Sie bestaunte das hübsche Grübchen darüber.

«Bitte, Ilmar», versuchte sie es erneut, diesmal drängender. «Sag mir, wo es hingeht.»

Er ließ seine blendend weißen Zähne blitzen und sagte: «Nur wenn du ‹ludzu› sagst.»

«Okay. ‹Ludzu.›»

«Jetzt sag: ‹Ilmar, ludzu.›»

«Ilmar, ludzu.»

«Ein bisschen flehentlicher. Ludzu heißt ‹bitte›.»

«Auf Russisch oder auf Lettisch?»

«Auf Lettisch. Das ist meine Muttersprache. Russisch musste ich als erste Fremdsprache lernen. Aber das ist dem Lettischen weit unterlegen, findest du nicht? ‹Poshaluista› ist deren Wort für ‹bitte›. Wie soll man damit jemanden anflehen?»

Annie zuckte mit den Schultern. Etwas an Ilmars Adamsapfel erinnerte sie an Brad. Ein stechender Schmerz durchfuhr sie. Dieses Intermezzo mit Ilmar – bestrafte sie sich damit selbst dafür, dass sie ihre Beziehung zu Brad ruiniert hatte? Höchstwahrscheinlich. Für Annie gab es kein Zurück. Sie wusste jetzt, dass es ihr egal war, was mit ihr passierte. Basta.

Ilmar langte unter den Tisch. Vielleicht ließ sie ja wenigstens das nicht kalt. Immerhin unternahm er etwas. Streichelte ihr Knie, glitt mit seiner Hand über ihren Schenkel. Herrlich.

Der Kaviar platzte in ihrem Mund auf wie lauter salzige Vulkane. Annie umfuhr die runden Körnchen mit der Zunge und nahm sich begeistert mehr.

«Wie ich sehe, magst du lettisches Essen.»

«Ich dachte, das wäre ein russisches Restaurant.»

«Fischeier, Annutschka, sind eine baltische Spezialität. Die Russen haben sie bloß für sich vereinnahmt. Lecker, was?» Ilmar schob seine Hand weiter ihren Schenkel hinauf. Sie spreizte die Beine etwas weiter, damit er bei Bedarf besser an sie herankam. Sie war drauf und dran, zum Höhepunkt zu kommen.

Ilmar schien ihr Verlangen zu spüren. Er flüsterte aufreizend: «Wenn du es willst, sag ‹ludzu›.»

«Ludzu, ludzu, ludzu.»

«Tut mir Leid. Nicht hier. Ich hab gelogen.» Jetzt lächelte er, und Annie verspürte ein schrecklich unbefriedigtes Brennen in ihrem Innern. Sie fragte sich, wie lange sie das wohl durchhalten würde. Machte sie bereits jenen typischen europäischen Schmollmund, den sie aus den Zeitschriften kannte?

Sie brauchte dringend einen Orgasmus. Die Spannung in ihren Lenden war unerträglich. Sie begann zu verstehen, wieso frustrierte Männer Kriege begannen. Sie war geil, und sie wurde langsam wütend.

«Annie, tut mir Leid, dass ich dir nicht geben kann, was du willst. Du musst mir vertrauen.»

«Das tu ich aber nicht, Ilmar.»

Die Hand auf ihrem Schenkel packte zu, und es tat ein bisschen weh. «Das könnte sich als Problem erweisen.» Doch dann wurde Borschtsch aufgetragen, und Ilmar legte beide Hände auf den Tisch. Er drängte Annie, es ihm nachzutun – entgegen der amerikanischen Sitte, die linke Hand die ganze Zeit unter dem Tisch zu lassen. Er lachte wieder, und Annie glaubte, sie werde sich schon noch an seinen schwarzen Humor gewöhnen. Er quälte sie gern ein wenig, indem er ihr Gefahr oder Schmerzen in Aussicht stellte, aber er machte seine Drohungen nie wahr.

Die sämige Rote-Bete-Brühe floss ihre Kehle hinunter, und sie musste an das Blut der Erde denken.

Als Nächstes gab es Stockfisch. Sehr salzig und köstlich. Annie trank einen Wodka nach dem anderen, und sie musste feststellen, dass Ilmar darauf etwas ungehalten reagierte.

«Lettische Frauen trinken nicht so viel.»

«Ich bin Barkeeperin», hatte sie eigentlich sagen wollen. Doch stattdessen kam aus ihrem Mund: «Ich bin keine Lettin.»

Ilmar schüttelte ungläubig und amüsiert den Kopf. Wusste er etwas über sie?

Als Nächstes gab es Fleisch in einer cremigen Walnusssoße. Dann Kuchen und Tee.

«Endlich.» Ilmar, der plötzlich viel freundlicher dreinschaute, reichte Annie ein kleines Likörglas.

Sie betrachtete den schwarzen Schnaps vor ihrer Nase, wollte fragen, was das war, beschloss aber, ihn lieber gleich zu probieren.

«Trink das, Annutschka. Es ist Rigas Schwarzer Balsam – süß und gefährlich.»

Ein undefinierbarer Beerengeschmack wärmte sie von innen. Süß, beinahe zu süß. All die übertriebenen Aromen dieser Mahlzeit kamen ihr vertraut vor: das sehr Salzige, das sehr Süße, das sehr Scharfe. Nichts davon ähnelte dem gekochten Fleisch mit Kartoffeln, mit dem sie aufgewachsen war, und dennoch verursachte es ihr Wohlbehagen.

Ihre Knie gaben nach, als das Taxi kam. Ilmars Arm erwies sich als der sicherste Orientierungspunkt, dessen sie habhaft werden konnte. Alles bewegte sich rückwärts.

Betrunken. Annie war betrunken. Sie war noch nie betrunken gewesen. Beschwipst schon, aber das verflüchtigte sich, sobald sie sich ins Bett wälzte – meistens nicht allein.

Aber jetzt war sie geradezu sturzbesoffen. Wie leichtsinnig, schalt sie sich. Eine physische Umnachtung hatte sich ihrer bemächtigt, und sie konnte nichts dagegen tun.

Sie gingen auf Ilmars Hotelzimmer. Es knackte, als sie sich aufs Bett warf und die Schokolade auf dem Kopfkissen zerquetschte.

«Aber, aber, Annutschka. Du liegst voll bekleidet auf meinem Bett. Das gehört sich aber nicht.»

Sie lachte, aber Ilmar machte ein strenges Gesicht.

«Komm rüber auf die Couch … ludzu. Ich werde dir sagen, wohin wir morgen reisen.»

Hatte sie richtig gehört? *Morgen?* In ihrem Kopf drehte sich alles.

Ilmar zog sie auf seinen Schoß und reichte ihr noch ein Glas von jenem schwarzen Gesöff. Es schmeckte geradezu ein wenig nach Leichenhaus, doch die Süße befriedigte ein starkes Bedürfnis in ihr.

Ilmar gab ihr noch ein Glas – Annie konnte nicht ablehnen. Ihre Möse zerfloss, verschmolz mit ihm. Und flehte um Vollzug.

«Wir fliegen nach Sigulda in Lettland. Das kennst du bestimmt nicht. Wie die meisten Amerikaner. Vielleicht hast du mal die Legende von Sigulda gehört? Nein?» Er streichelte ihr übers Haar, was sie in Trance versetzte. «Vor langer, langer Zeit ist dort in einer Höhle eine schöne Frau gestorben. So geht die Sage. Ich bin dort geboren.»

Er sagte ihr, sie würden nach Moskau fliegen und von dort aus den Zug nach Riga nehmen. Dann würde jemand sie abholen und nach Sigulda bringen.

Der Name der Stadt verzauberte sie, noch bevor sie dort war. Annie kam von dem Gedanken nicht los, dass der Wind ihn ihr an den Klippen zugeflüstert hatte. Ihr war klar, dass das absurd war. Es war nur etwas, woran sie sich festhalten konnte, während Ilmar ihr Leben auf den Kopf stellte. Sie versuchte einen roten Faden darin zu finden. Etwas Verbindendes, das die Ereignisse ihres Lebens zu einer zusammenhängenden Geschichte verknüpfte.

Regel 20: *Beim Knüpfen eines Gobelins wird es mit jedem Fehler schwieriger, das Muster zu erkennen.*

Sie war offenbar eingeschlafen. Es war kurz vor vier Uhr morgens. Sie stand auf, um ihre Kleider zusammenzusuchen. Es war Zeit, nach Hause zu gehen und Licht in das Dunkel ihres Lebens zu bringen. Zeit, die alten Regeln zu lesen und ein paar neue zu schreiben.

Um Ilmar nicht zu wecken, tastete sie mit vorsichtigen, langsamen Bewegungen herum, fand jedoch nichts. Schließlich gab sie auf und schaltete die Badezimmerlampe ein. Ein grässliches blauweißes Licht blendete sie. Sie fühlte sich entblößt. Wie beim Röntgen im Krankenhaus.

Ihre Sachen waren weg. Kein Zweifel.

Ilmars offene Augen jagten ihr einen Schrecken ein. Der Satz «Nicht der alte Mann quälte mich, sondern sein böses Auge», kam ihr in den Sinn. Annie glaubte, Ilmars Herz klopfen zu hören.

«Ich dachte, du schläfst», stammelte sie.

«Mit so einer schönen Frau wie dir an meiner Seite müsste ich eigentlich Angst davor haben einzuschlafen.»

Mühsam brachte sie heraus: «Wo sind meine Sachen?»

Ilmar sagte nonchalant: «Ach, die hab ich weggeworfen. Weißt du, für Leder habe ich nicht viel übrig.»

Sie sah ihn an, und sein Gesicht verzog sich zu einem Grinsen. «Ich kann sie dir geben, Annie, aber», er hielt inne, «findest du es nicht schöner, die Kleider des Landes zu tragen, das du besuchst?»

Annie gefiel der Gedanke tatsächlich, obwohl sie sich nur ungern von ihrer Lederhose trennte, die ein Grundelement ihrer Garderobe und Teil all ihrer Beziehungen war – Fred, Charles, Jeffrey, Tom ... Brad.

Brad. Was hatte er gerade jetzt in ihrem Kopf zu suchen? Plötzlich wurde sie tieftraurig, aber sie riss sich zusammen. Sie machte sich klar, dass Ilmar ihr die Gelegenheit zu einem glatten Bruch mit den Klamotten, den Erinnerungen, den Ansichten und den Jobs ihrer Vergangenheit bot.

«Okay, Ilmar. Aber wenn ich zurückkomme, will ich sie wiederhaben.»

«Wenn du je zurückkehren willst, gebe ich sie dir wieder. Ist das okay?»

Sie nickte.

«Gut», erwiderte er, «damit wirfst du nur unnötigen Ballast ab. Außerdem werden deine Kleider dir in Lettland nicht viel nützen.»

Annie fuhr zusammen, ihr Kopf zuckte zurück. Jetzt war sie voll da. Sie würden *heute* nach Lettland fliegen.

Solange es nur eine Idee war, war sie davon wie berauscht gewesen, aber jetzt, da die Kluft zwischen Realität und Phantasie sich geschlossen hatte, bekam sie es mit der Angst zu tun.

«Ja, Annutschka. Du wirkst überrascht. Du hast doch nicht vergessen, was wir gestern Abend verabredet haben? Du kommst mit mir, meine schöne Amerikanerin. Lettland braucht gutes Blut wie deins.»

Annie ging zur Tür, aber Ilmar war schneller. Er stellte sich davor. Annie stand regungslos da. Ein erstarrtes Pendel, ein stummes Hexenbrett. Es erinnerte sie an die Spielchen, über die sie in ihren Büchern gelesen hatte.

Er biss sie sanft in den Hals. Der Biss lähmte sie, und eine Gänsehaut lief ihr das Rückgrat herunter.

Sie wollte sagen: «Geh mir aus dem Weg», aber herauskam: «Mach das nochmal.»

Er stieß sie bäuchlings aufs Bett, knabberte an ihren Ohren und biss sie sacht in den Nacken.

Als sie zu stöhnen begann, hörte Ilmar auf. «Ich hab dir was zum Anziehen mitgebracht. Der Wagen wird in zwei Stunden hier sein.»

Sie willigte ein. Es schien unvermeidlich. Das Hexenbrett bewegte sich, und sie musste dadurch hindurch auf die andere Seite schauen.

Als sie Nancy anrief und sie bat, all ihre Sachen einzulagern, sagte diese: «Nein. Ich kann dir nicht bei etwas helfen, das ich nicht verstehe.»

«Ich verstehe es selbst nicht, Nancy. Ich muss es einfach tun.»

«Tut mir Leid, Annie. Mit etwas, das dir schaden wird, will ich nichts zu tun haben.»

«Okay, dann ruf bitte eine Spedition an – oder John. Ich schicke dir einen Scheck.»

«Hast du überhaupt darüber nachgedacht?» Die Stimme ihrer Schwester klang besorgt. Besorgt auf eine Art, wie Annie es noch nie bei jemandem aus ihrer Familie gehört hatte.

Während Annies Mund sprach, flehte ihr Verstand Nancy an, zu kommen und sie zu retten.

«Nicht wirklich», sagte sie mit monotoner Stimme. «Ich kann nicht.» Annie legte auf. Sie hatte Angst und gleichzeitig das Gefühl, frei zu sein. Wenn das eine Selbstbestrafung war, würde sie sie genießen.

Regel 13: *Wenn es dir keinen Spaß macht, dann hör auf damit. Hör einfach auf.*

Kapitel 19 – Schließlich rang Nancy sich doch noch dazu durch, das Hab und Gut ihrer Schwester einzulagern. Vielleicht war's ihr Beschützerinstinkt, vielleicht wollte sie aber auch bloß verhindern, dass Fremde in ihren Sachen herumwühlten. Außerdem hatte sie sich mittlerweile daran gewöhnt, dass Annie umzog, während sie selbst blieb, wo sie war.

Phil half ihr nicht, und das war ihr auch ganz recht so. Sie wollte allein mit Annies Sachen sein. Phil mitzunehmen wäre eine Missachtung von Annies Privatsphäre gewesen. Und allzu viel besaß Annie ohnehin nicht: einen Schreibtisch, ein Bett, zwölf Regalbretter mit Büchern, deren Titel Nancy zum Teil noch nie gehört hatte. Damit würde sie allein fertig, und dieses Bewusstsein verlieh ihr ein Gefühl der Unabhängigkeit. Sie hatte schon ganz vergessen, dass so ein Gefühl in ihrem Alltag fehlte.

Neben dem Küchentisch stand ein sehr kleines Bücherregal mit einer Reihe von Kochbüchern, Fotobänden, ein bisschen erotischer Literatur und einem kleinen schwarzen Buch ohne Titel. Nancy war neugierig.

Auf der ersten Seite las sie: «Annie McDermotts Lebensregeln.»

Nancy schlug das Bändchen wieder zu. «Lies nicht darin», ermahnte sie sich. «Das tut man nicht.»

Doch so sehr sie sich auch bemühte, das Buch zusammen mit den anderen wegzupacken, es tauchte immer wieder auf dem Küchentisch auf und lockte sie, einen Blick in das Innenleben ihrer Schwester zu werfen. Sie hatte sich oft gefragt, ob Annie überhaupt so etwas hatte.

Nancy kämpfte noch ungefähr eine halbe Stunde mit

sich, dann wurde sie schwach. Vorwurfsvoll sagte sie zur Decke hinauf: «Warum erlegst du mir Prüfungen auf, an denen ich scheitern muss?»

An jenem Tag war Nancy vollauf damit beschäftigt, Annies Regeln und Tagebucheinträge zu lesen. Dann und wann musste sie über Annies scharfsinnige Bemerkungen über Phil lächeln. Wieder erwachte in ihr der Wunsch, Phil zu verlassen – ein Gefühl, mit dem sie fast jeden Morgen erwachte, nur um es sich gleich wieder auszureden. Das war ausgeschlossen. Einen Bund, den man vor Gott eingegangen ist, darf kein Mensch lösen (auch keine Schwester). Phil war das Kreuz, das sie zu tragen hatte. Er hatte Qualitäten, die ein Mensch wie Annie unmöglich zu schätzen wissen konnte. Er war Nancy treu, verstand es, ihr die Füße zu massieren – wenn auch meist nur als Vorspiel zum Sex –, ging mit ihr in die Kirche, kümmerte sich um größere Finanzangelegenheiten und war sehr lieb zu ihrer gemeinsamen Tochter Ryan. Wie Phil ihre Kleine angurrte, ging Nancy ans Herz und ließ sie komplett vergessen, dass er sich häufig aufführte wie die Axt im Walde. Die Machtkämpfe, von denen Annie schrieb, hatte sie längst verloren gegeben. Wenn Phil Machtspielchen spielen wollte, ließ Nancy ihn einfach gewinnen. Sie sagte sich dann immer: Ich weiß zwar nicht, was für ein Spiel du spielst, Schatz, aber du bist der Sieger. All die anderen Mütter aus ihrer kirchlichen Selbsthilfegruppe machten es genauso. Sie sagten, nachzugeben sei der leichtere Weg, denn, wie eine Frau es ausdrückte: «Mein Mann mag ja die Hosen anhaben, aber ich sage ihm, wann er sie an- und wann er sie ausziehen soll.» Nancy schien es, als liege in Wirklichkeit alle Macht in ihren Händen, und sie nicht zu gebrauchen war das größte Opfer, das sie Gott brachte.

Annie schrieb kein Wort über ihre Eltern. Glaubte sie etwa, sie sei als fertiger Mensch aus dem Kopf ihres Vaters geschlüpft? Nancy konnte sich an den betreffenden Mythos nicht genau erinnern, aber sie war sicher, dass Annie ihn irgendwo in ihrem aufgeräumten Oberstübchen gespeichert hatte.

Aber konnte Annie ihre Eltern wirklich einfach so außen vor lassen? Nancy erinnerte sich an eine nicht besonders angenehme Phase ihres Lebens, als ihr Vater versucht hatte, seine jüngere Tochter mit Spinnen und Schlangen zu quälen. Ohne mit der Wimper zu zucken, ließ Annie es über sich ergehen, dass er ihr eine Tarantel auf den Arm setzte. Jetzt, wo sie darüber nachdachte, war Nancy sicher, dass ihr Vater damit nur hatte herausfinden wollen, ob sein kleines Mädchen imstande war, zu weinen oder Angst zu haben. Annie machte keinen furchtsamen Eindruck, und sie hatte in Gegenwart ihres Vaters nie eine Träne vergossen. Als die Tarantel auf ihrem Arm saß, hatte sie sich ihrer merkwürdigen Fähigkeit bedient, durch ihren Vater hindurchzuschauen. Mit diesem gewissen Blick, der zum Davonlaufen war.

Als Nancy zu Annies Sexgeschichten mit Brad kam, kriegte sie Herzklopfen und stellte zu ihrem Erstaunen fest, dass sie total feucht zwischen den Beinen war. Sie sollte jetzt *wirklich* aufhören zu lesen, doch sie konnte sich einfach nicht bremsen. Der umwerfende Brad, dieser Mann mit einem Körper wie ein Kunstwerk. Nach jener Begegnung auf Annies Türschwelle war sie ein paar Tage lang nicht in der Lage gewesen, Phil auch nur eines Blickes zu würdigen. Zwischen ihm und Brad lagen Welten, was Phil allerdings nicht wusste. Zumindest für seine gesegnete Ignoranz musste sie ihn bewundern. Wenn sie an jenem lange zurückliegenden Tag doch nur auch schon so klar gesehen hätte, dann hätte sie ihn nie geheiratet.

Großer Gott, erlebte ihre Schwester wirklich solche Ekstase? Sprachen die Menschen tatsächlich so miteinander? War das denkbar? «Ficken» und «blasen» zu sagen, ohne peinlich berührt zu sein, einfach um einander anzufeuern? Sich ganz der körperlichen Lust hinzugeben und so davon verzehrt zu werden, dass man an nichts anderes mehr denken konnte als an das Ficken, das Berühren, an die Gegenwart eines anderen, der einem den Körper verdreht und ihm ein unwiderstehliches Verlangen und einen höheren Sinn einflößt. Jemandem zu gehören, der einem an die Brüste greift und an den Arsch, einen drückt und umfängt und einen vom Scheitel bis zur Sohle liebt, bis man glaubt, man müsse vor lauter Lust sterben. Und das Ganze auch noch mit zwei Männern. O Annie, du schlimmes Mädchen.

Wie sehr sie sich wünschte, sie könnte – und sei es nur für einen Moment – ihre Überzeugungen über Bord werfen und einfach mal ein *schlimmes Mädchen* sein. Sodom und Gomorrha in ihr Leben lassen – für einen Moment. Sie wollte einen derartigen Hedonismus keineswegs für immer, aber ... ach, wie sie sich danach sehnte, von einer überwältigenden Leidenschaft wider alle Vernunft verführt und über die Klippe zur Ekstase gestoßen zu werden. Von den Pfeilen einer unwiderstehlichen Versuchung durchbohrt, durchstoßen zu werden. Keinen Widerstand zu leisten, sondern sich der Schlange hinzugeben und die Lust durch die Poren, die Lenden, das Blut wallen zu lassen. Die Schlange in sich eindringen, in sich hineinkriechen zu lassen, hinein in das Loch, das so sehr danach verlangte, ausgefüllt zu werden. Vorgestellt hatte sie sich so etwas, aber nie erlebt. Sich vorgestellt, dass es irgendwo einen Mann gab, der in ihr Leben treten und, wenn schon nicht ihre Träume wahr machen, so doch zumindest ihre Phantasie anregen und ihr Hoffnung geben würde.

Ihre Hand fuhr unter ihr Kleid und fand die weiche Stelle im Fleisch, von der sie wusste, dass sie ihren Körper zum Beben bringen würde. Dort und überall sonst berührt zu werden, dachte sie und streichelte sich fester, beschrieb die Kreise, die, wie sie vor langer Zeit auf eigene Faust herausgefunden hatte, Ringe der Lust durch ihr gesamtes Rückgrat schickten. Sie wünschte, jemand anders würde das für sie übernehmen, würde sie noch schöner berühren, sodass ihr Verstand explodieren und über ihrem Körper schweben würde, während diese herrlichen Ringe unaufhörlich durch sie hindurchliefen. Sie wünschte, jemand hätte seinen Mund dort, wo jetzt ihre Finger waren, und hörte nicht auf, sie zu küssen, hätte seine Hände auf ihrem Arsch, auf ihren Brüsten, und hörte nicht auf, sie zu küssen. Dränge in sie ein, stieße in ihr Allerheiligstes vor, und hörte nicht auf, sie zu lecken, bis seine Zunge auf das Ende ihrer Wirbelsäule träfe und eine neue Welt erstünde. Eine feuchte Welt, die sich ewig drehen würde, stöhnend, küssend und rammelnd. Eine Welt ohne Ende. Amen.

Es klingelte an der Tür, und sie zuckte so heftig zusammen, dass sie von dem harten Holzstuhl fiel, auf dessen äußerster Kante sie gehockt hatte. Annies Tagebuch fiel aufgeschlagen auf den schmutzigen Fußboden, der dreckige Flecken auf den Seiten hinterließ. Nancy betete, ihre Schwester möge sie nicht bemerken, und dankte Gott für die Störung. Sie hatte sich allzu sehr entblößt. Das war in jeder Hinsicht ein gefährliches Terrain. Sie musste es sofort wieder verlassen.

Sie dankte Gott erneut, als sie die Tür öffnete und sah, wer draußen stand. Es war Brad. Ein enges Rippen-T-Shirt umspannte seinen Waschbrettbauch, über seiner Schulter hing eine Lederjacke. Ob man feuchte Flecken auf ihrem Kleid sah?

«Hey. Du bist Annies Schwester, nicht wahr?»

Nancy nickte. Als sie die Tür weiter aufmachen wollte, rammte sie sie sich ins Gesicht. Sie begann hysterisch zu kichern.

«Ist alles in Ordnung?», fragte Brad. «Das hat bestimmt wehgetan.»

«Geht schon», gab sie zurück, dankbar dafür, dass die Menschen darauf trainiert waren, mechanisch zu antworten. «Schönes Wetter, was?», brachte sie als Nächstes heraus.

«Ja, herrlich. Äh, ist Annie da?» Er stand immer noch vor der Tür und machte ein etwas besorgtes Gesicht.

Nancy fing sich wieder und ließ ihn herein. Aus irgendeinem unerfindlichen Grund spürte sie, dass Brad wusste, was sie gerade getan hatte. Vielleicht ahnte er sogar, dass sie beim Masturbieren an ihn gedacht hatte. Sie fühlte sich vollkommen entblößt, und er wirkte immer mehr so, als wäre ihm nicht wohl in seiner Haut. Konnte er sie riechen? Hatte er gesehen, wie feucht sie war? Ihre Hand wanderte unwillkürlich zu ihrem Po, um zu prüfen, ob ihr Kleid hinten nass war.

«Setz dich doch», sagte Nancy und zeigte auf einen Stuhl zwischen all den Umzugskartons. Hastig legte sie Annies schwarzes Buch auf eine Bücherkiste auf der anderen Seite des Zimmers. Nur schnell das Beweismaterial außer Sichtweite schaffen.

«Was geht hier vor?», fragte er. Er hatte es erraten! Er wusste, was sie getan hatte! Dann sagte er zu Annies Erleichterung und Enttäuschung: «Zieht Annie um?» Sein Adamsapfel hüpfte auf und ab, wodurch er sehr nervös wirkte.

«Ähm, nun ja, sie ist schon umgezogen.» Damit war die schlechte Nachricht also heraus. War es überhaupt eine schlechte Nachricht? Für wen? Brad saß vor ihr, und sie war allein mit ihm.

Hör auf, so was zu denken, Nancy!, schrie ihr innerer Aufpasser. Hör sofort damit auf!

Brad entgleisten die Züge, als würden sie von der Schwerkraft in ihre natürliche Position gezogen, wie es vielleicht bei uns allen der Fall ist, wenn das Leben aus unserem Gesicht weicht. Er sah traurig aus. Sein Elan, sein Feuer waren wie weggeblasen, und plötzlich fand Nancy ihn gar nicht mehr so anziehend. Stumm dankte sie Gott für das erste handfeste Wunder in ihrem Leben. Von nun an würde sie gut zu Phil sein.

Als Brad fragte: «Wo ist sie denn hin?», wusste Nancy nicht, ob sie es ihm wirklich sagen sollte. Allzu bruchstückhaft waren ihre Informationen. Es würde Brad verletzen, und sie selbst würde dadurch in Brads Meinung sinken. Niemand ist gern derjenige, der einem Liebenden etwas über die Geliebte erzählt. Sie nahm es ihrer Schwester übel, dass sie sie in diese Lage gebracht hatte.

Dann hatte sie eine Idee. Es gab noch eine andere Möglichkeit, wie Brad Annie zwar nicht finden, sich aber so fühlen könnte, als hätte er sie gefunden. Und er würde ihr dankbar sein, o ja, das würde er. Sein Dank war ihr sicher.

Sie erzählte ihm von ihrer Idee, und sein Gesicht hellte sich auf. Auch Nancy strahlte. Sie hatte nichts dagegen, ein Auge auf ihn zu haben, bis ihre Schwester zurückkehrte. Falls sie zurückkehrte.

Kapitel 20 – Sie stiegen ins Flugzeug, und Annie spürte, wie eine Welle der Angst über sie hinwegspülte. Es fühlte sich ähnlich an wie ein Orgasmus, nur nicht so intensiv und erregend wie dieser. Als Ilmar an einer untersetzten Frau vorbeiging, kam es Annie so vor, als habe er ein kleines Päckchen in ihren Schoß fallen lassen. Einen kurzen Moment lang fragte sie sich, was dieser Liebhaber, mit dem sie ans Ende der Welt reiste, wohl für einen Beruf haben mochte. Drogendealer, Ikonenhändler, Geldwäscher? Auf jeden Fall kannte sie ihn bei weitem nicht gut genug. Zu ihrer Beruhigung schaute sie nach, ob ihre Kreditkarte und das Bargeld noch in ihrer Handtasche waren. Obwohl ihr momentan gleichgültig war, was mit ihr geschah, war sie so vernünftig, sich auf eine Zeit vorzubereiten, in der das womöglich anders wäre.

Der Flug war strapaziös. Annie bezweifelte, dass sie jemals ankommen, und vor allem, dass sie jemals zurückkehren würden. Genau wie in ihren anderen Beziehungen verloren sie und Ilmar kein Wort über die Zukunft.

«Komm in fünf Minuten zur Toilette auf der rechten Seite.» Er stand auf und lächelte sie an. Annie wartete und fragte sich, was sie da wohl anstellen konnten. Sie tastete in ihrer Handtasche nach einem Kondom.

Als sie vor der Klotür stand, zeigte das Schloss «Besetzt» an. Sie klopfte. Keine Reaktion. Sie flüsterte: «Ilmar?» Keine Antwort.

Sie drückte die Tür auf und zwängte sich in den unbeleuchteten, engen Raum. Nichts deutete darauf hin, dass noch jemand da war. Die Stimme kam von oben.

«Annie, zieh dich aus.»

Sie gehorchte und saß zitternd in der kalten Luft über der Stratosphäre da. «Ich werde dich untersuchen.»

Aha, dachte sie, Ilmar spielt mal wieder mit meiner «Paranoia».

Ein kleines weißes Licht bewegte sich durch den Raum und konzentrierte sich schließlich auf ihren Bauch. Der Strahl war so hell, dass sie immer noch nicht sehen konnte, wo er herkam oder wer die Lampe hielt. Langsam wanderte das Licht über ihren Bauch und hinunter in ihren Schoß.

«Mach die Beine breit.» Annie versuchte es, aber es war nicht genügend Platz. «Mach die Beine breit, hab ich gesagt.» Und dann bekam sie eine saftige Ohrfeige.

Annie schloss ihre Beine wieder und sagte: «Schluss mit diesen Spielchen. Was ist denn in dich gefahren? Und nimm endlich dieses bescheuerte Kondom.» Sie warf das Kondom in Richtung des Lichts, zog sich an, verließ rasch die Toilette und begab sich wieder zu ihrem Platz.

Sie erstarrte. Da saß Ilmar und las in aller Ruhe ein Buch. Annie hatte noch nie blankes Entsetzen verspürt, aber jetzt fühlte sie etwas Ähnliches in sich aufsteigen. Was sollte das? Wer war das? Für einen Augenblick kam ihr sogar in den Sinn, Ilmar könne womöglich ein verzaubertes Wesen sein – oder ein entzaubertes Ungeheuer.

«Hallo, Ilmar.»

«Annie, wir haben dich nicht so schnell wieder zurückerwartet.» Sein Gesicht hatte sich so sehr verdüstert, dass es bedrohlich wirkte. Er wandte sich ihr zu, sodass sie ein winziges Headset erkennen konnte. Dann lächelte er sie an, wie man ein Kind anlächelt. «Ich habe alles gehört, Annie. Mir scheint, du hältst dich für ein sehr, sehr anständiges Mädchen.»

«Ich lasse mich von niemandem schlagen.»

«Ach, nun stellen wir also Ansprüche, ja? Du hast dich doch bereits schlagen lassen.» Er beugte sich vor und flüsterte ihr ins Ohr: «Du genießt den Schmerz auf deinem Hintern. Du genießt ihn in jeder Form. Mach mir nichts vor. Du träumst davon. Ebenso wie du davon träumst, es mit vielen Frauen zu treiben. Das da drin war eine Frau. Ich habe nur», und er lehnte sich wieder zurück, «versucht, dein unersättliches Verlangen zu befriedigen.»

«Ich hab eher den Eindruck, du hast *dein* Verlangen befriedigt.»

«Annie, ist das der richtige Moment zum Streiten, hmm? In einem Flugzeug? Ich will dir doch nur Freude machen. Ist dir noch kalt?»

Annie nickte widerstrebend, und Ilmar legte ihr eine Decke auf den Schoß. Sie war wütend und fasziniert – davon, wie Ilmar ihre Phantasien erriet, und wie weit sie davon entfernt war, diese auszuleben. Die besagte Kluft.

Er begann ihr Haar zu streicheln und ihre geschlossenen Augen zu küssen. Annie war wie hypnotisiert und dämmerte langsam weg. Sie hatte plötzlich das Gefühl, in den Armen eines Halbgotts zu liegen, der hier war, um ihr den Weg in ein neues Königreich zu zeigen. Sie ließ ihren Gedanken freien Lauf und begann Ilmars Berührungen zu genießen, obwohl sie genau das noch vor ein paar Minuten zu vermeiden gehofft hatte.

Er fuhr fort, ihr Haar zu streicheln, während seine andere Hand ihren Schenkel hinaufwanderte. Sie hatte tatsächlich ihren Slip in der Toilette vergessen, und Ilmar stieß auf eine erstaunlich feuchte Muschi.

Er begann ihr Knöpfchen zu streicheln, in dem gleichen Rhythmus, in dem er ihr Haar liebkoste. Es war Annie nicht anzusehen, wo sie war, aber es schien, als schwebte sie in höheren Sphären. Ihr Gesicht war von einer unirdischen Blässe wie das eines Rokoko-Engels.

Annie fühlte sich von einer ungeheuren Wärme umhüllt. Sie war dunkel und weich, und Annie ließ sich tief in sie hineinsinken. Jemand wusste Dinge über sie, die er nicht wissen sollte. Aber das erregte sie. Das Geheimnisvolle daran traf sie ins Mark. Der eigenartigen Erotik des Ganzen konnte sie sich nicht entziehen. Und dabei hatten sie noch nicht einmal angefangen, im herkömmlichen Sinn miteinander zu schlafen.

Sie sah einen Wasserfall vor sich. Das Wasser war sehr, sehr warm und sprudelte irgendwie aus ihr hervor. Jeder wollte davon trinken. Die Wärme pulsierte durch ihren ganzen Körper. Sie hatte ihre brennende Wange längst vergessen, aber jetzt spürte sie sie wieder, und auch sie war warm. Heiß. Ihr war heiß.

Dann begriff sie, dass Ilmar sich unter der Decke mit dem Finger an ihr zu schaffen machte. Sie schob ihr Bein etwas zurecht, damit er in sie eindringen konnte. Jetzt hielt sie es kaum noch aus. Ihr Sexmuskel öffnete und schloss sich wie der Mund eines Kindes in einem Bonbonladen. Ja, das war's. Der Geschmack, an den sie gedachte hatte, ohne sich an ihn erinnern zu können. Das Überraschende, Ruchlose einer öffentlichen Zurschaustellung. Die Tatsache, dass jemand ihren Körper benutzte – fast, aber wirklich nur fast, gegen ihren Willen.

Sie versuchte, keinen Mucks zu machen, als die Stewardess vorbeiging. Nun ja, was konnten die schon unternehmen? Sie aus dem Flugzeug werfen? Doch der Gedanke, dass es möglicherweise ein russisches oder lettisches Sexgesetz gab, von dem sie nichts wusste, ließ sie den Mund halten.

Ilmar steckte ihr seinen Mittelfinger in die Scheide,

den kleinen Finger in den Arsch und bewegte seinen Daumen auf ihrer Klit. So etwas Unfassbares hatte sie noch nie empfunden. Selbst wenn sie diesen Mann gar nicht begehrte, würde sie nicht umhinkommen, sich wollüstig zu winden. Ihr fiel ein, dass Fred etwas Ähnliches mit ihrem jungfräulichen Körper angestellt hatte. Er hatte mit der dünnen Wand gespielt, die die beiden, noch nicht «deflorierten» Körperöffnungen voneinander trennte. Eigentlich hatte sie Widerstand leisten wollen, aber es war so herrlich, dass sie sich Freds Finger hingegeben hatte. Genau wie jetzt Ilmars. Sie drückte den Rücken durch und ließ sacht die Hüften kreisen.

Ilmar wisperte: «Wie schön du dich bewegst, mein Schatz. Keine Angst. Ich werde dich nie wieder so von jemandem schlagen lassen.»

Annie bereute später, dass sie bei dem Wörtchen «so» nicht aufgehorcht hatte, aber als er es aussprach, kam sie gerade zum Höhepunkt. Eine große Menge angestauten Schleims ergoss sich auf den Sitz.

Dann begann Ilmar in ihr herumzufischen. Er steckte seine Finger erst in sie hinein und dann in seinen Mund, offenbar um Annie zu säubern. Unglücklicherweise wurde sie dadurch nur noch feuchter. Jetzt war sie tatsächlich ein Wasserfall, von dem er trank.

Sie kam noch einmal und dann noch einmal. Schließlich beugte sie sich zu Ilmar hinüber und flehte ihn an aufzuhören.

«Aber mein Schatz», flüsterte er beinahe zischend, «wir haben doch noch nicht mal angefangen.»

Kapitel 21 – Die Maschine landete in Moskau. Annie wunderte sich, dass sie so lange aufs Aussteigen warten mussten, bis eine Ansage, erst auf Russisch und dann auf Englisch, die Erklärung lieferte: «Wir können Tür zu Flugzeug nicht öffnen, weil Mann an Boden Schlüssel vergessen. Bitte verzeihen unser Entschuldigung.»

Hände wurden vors Gesicht geschlagen, Fäuste in die Luft gereckt, Worte in Richtung Cockpit gebrüllt. Ein allgemeines Gefühl der Unabwendbarkeit machte sich breit. Ein ganzes Flugzeug voller Menschen, die sich notgedrungen in ihr Schicksal ergaben. Annie fürchtete, das könnte ein Vorgeschmack auf den Rest der Reise sein. Vielleicht auch auf den Rest des Landes, denn eigentlich waren alle nur am Meckern. Ein Grund mehr, nicht lange zu bleiben. Sogar der Pilot sah sich veranlasst, in die Passagierkabine hinauszutreten, sich eine Zigarette anzuzünden und mit den Schultern zu zucken. Überall halblautes Gemurmel. Sie dachte daran, wie die schönen Menschen von Nob Hill mit der Situation umgegangen wären. Sie hätten die Tür eingetreten und wären über diese aufblasbaren Notrutschen ins Freie geschlittert.

Schließlich ging die Tür auf, und ein Schwall von Menschen überrannte den Mann, der sie geöffnet hatte. Sie fuchtelten wütend mit den Fäusten, und Annie hätte alles dafür gegeben, verstehen zu können, was sie sagten. Ilmar meinte, sie verstünde auch so schon genug.

Draußen war die Luft kühl, und es war immer noch hell, obwohl es schon zehn Uhr abends sein musste. Würde Annie eine dieser «weißen Nächte» erleben, die

Dostojewskij ihr so unauslöschlich eingeprägt hatte? Bevor sie sich auf dem Scheremetjewo-Flughafen richtig umsehen konnte, hatte Ilmar sie schon durch eine Seitentür geschoben.

Sie sah, dass Ilmar einem Mann, den Annie für einen Zollbeamten hielt, Geld gab. Dieser fragte: «Amerikanka?», und Ilmar antwortete: «Da.»

Draußen vor dem Flughafen wartete ein schwarzer Mercedes auf sie, dessen Fahrer das Wageninnere mit ungefiltertem Zigarettenrauch verpestete. Annie, an das rauchfreie Kalifornien gewöhnt, glaubte zu ersticken.

Zum Glück dauerte die Fahrt nur eine halbe Stunde. Dennoch blieb Annie Zeit, von der Brücke aus einen Blick auf den Kreml zu werfen. Wie ein Kaleidoskop von Rote-Bete-, Karotten- und Blutorangentönen mit Zwiebeln obendrauf ragte die Basilius-Kathedrale in den Himmel. Dann verschwand sie wieder, und Annie sah überall gesichtslose, graue Gebäude. Sie sahen aus wie ihre Freunde in Nob Hill, die mit den falschen Zähnen, nur dass die Zähne hier schmutzig und angestoßen waren. Überall standen Kräne, und Annie hätte gern gewusst, ob die Häuser gerade gebaut wurden oder abgerissen werden sollten. Sie war zu erschöpft, um Ilmar zu fragen, und er war zu sehr mit Rauchen beschäftigt, um ihr zu antworten.

Eine halbe Stunde später waren sie am Bahnhof. Sie sehnte sich verzweifelt nach frischer Luft, doch stattdessen drangen Kohle- und Dieselabgase in ihre Lungen.

Wieder steckte Ilmar uniformierten Männern Geld zu. Offenbar war er kein Mann, der sich in Warteschlangen einreiht. Er führte Annie zu einem abfahrbereiten Zug.

Das Abteil war entzückend, obwohl Annie sich nicht

vorstellen konnte, wie sie und Ilmar es zweiundreißig Stunden lang darin aushalten sollten. So lange, hatte er ihr erzählt, dauerte die Fahrt nach Lettland. Sie würden einander nah sein, sehr nah.

Das Abteil war mit zwei roten Lederbänken ausgestattet. Es gab ein Fenster mit weißen Spitzengardinen und davor einen kleinen Tisch. Neben der Tür befand sich ein winziger Schrank. Annie fragte sich, wo sie schlafen würden, aber dann bemerkte sie die Haken über den Bänken, die darauf hindeuteten, dass die Rückenpolster herausgezogen und nach oben geschoben werden konnten. Sie fragte sich, wie sie hier *zusammen* schlafen sollten. Aber das hatte Ilmar zweifelsohne bedacht.

Der Zug setzte sich langsam in Bewegung. Ein Häuflein Menschen rannte hinterher. Ein paar davon, die nur leichteres Gepäck dabei hatten, schafften es noch aufzusteigen. Dann fuhr der Zug an Hunderten von anderen Zügen vorbei. Manche schienen endgültig aus dem Verkehr gezogen zu sein, andere wirkten durchaus fahrbereit. Alles war mit schwarzem Ruß bedeckt.

Alte Frauen lugten aus den Zugfenstern, die Köpfe in Schals gehüllt. Sie schauten zurück, dorthin, wo der Zug abgefahren war. Auf dem Bahnsteig standen mit Lederjacken bekleidete junge Männer mit fettigen Haaren grüppchenweise zusammen, rauchten und machten auf cool. Sie wirkten eher wie Karikaturen von Gangs denn wie eine echte Bedrohung. Ihre Augen waren gebannt auf die Lokomotive geheftet.

«Rowdys», knurrte Ilmar, als er merkte, worauf Annies Blick gerichtet war.

Sie glaubte, einen Hauch von Spott herauszuhören. Ein ähnlicher Ton war ihr bei den Neureichen von Nob Hill aufgefallen, die gern ihre veränderte gesellschaftliche Stellung demonstrierten, indem sie mit dem Finger auf andere zeigten, die nicht dazugehörten.

Ilmar zog die fadenscheinigen Vorhänge zu und fragte Annie, ob sie Tee wolle. Sie sagte ja, sehr gern. Ilmar verschwand und tauchte mit einer sehr heißen Kanne wieder auf, die ein köstlich nach Vanille und Bergamotte duftendes Gebräu enthielt. Er zog ein Päckchen aus seiner Tasche und bereitete einen Imbiss aus Würstchen, Brot, Käse und eingelegten Tomaten zu.

Sie aßen und lauschten dabei dem Rhythmus des Zuges: *Komm zu mir komm zu mir komm zu mir komm.* Annie wollte sich die Landschaft anschauen, aber Ilmar sagte, bis zum nächsten Morgen gebe es ohnehin nichts zu sehen. Der Vorhang blieb zu.

Er zeigte ihr die Zugtoilette gleich nebenan auf dem Gang, in der sie sich frisch machen konnte. Die Nasszelle lud nicht gerade zum Verweilen ein. Offenbar fühlten sich die Arbeiter des Landes seit dem Zusammenbruch des Kommunismus für die Toilettenreinigung nicht mehr zuständig. Angesichts sinkender Löhne ging es nur noch darum, irgendwelche Gaunereien zu verüben, und die hatten bestimmt nichts mit Latrinenputzen zu tun.

Während sie vor dem Klo, dessen Gestank durch den ganzen Waggon waberte, Schlange stand, beobachtete sie einen alten Mann, der ein Buch las. Immer wenn er eine Seite zu Ende gelesen hatte, leckte er sich die Finger, riss dann, anstatt umzublättern, die Seite heraus und ließ sie auf den Boden fallen oder reichte sie dem nächsten, der auf die Toilette ging.

Als sie wieder ins Abteil zurückkehrte, forderte Ilmar sie auf, sich auszuziehen.

Sie gehorchte und setzte sich nackt auf das untere Bett, das in ihrer Abwesenheit gemacht worden war. Der

Zug schaukelte, und ohne ihr Dazutun begann sich ihre Muschi an dem rauen weißen Laken zu reiben.

Ilmar machte das Deckenlicht aus und zündete mehrere Kerzen an. Sie verströmten eine Art Kirchengeruch und flackerten dämonisch im Rhythmus des Zugs. Dann enkleidete auch er sich, drückte Annie aufs Bett und begann ihre Lippen, ihre Kehle, ihre Augen und ihre Brüste zu küssen.

Komm zu mir komm zu mir komm zu mir komm.

Sie seufzte. Endlich würden sie auf herkömmliche Weise miteinander schlafen. Nicht dass sie etwas gegen Experimente hatte, aber hier und jetzt, in dieser fremden Umgebung, brauchte sie eine gewisse Vertrautheit.

Ilmar biss sie sanft in den Hals, und sie spürte, wie eine prickelnde Lähmung bei ihr einsetzte. Als er in sie eindrang, war sie nicht in der Lage, sich zu bewegen. Dann schob Ilmar ihr die Knie bis zur Brust hoch und rammte seinen Schwanz ganz tief in sie hinein. Annie hob den Blick und sah, dass das obere Bett Schatten auf Ilmar warf. Es sah aus, als lägen sie beide in einem roten Ledersarg. Das Kerzenlicht tanzte, während Ilmar stoisch weiterbumste.

Ihre Beine begannen zu schmerzen. Er vögelte sie bestimmt schon seit einer Stunde. Annie war schon längst gekommen, aber sie hatte nicht das Gefühl, dass Ilmar das überhaupt interessierte.

Schließlich spritzte er ab, wobei er so etwas wie ein Quietschen von sich gab. Ein paar Minuten später schlug er die Augen auf und machte ein verlegenes Gesicht, vielleicht weil er derart die Kontrolle über sich verloren hatte. Er zog seinen Schwanz heraus, deckte Annie ordentlich zu und ging dann hinüber zu seinem Bett an der anderen Wand. Sie würden also doch nicht zusammen schlafen. Annie wusste nicht recht, ob sie traurig oder erleichtert sein sollte.

Der Morgen war unglaublich. Annie hüllte sich in einen weißen Seidenkimono, den Ilmar ihr gekauft hatte, trank Tee, den er für sie gekocht hatte, und sah zu, wie draußen die Sonne die vorbeigleitende Landschaft wachküsste. Wie grün alles war – eine Fruchtbarkeit, die für die ganze Welt genügt hätte.

Dann und wann tauchten kleine Holzhäuschen auf. Manche hatten in leuchtenden Farben gestrichene Fensterläden, andere welche mit Lochschnitzereien, die kunstvollen Zierdeckchen glichen. An Wäscheleinen flatterten weiße Laken und Kleidungsstücke mit leuchtend bunten Blumenmustern. Sie sah viele frei herumlaufende Hühner und eine Ziege mit einer roten Kuhglocke um den Hals.

Alle paar Stunden wurde die Szenerie wieder hässlich, verschandelt durch unvollendete oder verfallene Plattenbauten. All diese Städte schienen von Menschen bewohnt zu sein, die sich ausschließlich braun kleideten. Der Rauch einer Fabrik überzog die Vegetation im Umkreis von vielen Kilometern mit einem braunen Film, und die Holzhäuser an den Gleisen sahen aus, als befänden sie sich im Mund eines Kautabaksüchtigen.

Fliegen schwirrten über Abfallhaufen, Hunde mit verschorften Wunden liefen dem Zug hinterher, Männer, die rochen, als hätte man sie in Aceton getaucht, stiegen zu, und zahnlose alte Frauen kamen herein, um eine selbst gebraute braune Flüssigkeit feilzubieten, die ein Konzentrat all des Schmutzes zu sein schien.

Ilmar kaufte etwas davon.

«Das ist Kwass, Annutschka. Davon bekommt man Bärenkräfte», sagte er.

«Und was bitte soll das sein? Tier, Planze oder Mineral – oder Alkohol?»

«Kein Alkohol, nur ein bisschen. Es ist wie Brot. Trink.»

Er setzte ihr das Glas an die Lippen, und sie versuchte, den sofort aufkommenden Brechreiz zu unterdrücken. Doch es war gut: kühl und ein bisschen wie vergorenes Brot.

Ilmar gab der alten Frau das Glas zurück, die es mit einem schmutzigen Lappen auswischte und dann eine weitere Portion derselben Brühe für den nächsten Kunden hineingoss. Annie hoffte, dass sie davon tatsächlich Bärenkräfte bekam, denn die würde sie brauchen, um die Bazillen abzuwehren, mit denen sie sich garantiert infiziert hatte.

Annie war dankbar, dass Ilmar sie in Ruhe aus dem Fenster schauen ließ, während der Zug seine Reise fortsetzte. Sie verbrachte tatsächlich den ganzen Tag am Fenster, versuchte, die Landschaft einzuatmen und sie anhand dessen, was sie durch die schmutzige Scheibe sah, zu ergründen. (Offenbar lag noch ein Berufszweig seit der Perestroika darnieder: Fensterputzen war genauso wenig angesagt wie Kloreinigen.)

Als Annie nach einer weiteren Nacht «herkömmlichen» Beischlafs aufwachte, ging gerade mitten in einem Gewitter auf spektakuläre Weise die Sonne auf. Sie weckte Ilmar, damit er auch in den Genuss dieses Schauspiels kam. Widerwillig stand er auf und stellte sich nackt vors Fenster. Seine makellosen Schultern verdeckten die gesamte obere Hälfte des Fensters, so dass nur um seine Taille herum noch Licht hereinkam.

«Wir haben Juni», bemerkte er verschlafen «Da gibt es immer viele Gewitter.»

«Oh, aber Ilmar! Sieh doch, wie die Sonne gegen das Gewitter ankämpft!», rief Annie aus.

In einem Augenblick unerwarteter Zärtlichkeit strich er ihr geistesabwesend übers Haar. Sanft drehte er Annie zu sich um und küsste sie leicht auf ihre volle Unterlippe.

«Annutschka, was hast du für ein Blut?», fragte er.

Sie sagte ihm, sie glaube, ihre Blutgruppe sei B Rhesus negativ.

«Nein, Annutschka, du hast mich nicht verstanden, obwohl … das ist vielleicht gut zu wissen.» Er hielt inne. «Wer sind deine Eltern?»

Jetzt verstand sie, und sie erzählte ihm von der Ungewissheit in ihrer Familie, in der niemand vom anderen wusste, woher er wirklich stammte.

Nicht ganz ernst gemeint fügte sie hinzu: «Eins steht fest: Mein Blut ist nicht rein.»

Ilmar runzelte die Stirn.

Annie stellte sich vor, dass ihre Mutter bei ihrer Beerdigung sagen würde, ihr Blut sei sehr wohl rein gewesen. Annie habe das überaus reine Blut von zwei sehr vornehmen Geschlechtern in sich gehabt. Ihre Mutter sei endlich stolz auf ihre Herkunft und bedaure sehr, dass ihre Tochter gestorben sei, bevor sie es ihr sagen konnte.

Zur Mittagszeit sah sie eine Skyline, die sich deutlich von denen unterschied, an denen sie bisher vorbeigekommen waren. Drei teutonisch aussehende Kirchtürme ragten in den Himmel. Bestimmt waren sie endlich im Land Ilmars – mittelalterlich, imposant und schön.

Raus aus dem Zug und hinein in einen Privatwagen, der sie vor einem unscheinbaren, niedrigen Holzhaus absetzte. Nach dreimaligem Klopfen kam ein kleiner, mit Pickeln übersäter Glatzkopf zum Vorschein. Worte wurden gewechselt, Geld übergeben, dann schloss sich die Tür wieder.

Ilmar schaute Annie an, deren Stirn in tiefen Falten lag. «Keine Angst», sagte er.

Gleich darauf öffnete ein fetter Mann mit dicken schwarzen Locken und einem großen Schnauzbart, der Annie an Ilmars Schamhaare erinnerte, die schwere Tür. Er und Ilmar küssten sich, und Annie fragte sich, ob sich etwas wiederholen würde, das sie gewissermaßen bereits mit Tom und Brad erlebt hatte.

Nein. Sie wurden in einen großen Raum geführt, in dem es vor fröhlichen Kellnern und vierschrötigen, lachenden Gästen wimmelte, die jeden küssten, der kam oder ging. Jetzt begriff Annie den Begrüßungskuss.

«Willkommen in Riga», sagte der fette Wirt zu Annie.

Sie schaute sich um und stellte fest, dass sie das einzige weibliche Wesen weit und breit war. Sie spürte, dass ihr enger Rock und ihre enge Bluse hier irgendwie fehl am Platze waren, doch leider war dies von den Outfits, die Ilmar ihr gekauft hatte, das einzige, das ihr wirklich gefiel. Alle anderen Sachen wirkten prüde, spießig oder allzu klassisch. Annie war es gewohnt, Flair zu verbreiten.

Geräucherte Sprotten, Tomaten mit Dill und ein knoblauchhaltiger Karottensalat wurden serviert. Sie stürzte sich aufs Essen, ohne auf Ilmars Startschuss zu warten.

Annie war total ausgehungert, denn sie hatten während der Reise nicht viel gegessen. Jetzt fand sie sogar die Sprotten lecker, dabei hasste sie eigentlich alles, was merklich nach Fisch schmeckte.

Georgischer Wein wurde zum Fleischgang serviert: Rindsmedaillons in einer Saure-Sahne-Soße mit Nudeln.

Aus dem Rind war offenbar jegliche Aufsässigkeit herausgeprügelt worden. Das Fleisch zerging Annie auf der Zunge, und sie war dankbar, dass es sich dem Fleischklopfer unterworfen hatte.

Danach gab es Tee und Schokolade. Annie hätte den ganzen Tag dort bleiben können, in diesem Restaurant mit dem rustikalen Mobiliar und den lilienweißen Tischdecken, die steif waren wie ein Brett. Aber schon wurde sie in das nächste Auto mit dem nächsten rauchenden Fahrer gezerrt.

Donner grollte in der Ferne, und Annie bekam einen Schlag, als sie sich mit der Hand durch die elektrisch aufgeladenen Haare strich.

Schließlich näherten sie sich einem sehr grünen Streifen Land mit Hügeln, die an die Dünung des Meeres erinnerten, und Ilmar verkündete: «Wir sind da!»

Wie aufs Stichwort schoss ein paar Kilometer entfernt ein Blitz hernieder.

Aber hier ist doch nichts, dachte Annie.

Kapitel 22 – Ilmars «Häuschen» war unglaublich groß und tief in den Wald geduckt. Drumherum gab es ein paar verstreute kleine Hütten, aber ansonsten war es völlig einsam gelegen.

Annie fühlte sich dort seltsam zu Hause. Die teils schönen, teils schlichten Räume flößten ihr nicht so viel Respekt ein, wie Ilmar offenbar gehofft hatte. Sie versuchte ihm zu zeigen, dass sie beeindruckt war, doch in Wirklichkeit kannte sie jedes Zimmer bereits. Es war, als ginge sie durch einen vertrauten dunklen Tunnel, dessen Ende sie unbedingt erreichen musste, weil sie sonst verloren wäre.

Während Ilmar fortfuhr, ihr immer prunkvollere Zimmer zu zeigen, sagte Annie jedesmal lässig «Wow», «Toll» oder irgendetwas anderes, das sie für passend hielt. Ilmar war sichtlich irritiert, und Annie merkte, dass sie bald Ärger mit ihm bekommen würde, wenn sie so weitermachte. Sie versuchte, ernsthaft überwältigt zu wirken.

«Annie, wieso lügst du mich an?», fragte Ilmar.

«Denn, Herz, ich lüge nicht, wenn ich so liege», dachte sie. Laut sagte sie: «Ich hab doch gar nichts gesagt.»

«Dein Gesicht sagt alles. Nach amerikanischen Maßstäben ist das hier wohl nichts Besonderes, wie? Was empfindest du hier, Annie?»

Das Wort «Omen» kam ihr in den Sinn, doch sie behielt es für sich. «Es wirkt alles so leer. Man könnte glauben, dass es hier spukt. Es ist, als würde niemand hierher gehören.»

Ilmar dachte kurz darüber nach, dann sagte er: «Aber

du gehörst hierher. Und zwar mit mir. Ich will dich an meiner Seite haben.»

Ilmar machte drei große Schritte auf Annie zu. Bis dahin war ihr gar nicht klar gewesen, wie weit sie von ihm entfernt stand.

Die Strahlen der Abendsonne drangen wie Säulen durch die oberen Fenster. Sie hätte schwören können, dass sich etwas in dem Licht bewegte.

Ilmar legte ihr die Hand auf die Schulter. Es war eine sanfte Berührung, und sie begann sich zu entspannen. Er drehte sie um und küsste sie.

Was für ein Kuss! Es war, als würde ihr Ich aus ihr herausgesogen und ihr dann wieder zurückgegeben. Ihr war schwindelig, sie fühlte sich berauscht und schwach.

«Ja, süße Annutschka. Das ist dein Name. Meine kleine Anna. Er steht dir. Und, gefallen dir meine Küsse?» Annie nickte. «Brauchst du meine Küsse?» Annie nickte heftiger. «Küss mich, Annie, wie ich dich küsse.»

Annie sog seine Unterlippe in ihren Mund. Sie begann seine Zunge mit der ihren zu umschlingen, stieß sie dann jedoch zurück in seinen Mund. Sie knabberte an seiner Lippe und biss sanft zu. Sie sog beide Lippen ein, schob sie wieder hinaus, ließ sie wieder in ihren Mund gleiten und wusch sie mit ihrer Zunge ab. Ihre Zähne streiften einander. In ihrem Innern begann es zu lodern, in ihrem Kopf drehte sich alles. Sie schluckte seinen Speichel, verschlang Ilmar und fühlte sich wie eine Kannibalin bei einem Festmahl. Ihr Gehirn weichte plötzlich auf, als hätte sie zu lange unter einer heißen Dusche gestanden.

Ilmar begann sie wild und leidenschaftlich zurückzuküssen. Er biss sie in die Lippe, und Annie schmeckte das Blut. Sie wich zurück, erst verwirrt, dann ängstlich, dann wütend. «Du hast mir wehgetan, Ilmar.»

«Ich weiß.»

«Ich will nicht, dass man mir wehtut.»

«Nein?»

«Ilmar, ich will das nicht.» Sie schämte sich für den leicht flehenden Ton, den sie in ihrer Stimme bemerkte.

Ilmar starrte auf ihren langen Hals. «Wie du wünschst, Prinzessin Annutschka. Die unabhängige Amerikanerin.» Die Art, wie er «unabhängig» sagte, machte ihr klar, dass das eine Eigenschaft war, die er hasste.

Zum ersten Mal in ihrem Leben hatte Annie richtig Angst. Nicht die Angst vor einer unbekannten, aber gewiss wunderbaren Zukunft, sondern eine Angst, die ihren Verstand lähmte. Sie machte sie wütend, diese Angst. Sie war verwirrt und so gar nicht die Annie, die Regeln erfand und sich daran hielt. Was hatte sie hier überhaupt verloren? War es ihr wirklich so gleichgültig, was mit ihr geschah? Selbst Brad war eine solche Pein nicht wert. Ilmar war kein netter Mensch – wieso war ihr das nur entgangen? *Es ist einfacher, einen netten Mann dazu zu kriegen, sexy zu sein, als einen, der sexy ist, dazu, nett zu sein.*

Die Atmosphäre, die in dem Haus, der Landschaft, in ganz Lettland herrschte, erinnerte sie an ihre Träume, doch im Wachzustand empfand sie sie irgendwie als bedrohlich. Während ihr Verstand gegen ein unheilvolles Gefühl der Unabwendbarkeit ankämpfte, schrie jede Faser ihres Körpers: Hau ab!

Doch sie musste erst tiefer in ihre eigene Dunkelheit reisen, bevor sie auf diese Warnung hören konnte.

Annies Schlafzimmer hatte bloß ein sehr kleines Fenster und wurde nur von dem goldenen und silbernen Laub erhellt, das die Gemälde an den Wänden umrahmte. Ilmar hatte im ganzen Zimmer parfümierte Kerzen aufgestellt, und Annie kam sich vor, als befände sie sich in einer Kathedrale und stünde kurz vor der Konvertierung zum Christentum.

Annie hatte noch nie, nicht für eine Millisekunde, an Gott geglaubt – an keinen. Sie war überzeugt, das Leben sei zu Ende, sobald der Körper stirbt, so wie ein dampfend servierter, gedünsteter Lachs, der gerade so lange gekocht wird, bis er gar und damit endgültig hinüber ist. Er wird nie wieder laichen, nie wieder flussaufwärts schwimmen und Selbstmord begehen, um seine Bestimmung zu erfüllen ... er ist einfach gar. Die «Mysterien des Lebens» waren ihrer Ansicht nach auf dem Mist von ein paar sexuell sehr ausgehungerten Männern gewachsen, die sich nicht erklären konnten, wieso keine Frau der Welt sie ranließ. Und dann die Priesterinnen, die zur Enthaltsamkeit gezwungen waren. Einmal war sie mit Nancy, die damals alle Religionen zu verstehen suchte, um ihre eigene zur besten zu erklären, zu einer katholischen Messe gegangen. Als sie das Kruzifix sah, hätte Annie am liebsten geschrien: «Da hängt ein Toter an der Wand.» Sie hatte den ungehörigen Drang verspürt, zum Altar zu gehen und dem Gekreuzigten den Lendenschurz vom Leib zu reißen.

Nancy regte sich furchtbar auf, als Annie sich darüber ausließ, dass dieser Jesus doch sicher ziemlich gut bestückt sei. Denn ein Gott, der etwas auf sich hielt, konnte ja wohl kaum mit einem kleinen Penis auf die Erde kommen. Und was hielt Nancy von all den Blumen, deren Staubfäden bereit waren, Pollen auf einen willigen Stempel zu spritzen? Alle Kirchen waren berühmt für ihre Blumen, von Gott gegeben und bereit zur Bestäubung. Von wem kam eigentlich die idiotische Idee mit dem Zölibat und der Askese? Sex war ja nun definitiv im Interesse Gottes, ob's ihm nun schmeckte oder nicht.

Manche Menschen opferten der Leidenschaft für Gott sogar ihr Leben. Schenkten ihre Seele dem Allmächtigen. Sie gerieten ins Schwärmen, wenn sie daran dachten, welche Glückseligkeit sie erwartete, behaupteten, der Heilige Geist flösse wie heißes Öl und Honig durch ihre Adern. Berninis *Verzückung der heiligen Theresia*, die von einem gut gebauten Engel mit den Pfeilen der Liebe Gottes durchbohrt wurde, hielt Annie eher für die Darstellung eines Orgasmus als für ein Abbild mystischer Entrückung. Egal, in welcher Kirche sie sich umschaute, nie sah sie die Leidenschaft der heiligen Theresia in den Gesichtern der Gläubigen. Andernfalls hätte vielleicht auch sie zum Glauben gefunden. Dennoch – ein paar Menschen musste es schon geben, die Gott so inbrünstig liebten.

Nein, das, woran andere Menschen leidenschaftlich glaubten, konnte Annie nur im Bett verstehen.

Brads Frage quälte sie noch immer. Sein Blick, der sich in ihre Augen bohrte und versuchte, sie auszuloten. Er hatte bewirkt, dass sie sich innerlich nackt fühlte. *Hast du eine Seele?*

Sie hatte mal gehört, die Augen seien Fenster zur Seele, und ihr schauderte ein wenig bei dem Gedanken, dass sie Ilmar nicht ein einziges Mal direkt in die Augen geschaut hatte. Das war ihr zu gefährlich erschienen. Sie wollte nicht in ihn hineinsehen – falls es dort überhaupt etwas zu sehen gab.

Annie ließ ihren Blick über die Wände ihres Zimmers gleiten. Von überallher schienen sie Augen aus Bildern heraus anzusehen. Die Augen einer Mutter mit einem

Kind auf dem Arm. Die Augen eines Mannes, der in den Armen seiner Geliebten ertappt wird. Die Augen von Engeln und Cherubinen und kleinen Teufeln. Die Augen von Lämmern und Ziegen.

Sie kam zu dem Schluss, dass ihr Schlafzimmer bestimmt der Raum war, in dem Ilmar sich am liebsten aufhielt – allerdings hatte sie auch nicht viel mehr von dem Haus gesehen. Die Einrichtung – französisches Rokoko mit einer Prise Präraffaelismus – hatte etwas Dekadentes. Eine Mischung aus Unschuld und Verderbtheit, wo man hinsah.

Was war Ilmars Stil? Wenn sie ihn für eine Anzeige charakterisieren müsste, wäre er «köstlich wie Schampus, aber nicht ganz schmerzlos». Annie spürte, wie Panik ihr die Kehle zuschnürte. Sie brauchte Abstand von Ilmar. Er wirkte auf sie wie eine Droge, und die Sucht wurde immer schlimmer.

«Ich muss jetzt schlafen. Ich muss jetzt schlafen», murmelte sie und legte sich auf das riesige Himmelbett. Die Mahagonipfosten reichten bis zur Decke, an die ein Gesicht gemalt war. Es war das einer Frau. Sie war nackt, und ihre Konturen verschwammen mit dem Hintergrund. Annie schaute genauer hin: Sie war an irgendetwas gefesselt. Ihre Arme waren ebenso wie ihre Beine schmerzhaft gespreizt. Die Frau lächelte gequält, und ihre Augen schienen direkt aufs Bett hinabzublicken.

Annie zog sich die Bettdecke übers Gesicht und schlief ein, erschöpft und am Rande des Wahnsinns. Die tagelange Reise hatte offenbar ihren Augen geschadet. Die Frau über ihr hatte eine unheimliche Ähnlichkeit mit ihr selbst.

Annie erwachte zum Rhythmus ihres klopfenden Herzens, und ein Gefühl des Entsetzens klang noch aus dem Schlaf nach – sie hatte wieder vom König geträumt. Der Rhythmus wurde stärker, sie spürte einen zweiten Herzschlag. Wo war sie?

Dann begriff sie, dass Ilmar sie von hinten vögelte. Er hatte sich an sie geschmiegt und fickte sie auf die ordinäre Tour. Sein Knie drückte sich schmerzhaft in ihre Wade, und sein Ellenbogen zerrte an ihren Haaren.

Er flüsterte: «Ja, meine Prinzessin. Ja. Endlich bin ich in dir. Meine süße Prinzessin.»

Ihr Verstand wollte nein sagen, aber eine physische Umnachtung hatte sich ihrer bemächtigt, in ihrem Körper brannte ein Feuer, und ihre Säfte waren am Fließen. Es wäre schwierig gewesen, Ilmar klar zu machen, dass sie nicht wollte, während ihre Nippel steif in die Höhe ragten und Stöhnen zwischen ihren Lippen hervordrang.

Sie ergab sich seinen Stößen und ließ sich in den Traum zurücksinken, in dem sie auf dem Feld stand ... und Millionen sahen zu. Aus der Ferne hörte sie: «Du hast unser Blut. Unser neues Blut.» Dann schlief sie wieder ein.

Der Morgen kroch matt durch die oberen Fenster herein. Er verhöhnte die Sonne. Nur die Decke und Annies schwebende Doppelgängerin wurden erhellt.

Zum ersten Mal in ihrem Leben wusste Annie nicht, was besser war: wach sein oder schlafen. In ihrem anderen Leben, das jetzt Millionen Meilen entfernt schien, hatte sie meistens einen Teil des Tages damit verbracht, sich in jenem weichen, frühmorgendlichen Licht zu suhlen, bis sie richtig wach war. Damals war ein neuer Tag noch eine Verheißung.

Der Traum. Wie abscheulich er gewesen war. Hatte

sie die Sache mit Ilmar auch nur geträumt? In ihrem Schoß pulsierte es.

Sie hob das Kondom vom Boden auf und führte es an die Lippen. Sperma. Samenflüssigkeit. Sie kostete erneut. Es schmeckte nach konzentriertem Sperma. Gott sei Dank nahm sie rein vorsichtshalber die Pille. Es beruhigte sie zu wissen, dass Ilmar Kondome benutzte – auch wenn es ihr so vorkam, als tue er das mit einem gewissen Maß an Verachtung und Spott. Oder war das nur ihre Interpretation seiner slawischen Art?

Eingehend musterte sie die schwebende Gestalt. Sie sah, dass die Frau dort gefesselt war, wo die Mahagonipfosten die Decke berührten. Sehr clever, dachte Annie. Sie wünschte geradezu, sie hätte eine Kamera, um die Fotos an irgendein Wohnmagazin zu verkaufen. Das könnte sogar der Grundstein einer neuen Karriere sein. Die Leute standen auf Erotika und Fesselspiele, besonders in ihren prunkvoll verzierten Schlafzimmern.

Annie sah, dass die Handgelenke der Frau rot waren. Blut klebte daran. Sie hatte blaue Flecken an den Knien, aber ein strahlendes Lächeln. Ein beinahe schwachsinniges Lächeln. Sie wirkte zu glücklich für die Situation, in der sie sich befand. Als würde sie ihrem Liebhaber etwas demonstrieren, das ihr eigentlich nicht vergönnt war, oder so tun, als hätte sie Freude an etwas, das in Wirklichkeit furchtbar war. Ein Ausdruck, den Annie hie und da in den Gesichtern von Kosmetikverkäuferinnen im Kaufhaus gesehen hatte.

«Das hier ist mein Traum», sagte Annie in den Raum hinein. Ihre Stimme erschreckte sie, denn sie hallte wider wie das Echo ihrer selbst an der Decke.

Sie stellte ihre Füße auf das kalte Parkett, zog das Laken vom Bett und wickelte sich darin ein. Dann schlurfte sie zur Tür. Sie war abgeschlossen. Nicht zu fassen. Sie probierte es nochmal. Abgeschlossen.

Sie ging zur Tür auf der anderen Seite. Abgeschlossen. Sie kroch wieder ins Bett und betete darum, dass ihr Harndrang sich wieder legen würde.

Eine halbe Stunde später kam Ilmar mit einer großen, dampfenden Schüssel Kohlsuppe. Sie roch köstlich, und Annie stellte fest, dass sie einen Mordshunger hatte. Er setzte sich auf die Bettkante und gab ihr als Erstes ein Küsschen auf die Wange.

Ohne zu übertreiben sagte sie nur: «Ilmar, die Suppe ist köstlich. Hast du die gekocht?»

«Nein. Ich habe Bedienstete. Und Menschen, die alles, was man sich nur wünschen kann, in mein kleines Haus liefern. Wie in Amerika, nicht?» Er sprach langsam und schaute dabei irgendwie an ihr vorbei.

Ihre Blase ließ sich nicht mehr im Zaum halten. «Wo ist die Toilette?», fragte Annie. Sie warf einen Blick auf Ilmars Profil, gespannt auf seine Reaktion. Nichts. Sie sah nur eine aristokratische schmale Nase, volle Lippen, lange Wimpern.

«Ach, da bringe ich dich nachher hin. Du wirst den ganzen Tag an meiner Seite bleiben, Annutschka. Du bist etwas ganz Besonderes für mich.» Er sprach zur Decke empor.

Nach dem Frühstück reichte er Annie einen weiteren seidenen Morgenmantel und nahm ihre Hand. Er benutzte keinen Schlüssel, um die Tür zu öffnen. Annie begriff, dass sie inzwischen entriegelt worden war. Sie hatte Angst davor, dass sie wieder abgeschlossen werden könnte, aber sie verkniff es sich, um den Schlüssel zu bitten. Ihm gefällt es offenbar, mich einzusperren, wie es ihm passt, warum sollte er mir also einen Schlüssel geben, sagte sie zu sich selbst.

Annie hätte sich dafür in den Hintern treten können, dass sie sich selbst in diese Lage manövriert hatte. Der Sex war schuld. Der hatte sie hierher gebracht. Die Königin der Verführungskunst auf dem Prüfstand. Und sie hatte versagt. Nicht dass es irgendetwas Spezielles gegeben hätte, dem sie zu widerstehen versuchte. Alles war so surreal – als säße sie auf einer Kutsche, deren Pferde eine Klippe hinunterstürzten. Es ging so schnell, dass sie nicht abspringen konnte.

Brad tauchte immer wieder vor ihrem geistigen Auge auf, seine Worte «Wo ist deine Seele?» schlangen sich schmerzhaft um ihr Herz. Jetzt benutzte sie die Erinnerung an ihn als Schutz. Sie konnte ihren Körper nicht daran hindern, auf Ilmar zu reagieren, aber vielleicht konnte sie ihren Verstand irgendwo anders hinversetzen. Sich einbläuen, diesen Berührungen, die ihr die Sinne raubten, zu widerstehen. Das Gefühl der Unabwendbarkeit überwinden.

Sie konnte sich immer noch nicht erklären, wieso sie glaubte, das ganze Haus schon mal gesehen zu haben. War ihre Mutter Lettin? War dies eine dieser grässlichen Geschichten, in denen eine Frau mit ihrem lange verschollenen Bruder ins Bett geht?

Die limonengrünen Wälder draußen kamen ihr vertraut vor, und im Haus war ihr nichts fremd – abgesehen von Ilmars herrischem Gehabe. Doch selbst das schien vorherbestimmt – eine Schlacht, die sie vor langer Zeit geschlagen hatte. Hatte sie sie damals gewonnen? Vielleicht kannte sie ihn aus einem vorigen Leben. Obwohl Annie immer wieder gern den Spruch anbrachte: «Ich habe in meinem vorigen Leben nicht an Reinkarnation geglaubt, warum sollte ich jetzt damit anfangen?», hatte sie nun allen Grund, ihre Meinung zu ändern. Woher sollte sie all das sonst kennen?

Das Badezimmer bestand aus unpolierten weißen Granitblöcken. Es wirkte kalt, aber nicht steril. Fast lebendig. Inmitten der Blöcke stand eine Porzellanwanne. Vom Boden bis zur Decke – überall das gleiche Weiß. Wie der neutrale Bildhintergrund in einem Fotostudio. Malewitschs Weiß auf Weiß.

Ilmar deutete auf ein Loch im Fußboden: «Das ist die Damentoilette.»

Annie traute ihren Augen nicht. Wenn sie nicht so dringend gemusst hätte, hätte sie es sich verkniffen. Aber das ging nun nicht mehr.

«Ilmar, es tut mir sehr Leid. Ich muss jetzt gleich gehen.»

Er drehte sich wutentbrannt zu ihr um. «Du gehst nirgendwohin.»

«Ich meine auf die Toilette. Dürfte ich allein auf die Toilette gehen?»

«Oh», sagte er gönnerhaft, «ich werd mich umdrehen.»

Annie begriff, dass momentan nicht mehr herauszuholen war, daher ergab sie sich in ihr Schicksal. Sie stellte sich über das Loch und zwang sich zu pinkeln. Sie glaubte Ilmar murmeln zu hören: «Wie schön das klingt», aber sie hoffte, sich verhört zu haben.

«Okay, Annutschka, jetzt komm zur Wanne.»

Sie gehorchte. Was war das nur in seiner Stimme, das sie dazu brachte, ihm so bereitwillig zu folgen?

Die Wanne war voll mit warmem Wasser, und Annie seufzte, als sie hineinglitt. Eine viertägige Reise ohne Dusche. Vier Tage lang merkwürdigen Sex ohne Dusche.

Ilmar badete sie, wusch ihr die Haare, schäumte ihr den Rücken ein. Liebevoll glitten seine Hände über ihren Körper, und Annie entspannte sich mehr und mehr. Es fiel ihr schwer zu glauben, dass sie sich dem hier hatte versagen wollen.

Seine Hände griffen ins Wasser und begannen, ihre Scham zu streicheln. Sie merkte, wie er etwas hineinschob und fühlte sich dann von einem warmen Wasserstrahl penetriert. Mit beruhigender Stimme sagte Ilmar: «Meine Liebe, ich will, dass du überall sauber bist.»

Er holte sie aus der Wanne und trocknete sie sorgfältig mit einem flauschigen weißen Handtuch ab. Er steckte wieder seinen Finger in ihre Möse, und die verschluckte ihn gierig.

«Deine Vagina hat ja einen guten Appetit», brummte er ihr ins Ohr.

Er zog Annie hinüber zu einem Stuhl. Er setzte sich hin und legte sie mit dem Hintern nach oben quer über seinen Schoß. Einen Moment lang verkrampfte Annie sich, denn sie erwartete, versohlt zu werden. Stattdessen spürte sie, wie ihr ein Rohr in den Arsch geschoben wurde.

Warmes Wasser begann in sie hineinzufließen. Es war ein unglaubliches Gefühl, und Ilmar tat das seine, indem er sie mit den Fingern fickte, bis sie kurz davor war zu explodieren. Der Druck war kaum auszuhalten.

Dann setzte er sie auf den Stuhl und begann sie zu lecken. Annie glaubte den Druck in ihrem Hintern und ihrer Muschi nicht länger aushalten zu können. Es war unglaublich, aber sie spürte, dass die Scheiße in ihr kurz vorm Durchbruch war. Was sollte sie tun?

«Ilmar, ich …»

«Keine Angst, Annutschka. Tu dir keinen Zwang an.»

Sie stand auf, ging zu dem Loch und hockte sich hin. Der Inhalt ihrer Gedärme prasselte aus ihr heraus.

«Sehr gut, Annutschka. Jetzt mache ich dich weiter sauber.»

Annie war sehr beunruhigt und schämte sich auch ein bisschen. Ilmar führte sie zurück zur inzwischen leeren Wanne und ließ sie darin niederknien. Er hockte sich hinter sie und stellte dann das Wasser an. Es war warm, und Annie fühlte, wie es ihren Rücken besprühte.

Mit der Brause in der Hand duschte Ilmar Annie sorgfältig ab, als wäre sie eine kostbare Schüssel. Er drehte das Wasser weiter auf, und Annie spürte, wie es ihr den Arsch hinaufschoss. Sie wand sich ein wenig, aber es begann ihr zu gefallen. Ilmar drückte ihre Pobacken auseinander und ließ das Wasser hineinfließen. Nach ein paar Minuten floss es wieder aus Annie heraus.

«Okay, einmal noch. Dann bist du richtig sauber.» Diesmal schob Ilmar ihr einen Schlauch in den Arsch, und Annie spürte, wie der Druck sich verstärkte. Er drehte das Wasser ganz auf. Ihr Schließmuskel umklammerte den Schlauch, bis ihre Gedärme und das bisschen, was noch darin war, ihn wieder ausstieß.

Ilmar tätschelte ihr den Po, drehte ihren Hintern zu sich und steckte die Zunge hinein. Er begann zu lutschen, und obwohl Annie etwas angewidert war, fand sie das Gefühl überwältigend. Dann steckte er ihr den Finger in den Arsch und seinen Schwanz in ihr Loch.

In der engen Badewanne konnte Annie sich nicht bewegen. Mit seinem Schwanz in der Möse fühlte sie sich herrlich beschmutzt, verführt, beschämt. Und unendlich geil. Annie kämpfte gegen die beiden Gefühle an. Statt Geist gegen Körper hieß es nun Hirn gegen Möse. Und die Möse war Sieger.

Noch bevor sich überhaupt irgendein Gefühl bei ihr einstellte, hatte sie auch schon zu ficken begonnen. Das war wahre physische Umnachtung – der Körper hatte das Ruder übernommen, und der Geist hinkte ganz weit hinterher.

Unter dem Eindruck all des blendenden Weißes erfüllten sie Spermavisionen, die sie visuell verführten, während Ilmar ihre Körperöffnungen schändete. Das gesamte Badezimmer hatte die Farbe von Sperma. Sie war ein Gefäß im Tal des Spermas – einer beschmutzten Kopie des weißen Morgenlichts.

Ilmar begann seinen Schwanz ganz langsam rein- und rauszubewegen. Wenn er ihn hineinstieß, zog er seinen Finger heraus und umgekehrt – zu langsam, um Annie zum Höhepunkt zu bringen, aber schnell genug, um Wellen der Lust durch sie hindurchzusenden. Ihr Stöhnen hallte von den nackten Wänden zurück. Sie stöhnte mit sich selbst mit und hörte auch Ilmar stöhnen. Es klang verführerisch und animalisch. Leise, kehlig, beinahe bedrohlich. Beinahe liebevoll.

Wenn das vorbei ist, halten mich hier keine zehn Pferde mehr, schwor sie sich und versuchte, ihre Muskeln um seinen Schwanz herum anzuspannen.

«Sehr gut, Annutschka. Nicht aufgeben. So ist's recht, Prinzessin. Ich werde dich bald zu mir kommen lassen. Bald, sehr bald.» Und dann zog Ilmar seinen Schwanz aus ihr heraus.

Die Ekstase hallte in Annies unbefriedigtem Körper nach. Sie glaubte, sie würde gleich in Tränen ausbrechen. Ilmar trocknete sie ab und begann zart ihre Schamgegend zu küssen. Annies Muskeln zogen sich zusammen, so sehr verlangte sie danach, dass er ihre Klit leckte. Aber sie hatte Angst, ihn darum zu bitten, denn dann würde er es garantiert nicht tun. Sie stand wie erstarrt da, während er ihren Hügel küsste.

Plötzlich holte Ilmar etwas Glänzendes hervor. «Annutschka, du wirst zu feucht. Ich habe Angst, dass du allein durch deinen Duft andere anlockst. Du riechst», fügte er hinzu, «wie die Taiga und die wilden Berge.»

Er machte sich mit dem glänzenden Ding hinter ihr zu schaffen, und plötzlich hatte er es um sie herum und zwischen ihren Beinen hindurchgeführt. Kühles Metall und Leder auf ihrer warmen Haut. Sie hörte ein Klicken.

«Uns verbindet schon sehr lange etwas, Annutschka. Sigulda ist eine sehr alte Stadt. Ich möchte gern, dass du meine Hofdame bist, und das hier ist dein Keuschheitsgürtel.»

Annies Herz begann wie rasend zu hämmern. Ihr Blut floss wie heiße Schokolade durch ihre Adern. Sie legte ihre Hand auf den Gürtel. Er ließ sich keinen Zentimeter bewegen. Sie hatte tatsächlich zugelassen, dass er ihr ein Geschirr anlegte. «Ilmar», sagte sie mit der größten Deutlichkeit, in der sie je mit ihm gesprochen hatte, «ich will das nicht.»

«Nun, liebe Annie», erwiderte er, «ich schon.» Und damit hängte er sich den Schlüssel an einer Kette um den Hals.

Kapitel 23 – Als sie durch das Zentrum von Sigulda spazierten, fiel Annie auf, wie Menschen, vor allem alte Frauen, über sie tuschelten. Ilmar vermochte es jedoch, sie mit einem bösen Blick zum Schweigen zu bringen, wenn er es für nötig hielt.

Dass man sich das Maul über sie zerriss und mit dem Finger auf sie zeigte, ließ Annie kalt. Daran war sie seit ihrer Kindheit gewöhnt.

Die Menschen in Sigulda waren schön. Die Männer hatten breite Schultern und lockige Haare, und die jungen Frauen mit ihren Wespentaillen wirkten, als seien sie einem Comic entsprungen.

Die älteren Frauen jedoch sahen viel verbrauchter aus als gleichaltrige in den Staaten. Ihre Fesseln hingen ihnen um die Füße, und Falten zerteilten ihre Gesichter in Leinwände, auf die ein ziemlich hartes Leben gemalt war. Annie hielt diesen Anblick für ein böses Omen, und sie hätte am liebsten sofort die Flucht ergriffen. Die älteren Männer sahen nicht so verlebt aus. Bis auf ein paar Ausnahmen waren sie sogar attraktiver als ihre amerikanischen Altersgenossen: rotwangig, schlank, fast faltenlos und mit vollen schwarzen oder grauen Haaren. Nur ihr ungleichmäßiger Atem deutete möglicherweise auf ein Übermaß an Müßiggang hin. Auf jeden Fall rauchten sie zu viel.

Ilmar hatte ihr ein langes, in der Taille leicht gerafftes Blumenkleid angezogen. Ihre schönen Locken waren unter einem Schal verborgen. Die Kombination von Rot-, Blau- und Grüntönen, die ihr Gesicht umrahmten, brachte Annies dunkelblaue Augen zum Leuchten. Ihre Scham pochte vor Aufregung, und auch die Reibung trug ihren Teil dazu bei. Sie trug immer noch den Keuschheitsgürtel.

In den Sachen, die Ilmar für sie ausgesucht hatte, fühlte Annie sich wie ein wandelnder Anachronismus. Frauen ihres Alters trugen entweder Jeans oder kurze Röcke – und niemals Kopftücher. Nur ältere Frauen bedeckten ihr Haupt und trugen solche bunten Blumenkleider wie sie. Tess D'Urberville fiel ihr ein, die schöne, einfache Magd. Ob die Einwohner von Sigulda sie auch so sahen?

Viele alte Frauen hatten das Gesicht ihrer Mutter: breit, mit kräftigem Kinn und vollen Lippen. Man sah ihnen jedoch an, dass sie ihr Leben in Warteschlangen und im Kampf gegen die verschiedensten Feinde verbracht hatten, dass sie Familienangehörige im Krieg verloren hatten und sich nicht wie ihre Mutter die Zeit mit Rauchen und Bridge-Spielen vertrieben. Oder damit, den Alligatoren auf den Florida Keys bei der Paarung zuzusehen.

Annies flache Schuhe glitten flink über das Kopfsteinpflaster. Gelbe Backsteingebäude, umgeben von leuchtend blauen und roten Blumen, erinnerten sie an die Musik von Schostakowitsch. Alles war so beengt und so voll gestopft. Von allem war zu viel da. Schwindel erregende Farben, aufeinander prallende Muster. Phantastische Teppiche auf den Fußböden. Parkett im Fischgrätmuster, in verschiedenen Farben getünchte Wände mit Wandteppichen, geschnitzte Holzfensterläden an Fenstern mit roten Rahmen. Die Kunst der Verzierung und der Fassade. In Sarkasmus resultierender Überfluss und ein Gulag, der hinter allem lauerte.

Der Duft der Blumen. Dufteten die Blumen in San Francisco? Die hiesige Flora diente keineswegs nur als Dekoration. Ihr Leben war kurz und sehr süß.

Annie wusste, dass ihr altes Ich auf all dies reagiert hätte, als wäre sie in ein Postkartenmotiv hineinversetzt worden – als sei das alles nur Kulisse. Aber nun, da ihr so viel genommen worden war, berührte die Intensität all dieser Sinnesreize sie tief. Sie konnte das kräftige Purpurrot der Blumen schmecken, die die Mauer einer Kirche berankten. Sie roch die Augen der alten Frauen, sah ihre Gedanken. Sie konnte die Stimmen aller Bewohner der Häuser hören, an denen sie vorbeiging. Ein Gemurmel, das sie an die Geräusche erinnerte, die sie bei ihren Spaziergängen auf den Klippen vernommen hatte. War das wirklich erst ein paar Wochen her?

Sie kamen an einer Kirche vorbei, in der gesungen wurde. Eine Liturgie in parallelen Quinten und Oktaven – so rein, dass es keinen einzigen schiefen Ton gab. Nur das helle Leiern der Stimmen alter Frauen, ein Duft nach Weihrauch, das Flackern von Kerzen. Dann verschwand die einen Spaltbreit geöffnete Holztür aus ihrem Blickfeld, denn Ilmar packte Annie am Ellbogen und schob sie vorwärts.

Junge Paare spazierten mit blühenden Blumen in den Händen herum. Überall sah Annie Pärchen beim Picknick. Mindestens einmal konnte sie Kaviar auf Weißbrot und große Stücke gegrilltes Fleisch erkennen. Überall wurde das Gebräu getrunken, das Annie mittlerweile als Rigas Schwarzen Balsam kannte.

«Warum haben die alle Blumen dabei?», wagte sie Ilmar zu fragen.

Zu ihrer Überraschung erwiderte er sanft: «Ach, Annutschka. Damit ihre Liebe genauso schön blüht.»

Die Zärtlichkeit in seiner Stimme tat ihr gut, aber sie hatte Angst, unvorsichtig zu werden. Vielleicht, ganz vielleicht, würde alles gut, wenn Ilmar sie erst besser verstand und umgekehrt. Sie mussten ja nicht gleich ein Traumpaar werden. Es genügte schon, wenn die Ablenkung größer war als ihre Gefühle für Brad. Bislang hatten all die Wirrnisse, die Reise und der Sex mit einem derart dominanten Mann Brad in einen entlegenen Winkel ihres Herzens verbannt.

Ilmar brachte sie zu einem weißen Holzhaus. Drinnen nahm eine alte Frau sie beim Arm und führte sie in eine kleine Küche.

«Wie heißt du?»

«Annie ... Annutschka.»

Die alte Frau lachte, bis ihr Tränen über das breite Gesicht liefen. «Annutschka. Annutschka.» Die Alte legte geradezu ein Freudentänzchen aufs Parkett. Ihre Glubschaugen waren so weit aufgerissen, dass man das milchige Blau sehen konnte, das die Augäpfel außen umrandete.

Annie spürte, wie sie rot wurde. Ilmar war nirgends zu sehen, daher nahm sie das Kopftuch ab. War der Name, den Ilmar ihr gegeben hatte, irgendwie lächerlich? Bedeutete er «Schlampe» oder «Dummkopf»?

Annie stand auf, um zu gehen, doch die Frau drückte sie wieder auf den Stuhl. «Jeschte.» Sie stellte einen Teller mit dampfenden Kartoffeln vor Annie auf den Tisch.

Annie aß. Sie hatte einen Mordshunger. Die Kartoffeln waren erdig, salzig – schwer. Man merkte ihnen an, dass sie hierzulande mehr am Leben hingen als in Amerika.

Ein weiterer Teller Kartoffeln wurde aufgetischt. Dann ein Becher Tee. Als sie fertig war, band Annie sich das Kopftuch wieder um.

Ilmar kam herein. «Hallo, Annie. Jetzt gehen wir zu meiner Assistentin und essen was Richtiges.»

Annie zögerte kurz, denn sie war ziemlich sicher, genau das eben getan zu haben, doch als sie sich erhob, stellte sie zu ihrem Erstaunen fest, dass sie immer noch recht hungrig war.

Sie liefen an einem blassgelben Amtsgebäude vorbei, an einem kleinen Bach entlang, durch eine dichte Baumgruppe und gelangten schließlich zu einem anderen Haus, das ebenfalls weiß und vom Duft der Tannen und Kiefern umflutet war.

Drinnen gingen sie durch eine im leuchtenden Rot eines Monopoly-Spielsteins gestrichene Küche zu einem Tisch im Wohnzimmer, dessen Wände statt von Büchern von Computern gesäumt waren.

Diesmal setzte Ilmar sich neben sie, zu ihrer Linken. Am Tisch saßen noch zwei weitere Männer, und eine Frau, die Annie nicht viel älter als sich selbst schätzte, brachte eine kalte Platte nach der anderen herein. Sie nahm an, dass diese Frau Ilmars Assistentin war, aber er stellte sie nicht vor. Wobei assistiert sie ihm wohl, fragte sich Annie.

Als hätte sie nicht gerade erst zwei Teller dampfende Kartoffeln verschlungen, nahm sie sich von allem etwas. In Amerika aß sie einfach, wenn sie Lust dazu hatte, aber jetzt, da sie nicht wusste, wann Ilmar ihr das nächste Mal etwas geben würde, beschäftigte das Thema sie in einem Maße, wie es das in San Francisco nie getan hatte. Vielleicht war das der Grund, weshalb das Essen hier so schmeckte, als hätte es ein Eigenleben. Gurken, die man bereits von der Straße riechen konnte, Tomaten, aus denen blutiges Fleisch tropfte, Knoblauch, der so scharf war, dass er jahrhundertelang Vampire abwehren konnte.

Stockfisch, Gurkensalat, Karottenrohkost mit Knoblauch und Mayonnaise, Sprotten, graue Erbsen, Zwiebeln mit Räucherspeck, Tomaten mit Dill. Sie hätte gern etwas von dem Wodka gehabt, den die Männer tranken. Leider bot ihr niemand davon an. Dabei hätte er sich als göttlicher Faden durch die Mahlzeit, vielleicht durch all ihre Erlebnisse hier, ziehen können.

Eine appetitliche Suppe wurde aufgetragen. Die Frau sagte stolz: «Maises supa.» Annie stellte fest, dass sie hauptsächlich aus Maisbrot, Johannisbeeren und Sahne bestand.

Dann gab es Schweinefleisch mit Knoblauch. Heiß und gehaltvoll, mit duftenden roten Paprikaschoten. Sie aß es auf Weißbrot, ein Stück nach dem anderen, und stellte sich dabei vor, dass sie gerade mit dem Mann, der ihr in der Bar die rote Chilischote zugesteckt hatte, am Abendmahl teilnahm.

Die Männer unterhielten sich die ganze Zeit und schauten dabei hin und wieder zu ihr herüber. Als die Frau zu Annie kam, um einen Tee vor sie hinzustellen, flüsterte sie: «Ich bin Anya. Ich würde dir gern helfen.»

Just in dem Moment warf Ilmar Annie einen Blick zu. Anya verschwand um eine Ecke und kehrte mit dem Dessert zurück.

Anyas Kuchen, aufgelockert durch Eischnee und aromatisiert mit Beeren, die Annie an den schwarzen Likör erinnerten, brachte ihren Magen fast zum Platzen. Sie hatte noch nie bei einer einzigen Mahlzeit so viel gegessen. Erstaunlicherweise hatte sie immer noch Appetit.

Sie stand mit dem leeren Teller in der Hand auf, wie ihre Mutter es ihr beigebracht hatte.

Ilmar legte seine Hand auf ihren Arm und zog sie wieder auf ihren Stuhl zurück. «Braves Mädchen. Aber sie braucht deine Hilfe nicht.» Er lächelte, als er das sagte, aber Annie merkte, dass der Satz zugleich ein Fingerzeig war, den sie nicht verstand.

«Ja», flötete Anya, die gerade aus der Küche kam. «Ich mach das schon.»

Sie nahm Annies Teller und ließ dabei unauffällig einen gefalteten Zettel in ihren Schoß fallen. Annie schob ihn rasch in den langen Ärmel ihres Kleids.

Ohne sich von ihrer Gastgeberin zu verabschieden, gingen sie nach draußen zum Wagen. Ein Mann blieb zurück und schlang seinen Arm um Anyas Taille. Ilmar setzte sich mit Annie in den Fond des schwarzen Wolga, und der andere Mann nahm hinter dem Lenkrad Platz und fuhr los. Die beiden Männer warfen sich viel sagende Blicke zu und lachten von Zeit zu Zeit schauerlich. Annie fragte sich, ob Ilmar womöglich einer von diesen neuen Mafiosi war, die aus diesem Teil der Welt kamen, der ehemaligen Sowjetunion. War das der Grund für seinen Aufenthalt in den Staaten gewesen? Sie hatte ihn noch nie arbeiten sehen. Natürlich nicht. Wie sollte sie auch? In den vier oder fünf Tagen, die sie in Lettland war, hatte sie ihn so gut wie gar nicht zu Gesicht bekommen. Und wenn, dann nur in Fragmenten: hier ein Mund, da ein Penis, irgendwo anders eine Hand.

Sie malte sich aus, wie sie allein durchs Haus streifen und dabei auf etwas stoßen würde, das vielleicht, ohne dass sie es wusste, der Grund für ihre Reise nach Lettland war. Verrückt.

Sie hatte keine Ahnung, was das sein konnte.

Während der Wagen sich aus dem Glitzern der Stadt zurück in das feuchte, leuchtende Grün der Wälder bewegte, presste Ilmar seine Hand fest auf ihren Bauch.

«Oh, Annutschka. Du platzt ja gleich.»

Der Mann auf dem Vordersitz lachte und sagte dann

ein paar Worte, die die beiden Männer noch mehr zu erheitern schienen.

Annie war sicher, dass sie über sie sprachen, und sie hatte keinen Zweifel, dass sie nichts Nettes sagten. Doch dann glitt Ilmars Hand langsam abwärts, und sie vergaß alles.

Wie schaffte er das nur? Mit ein paar Fingern hypnotisierte er sie von Kopf bis Fuß. Annie nahm sich fest vor, den Lustgefühlen nicht nachzugeben, aber sie konnte nicht widerstehen. Es war schon zu spät. Ilmars Finger massierten durch ihre Kleidung hindurch ihre Klit. Er küsste ihren Hals und biss dann zu.

Annie lag in einem modern eingerichteten Schlafzimmer, offenbar Ilmars. Es war sehr dunkel und schmucklos, erfüllt von dem sinnlichen, modrigen Geruch alter Bücher und einem ganz schwachen Brandydunst.

Sie hatte den Raum abgeschritten und war auf 200 Fußlängen in der Länge und 159 Fußlängen in der Breite gekommen. Die Decke war mindestens fünfmal so hoch, wie Annie groß war. Das Bett war, wie Ilmar ihr wortreich erklärt hatte, so bemessen, dass Annie mit ausgestreckten Armen und Beinen genau hineinpasste. Das überraschte sie nicht.

In jener Nacht nahm Ilmar ihr den Keuschheitsgürtel ab, und Annie war so dankbar, dass sie jeden Widerstand aufgab und ihn ohne zu zögern bestieg. Ihre Möse verlangte dringend nach Erlösung. Die Spannung, die sich in ihr aufgebaut hatte, war nicht mehr auszuhalten. Solange sie den Keuschheitsgürtel trug, hatte Annie noch nicht einmal masturbieren können. In ihrem Schoß hämmerte es. Es kam ihr vor, als hätte sie ihren letzten Orgasmus vor über einer Woche gehabt.

Aber es war schwer zu sagen, wie lange es wirklich her war. Das Ganze war wie ein albtraumhafter und doch lustvoller Urlaub, in dem man jedes Zeitgefühl verliert. Sie hatte begonnen, nur in Momenten zu denken. Momente, in denen Ilmar ihr nachts den Gürtel löste und Annies Scham endlich frei atmen konnte. Momente, in denen sie ans Bett gefesselt war, geküsst und versohlt wurde. Momente, in denen sie zu ihrer Überraschung beinahe einen Orgasmus bekam, nur weil Ilmar ihr den Keuschheitsgürtel wieder anlegte. Sie hatte von Männern gehört, die kurz vor ihrer Erschießung eine Erektion bekamen – vielleicht war das hier so ähnlich.

Neben seinem Bett hatte er ein paar Querbalken angebracht. Sie waren glatt und fühlten sich gut an. Auf den oberen Balken konnte sie ihr Kinn legen. Ein anderer ragte vor und stützte ihren Bauch. Annie konnte stundenlang so stehen bleiben. Es war unglaublich bequem.

Aber der Clou am Ganzen waren die Handschuhe, die Ilmar an den Balken angebracht hatte. Sobald Annie ihre Hände in sie hineinsteckte, konnte sie keinen Finger mehr bewegen. Ihr machte das Angst, doch Ilmar geriet darüber in Ekstase. Offenbar liebte er es, sie völlig hilflos zu sehen. Er pflegte ihr ins Ohr zu flüstern. «Du kannst dich nicht bewegen, selbst wenn du es wolltest.» Dann versohlte er sie nach Strich und Faden.

Annie ließ sich nie dazu hinreißen zu schreien. Diese Befriedigung gönnte sie ihm nicht. Doch obwohl sie sich so sehr nach Freiheit sehnte, genoss sie das Ganze auch auf eine perverse Weise. Sie hatte keinerlei Kontrolle mehr über ihr Leben. In dieser Position kam Annie sehr oft zum Höhepunkt.

Nach einiger Zeit ließ Ilmar den Keuschheitsgürtel weg. Er begann sie mit einem anderen Gesichtsausdruck anzuschauen. Sie hatte Anyas Zettel nicht vergessen: «Das macht er nicht zum ersten Mal. Wenn du Hilfe brauchst, ruf mich an: 312-534.»

Annie wusste beim besten Willen nicht mehr, wie oft Ilmar schon von ihrem Blut gesprochen hatte, ihrem *guten* Blut. Vielleicht war das doch keine slawische Anmache, sondern das, wonach es sich anhörte. Doch so sehr sie sich auch bemühte, darüber nachzudenken, ob darin womöglich der wahre Grund für ihre «Entführung» lag – sobald sie versuchte, sich darauf zu konzentrieren, schweiften ihre Gedanken ab. Daran änderte sich auch nichts, als sie Anyas Brief gelesen hatte. Sie hatte kein Stichwort, unter dem sie ihn ablegen, keine Regel, mit der sie sich dagegen wehren konnte.

Irgendwie schien Ilmar sich jedoch zu verändern. Nach einem Monat hörte er auf, sie auf die immer gleiche besitzergreifende Weise anzufassen. Er starrte sie nur noch an, und Annie kam es vor, als läge unendliche Traurigkeit in seinem Blick. Wenn sie zurückzustarren wagte, hatten Ilmars Augen den vorwurfsvollen Ausdruck eines Menschen, der sich zutiefst betrogen fühlt.

Die Türen zu den meisten Zimmern waren jetzt unverschlossen, und sie wanderte im Haus herum wie eine Ehefrau, deren Mann sich von ihr getrennt hat. Ilmar ging auf Distanz. Es kam Annie vor, als würde sie für ihn gar nicht existieren, wenn er sie nicht berührte. War es ihren Liebhabern mit ihr ebenso ergangen? Wenn sie ihr, sobald sie nicht mehr miteinander im Bett lagen, in die Augen sahen und feststellten, dass sie gar nicht da war? Nicht bei ihnen? Derart wie Luft behandelt zu werden tat weh. Annie wurde klar, dass sie für Ilmar möglicherweise nur ein Sexobjekt war. Ganz so war es bei ihren vorherigen Liebhabern nicht gewesen. Irgendeine Beziehung hatte sie zu ihnen gehabt. Die war zwar schwer zu definieren, aber, rückblickend betrachtet, zumindest existent.

Der Tag der Freiheit kam unerwartet. Ilmar trat ein und sagte: «Hier ist der Schlüssel zu deinem Keuschheitsgürtel.» Ihr wurde klar, dass sie frei war. Sie durfte gehen.

Wie lange war sie dort gewesen? Warum ließ er sie jetzt ziehen?

Sie zog die wärmsten Sachen an, die sie finden konnte, denn sie wusste nicht, ob draußen Winter oder Sommer war.

Die Augen über ihrem Bett sahen sie flehentlich an, und Annie begann zu weinen. Eine leise Stimme hallte durch ihre Adern. Annie versuchte gar nicht erst, sich einzureden, dass sie sich die Stimme oder ihre Ähnlichkeit mit der gefesselten Frau an der Decke nur einbilde. Sie zog sich an jenen stillen Ort in ihrem Innern zurück, den Ort, den sie später ihre Seele nennen würde, und lauschte.

Sie verabschiedete sich von jener in Raum und Zeit erstarrten Kreatur, die für immer und ewig empfindungslos dort in der Luft hing. Verabschiedete sich von ihrem Porträt. Diese schwachsinnigen Augen blickten jetzt mitfühlend, besorgt. Es kam ihr vor, als warnten sie sie. Als mahnten sie sie, nicht mit sich machen zu lassen, was ihr widerfahren war.

Sie sagte zu Ilmar, sie müsse telefonieren. Sie bat ihn, ihr zu helfen, einen Arzt anzurufen. Sie glaube, sie sei krank. Etwas mit dem Magen, ließ sie durchblicken.

Er erwiderte: «Ich bin Arzt.»

Annie ließ sich rasch etwas einfallen. «Ich würde lieber zu einem amerikanischen Arzt gehen. Ich weiß, es ist verrückt, aber ich möchte zu einer amerikanischen Ärztin.» Moment, war das klug? Am Ende dachte er noch, sie wäre ... Nun, dann ließ er sie vielleicht anstandslos gehen.

«Wie du willst.» Er zog ein unglückliches Gesicht.

Ilmar führte ein Telefongespräch auf Lettisch. Ein paar Stunden später schellte es blechern an der Pforte.

Drei massige Kerle traten ein, die aussahen wie Al Capone, nachdem man seinen Kopf mehrere Stunden lang in einen Schraubstock gespannt hatte. Sie forderten Annie auf, in ihr Auto zu steigen. Sie schnappte sich die Tasche mit ihrem Pass und allem Geld, das sie besaß, und folgte ihnen. Sie fragte Ilmar, ob er mitkäme, doch er schüttelte traurig den Kopf, lächelte und sagte nein. Als er die Stirn runzelte, sah er plötzlich alt und hässlich aus. Sie wusste, dass er ihr ihre Lüge nicht abgekauft hatte. Ilmar hatte keinen Arzt gerufen. Er hatte eine andere Art von Behandlung für sie ausersehen.

Der Wagen war ein robuster alter Wolga. Von innen sah er aus wie das Auto aus ihrem Lesbentraum. Aber er roch Ekel erregend süßlich nach verfaulten Gardenien. Eine Leichenhalle auf Rädern.

Der fette Mann am Lenkrad säuberte sich gerade mit einem behandschuhten Finger die Zähne. Der kleinere erzählte leise eine Geschichte, die wie ein Wiegenlied und eine Horrorstory zugleich klang. Ein bisschen auch wie eine Lektion. Eine Unheil bringende Lektion. Der Fahrer sah ihn, praktisch ohne den Kopf zu bewegen, aus dem Augenwinkel an. Sie brachen in Gelächter aus, in das der kleine, unförmige Mann auf dem Rücksitz mit einstimmte. Der Fahrer spuckte gegen die Windschutzscheibe.

Ihr «Begleiter» begann sie in die Nippel zu kneifen.

Er drängte sie in die Ecke des Wagens und schob ihr den Rocksaum hoch. Der Fahrer richtete seinen Rückspiegel so aus, dass er zusehen konnte. Der Kleine riss ihr den Slip vom Leib und steckte seinen fast kahlen Kopf zwischen ihre Beine. Er lachte in ihren Schoß und nahm ihr gesamtes Geschlecht in den Mund.

Er zwickte sie in die Schenkel und packte mit seinen fleischigen Händen ihren Arsch. Als er beide Daumen in ihr Kreuz bohrte, war sie wie gelähmt. Dann sog er heftig an ihrer Klit, lachte und sog. Annies Beine begannen zu zucken. Sie konnte nicht verhindern, dass ihr Körper auf das reagierte, was der unförmige Mann mit ihr anstellte. Sie wurde feucht. Sie spürte, wie sie sich immer weiter öffnete.

Er begann von ihrer Möse zu ihrem After zu lecken und zog sich dabei die Hose aus. Er drückte Annies Beine weit auseinander, und sie begann zu schreien. «Ja, ja, ja», ertönten Anfeuerungsrufe von den Vordersitzen.

Rums. Polter. Dann nochmal schwächer: Rums, bums. Ihr Begleiter hörte auf, sie zu lecken, und blickte auf. Der Wagen hielt am Straßenrand. Annie setzte sich auf und schaute sich um. Sie sah eine kleine Herde irgendwelcher Waldtiere zum Straßenrand watscheln, einen Haufen Blut und Eingeweide hinter sich zurücklassend. Brechreiz überkam sie.

Der Fahrer schien nicht recht zu begreifen, was passiert war. Er stieg aus, um die Reifen zu überprüfen. Dann stieg der Beifahrer aus, um unter die Motorhaube zu schauen, und als Letzter folgte der Unförmige.

Annie konnte ihr Glück kaum fassen. Der Schlüssel steckte, und die Gangster standen draußen und lugten unter die Motorhaube.

Sie schwang sich auf den Vordersitz. Alle Türen standen offen, und der Motor lief. Die Kühlerhaube war immer noch hochgeklappt. Annie hatte vor, nur ein kleines Stück zu fahren und dann rauszuspringen und sie zu schließen. Beim Anfahren streifte sie den Fahrer. Nach vorn konnte sie zwar nichts sehen, aber ein Blick in den Rückspiegel reichte. Alle drei Männer rannten hinter ihr her. Sie glaubte einen Revolver zu erkennen.

Annie trat das Gaspedal durch und fuhr beinahe gegen einen Baum. Sie steckte den Kopf aus dem Fenster, um an der Motorhaube vorbeizuschauen, und gab Vollgas. Ihre Haare peitschten ihr in die Augen, und der Staub in ihrer Kehle raubte ihr den Atem, aber sie nahm erst den Fuß vom Gas, als sie sicher war, dass die Männer sie nicht mehr einholen konnten.

Mann, ging das leicht. Okay. Enspann dich, Annie, sagte sie sich. Fahr langsam, aber nicht zu langsam. Ihr Herz schlug vor Freude Purzelbäume. Sie fuhr rechts ran und hätte fast den Motor abgestellt, doch dann fiel ihr ein Film ein, in dem er nicht wieder angesprungen war, daher ließ sie ihn laufen. Sie schloss die Kühlerhaube. Weit und breit war niemand zu sehen. Keine Menschenseele.

Annie hatte absolut keine Ahnung, was sie als Nächstes tun sollte. Sie hoffte, dass diese Straße sie von Ilmar wegführte, aber sie war sich nicht sicher. Irgendwo tief in ihrem Innern spürte sie, dass Brad sie rief. Das kam ihr jedoch allzu sehr vor wie ein Roman, an den sie sich nicht recht erinnern konnte, und sie ignorierte die kaum vernehmbare Stimme.

Sie beschloss, sich bis zu einer größeren Stadt durchzuschlagen, ihre Schwester anzurufen und nach Hause zu fliegen. Sofort ließ Annies Anspannung nach. Hauptsache, sie hatte einen Plan, egal wie er aussah.

Dann fiel ihr der Zettel mit Anyas Telefonnummer ein.

Als sie wieder diesen Geschmack im Mund verspürte, wusste sie, dass alles gut werden würde. Auch das leichte Vibrieren in ihrer Muschi war ein beruhigendes Zeichen. Wenn sie absolut besonnen handeln und sich wie eine gute Amerikanerin verhalten würde (was auch immer das bedeuten mochte), wäre sie bald in Sicherheit. Sie durfte nur nicht in Panik geraten oder sich von irgendwelchen anderen Gefühlen überwältigen lassen. Verdammt! Sie hatte immer noch das bäuerliche Blumenkleid an.

«Alles okay. Alles okay», sagte sie wieder und wieder vor sich hin, bis die Lichter einer kleinen Stadt vor ihr auftauchten.

Sie fuhr in den Ort – halb Dorf, halb Stadt – hinein und rief Anya an. Hohe Plattenbauten verdeckten kleine Häuschen mit weißen Holzblenden und dunkelgrünen Dächern. Alles schien sich in einem pittoresken Zustand des Verfalls zu befinden. Annie hatte bezweifelt, dass sie hier überhaupt ein Telefon finden würde, aber sie war langsam durch die Stadt gefahren und hatte ihr Mantra vor sich hingesummt: Okay, okay, okaaay, bis ihre Suche schließlich von Erfolg gekrönt wurde.

Annie wartete bei dem hohen Wohnblock, vor dem sie sich verabredet hatten. Sie hatte nicht gedacht, dass es so schwierig sein würde, sich auf einen Treffpunkt zu einigen, der leicht zu finden und dabei auch noch sicher war. Sie hätte sich gern in einem Café mit Anya getroffen, aber diese meinte, die seien immer noch alle privat geführt und daher zu gefährlich.

Dann sah sie eine westlich gekleidete Frau in einem eleganten, dunklen Kostüm, modischen Stiefeln und einem geblümten Tuch um den Hals. Sie wirkte intelligent und sensibel. Es war Anya, endlich.

Annie brach vor Erleichterung in Tränen aus. «Bitte, Anya, steig ein. Hilf mir. Diese Männer ...»

«Das sind böse Männer. Dein Freund auch. Wir fahren zu meiner Wohnung.»

Annie hatte ihren Alltag bis dahin fast ausschließlich mit Ficken und Arbeiten verbracht. Als ihr klar wurde, wie wohl sie sich in Gegenwart ihrer neuen Gefährtin fühlte, begriff sie, dass ihrem Leben etwas Wesentliches gefehlt hatte. Sie hätte sich Freundinnen suchen sollen, anstatt sich mit Nancy und Angelika zu begnügen.

Sie fuhren zu einem der hohen Plattenbauten und stiegen, begleitet von Anyas Entschuldigungen wegen des kaputten Aufzugs, zu Fuß in den zehnten Stock hinauf. Das Treppenhaus war übersät von Zigarettenkippen und stank nach Katzenpisse. Zumindest hoffte Annie, dass es Katzenpisse war. Offenbar fühlte sich auch für die Reinigung der Treppenhäuser in Lettland niemand zuständig.

Die Wohnung war klein und voll gepfropft, aber bunt mit Wandteppichen und anderem farbenfrohen Krimskrams dekoriert. Anya kochte Tee, der nach Pfeifentabak roch und wie gesüßte lettische Erde schmeckte.

Sie erklärte Annie, dies sei ihre Geheimwohnung. Ihr Schlupfwinkel. Hier konnte Boris sie nicht finden.

«Ich dolmetsche für die neuen Geschäftsleute, um Geld zu verdienen. Amerikaner wie du, Gangster wie Boris. Und Ilmar. Er ist mein Boss, weißt du. Und das wird er auch dann noch sein, wenn du wieder weg bist. Sonst würde ich mich verdächtig machen. Ich kann ihn nicht ausstehen, aber ich versuche so viel wie möglich von dem, was er anrichtet, wieder hinzubiegen.» Annie nickte, und Anya fuhr fort: «Ich habe Medizin studiert. Aber meine wahren Interessen liegen auf einem anderen Gebiet. Einem Gebiet, auf dem du Erfahrungen hast, Annie. Das spüre ich.» Anya erschien Annie in diesem Augenblick wie ein Engel. So wie die meisten Retter auf die von ihnen Geretteten wirken.

Diese Erkenntnis fügte Annie später als Fußnote ihren Regeln hinzu.

Sie erzählte Anya alles. Diese erklärte ihr ihren Brief. Ilmar hatte schon früher Frauen wie Haustiere gehalten, bis er genug von ihnen hatte. Dann waren sie in großer Gefahr. Sie sagte Annie, sie solle sich keine Vorwürfe machen – Ilmar besäße eine unglaubliche Anziehungskraft. Ausgerechnet sie selbst hatte ihm seinen Charme beigebracht, und jetzt machte er ihn sich zunutze.

«Meine liebe Annutschka. Du weißt doch, dass das ‹liebe, süße, kleine Anya› heißt? Vielen Menschen, die nach Lettland kommen, geht es so wie dir. Sie wundern sich, dass ihnen alles so vertraut vorkommt. Weißt du, woran das liegt?»

Annie schüttelte den Kopf. Sie wusste nicht, was sie von der Frage halten sollte. Anya faszinierte sie, aber sie war todmüde. Der Adrenalinschub, den ihre Flucht ausgelöst hatte, flaute wieder ab, und ihr Verstand und ihr Körper waren erschöpft. Anya nahm darauf keine Rücksicht.

«Nein, Annie. Tu das nicht. Du weißt es doch. Streng dich an.» Mit durchdringendem Blick sah Anya sie an.

Annie versuchte sich auf ihre Augen zu konzentrieren. Ihr war merkwürdig schwindelig, ein Gefühl, als würde sie umkippen und aus ihrem Körper herausgezerrt werden.

Anya schob Annie die Haare aus der Stirn und küsste

sie. «Mein liebes, süßes Mädchen, hör zu. Das hier ist ein besonderer Ort. Die Magie ist hier zu Hause. Meine Freunde glauben, hier in Sigulda sei der Anfang der Welt. Aber nicht aller Anfang ist gut.»

Annie betrachtete das wie aus Gold gesponnene Haar ihrer Freundin. Rehaugen mit der Wachsamkeit eines Adlers. Ein hochintelligentes Gesicht. Es beruhigte sie, dass Anya offenbar alle Schichten ihres Ich durchschaute. Und ihr Gesichtsausdruck verriet, dass ihr gefiel, was sie da sah.

«Annie, Annutschka. Du hast eine andere Geschichte. Deine Seele schreit danach, etwas zu lernen. Etwas, das du in deinem vorigen Leben nicht gelernt hast.» Anyas grüne Augen ließen Annie nicht los, und sie fühlte sich wie hypnotisiert. Obwohl Anyas Lippen nicht geschminkt waren, schimmerten sie in einem sanften, warmen Rosa. Ihre Haut schien keine Poren zu haben, und es war sehr schwer zu sagen, ob sie fünfzehn oder fünfzig war. Ihren Händen nach zu urteilen war sie mindestens dreißig. Sie waren faltig und sahen rau aus. Jemand hatte Annie mal gesagt, dass man an den Händen und dem Hals eines Menschen sehen kann, was für ein Leben er führt. Anyas Hals war noch von dem Tuch verhüllt, aber ihre Hände verrieten, dass sie eine sehr hart arbeitende Frau war, die vom Schicksal nicht gerade verwöhnt worden war.

Annie riss sich aus ihren Gedanken. Fühlte sie sich zu Anya hingezogen? «Tut mir Leid», murmelte sie.

«Das braucht dir nicht Leid zu tun. Ich kann dir die Karten legen, dann siehst du klarer. Du hast Freunde, Annie. Du hast auch eine Seele.» Wenn Anya lächelte, schien es, als würde ihre enge Wohnung heller, größer und die Luft sauerstoffreicher.

«Die Suche nach meiner Seele hat mich in diesen Schlamassel gebracht», sagte Annie.

«Es war nicht deine Seele, Annie. Du hast eine gute Seele. Eine alte Seele. Nein … daran ist etwas anderes schuld. Ich weiß das Wort nicht.»

«Meine Möse?», murmelte Annie abfällig.

Anya machte ein verständnisloses Gesicht, daher berührte Annie sich zwischen den Beinen. Anyas Augen weiteten sich.

«O Annutschka! Du weißt so viel mehr, als du glaubst. Alles ist eins. Deine … wie nennst du es? Möse? Sie ist du und du bist du …»

Annie hätte den Satz am liebsten mit *Und wir sind wir, und wir sind alle zusammen* vollendet, aber sie brachte es nicht fertig, Anya durch einen Lachanfall oder Ähnliches zu vergrätzen. Außerdem war sie kurz davor, etwas eminent Wichtiges herauszufinden, und diese Erkenntnis begann sie auf elementare Weise innerlich zu erfüllen.

Anya fuhr fort: «Annie, Annutschka, es ist nicht deine Seele, die dich so bedrückt. Du leidest unter den Grenzen, die dir gesetzt sind. Damit kenne ich mich aus. Boris bezahlt mich dafür. Deshalb wird er nie mit mir schlafen, obwohl er es will. Um Dinge zu erfahren. Er hat keine Ahnung, dass ich weiß, dass er ein Mörder ist.»

Annie, die nun wieder wach war und sich nicht erinnern konnte, jemals so neugierig gewesen zu sein, fragte: «*Womit* kennst du dich aus, Anya? Worauf bist du spezialisiert?»

Anya beugte sich vor und flüsterte etwas, das Annies Wangen erröten ließ.

Anya lehnte sich wieder zurück. «Aber», sie hielt

inne und füllte den Teekessel mit Wasser, «diese Arbeit mache ich nicht mehr. Die Menschen müssen lernen, miteinander zu kommunizieren, ohne dass ich mich nackt ausziehe. Ich bewege mich auch in anderen Dimensionen als andere. Du bist eine der wenigen, die das nicht merkwürdig finden. Das spüre ich.»

«Ich weiß genau, was du meinst.» Annie schilderte ihre Spaziergänge auf den Klippen, die unterschwelligen Botschaften des Windes. «Ich habe nie bezweifelt, dass es existiert, ich konnte es nur nicht richtig einordnen.»

«Die meisten Menschen zweifeln nur. Annutschka, du bist etwas Besonderes. Im guten Sinne. Ilmar ist auch etwas Besonderes, aber im schlechten Sinne. Er hatte auch Kontakt zu dieser anderen Dimension, aber ihn hat es zu einem schlechten Menschen gemacht – dich zu einem guten.»

Annie schüttelte den Kopf. «Nicht ganz. Verstehst du etwas von Träumen, Anya?»

«Ja, ich studiere sie. Dich würde ich auch sehr gern studieren. Leider», mit dramatischer Geste legte sie sich die Hand auf die Brust, «ist mein Herz im Weg. Lettische Männer behaupten immer, deshalb könnten Frauen keine guten Wissenschaftler werden. Ich meine: Deshalb können Männer nicht richtig menschlich sein. Ilmar ist ein Unmensch. Er wollte etwas von dir. Er hat dich nicht gefragt, ob du bereit warst, es ihm zu geben. Er hat nur gesehen, was er brauchte, und es sich genommen. Er brauchte ein neues Abenteuer, eine neue Frau, frisches Blut, und er hat sich einfach bedient. Wenn er etwas haben will, versucht er es auf jede Art. Deshalb ist er in deinen Träumen aufgetaucht. Er macht diese Träume aus einem anderen Stoff, einem Stoff, von dem wir alle wissen, dass er verboten ist.»

«Das klingt ja fast, als wäre er der Teufel.»

Anya lachte. «Du bist nah dran. Alles, was so viel Verwirrung stiftet wie er, ist böse. Und er wollte dir etwas wegnehmen, Annie. Er wollte unbedingt einen Teil von dir haben. Ilmar ist ein ganz schrecklicher Mann. Deshalb findet er hier in Lettland niemanden. Er muss weit reisen, um Leute … wie sagt man … reinzulegen.» Sie stockte. «Hat er dir wehgetan?»

Annie begann verneinend den Kopf zu schütteln, aber dann sagte sie: «Ja. Aber in einer Weise, die mit Lust verbunden war. Es war unglaublich. Ich konnte ihm einfach nicht widerstehen.»

«Aber Annutschka, du hast widerstanden. Du hast ihn nie richtig an dich rangelassen. Nein, lach nicht. Ich spreche nicht von Sex. Ich spreche von deiner Seele. Du hast sie ihm vorenthalten. Deshalb war er nie ganz in dir drin.»

Annie dachte nach. Sie hatte sich bloß ganz normal verhalten, keinen großen inneren Widerstand aufgebaut, aber das hatte sie offenbar gerettet. Mehr oder weniger. Zumindest war Ilmar daran gescheitert. Vermutlich war das der Grund, weshalb er sie umbringen wollte. Um wenigstens den Sieg eines Feiglings zu erringen.

«Warum hat er gesagt, er wäre Arzt?», fragte Annie Anya.

«Weil er einer ist. Wir haben zusammen studiert. Aber ich habe einen anderen Weg eingeschlagen, der unter sowjetischem Recht noch zulässig war. Schon mal was von paranormaler Medizin gehört? Wir haben sie studiert, um dem Westen zu schaden. Heute will niemand mehr dem Westen schaden und niemand studiert mehr dieses Fach.» Anyas Stirn legte sich in Falten. «Ich habe gehört, dass Ilmar so etwas schon mal gemacht hat, aber ich konnte nie etwas beweisen. Du hast also keine Narben?»

«Nein.»

«Schade.» Anyas Bedauern darüber, dass sie unversehrt davongekommen war, irritierte Annie etwas. Anya legte ihre Hand auf die ihres Gasts und fuhr beruhigend fort: «Es gibt hier eine Richterin, die uns sicher helfen würde, wenn wir sie überzeugen, dass er versucht hat, dich umzubringen.»

«Aber er hat tatsächlich Killer auf mich angesetzt!»

«Ich glaube dir, aber wir haben keine Beweise. Ich glaube, deine erste Idee war die beste. Wir sollten einfach zum Flughafen fahren und ein Ticket für dich besorgen. Aber wir können den Wagen nicht noch mal benutzen. Gib mir die Schlüssel, bitte.»

Annie reichte ihr die Schlüssel. Im Kino ist dies stets der Moment, in dem die Protagonistin herausfindet, dass ihre neue Freundin in Wirklichkeit für den Schurken arbeitet. Sie konnte Filme nicht ausstehen. Einen Moment lang geriet Annie in Panik. Aber diese Gefühlsregung strengte sie zu sehr an. Außerdem besagte eine ihrer Regeln: Was geschehen ist, ist geschehen. Keine Ausflüchte, kein Zurück, kein Bedauern.

Müde lächelte sie Anya, die zur gepolsterten Eingangstür hinausschlüpfte, hinterher. Kein Geräusch drang von der Straße ins Innere der Wohnung. Man hätte eine Stecknadel fallen hören können.

In der Stunde, die Anya weg war, versuchte Annie an gar nichts zu denken. In ihrer Möse pulsierte es wie üblich. Sie spürte Scham wie Nebel in sich aufsteigen. Alles was geschehen war, hatte sie sich selbst zuzuschreiben. Ihr Verlangen hatte Ilmar angezogen und ihm Tür und Tor geöffnet. Aber sie konnte keinen klaren Gedanken fassen. Ihr Verstand war wie ein von den Knochen verworfener Ideen und nicht weiter verfolgter Gedanken gesäumter Fluss.

Doch ohne dass es ihr bewusst war, ging ihr das Herz auf. Sie hatte die Liebe gefunden – und sie war das absolute Gegenteil von dem, was Ilmar mit ihr angestellt hatte. Vielleicht wusste sie doch, weshalb sie hergekommen war. Um eine zentnerschwere Last von ihrem Herzen zu wälzen. Sie hatte sich so nackt, ohnmächtig, gedemütigt und bedroht gefühlt – alles nur, um zu entdecken, dass das Leben in sie zurückgekehrt war? Sie hatte das Gefühl aufzublühen wie die Blumen von Sigulda. Berauscht von diesen überschäumenden Empfindungen. Zum ersten Mal wirklich erfüllt.

Und voller Sehnsucht nach Brad.

Sie sprang auf und sah sich nach einer Waffe um, als sie hörte, wie die Wohnungstür aufgeschlossen wurde.

Anya machte ein verblüfftes Gesicht, als sie Annie mit einem Messer in der Hand dastehen sah. «Es ist alles in Ordnung. Ich habe das Auto vor einer Polizeiwache abgestellt. So sind alle zufrieden. Außer natürlich, wenn sie die richtigen Polizisten bestechen. Daher hab ich selbst ein paar Polizisten bestochen, damit sie mich informieren, wenn irgendwelche ihrer Kollegen bestochen werden. Das ist die einzige Methode», lachte sie, «wie die Justiz in Lettland wirklich funktioniert. Wir sind noch nicht lange genug ein freies Land, um Gerechtigkeit wirklich zu schätzen. Annutschka, es ist Nacht. Ich glaube, wir schlafen jetzt lieber. Morgen früh machen wir uns auf den Weg, ja?»

Eine unbestimmte Furcht flackerte in ihr auf, und Annie kam sich sehr albern vor. Anya war ihre Freundin. Eine echte Freundin. Besser als die Freundinnen, die man von Grußkarten und Filmen kennt. Sie schämte sich, dass sie auch nur einen Moment lang für möglich gehalten hatte, dass Anya ihre Feindin war. Sie versuchte sich nichts anmerken zu lassen und fragte: «Aber haben sie dann nicht genug Zeit, mich zu finden?»

«Ich werde dich beschützen. Entspann dich. Ich pass schon auf.»

Schon wieder legte sie ihr Leben in fremde Hände! Sie hatte mal gelesen, dass verlieren manchmal gewinnen bedeutet. Vielleicht …

Annie wollte dieser freundlichen Frau noch etwas sagen, sie um Verzeihung bitten, aber der Schlaf kreiste wie ein Geier über ihr. Sie ergab sich ihm.

Ein kleiner Streifen Grau leuchtete vor ihren Augen. Dann weiß. Zwei weiße, ausdruckslose Augen schauten sie an. Sie waren nass und rochen nach Chemikalien.

Annie versuchte sich zu konzentrieren. Sie fühlte sich erstaunlich erfrischt. Aber was war das?

Ein Foto. 20 × 30.

Über ihrem Bett hing ein Foto von Brüsten. Wie bizarr, mit dem Bild eines Körperteils vor Augen aufzuwachen.

Sie musterte das Foto genauer und fragte sich, wieso Anya es dort aufgehängt hatte. Die Rundung dieser Brüste kam ihr äußerst bekannt vor.

Es waren ihre eigenen. Was für ein merkwürdiges Gefühl, im läuternden Morgenlicht etwas zu betrachten, das sie selbst war und dennoch völlig losgelöst von ihr. Nicht verwirrend, nicht beunruhigend, aber merkwürdig.

Annie musste zugeben, dass ihre Brüste ihr gefielen. Sie waren ihr liebster Körperteil. Wohl gerundet bettelten sie geradezu darum, liebkost zu werden.

Oder fotografiert, wie es schien.

«Dobry utro, Annutschka», rief Anya. «Lass dich von deinen Brüsten nicht stören.»

Annie stellte keine Fragen. Vielleicht war dies ein Rorschachtest irgendeiner lettischen Schule oder eine Art paranormales Screening. So genau musste sie das gar nicht wissen.

Anya stellte einen Becher starken schwarzen Kaffee vor sie hin. Dann brachte sie einen Teller mit Roter Bete, Karotten, Kartoffeln und Zwiebeln in Sonnenblumenöl. Annie hatte noch nie Gemüse zum Frühstück gegessen, aber sie war am Verhungern. Anya gab ihr eine Scheibe Schwarzbrot, das nach Koriander schmeckte. All diese intensiven Farben und Aromen so früh am Morgen berauschten sie.

Wie anders waren doch ihre nüchternen Morgenstunden zu Hause, in denen sie ganz allein auf Geheimnisse von «der anderen Seite» wartete. Hier begann sie den Tag in Gesellschaft eines Menschen, mit dem sie noch nicht einmal geschlafen hatte, und es war herrlich. Sie war so zufrieden. So frei und so erfüllt. Die Geheimnisse der anderen Seite waren zum Greifen nah.

«Und, gefallen dir deine Brüste?», fragte Anya ohne eine Spur von Verlegenheit.

Annie war bereits bei der dritten Scheibe Brot angelangt, dick mit Butter bestrichen. «Sie sind sehr schön.»

«Ich habe das Foto gemacht. Ich hoffe, du hast nichts dagegen.» Anya machte nicht den Eindruck, als hätte sie irgendwelche Zweifel.

«Schon gut, Anya. Ich glaube, alles was du tust, ist gut. Du hast mich gerettet. Wirklich gerettet.»

Bedauerlicherweise konnten die beiden Frauen das Haus nicht verlassen. Ilmars Männer beobachteten sie. Sie hatten Anya aufgehalten und sie gefragt, ob sie Annie gesehen hätte. Nun ließ sie noch größere Vorsicht walten.

Da Annie gezwungen waren, drinnen zu bleiben, malte Anya ihr Lettland am Küchentisch aus. Sie zeigte ihr Bilder von Riga und seinen Schlössern. Zeigte ihr ein Foto von der in der Nähe ihrer Wohnung gelegenen Gutmana-Höhle, in der die arme, schöne Frau ermordet worden war. Erzählte ihr, dass dort seit ihrem Tod alle nur erdenklichen Blumen wuchsen. Vor allem blassrosa Wildrosen. Die Farbe von Anyas Lippen.

Sie holte einen Satz Karten und fragte Annie, ob sie wisse, was das sei.

«Tarot?», fragte Annie zögernd, denn sie war sicher, dass es sich um etwas anderes handelte.

«Du hast Recht. Das ist nicht Tarot, sondern eine Variante davon, die man bei uns auf dem Dorf spielt. Willst du's mal probieren?»

Annie willigte ein, und Anya forderte sie auf, die Karten an ihr Herz zu halten.

Dann nahm sie ihr das Päckchen wieder ab, mischte und ließ Annie abheben. Eine der Karten schnitt Annie unangenehm in den Finger. Sie steckte ihn in den Mund und wunderte sich, dass Anya lächelte.

«Das bringt Glück, was du da machst.»

«Sich zu schneiden oder den Finger in den Mund zu stecken?», fragte Annie.

«Beides.»

Sechs Reihen mit je fünf Karten wurden verdeckt auf dem kleinen roten Tisch ausgelegt. Anya sagte zu Annie, sie solle fünf Karten ihrer Wahl umdrehen.

Annie deckte einen König, einen Mond, einen nackten Mann, noch einen Mond und das Bild einer Frau auf, die Angelika ähnelte.

Sie lachte und zeigte auf das letzte Bild. «Die kenne ich», sagte sie.

«Ist sie ein Transvestit?», fragte Anya.

«Das kann man wohl sagen. Und zwar ein verdammt guter.» Annie ging nicht weiter ins Detail.

«Jetzt drehe ich fünf Karten um, und dann legen wir los», sagte Anya ernst, und ihre grünen Augen leuchteten.

Oh, wie sehr Annie sie in dem Augenblick liebte. Sie fühlte sich in Gegenwart ihrer neuen Freundin deshalb so wohl, weil diese alles zum Ausdruck brachte, was sie bewegte. Und sie wusste, dass Anya das nicht nur aus Höflichkeit tat, so wie Amerikaner sich verpflichtet fühlen, gerade dann, wenn sie sich maßlos langweilen, besonders munter dreinzuschauen. «Es gibt keine Langeweile, nur langweilige Menschen», pflegte Annies Vater zu witzeln. Anya hatte damals bei dem Essen ein völlig ausdrucksloses, unergründliches Gesicht aufgesetzt – jenem Essen, bei dem sie Annie den Zettel zugesteckt hatte. Das kam ihr schon so lange her vor. Jetzt hatte sie die Maske komplett abgelegt und hielt mit nichts mehr hinterm Berg. Wäre irgendein Amerikaner dazu in der Lage? Außer Angelika vielleicht? Und auch die versteckte sich ja irgendwie hinter einer Fassade.

Anya deckte einen König, einen nackten Mann, einen Henker, Blumen und das Bild einer anderen Frau auf, die weniger androgyn aussah.

«Bist du bereit, Annutschka? Das hier ist deine Zukunft.»

Annie war durchaus bereit. Sie konnte es kaum erwarten. Die Zukunft existierte also tatsächlich!

«Erstens: Dein Traum von dem König ist noch nicht vorbei. Aber das wird er bald sein. Der Mond zeigt an, dass das für alle gut ist, nicht nur für dich, sondern auch für den König. Der Mond reflektiert die Sonne, aber nur eine Hälfte von ihm wird von ihr beschienen. Die andere Hälfte liegt im Dunkeln. Der König ist die Dunkelheit.»

Annie konnte ein Kichern nicht unterdrücken. Das Ganze erinnerte sie allzu sehr an diese Pyjamapartys in der siebten Klasse, an denen sie nie teilgenommen hatte.

Anya schien Annies Mangel an Ernsthaftigkeit nicht zu stören. Sie fuhr fort: «Sieh dir diesen Mann an, den du aufgedeckt hast. Er liegt in der Mitte. Das heißt, er ist jetzt das Wichtigste in deinem Leben. Er ist ein guter Mann, umgeben von Monden. Er liebt das Licht, das du verströmst. Der Transvestit kennt ihn und liebt ihn. Der Transvestit liebt auch dich. Er hilft dir in diesem Moment.

Also, meine Karten zeigen ... wie sagt man? ... ein Happy End. Mehr kann ich nicht sagen, Annutschka.»

Annie schaute sie beunruhigt an. Anyas Gesichtsausdruck hatte sich verändert. Sie fragte ihre neue Freundin, was los sei. Plötzlich sah sie so traurig aus, so niedergeschlagen.

«Keine Angst, Annutschka! Ich bin traurig, weil ich nicht weiterweiß. Ich erinnere mich nicht, in welcher Reihenfolge ich die Karten lesen muss. Ich habe vergessen, was ich in meiner Kindheit gelernt habe. Verzeih mir. Ich habe dir nur die halbe Geschichte erzählt. Aber es ist eine gute Geschichte. Es ist mein Fehler.»

Annie tröstete sie mit den Worten, ihr genüge schon die halbe Geschichte. Sie werde Anya den Rest erzählen, sobald sie ihn gelebt habe, entweder jetzt oder später, je nachdem, ob das Portal völlig durchlässig wurde oder sich selbst reparierte.

In Wirklichkeit beunruhigte dieses seltsame Kartenspiel Annie ein wenig. Sie hatte sich eigentlich geschworen, sich nie auf so etwas einzulassen. Sie wollte ihre Zukunft unter allen Umständen selbst bestimmen. Kein Hexenbrett sollte ihr Schicksal besiegeln. Außerdem kaufte sie Anya nicht so ganz ab, dass diese plötzlich den Faden verloren hatte.

Da sie eine Freundin brauchte und keine Wahrsagerin, beschloss Annie, Anya alles anzuvertrauen. Wirklich alles. Nicht nur die Ereignisse, sondern auch die Emotionen, die dahinter steckten. Während sie ihre Lebensgeschichte erzählte, erkannte Annie, dass alles, was sie getan hatte, mit Gefühlen verbunden war, die sie sich erst im Nachhinein zugestanden hatte, und auch das nur manchmal. Sie hinkte immer einen Schritt hinterher – Ursache und Wirkung ließen sich nie ganz auf einen Nenner bringen.

Annie sprach von ihrem Alleinsein und davon, dass sie nicht wirklich begriffen hatte, wie allein sie war. Anyas Arm, der um ihre Schultern lag, tröstete sie, auch wenn er ihr Geschlecht zum Pulsieren brachte.

Warum hatte sie sich nur so wenig in der Gewalt?

«Und Brad, Annie. Er ist ein Schlüssel für dich.»

«Ja.»

«Aber zu was, Annie? Darüber musst du nachdenken. Er ist ein guter Mann, da bin ich sicher.»

«Ich weiß ni...» Annie stockte. Sie *wusste*, zu was Brad der Schlüssel war. Er war ihr Schlüssel zur Liebe. Er war derjenige, der alles zusammenfügte. Er gab ihr zwar nicht unbedingt inneren Halt, aber er zeigte Annie ihr Ich. Er zeigte ihr, dass er dieses Ich sehen konnte und dass er es liebte. Er wollte ein Teil von ihr sein. Das Licht nicht löschen, sondern es verstärken. Er liebte sie von ganzem Herzen, und sie ihn auch … jetzt.

Anya sah sie fragend an. «Alles wird gut, Annie. Ganz bestimmt. Ilmar wird bald für immer fort sein, und diesmal wird es dir leicht fallen, dich auf dein Herz zu besinnen.»

Bei Anyas Beerdigung würde Annie sagen, dass diese Frau sie am Wendepunkt ihres Lebens auf den rechten Weg gebracht hatte. Sie würde Anyas fiesen Mafia-Freund Boris mit einem eisigen Blick lähmen und den einzigen Satz zischen, den sie in perfektem Lettisch zu sagen gelernt hatte: «Du hast sie nicht im Entferntesten gekannt.»

Kapitel 24 – Die Fahrt zum Flughafen verlief nahezu ereignislos. Der Mann von der Fluggesellschaft erklärte Annie, sie müsse bar bezahlen, weil eine Kreditkarten-Transaktion zu lange dauern würde. Anya intervenierte, und wenige Worte und ein paar diskret über den Tresen geschobene US-Dollars später hieß es, ausnahmsweise würde man ihre Kreditkarte akzeptieren.

Annie gab Anya Nancys Adresse und Telefonnummer, da sie selbst momentan keines von beidem besaß.

Erst als die Maschine bereits in der Luft war, wurde Annie klar, unter welchen Stress die Angst, Ilmar könnte sie finden, sie gesetzt hatte. Sie spürte, wie ihre Kiefermuskeln sich entspannten, und sie bekam Magenschmerzen vor Hunger – ein schönes Gefühl, denn sie wusste, dass er bald gestillt werden würde.

Der Mann neben ihr schenkte ihr ein siegessicheres, blendend weißes Aufreißerlächeln. Annie lächelte zurück. Harmlos, dachte sie. Dann beugte er sich zu ihr herüber und sagte ihr seinen Namen. Annie erwiderte: «Aha, schön für Sie.» Er fragte, ob er sie kennen würde. War sie jemand Berühmtes? Er hatte sie bestimmt schon mal gesehen, da war er ganz sicher. Annie sagte ihm, sie seien sich nie begegnet, und begann in einer Zeitschrift zu lesen.

«He, ich beiße nicht. Ich will mich nur unterhalten.» Während er das sagte, lehnte er sich zu ihr herüber, und überschritt so die unsichtbare Grenze, mit der sich Annie Fremden gegenüber gern umgab.

«Ich aber nicht», sagte sie in die Zeitschrift hinein.

Annie hörte ihn halblaut «Zicke» murmeln, aber das ließ sie völlig kalt. Selbst wenn jemand nur so tat, als würde er ihr schöne Augen machen, war ihr das schon zu viel. Ihr Bedürfnis, aus der Ferne begehrt oder angebetet zu werden, war verflogen. Sie wollte echte Beziehungen.

Annie wehrte sich. Kämpfte gegen die Fesseln an. Ilmar sagte wieder und wieder: «Aber ich habe dich in der Gewalt. Du hast dich mir bereitwillig ausgeliefert.»

Das ist die Schmach, die ich erleiden musste, sagte das Gesicht an der Decke. Annie, du bist frei.

«Wussten Sie, dass Sie im Schlaf reden?» Das Lächeln schwebte über ihr. Einen merkwürdigen Moment lang dachte Annie, sie sei in der Bar, in der Brad und sie sich getroffen hatten, und der Barkeeper schaue sie an. Sie wich seinem Blick aus und starrte stattdessen auf die Kotztüte.

Ihr Sitznachbar beugte sich herüber und musterte sie mit zusammengekniffenen Augen. «Meine Güte, Sie kommen mir so bekannt vor! Wirklich! Das ist keine Anmache. Möchten Sie wissen, was Sie im Schlaf gesagt haben?» Er wedelte mit seinem Geheimnis vor ihrer Nase herum wie ein Eseltreiber mit der Möhre vor seinem Muli. Annie dachte, sie müsste gleich die Tüte benutzen. Er war nicht hässlich, aber sie konnte solche Flirtspielchen nicht mehr ertragen. Nicht eine Sekunde.

«Habe ich etwa gesagt, dass ich wahnsinnig in Sie verknallt bin?» Die Wut in ihrer Stimme ließ den Mann zurückweichen. Annie fühlte sich wunderbar. Sie konnte sich nicht erinnern, einem Mann gegenüber einmal wirklich ungehalten gewesen zu sein. Das tat richtig gut. Sie starrte ihn an und durch ihn hindurch und dachte daran, ihm die Nase abzubeißen. Ein angenehmer Gedanke. Die Aggression vertrieb die Schmach, die Ilmar ihr zugefügt hatte, und kaschierte sie wie eine mit Süßigkeiten behängte Piñata. Sie hatte es nicht nötig, auf eine leere

Hülle einzudreschen. Egal, ob auf ihre oder seine. Annie genoss dieses neue Gefühl. Sie war heiß, aber nicht im sexuellen Sinne. Sie fühlte sich wie neugeboren, panthergleich, lebendig, todbringend.

«He, ich muss Ihnen gar nichts erzählen. Ich dachte nur, Sie würden es vielleicht gern wissen. Was ist bloß los mit Ihnen?» In seinem kantigen Gesicht trat eine Ader auf der Stirn hervor. Sie pulsierte mit jedem Wort. Dieser Angriff auf seine Männlichkeit macht ihm ganz schön zu schaffen, dachte Annie.

Das gefiel ihr. «Warum sollte etwas mit mir los sein? Ich habe gesagt, ich will nicht mit Ihnen reden. Das ist doch nicht so schwer zu verstehen. Wenn ich dafür, um es mit Ihren Worten auszudrücken, eine ‹Zicke› sein muss, dann bin ich eben eine.» Gott, was für ein wunderbares Gefühl. Dem Mann fehlten die Worte. Sie sah, wie Wut und Unsicherheit in ihm aufstiegen. Nicht Ilmars stilles Brodeln, sondern das Bedürfnis, es ihr Auge um Auge zurückzuzahlen. Dieser Mann war zwar nicht so berechnend wie ihr letzter Liebhaber, aber allein die Tatsache, dass er sie an ihn erinnerte, verursachte ihr Brechreiz. Er bekam nicht, was er wollte, und dafür würde er sich jetzt rächen. Sie war froh, dass nicht alle Männer so waren, und zugleich traurig, dass es immer noch zu viele seines Schlages gab.

Annie begriff nun, dass ihre stärkste Waffe schon immer ihre Fähigkeit gewesen war, andere zu überraschen. Doch bisher hatte sie sie nur benutzt, um Männer anzuziehen. Jetzt wollte sie sie abwimmeln. Momentan verkörperte jeder Mann für sie Ilmar.

Nein, das stimmte nicht ganz. Brad bildete eine Ausnahme. Er hatte sich ihretwegen geändert. Damals wusste sie das noch nicht zu schätzen. Einen Moment lang sehnte sie sich nach ihm. Seine Liebe zu ihr war wie eine Pistolenkugel, die ihr Herz aufgebrochen hatte wie ein grünes Samenkorn.

Annie, hör auf damit, sagte sie sich. Um die bleierne Angst zu vertreiben, die sie bei der Vorstellung befiel, dass Brad womöglich nicht auf sie gewartet hatte, dachte sie rasch an schönere Dinge – Anyas Mut und ihre Gerissenheit, die Blumen von Sigulda, Regel 17: *Liebe ist manchmal ganz konkret und hat gar nichts mit irgendwelchen Märchenprinzen zu tun.*

Es ärgerte sie maßlos, dass sie so weit reisen musste und so lange gebraucht hatte, um zu erkennen, dass sie die Liebe direkt vor der Nase hatte. Zur Aufmunterung komponierte Annie ihre vorletzte Regel, Regel 21: *Es muss nicht immer vorangehen, damit die Dinge einen Sinn machen. Das Leben ist wie Brotbacken: Gehen lassen, kneten, gehen lassen.*

Bald überlagerten Erinnerungen das Bild der Flugzeugtragfläche vor ihren Augen. Sie ging mit Brad im Wald spazieren. Annie war nur mit einem Mantel bekleidet. Sie stieß Brad gegen einen Baum und durchbohrte sich mit seinem Schwanz wie eine Sexpriesterin im Liebeswahn. Sie fickte ihn wie ein Druide, der ein magisches Ritual vollzieht, um Lebenssäfte zu gewinnen. Sein Schaft fühlte sich in ihr an wie ein Monolith. Sie rammelte wie wild. Seine Augen waren feucht und blickten sie eindringlich an. Wieder und wieder sagte er: «Wir sind eins, Annie, wir sind eins.» Sie vögelte immer weiter, weil sie dachte, er meine ihren gemeinsamen Rhythmus. Annie spürte, dass sie völlig miteinander im Einklang waren, und merkte nicht, dass außerdem noch etwas anderes passierte.

Der Wald um sie herum leuchtete in bunten Farben, als wäre der ganze Himmel gewaschen und zum Trocknen aufgehängt worden. Brads Augen verschmolzen mit den ihren, und einen Moment lang verspürte sie keine Grenzen mehr, keinen Unterschied zwischen sich und Brad. Sie waren eins. Die Luft lag auf ihnen, und die Stille läuterte sogar die Vögel. Bäume, Haare, Tannennadeln, Vogelzwitschern, der Duft von Sex: Alles gehörte zusammen. Nichts trennte den animalischen Akt, dem sie sich so genussvoll hingaben, von der Natur, die sie umgab.

Doch dann reagierte Annies Körper auf die Verschmelzung. Die verschwimmenden Grenzen erschreckten sie. Sie konnte Brad nicht in die Augen sehen. Sie spürte, wie ihre Lust sich in etwas anderes verwandelte, das ihr Angst machte. Es lähmte sie, und sie löste sich von ihm.

«Du kapierst es einfach nicht, was?» Aber Brads Worte waren nicht, wie sie damals geglaubt hatte, als Vorwurf gemeint. Sie waren traurig und voller Schmerz und Enttäuschung. Er hatte sie an sich gedrückt und ihr Haar gestreichelt. Für sie war das Liebemachen nun beendet, nicht aber für Brad. Ihr das Haar zu streicheln gehörte für ihn dazu.

Du kapierst es nicht. Nun, da sie in den schwarzen Himmel vor dem Fenster hinaussah, schnitten ihr diese Worte ins Herz. So sind wir eben, dachte sie. Jeder ist ein absolutes Nichts. Leidenschaften umhüllen die Seele wie Schichten, aber Brad ließ sich davon nicht irritieren. Er hat mich gespürt. Er war ganz tief in mir drin. Nicht nur in meinem Körper, sondern überall. In jeder Pore, und ich hatte Angst. Glaubte zu ersticken. Ich habe mich Ilmar unterworfen, aber diesem Mann gegenüber, der sein

Leben für mich geändert hat, war ich dazu nicht in der Lage. Er war mir einfach zu nah. Er ließ mir keinen Raum zum Lügen.

All diese Gedanken ermüdeten Annie sehr, und sie döste ein und segelte in die Dunkelheit ihrer Träume.

«Schau ihn dir an», schrie Ilmar ihr ins Ohr. Er hatte ihr eine Stange zwischen die Beine gestoßen. Über ihr hing Brad, an Armen und Beinen gefesselt. Überall war weißes Licht wie Blut.

«Entscheide dich, Annie. Er ist tot. Ich lebe. Seine Liebe wird dich umbringen. Meine wird dich befreien.»

«Aber ich liebe dich nicht», schluchzte sie.

«Das brauchst du auch nicht. Ich bin mir noch nicht mal sicher, Annie, ob du überhaupt lieben kannst. Ich glaube, du hast einen Knacks. Du hattest eine Narbe auf deiner Seele, die falsch verheilt ist. Jetzt ist da gar nichts mehr.»

Sie wachte von ihrem eigenen Gebrüll auf. Das Gesicht schwebte wieder über ihr.

«Sie schreien», sagte der Mann. «Darf ich Ihnen jetzt vielleicht helfen?»

Annie sah ihm ins Gesicht und fragte sich, wann dieser Krieg vorbei sein würde. Dieses furchtbare Gefühl, immer auf der Hut sein zu müssen, ob sie schlief oder wachte. Sie starrte ausdruckslos vor sich hin.

Es half nichts. «Lassen Sie sich von mir zum Essen einladen, dann zeige ich Ihnen, was ich für Sie tun kann», versuchte er es erneut. Der Mann musterte sie, und als er grinste, sah es so aus, als hätte er sich soeben zwei kleine Clementinen in die Backen gestopft.

«Hören Sie, sobald dieser Flug vorbei ist, will ich Sie

nie wieder sehen oder jemals wieder Zeit mit jemandem verbringen, der Ihnen auch nur im Entferntesten ähnelt. Sie kapieren es einfach nicht.» Brads Worte. Aus ihrem Mund … aber nicht im gleichen Tonfall. «Lassen Sie mich in Ruhe. So reißt man keine Frau auf. Versuchen Sie es mal mit Konversation.» Ihr Herz schlug wie das eines Feuerwehrmanns, den gerade die Sirene aus dem Tiefschlaf reißt und der noch nicht weiß, was Traum und was Realität ist.

«Das hab ich ja versucht. Sie wollten doch nicht mit mir reden.»

«Ich meinte interessante Konversation», knurrte sie. «Versuchen Sie es mit etwas Anregendem. Die Tatsache, dass Sie dringend mal einen wegstecken müssen, reicht den meisten Frauen nicht.»

«Holla. Danke für den Tipp. Ich wette, Sie sind lange nicht mehr flachgelegt worden.» Und damit wandte er ihr den Rücken zu.

Sie hatte unangenehm ausfallend werden müssen, um diesen Mann auf Distanz zu halten. Erleichtert wandte sie sich wieder dem schwarzen Himmel vor dem Fenster zu. Sie hatte sich wieder unsichtbar gemacht. Aber diesmal ohne die innere Leere. Sollte sie Brad anrufen, sobald sie zurück war? Sie hatte sich tatsächlich vor der Liebe gefürchtet. Davor, sich zu verlieren. Und davor, Brad verloren zu haben.

Er hatte ihr eine Seele geschenkt, von deren Existenz sie nichts gewusst hatte. Würde er noch da sein? Und würde ihre Seele noch da sein?

Sie fühlte sich trotzdem recht gut. Wenn Brad fort wäre, hätte sie wenigstens eine fundamentale Erkenntnis gewonnen. Lange konnte sie den Gedanken nicht festhalten, aber sie schaffte es, sich zu sagen: Liebe ist nicht

Angst. So einfach ist das, und so wichtig. Ihre letzte Regel. Es wäre ihr lieber gewesen, sie würde sie nicht an ein Buch erinnern. Regel 22.

Kapitel 25

– Die Maschine landete, und Annie stieg aus. Sie wusste, dass niemand sie am Flughafen in Empfang nehmen würde. All diese erwartungsvollen Mienen, wie halb ausgepackte Geschenke. Wie schön wäre es gewesen, einen Freund dort stehen zu sehen, der mit sehnsuchtsvollen, großen Augen darauf wartete, dass Annies Gesicht auftauchte. Aber würde sie es wirklich zu schätzen wissen, wenn jemand auf sie wartete, nicht auf einen Fick, sondern einfach aus Liebe? Jemand, der sie brauchte, der mit ihr zusammen sein wollte, egal, ob in trauter Zweisamkeit oder unter lauter Menschen? Und zwar weder um sie zu quälen, noch um sie zu manipulieren, und auch nicht, um andere Bedürfnisse zu kaschieren, über die man aus Scham lieber schwieg?

Ihr wurde klar, dass sie nur wenig über die verlässliche, bequeme Liebe wusste, die manche Leute erleben. Nicht die Liebe ihrer Schwester, diese Mischung aus lauter kleinen Enttäuschungen und einer Hypothek. Annie dachte daran, dass sie Brad nur durch Sex kannte. Doch auch auf diese Weise konnte man jemanden wirklich kennen lernen. Das war möglich. Nicht wie in den Filmen, in denen sich die Menschen in derselben Sekunde, in der sie einander ihre Liebe erklären, die Klamotten vom Leib reißen. Es war besser als das. Ein Film kann keine echte Beziehung zeigen, nur züchtige Bilder von kaum erkennbaren Körperteilen. Ebenso wenig die Literatur, die das Geschehen entweder verdichtet oder künstlich in die Länge zieht. Sie beschreibt immer nur den Anfang oder das Ende, erfasst aber nie die viel bedeutsamere Zeitspanne dazwischen.

Sie wusste, dass Brad wahre Liebe erfahren hatte, indem er mit ihr schlief. Deshalb hatte er sich vergewaltigt gefühlt, als sie Tom dazugeholt hatte. Brad war nicht bereit, sie zu teilen, nicht aus Eifersucht, sondern weil das einfach nicht geht, wenn man verliebt ist. Wenn man jemandem sein Herz geschenkt hat, kann man nicht jemand anderem seinen Schoß überlassen. Zwei Herzen, die zusammengefunden haben, reißt man nicht einfach wieder auseinander. Sie hatte jene Menschen gesehen, deren Seele durch zu viele Narben verunstaltet war. Ilmar war das beste Beispiel. Zu viel Sex und zu wenig Intimität führen irgendwann dazu, dass man zutiefst unbefriedigt und im Grunde seines Herzens, seines Verstandes, seines Körpers und seiner Seele einsam ist. Auch ein Schoß, dessen Hunger regelmäßig gestillt wird, braucht die Vitamine und die Energie der Liebe.

Bisher hatte Annie immer nur bis zu einem gewissen Punkt gelebt, ohne zu begreifen, dass es Dinge gab, die tiefer gingen. Sie hatte Liebe empfangen, sich ihr aber nie völlig hingegeben. Sie hatte immer einen gewissen Sicherheitsabstand gewahrt. Ihr war Lieben immer als ein Akt der Feigheit erschienen, weil sie selbst die Macht dieses Gefühls fürchtete.

Sie beschloss, eine Zeit lang zu warten, bevor sie Brad anrief. Aus den Fängen des Schicksals in die Arme eines Erlösers. Sie wollte nicht das Gefühl haben, er sei der Retter ihrer Seele.

Ehrlich gesagt wäre sie, wenn er sie jetzt zurückwies, völlig verloren gewesen. Sie musste warten, bis jenes Gefühl vorüberging. Sie wollte ihm als intakte Persönlichkeit gegenübertreten.

Das Gepäck tauchte auf dem Laufband auf, und Annie registrierte, wer davon was an sich nahm. Gigantische schwarze Reisetaschen gingen an schwarz gekleidete Menschen. Typen in billigen Anzügen nahmen die hässlichen Koffer, und dann waren da noch die wenigen Frauen, die tatsächlich glaubten, man könne Gepäckstücken einen femininen Touch verleihen. An jenen mit pastellfarbenen Blümchen verzierten Köfferchen fehlten alle Griffe, sodass die Frauen gezwungen waren, damit herumzujonglieren wie Affen mit Apfelsinenkisten.

Ihr lästiger Reisegefährte entpuppte sich als Besitzer einer Kleidertasche aus schwarzem Kunstleder. Die Gurte fehlten, und sie sah arg mitgenommen aus. Es war ihm offenbar peinlich, sie vor Annies Augen an sich zu nehmen. Er lächelte trübselig in Richtung Tür, und dann war er fort.

Sie winkte ein Taxi heran und machte es sich auf dem Rücksitz bequem. Es beunruhigte sie nicht einmal, dass der Fahrer ein wenig einem der lettischen Schurken ähnelte. Sigulda war weit weg, und die legendäre Höhle konnte ihr nichts anhaben. Sie musste keine Tragödie befürchten, denn jetzt hatte sie die freie Wahl. Genau wie damals schon.

San Jose trat aus einem dünnen braunen Dunstschleier hervor. Niemand dort oder irgendwo sonst in der Bay Area würde es wagen, ihn als Smog zu bezeichnen, denn dieser Begriff war für Los Angeles reserviert. Doch ein Großteil der Architektur ähnelte der in Südkalifornien, wo Banken leicht mit Kinos zu verwechseln waren, Supermärkte sich als kleine Festungen tarnten und eine Stadt in die andere überging, wodurch das Bild eines tausend Meilen langen Bungalows mit Gärten entstand, die gewitzterweise als «Parks» und «Grünanlagen» bezeichnet wurden.

Gertrude Stein meinte von Oakland, es gebe «dort kein dort», aber in San Jose gab es kein hier. San Jose war so neu, dass die Schatten immer noch nach Stellen suchten, an denen sie sich niederlassen konnten, und die Bäume behielten aus Angst, von den falschen Leuten gesehen zu werden, das ganze Jahr über ihr Laub. Annie konnte es kaum erwarten, wieder nach San Francisco zurückzukehren – sobald sie es sich leisten konnte. Sie brauchte den Wind, der ihr Geheimnisse in die Ohren peitschte, und die kühle Luft, die diese Geheimnisse frisch hielt. Es war ihre Stadt, und sie sehnte sich danach, wieder mit ihr zu sprechen.

Das Haus ihrer Schwester tauchte zur Linken auf und hieß sie willkommen. Es kam ihr kleiner vor, als sie es in Erinnerung hatte. Oder waren Annies Augen größer geworden?

So ganz begriff Annie dieses Gefühl der Läuterung nicht. Sie fühlte sich groß und leicht, als gäbe es nichts Trennendes mehr zwischen ihr und allen anderen. War sie zu Emersons durchsichtigem Augapfel geworden? Eine Zeile des Dichters kam ihr in den Sinn: «Wenn ich auf dem kahlen Waldboden stehe, den Blick nach oben schweifen lasse und in die unendlichen Weiten des Alls entschwebe, vergeht jeglicher niedere Egoismus, und die Energie des universellen Wesens durchströmt mich.»

Ihre Füße schienen meilenweit von ihr entfernt. Sie bewegten sich auf fremdem Terrain. Schwesterliebe schien aus ihr zu leuchten.

Das fiel auch Nancy auf. «Mein Gott, Annie. Du strahlst ja wie die Sonne selbst. Wie schaffst du es nur, so toll auszusehen, nachdem … Äh, erzähl erst mal, was passiert ist. Ich hab mir wirklich Sorgen um dich gemacht.» Hatte Nancy sie schon immer mit so offenen Armen empfangen? War sie bei ihrer Schwester schon immer in Sicherheit gewesen? Hatte irgendeine Furcht oder bequeme Ignoranz sie daran gehindert, das zu erkennen? Kleine Schwestern neigen dazu, Methoden zu ersinnen, um selbst die vernünftigsten Ratschläge ihrer großen Schwestern geflissentlich zu überhören. Das ist nicht nur die Regel, sondern ein Naturgesetz.

Nancy und Annie fielen einander um den Hals und konnten gar nicht genug davon bekommen, durch den Druck ihrer Arme und das Lächeln auf ihren Lippen die Dankbarkeit zu bekunden, die sie füreinander empfanden. Wir wollen keine unnötigen Worte darüber verlieren, dass Nancys Gesicht ohne die Maske, die sie hatte fallen lassen, auffallend schön war, oder welcher Sprache sich die beiden Schwestern bedienten, um ihrer tief empfundenen Erleichterung und Freude über das Wiedersehen Ausdruck zu verleihen. Es soll nur gesagt werden, dass der Anblick Annies auf Nancy wie ein Energieschub wirkte, und dass Annie beim Anblick Nancys mit beiden Beinen wieder fest auf der Erde stand.

Phil kam ins Zimmer – etwas zu kurz geraten, mit einem Brustkorb wie ein Puter ... Wie kam er nur dazu, sich für attraktiv zu halten? Wenn er etwas mehr Mühe auf sein Äußeres verwandt hätte, anstatt sich nur etwas darauf einzubilden, wäre er es vielleicht sogar gewesen. Doch seine Selbstgefälligkeit machte alles zunichte. Er benahm sich immer, als wäre man ihm etwas schuldig. Ihre Schwester sackte ein bisschen in sich zusammen, als er eintrat, und verwandelte sich von einer Sekunde zur anderen in eine Ehefrau. Bis dahin hatte Annie geglaubt, Nancy und sie stünden auf einer Stufe, doch jetzt sah sie ihre Schwester plötzlich im Hintergrund verschwinden. Die Frau über dem Bett, die andere ohne Stimme und ohne Rechte. Leer und unausgefüllt von Geburt an. Sie versuchte Nancy durch Gedankenübertragung dazu zu bewegen, das Spiel nicht mitzuspielen, sondern wieder zu strahlen und das universelle Leuchten der Liebe und der Großzügigkeit zu verbreiten. Im Geiste löste Annie die Fesseln, die die Sklavin ans Bett banden, die Untertanin ihres Königs, das Opfer ihres Entführers. Genauso wollte sie Nancy befreien, sie mit Empfindungen, Wohlwollen, Emotionen, *Liebe* erfüllen, bis sie davon überfloss. Ihre Schwester verdiente inneren Reichtum.

Annie würde sich von dem Gefühl der Leere nicht unterkriegen lassen. Diesmal nicht, schwor sie sich. Und sie wollte dafür sorgen, dass auch Nancy davon verschont blieb.

«Nun», sagte Phil etwas wichtigtuerisch, «du bist also in die guten alten Staaten zurückgekehrt. Nancy hat mir erzählt, dass du in den letzten Monaten ganz schön rumgekommen bist.» Er lehnte sich zurück und versuchte, anzüglich zu grinsen, wie ein Shakespeare'scher Hofnarr in einer tragischen Rolle. «Und, hat es sich gelohnt?»

«Aber natürlich. Alles im Leben hat einen Sinn, und wenn es nur der ist, einem zu zeigen, dass es nicht mehr viel schlimmer kommen kann. Nancy hat da auch so ihre Erfahrungen.» Was war nur in sie gefahren? Wie kam sie dazu, Phil gegenüber durchblicken zu lassen, dass ihre Schwester schlecht über ihn redete? Und dazu noch in seinem eigenen Haus. Trotzdem kam es ihr richtig vor, schließlich wusste sie, dass er die Bedürfnisse ihrer Schwester in keiner Weise befriedigte und dabei vom genauen Gegenteil überzeugt war. Am liebsten hätte Annie Phils Macht gebrochen, aber dann fand sie doch, dass ihre Schwester diese Schlacht allein schlagen musste.

Und was waren eigentlich Nancys Bedürfnisse? Sie hatte einen Mann und die Geborgenheit eines eigenen Heims, aber aus ihrer ganzen Mimik und Gestik sprach:

«Ich habe Angst.» Angst, auch nur einen Schritt ohne Phils Segen zu tun, Angst, eine eigene Meinung zu haben, Angst, wirklich frei zu sein. Angst, in einem goldenen Käfig zu sitzen, und Angst zu überprüfen, ob dem tatsächlich so war. Angst, in die Wechseljahre zu kommen, bevor sie einen Orgasmus gehabt hatte. Angst.

«Komm, Annie, trink doch erst mal was. Anya hat angerufen. Ihr Englisch ist ja ziemlich gut.» Vor Freude, ihr eine Botschaft aus einem anderen Teil der Welt überbringen zu können, sprach ihre Schwester plötzlich wieder lauter. Es schien fast, als sei sie größer und leichter als vorher. Ihre Schultern waren gestrafft, und ein verträumter Ausdruck lag in ihren Augen. Nancy schien sich diebisch zu freuen, dass nicht Phil den Anruf entgegengenommen hatte. Phil gab sich gleichgültig und gelangweilt, um zu demonstrieren, dass seine Frau ihm wie üblich nur die Zeit stahl. Einen kostbaren Augenblick lang hatte Annie jedoch den Eindruck, dass Nancy sich darum nicht scherte.

«Anya? Ist sie in Amerika?», fragte Annie aufgeregt.

«Nein. Ich fürchte, sie ist leider immer noch in dem Land mit dem großen L.» Nancy kicherte ein bisschen, weniger vor Verlegenheit als vor Freude darüber, dass sie beide ein Geheimnis hatten, in das Phil nicht eingeweiht war.

«Livland? Litauen? Liechtenstein?» Annie hatte im Flugzeugmagazin von diesen anderen Ländern gelesen und konnte der Verlockung nicht widerstehen, mit den Namen aufzutrumpfen.

«Ja, ich glaube, eins davon ist es gewesen. Sie hatte dir jedenfalls etwas Hochinteressantes mitzuteilen. Ich musste versprechen, dass ich es dir auch ganz bestimmt ausrichte. Sie sagte, dass du keine Angst zu haben brauchst. Deine Vergangenheit ist vorbei, und sie ist froh, dass sie dir helfen konnte. Sie sagte, Angst – sag ich das jetzt richtig? – ja, Angst ist nur eine Allusion.» Bei der Erinnerung an diese Worte zuckte es in Nancys Gesicht. Sie lächelte geheimnisvoll, und etwas von dem Sonnenlicht draußen schien auf sie überzugehen.

«Illusion?», half Annie.

«Genau. Illusion. ‹Liebe ist die einzige Konstante, sofern man den Mut hat, einander zu vertrauen.› Ist das toll!», rief Nancy in plötzlich aufwallender Bewunderung aus.

Annie wusste, was sie bei Nancys Beerdigung sagen würde. Sie würde sagen, dass sie die liebevollste und großzügigste Schwester war, die man sich nur wünschen konnte. Dass es gewisse *Familienangehörige* Nancys gab, die ihre Gabe, im besten Sinne des Wortes ein guter Mensch zu sein, nicht im Entferntesten zu schätzen wussten.

Nancy sah kurz zu Phil hinüber, und sein Gesichtsausdruck warf sie zurück in ihre häusliche Trance. Mit einer anderen Stimme, der ausdruckslosen Stimme einer Marionette an Phils Gängelband, sagte sie: «Da hast du wohl ’ne richtige Freundin gefunden, was?»

Vielleicht sollte Annie bei der Beerdigung hinzufügen, dass Nancy nur dann wirklich sie selbst war, wenn sie auf sich allein gestellt war. Und dass gewisse *Familienangehörige* das nie begriffen hatten.

«Ja», mischte Phil sich ein. «Weißt du noch die Leute, für die sie gearbeitet hat? Diese Freaks, die eigentlich in den Zirkus gehört hätten. Wahnsinn.»

«Schön, dass ihr zwei mich wieder auf den Boden der Tatsachen zurückholt. Bei euch ist ja wirklich alles beim Alten.» Leider, fügte sie halblaut hinzu. Nach einer Pause erklärte sie im Brustton der Überzeugung: «Aber wisst ihr, ich mag Menschen, die am Rand der Gesellschaft stehen.» Während sie das sagte, wurde Annie klar, dass das stimmte. Vermutlich immer stimmen würde.

«Das Problem mit dem Rand der Gesellschaft», sagte Phil und drückte Annie dabei einen Finger aufs Brustbein, «ist, dass man manchmal hinten runterfällt.»

Annie dachte: Wenn man von vornherein unten steht, geht's nicht weiter runter – nur aufwärts.

Nancy gab ihr einen Brief. «Tut mir Leid. Ich hab Mom erzählt, dass du nach Lettland geflogen bist, und sie hat mir tausend Fragen gestellt. Den hier hat sie, glaube ich, eine Woche nach deiner Abreise geschrieben.»

Annie öffnete den auf Luftpostpapier geschriebenen Brief und las Folgendes:

> Liebe Annie,
> wie ich höre, bist du nach Lettland gereist. Schön für dich. Keine Ahnung, wie du dazu kommst, liebe Annie, aber ich dachte, du möchtest vielleicht eine Theorie hören.
>
> Es war einmal vor langer Zeit ein Kind. Ein sehr süßes Mädchen, dass sehr gut buddeln konnte. Sie buddelte und glaubte, der Spaten in ihrer Hand sei eine Puppe. Woher sollte sie wissen, dass es keine Puppe war? Woher sollte sie wissen, dass der Dreck unter ihren Fingernägeln keine Schokolade war? Und die verschrumpelten Knollen, die sie in die Erde steckte, nicht die Augen ihrer Mutter?
>
> Sie buddelte, weil das ihre Arbeit war. Ein winziger Spaten für die winzige Hand, um eine tiefe Furche in die Erde zu stechen und die Kartoffeln in

ihre Särge zu betten. Sie wusste nicht, dass sie wachsen würden, denn sie wusste nicht, was sie waren oder welchem Zweck sie dienten. Hatte keine Ahnung, dass Dinge sich verändern oder sich entwickeln können. Oder dass dieser weiche, modrige Klumpen eines Tages ausgegraben, gekocht und verzehrt werden konnte. Es ist schwer, Aufgaben zu verstehen, meine Tochter, wenn man mit ihnen auf die Welt kommt und sie einem so natürlich vorkommen wie die Periode.

In einem langen Holzschuppen mit Ritzen zwischen den Balken lauschte die Kleine dem heulenden Wind und hielt ihn für den Ozean. Ihre Geschichten von Puppen, Schokolade und dem Meer überzeugten die anderen Mädchen (und, bei Gott, es waren viele!), dass all das so gut wie wahr sei, wenn sie nur genug daran glaubten. Sie sagte ihnen, dass die Luft voller Energie sei, und wenn sie genug davon schluckten, bräuchten sie nichts zu essen und hätten keinen Hunger mehr. Ihre Bäuche, die nicht wussten, was es hieß, voll zu sein, konnte allein der Gedanke an Essen zum Platzen bringen. O ja, du würdest staunen, wie sie mit Worten umgehen konnte und ständig auf jeden einredete, der ihr zuhörte.

Dieses hungrige Kind schaffte es, sich eine Welt jenseits der grünen Wälder zu erträumen, die den langen Schuppen umgaben. Es träumte, eine große Hand käme herunter und fordere es auf, sie zu besteigen. Es kletterte hinauf und wurde an einen Ort mit echten Ozeanen und Bergen aus Schokolade getragen, deren Energie es durchströmte wie ein mächtiger Fluss. Als es erwachte, schluckte sein

Mund Luft, und es wusste, dass das, was es da schmeckte, irgendwo auf es wartete.

Ich glaube, ich war fünf, als sie mich geholt haben. Ich weiß noch, wie glücklich ich war, auserwählt zu werden, denn ich war mir immer sicher gewesen, dass es so kommen würde. Die anderen Mädchen wollten wissen, wer ihnen nun die Geschichten erzählen würde. Das war mir egal, denn für mich waren sie bereits tot. Die Geschichten. Ich war auserwählt worden, weißt du, und diese Mädchen, die einzigen Menschen, die ich auf der Welt kannte, nicht. Es war ein Sieg, den ich erst heute in gewisser Weise bedauere. Diese Mädchen. Was wohl aus ihnen geworden ist? Träumen sie im Winter immer noch von Wärme und Schokolade?

Ich wünschte, ich könnte dir noch mehr erzählen, aber an mehr erinnere ich mich nicht. Als deine Großeltern mich nach San Francisco holten, sagten sie, ich würde immer Buddelbewegungen machen, wenn mich etwas belaste. Ich konnte überhaupt kein Englisch, und die Kinder in der Schule haben mich ausgelacht. Ich konnte noch nicht mal ja oder nein sagen. Dein Vater sagt, von Zeit zu Zeit buddele ich immer noch im Schlaf. Bis du abgereist bist, habe ich ihm nicht geglaubt. «Warum sollte ich das tun?», habe ich ihn gefragt. Ich war sicher, dass er log. Ich dachte, er wünschte sich bloß einen Hund.

Liebste Annie, vielleicht fragst du dich, wieso du nach Lettland gegangen bist. Es ist dir wie deine Bestimmung erschienen, nicht wahr? Ein Brennen in dir, das sich nicht löschen ließ. Du hattest schon eine Vorstellung davon, bevor du dort angekommen bist, denn du hast sie bestimmt mit der Milch aus meiner

Brust eingesogen. Ich bin sicher, dass ich dir Lettland eingeflößt habe, weil ich sicher bin, dass dieses Land meine Heimat ist.

Sehen wollte ich es nie, denn ich bin hier glücklich. Ich hatte wirklich alles vergessen. Deshalb bin ich so wütend geworden, wenn du nach meiner Vergangenheit gefragt hast. Ich hatte keine, wusste nicht mal genau, ob ich das, woran ich mich erinnern konnte, nicht erfunden hatte, um zu beweisen, dass ich hier lebe. Die Zeit, als ich nur ein paar Häuser von unserem entfernt in Richmond gewohnt habe, das war für mich die Vergangenheit. Sie kommt mir immer noch vor wie die Scherben eines viele Jahre dauernden Scheiterns, also kannst du dir vielleicht vorstellen, wie weit weg meine ersten Lebensjahre für mich sind.

Aber als ich hörte, dass du nach Lettland gehst, fiel mir alles wieder ein, und ich hatte den Wunsch, mit dir zu sprechen.

Du hast mal gesagt, ich könnte nicht gut mit Worten umgehen. Du hast mir sogar vorgeworfen, ich hätte mich hier nicht genug angepasst. Annie, ich bin höchstwahrscheinlich aus diesem Land der grünen Wälder und des Hungers weggeholt worden. Mir kommen Wörter in den Sinn, die ich nicht verstehe. Vielleicht verstehst du sie. Vielleicht kann dein Mann mir helfen. Nancy sagt, du bist mit einem Mann dort hingegangen. Vielleicht heiratest du ihn, und der Kreis schließt sich, und ich werde mich in den Augen deines Kindes sehen. Ich kann mir das kaum vorstellen. Aber warum solltest du sonst mit einem Fremden nach Lettland gehen? Hast du keine Angst gehabt?

Meine Tochter, ich wünschte, wir würden uns besser kennen. Ich hoffe, du kommst zurück, und wir können eine Beziehung zueinander aufbauen. Bitte erzähl mir alles, was du gesehen hast. Ich muss es hören. Aber sag deinem Vater nichts davon. Er kann nicht verstehen, dass ich mich an die Zeit des Hungerns erinnern möchte. Aber es war mehr als das. Es war meine Phantasie. Ich hab sie dort gelassen.

Bitte, Annie, merk dir alles gut, was du siehst. Florida verhöhnt mich mit seinem Sonnenschein und seinen wohl genährten Menschen. Ich muss jenes Grün sehen, jene Erde spüren, und sei es auch nur durch deine Augen. Lass sie Perlen sein, Annie.

Ich kann verstehen, wenn du keine Lust hast, mir etwas zu erzählen. Du warst schon immer sehr verschwiegen. Das ist bestimmt auch meine Schuld. Nein, ich glaube nicht, dass du mir das vorwirfst, aber ich fürchte, du hast von mir gelernt, dass Geheimnisse ihre Vorteile haben.

Lass mich wenigstens wissen, dass es dir gut geht. Nancy hat mir versprochen, dir diesen Brief zu geben, sobald sie weiß, wo du bist. Sie hat keine Ahnung, was drinsteht. Sag ihr nichts. Ich will mein Geheimnis nicht mit ihr teilen. Tut mir Leid.

In Liebe,
Deine Mutter

Erstaunt über den bestürzten Gesichtsausdruck ihrer Schwester, erkundigte sich Nancy nach dem Inhalt des Briefs.

«Ich hab's selbst nicht ganz verstanden», war alles, was Annie erwidern konnte. Sie wünschte sich sehnlichst, sie könnte sich für ein paar Stunden irgendwo verkriechen und das alles erst mal verarbeiten. Ihre Mutter eine Lettin. Und wer war dann Ilmar?

Langsam fing ihr Leben an, den Romanen zu gleichen, die sie gelesen hatte. Sie fürchtete fast, nach dem Brief ihrer Mutter bald auf ein weiteres Geheimnis zu stoßen, das ihr die Erklärung für alles liefern würde, was sie in den vergangenen fünf Jahren getan hatte. Bei ihrer Beerdigung würde Fred vortreten und sagen: «Ich wurde vom Planeten Z hergesandt, um Annie in die Geheimnisse ihres Körpers einzuweihen.» Alle würden nicken, und ihr Vater würde sagen: «Du hast deinen Job gut gemacht, genau wie ich es von dir erwartet habe.» Charles, Jeffrey und Tom würden sich erheben, sich vorstellen und erklären, welche Rolle sie in Annies Leben gespielt hatten. Brad wäre Ire und der Sohn des besten Freundes ihres Vaters.

Nein, das war nicht der richtige Zeitpunkt in ihrem Leben, um sich mit dem Tod zu beschäftigen. Sie musste jetzt voll da sein. Sie zwang sich, ins Hier und Jetzt zurückzukehren und nicht irgendwohin abzuschweifen, sei es physisch oder mental.

Nancy hatte einen Tag frei und ging hocherfreut auf Annies Vorschlag ein, auf den Klippen von San Francisco zu wandern.

Es fiel Annie viel leichter, Nancy ihre Geschichte zu erzählen, als es damals bei Anya der Fall gewesen war. Doch es gab eine Schwierigkeit: Sie klang jetzt viel irrealer. Wie ein Foto von jemandem, der inzwischen gealtert ist – irgendwann erkennt man in dem Menschen auf dem Bild den, der vor einem steht, nicht mehr wieder. Ein Übergang von einem Portal zum nächsten.

Die Klippen, die Sonne, die die Golden Gate Bridge beschien – es war Juli, und das zarte Rosa des Himmels spielte auf dem roten Metall. Ein Patient, der narkotisiert auf einem Tisch liegt, dachte Annie bei sich. Wie herrlich es war, mit einer Freundin auf den Klippen spazieren zu gehen. Nancy war ihre Freundin. Annie hatte wohl erst nach Lettland gehen müssen, um auch das zu erkennen. Wenn einem alle Annehmlichkeiten genommen werden, findet man heraus, welche der eigenen Wertvorstellungen und Bedürfnisse wirklich relevant sind. Und wen man wirklich liebt.

Sie standen oben auf der Klippe. Annie hörte die Stimmen, aber sie versuchte nicht, Nancy davon zu erzählen. *Vorbei ist vorbei ist vorbei ist vorbei.*

In dem Bedürfnis, das, was sie ihrer Schwester gegenüber empfand, in Worte zu fassen, sagte sie ihr, dass sie sie lieb habe. Nancy wirkte nicht überrascht. Leise erwiderte sie: «Ich weiß.» Das war alles. Annie hätte am liebsten ihr Herz geöffnet, um ihrer Schwester und dem ganzen Universum wie ein Leuchtfeuer der Liebe den Weg zu weisen.

Als Annie ihre Geschichte zu Ende erzählt hatte (anders als bei Anya hatte sie viele Sexdetails ausgelassen, schließlich war das Verschweigen von Informationen nicht das Gleiche wie Verschwiegenheit – sie wollte Nancy sogar erzählen, was in Mutters Brief stand), ergriff Nancy die Hand ihrer Schwester und sagte: «Gott segne deine Seele.»

Dieses Wort ließ Annie innehalten. «Nancy, ich muss dich was fragen. Du bist die Spirituelle von uns beiden …»

Nancy unterbrach sie. «Ich bin die Gläubige. *Du* bist die Spirituelle.»

So hatte Annie das noch nie gesehen, aber da war was dran. Je länger sie darüber nachdachte, desto mehr wurde ihr klar sie, dass es stimmte. Wie um alles in der Welt war ihre Schwester zu dieser Erkenntnis gelangt? Vielleicht hatte sie hellseherische Fähigkeiten, die Annie mal genauer unter die Lupe nehmen sollte. Bestimmt hätte Anya etwas dazu zu sagen. Doch das war keine Antwort auf das, was sie von ihrer Schwester hören wollte.

«Nancy, was, glaubst du, ist eine ‹Seele›?»

«Da siehst du, dass du die Spirituelle von uns bist. Du fragst nicht, in welche Kirche du gehen sollst oder was eine Bibelstelle bedeutet. Du willst wissen, was eine Seele ist.»

«Und … was glaubst du?» Annie fürchtete, die Stimmung könnte gleich umschlagen und Nancy würde sie plötzlich mit Ratschlägen überhäufen, unter denen sie sich erst mühsam wieder herausschaufeln müsste. Und wenn schon. Sie sollte auf ihre Schwester hören. Nancy war viel mehr für sie da gewesen als umgekehrt. Wobei Nancy allerdings auch nie angedeutet hatte, dass sie Hilfe brauchte.

«Ich weiß es nicht genau, Annie. Ich glaube, die Seele ist das, was bleibt, wenn unser Körper und unser Verstand nicht mehr da sind. Sie ist das, was uns eigentlich ausmacht. Wenn du dich bis auf die Knochen entblößt, dann ist das, was übrig bleibt, deine Seele. Sie wird dich überdauern. Sie ist eine nie verklingende Musik, die Sehnsucht, in Gefilde vorzudringen, die man verstehen, aber nicht beschreiben kann. Du spürst, dass es irgendwo da draußen etwas gibt, das dich erst zu dem macht, der du bist, und tief in deinem Innern weißt du, dass es in dir selbst liegt – du musst es nur erkennen. Du gehst in dich und wirst dir bewusst, dass dein wahres Ich noch lange da sein wird, auch wenn dein schöner Körper schon längst von der Ferse Gottes zermalmt worden ist. Dann bist du so weit entblößt, dass nur noch dein Selbst übrig ist. Das Selbst, das du immer gewesen bist und das du immer sein wirst.» Nancy fügte rasch hinzu: «Das ist natürlich nur meine ganz persönliche Meinung.»

Annie grinste. Sie war bereits entblößt worden. Entblößt vor dem Universum, nackt bis auf die Knochen.

Kapitel 26

– Das Problem beim Einlagern von Sachen ist, dass man, wenn man sie wiedersieht, ihre Nutzlosigkeit erkennt. Ein Haufen Zeug in einem muffigen Loch mit einem billigen Schloss, und das Ganze kostet auch noch Geld. Sobald dein Hab und Gut in Kisten verschwunden ist, verfliegt jeglicher Anschein von Eleganz, den es einmal gehabt haben mag. Wenn man diese Kisten dann in einen zwei mal vier Meter großen Raum stopft, wird daraus Sperrmüll.

Das galt allerdings nicht für ihr Tagebuch. Es lag zuoberst im ersten Karton, den sie öffnete. Ganz still hatte es in diesem Lager im Süden von San Francisco geruht, während sie um die halbe Welt gereist war, um etwas zu erkennen, das sich schon immer direkt vor ihrer Nase befunden hatte. Wenn sie ein bisschen mehr Geduld gehabt hätte, wäre ihr das früher klar geworden.

Es war still in diesen Räumen, von denen aus man die Oakland Bridge im Nebel versinken sehen konnte. Das Lager war wie eine dieser sündhaft teuren Grabstellen, die wegen der «schönen Aussicht» den doppelten Preis kosten. Was hatte sich Nancy nur dabei gedacht?

Die Kartons, in denen ihre Bücher steckten, sahen ziemlich schwer aus. Nancy hatte gesagt, sie hätte keine Spedition beauftragt. Wer hatte sie dann bis unter die Decke gestapelt? Phil bestimmt nicht. Dazu sah das Ganze zu ordentlich aus, und offenbar war nichts beschädigt.

Die Matratze des Bettes war mit dem Laken bezogen, auf dem sie und Brad sich das letzte Mal geliebt hatten. Merkwürdig, denn sie hatte es in den hintersten Winkel ihres Schranks gestopft. Es hatte sie zu traurig gemacht, darauf zu liegen.

Als sie das Tagebuch in der Hand hielt, war ihr der hohe Preis für den Lagerraum plötzlich egal. Es war sehr still auf dem Gelände. Still genug, um hören zu können, wie neue Gedanken, neue Ideen geboren wurden.

Sie begann zu schreiben:

> Ich ziehe in *mein Ich* ein. Ich bin nicht nur *ich*, sondern mehr als das, denn *mein Ich* wird mich überdauern. Es lagert irgendwo außerhalb meines Herzens.

Annie riss die Seite heraus. Ihre Seele in Worte zu fassen wäre eine Herabwürdigung. Und eine solche Missachtung würde sie nicht zulassen, in keiner Form. Außerdem konnte sie im Moment keine schlechte Literatur vertragen.

Es sah so aus, als sei das Tagebuch heruntergefallen. Der Einband war eingerissen und eine der Seiten total verdreckt. Als sie das Buch länger in der Hand hielt, spürte Annie, dass auch noch jemand darin gelesen hatte. Sie hoffte, es hatte dem anonymen Leser Spaß gemacht, in ihre Intimsphäre einzudringen. So ein Arsch.

Annie war versucht, ihre Sachen gar nicht erst abzutransportieren. All diese Dinge, die wir mit uns herumschleppen, um zu demonstrieren, dass wir in der Lage waren, sie zu kaufen. Brauchte sie diesen Ballast in ihrem Leben? Sie erwog, das Schloss für einen Tag offen zu lassen, so dass jene Menschen, die tatsächlich in ihrem Lagerraum wohnten, kommen und sich ihre Sachen aneignen konnten.

Stattdessen ließ sie die Kartons da, schloss ab und fragte ihre Schwester, ob sie noch eine Weile in ihrem Haus in San Jose bleiben könne. Nancy war begeistert, aber Phil gab sich alle Mühe, ihr zu verstehen zu geben, dass sie nicht willkommen war. Er aß alles auf, was Annie einkaufte und kochte, sogar das Biogemüse, über das er sich lustig machte. Er sah sich schauderhafte Fernsehsendungen an. Er fluchte. Er rülpste. Er furzte. Annie ließ das kalt. Manchmal konnte sie durch ihn hindurchschauen, als sei er unsichtbar. Sie versuchte sich vorzustellen, was sie bei Phils Beerdigung sagen würde, aber ihr fiel nichts ein.

Nancy schnitt von Zeit zu Zeit das Thema Brad an, aber Annie wollte nicht darüber reden. «Ich bin noch nicht bereit für die Mitteilung, dass er nicht mehr da ist», sagte sie dann zu ihrer Schwester.

«Er ist bestimmt noch da», erwiderte Nancy.

Kerri, die grünäugige Wirtin, gab Annie ihren Job in der Bar zurück und ließ sie Doppelschichten arbeiten, damit sie sich finanziell sanieren konnte. Angelika war überglücklich, sie wiederzusehen. Seit Annie weggegangen war, waren die Samstage nicht mehr so wie früher. Angelika lud Annie zu einer Grillparty ein, um alles über den gut aussehenden Mann aus Lettland zu hören. Und um über den zu klatschen, den sie in San Francisco zurückgelassen hatte.

«Annie, schau dir all diese Leute an. Das sind keine Nachbarn. Willst du raten, wo sie herkommen?» John war jetzt John. Er stand in seinem Garten, wendete Gemüsefrikadellen und trank frisch gepressten Zitronensaft mit Wodka.

Annie erkannte niemanden außer der Skunk-Lady. John sah, wie sie in ihre Richtung schaute, und kicherte. «Sonst noch jemand?»

Nein. Da zog er eine ramponierte Grußkarte aus seiner Gesäßtasche. «Kennst du die?»

Es war ein Foto von Annie und Angelika beim Tanz

auf dem Tresen. Annie hatte eine Rose im Mund und hielt die Titte mit der Aufschrift «Mean it» umfasst. Angelika schwang gerade ein Bein in Richtung Publikum.

«Gefällt's dir?», fragte John.

«Das ist echt zum Schreien.»

«Gefällt's dir wirklich?» Er kicherte.

«Klar. Schenkst du's mir?»

«Aber ja, Schatz, und nicht nur das. Hier.» Er zog ein weiteres Stück Papier aus seiner Gesäßtasche. «Die gehören dir.»

Annie las: «Zertifikat über 350 Comesquat-Aktien.»

«Du hast für mich investiert?», fragte sie ungläubig. In welcher Weise hatte John sich wohl diesmal in ihre finanzielle Situation eingemischt?

«Nicht ganz. Das ist dein Anteil. Wir – unser stiller Partner und ich – haben beschlossen, dir etwas abzugeben, denn schließlich bist du auch mit auf dem Bild.»

«Du verkaufst Fotos von uns?», fragte sie noch überraschter.

«Kalender, Grußkarten, Briefpapier. Im Internet. Du solltest mal die Homepage sehen. Ich hab ein paar Designideen von dir geklaut. Du hattest schon immer das bessere Auge. Aber», sagte er mit gesenkter Stimme und in vertraulichem Ton, «ich hatte das bessere Köpfchen. Schätz mal, was du wert bist.»

«Aber ich hab doch gar nichts ge*macht.*»

Er kicherte. «Wir auch nicht. Dein Freund und ich. Ich hab die Sachen nur im Web annonciert, und jetzt gehen sie weg wie warme Semmeln. Ich bin froh, dass du wieder da bist und uns unter die Arme greifen kannst. So verkaufen wir bestimmt noch mehr. Wir kommen jetzt schon kaum noch hinterher. Also, was glaubst du, wie viel du wert bist?»

«Ich weiß noch nicht mal, was eine Aktie überhaupt ist», erwiderte Annie verwirrt.

«Wir sind an die Börse gegangen. Dir gehört ein Teil unserer Firma. Kapiert?» Er kicherte. «Achtundneunzig Dollar pro Aktie.»

«Du spinnst.» Annie setzte sich. Sie konnte es einfach nicht glauben. Dafür glich das Ganze zu sehr dem Schluss eines Dickens-Romans. So etwas passierte nicht im wahren Leben. Mütter schreiben keine Briefe, um ihren Töchtern zu erklären, warum sie so einen unbändigen Sexualtrieb haben. Freunde beschließen nicht einfach, dass man Geld braucht, und richten ein Konto für einen ein.

«Nein. Ich spinne keineswegs! Und diese Leute hier sind zukünftige Investoren. *Großinvestoren*. Na, bist du bereit für ein Tänzchen?»

Annie musste nicht lange überredet werden. Mit einem Satz war sie auf dem Picknicktisch. John sagte: «Und los», und ein Dolly-Parton-Song erklang.

Einen Moment lang vermisste sie Angelika. Sie hatte noch nie mit dem schlicht gekleideten John getanzt. Aber er hatte vorgesorgt. Rasch zauberte er eine blonde Perücke und Stöckelschuhe hervor. Er schälte sich aus seinen Jeans, und darunter kamen Netzstrümpfe und ein Mieder zum Vorschein. Dann zog er sein Hemd aus und schnallte sich die berühmten Titten um.

Und sie tanzten. Er wirbelte sie herum und zog sie unter sich hindurch, und Annie drehte Pirouetten und tat so, als würde sie ihn hemmungslos begrapschen wie auf einer Elftklässlerfete. Die letzten Akkorde von «Best Whorehouse in Texas» verklangen, und Applaus brach los.

«Ich bin dabei, John», sagte eine tiefe Stimme aus den hinteren Reihen.

«Ich auch», meldeten andere sich zu Wort.

John kicherte. «Von dem Geld drehen wir ein Video, Annie. Kerri hat bereits über zweihundert Vorbestellungen entgegengenommen.»

Nach ihrer Zeit in Lettland haute sie nichts mehr um. Annie lächelte, und John umarmte sie. Es war Donnerstag, daher kratzten seine Wangen nicht. Er flüsterte: «Die zweite Überraschung wirst du nie erraten. Also versuch's besser gar nicht erst.» Dann zog ein massiger Mann mit schwarzen Locken John an den BH-Trägern in einen der Alkoven des Hauses, sodass Annie keine Gelegenheit blieb, etwas aus ihm herauszuquetschen.

Annie hatte keine Ahnung, womit sie ein Geschenk wie diesen John Cunha in ihrem Leben verdiente, doch sie hatte nicht vor, sich deswegen übermäßig das Hirn zu zermartern. Sie würde ihn behalten – oder, wie es aussah, er sie. Seine Beerdigung würde spektakulär werden, dafür würde sie schon sorgen. An alle würden Titten verteilt, und die Trauernden würden mit den Resten von irgendeiner Büroparty verköstigt. Er wäre begeistert.

Sie hatte Brad immer noch nicht angerufen. Sie wollte sicher sein, dass sie es aus den richtigen Motiven tat – nämlich aus Liebe und nicht, weil sie unter sexuellem Notstand litt. Das Unwirklichkeitsgefühl, das die romanhaften Ereignisse bei ihr hervorgerufen hatten, musste sich erst wieder legen. Die Begegnung mit ihm sollte sich real anfühlen. Sie wollte nicht, dass sich, wenn sie ihm gegenübertrat, in irgendeinem Winkel ihres Hirns die Frage regte, ob sie sich das nicht alles nur einbilde.

Doch der Anblick eines kantigen Kiefers, einer Strähne rotblonden Haars, eines entblößten Adamsapfels raubte ihr den Verstand. Endlich begriff sie, was es hieß, unglücklich verliebt zu sein, und wovon all die Liebesgedichte handelten, die sie gelesen hatte.

Eines Tages roch sie ihn. Ein Duft nach Gras und Zitrone. Jemand trank eine Margarita zu einem Thai-Gericht, das er aus dem Restaurant nebenan mitgenommen hatte. Ein andermal hörte sie, wie ein junger Mann einem anderen von dem Mädchen erzählte, das ihn verlassen hatte, und sie wusste, wie er gelitten haben musste. Und im Bus zerriss ihr die geschwungene Silhouette der Hand eines Fremden das Herz.

Aber das war kein Fremder! Brad stieg gerade aus, und sie konnte sich nicht schnell genug zu ihm durchdrängeln. Sie presste ihr Gesicht ans Fenster und versuchte ihm telepathisch zu suggerieren, er solle sich umdrehen, damit er sie sah.

Er erstarrte. Gerade schien er kehrtmachen zu wollen, als ein weißer Lieferwagen neben dem Bus hielt und ihr die Sicht versperrte.

Annie brachte den Busfahrer dazu, sie rauszulassen, und hielt verzweifelt überall nach Brad Ausschau. Doch er war nicht mehr da.

Die ganze Zeit nervte sie ein Ohrwurm: das Thema von *Dr. Schiwago.* Dabei war das noch nicht mal eine echte russische Melodie, sondern nur ein amerikanischer Fake.

Sie betete darum, dass Brad nur um eine Ecke verschwunden und nicht für immer verloren war.

Kapitel 27 – «Hallo. Ist da Brad?»

«Annie, wo bist du?» Die Stimme klang belegt … Hatte er geschlafen, oder war es die Überraschung? Annie wusste es nicht.

«Ich hab zwar eigentlich nicht das Recht dazu, aber ich würde dich gern wiedersehen. Ich weiß gar nicht, wie lange es her ist, aber mit mir ist etwas geschehen. Es hat etwas mit Dämonen zu tun, die ich nicht ganz verstehe. Darf ich rüberkommen?»

«Ich könnte zu dir kommen, Annie.»

«Na ja, ich wohne bei meiner Schwester, da sind wir nicht gerade ungestört.»

«Müssen wir das denn sein?» Er klang zögerlich.

«Sollen wir uns lieber morgen treffen?»

«Ich glaube, das wäre besser, Annie. Das kommt alles ganz schön überraschend für mich. Ich dachte, du wärst nicht mehr da.»

«War ich auch.»

Sie trafen sich dort, wo sie sich zum ersten Mal allein getroffen hatten, und tranken widerlich verbrannten, aufgewärmten Kaffee von der vorigen Nacht. Die Sahne, die obendrauf schwamm, bildete eine ölige Oberfläche auf einem planktonreichen Gewässer.

Der Barkeeper war da und beäugte sie beide, als stellten sie eine Bedrohung für sein Etablissement dar. Dies war kein Ort für Liebe oder Versöhnung. Die meisten seiner Gäste hatten vergessen, dass es so etwas wie zärtliche Gefühle überhaupt gab, und hielten es mehr mit solch Adrenalin steigernden Emotionen wie Angst, Wut und der Übelkeit am Morgen danach. Diese beiden hier wirkten wie ein altes Ehepaar nach einem getrennt verbrachten Urlaub. Sie hielten Händchen und gurrten in ihren Kaffee hinein. Der Barkeeper ahnte nicht, dass beide die ganze Zeit gegen den Drang ankämpften aufzugeben. Es war alles so bizarr. Sie bereuten, dass sie ausgerechnet hierher gekommen waren, und gingen in einen anderen Coffeeshop um die Ecke.

«Puh», sagte Annie, als sie sich an einen Tisch setzte. «Aus der finstersten Kaschemme der Welt direkt nach Disneyland. Eine gute Wahl. Ein bisschen solides US-Entertainment kommt mir gerade recht. Ich hatte genug Trostlosigkeit für den Rest meines Lebens.»

«Wovon redest du, Annie? Ich weiß doch gar nicht, was passiert ist.» Brads Adamsapfel ragte aus seinem Kragen hervor, und er schielte mehrmals an sich herunter, als würde er sich in sein Blickfeld drängen. «Warum erzählst du's mir nicht?»

«Das werde ich, Brad. Aber was ich dir eigentlich sagen will, nein, muss, ist, dass ich dich verstehe.»

«Okay.» Er klang verwirrt, widerwillig.

«Und dass ich dich liebe. Ich meine, dich wirklich liebe. Ich musste erst um die ganze Welt reisen, um das zu erkennen. Ich musste mich erst in fremde Gewalt begeben und mich dann wieder daraus befreien, um das zu erkennen. Ich musste ein paar andere Leben führen ...»

«Was meinst du damit?» Er saß kerzengerade da und war sichtlich bewegt.

«Ich habe verschiedene andere Leben geführt. Ich weiß nicht, ob sie Traum oder Realität waren, aber ich habe mich darin ständig selbst betrogen. Es hat lange gedauert, bis ich begriffen habe, dass ...» Ihre Stimme erstarb, und Brad kam es beinahe vor, als habe sie den Verstand verloren. Unbewusst rückte er ein Stück von ihr ab.

«Na ja», fuhr sie fort, «dafür ist später noch Zeit. Ich habe mein anderes Ich kennen gelernt, meine Seele.»

Brad stiegen Tränen in die Augen, sein Brustkorb hob sich, ohne sich wieder zu senken. «Hast du dich in jenem Land verliebt?», fragte er.

«Ja. Ich meine, nein. Brad, ich habe mich nur einmal wirklich verliebt, nur dass ich es damals nicht verstanden habe. Und damals wie jetzt handelte es sich um dieselbe Person. Um dich. Meine Maria Magdalena.» Sie war selbst verblüfft über diese Metapher und presste in ihrem Enthusiasmus unter dem Tisch ihre Hand auf sein Knie. Er rührte sich nicht.

«Annie, seit damals ist eine Menge passiert. Ich, äh, bin mit jemandem zusammen.»

Annies Herz machte einen Satz und zersprang dann in unzählige Splitter. Sie wurden in alle Himmelsrichtungen verstreut wie eine Schrotladung vom Wind. Wie dumm, dachte sie, zu glauben, dass Brad nichts Besseres zu tun hat, als auf meine Rückkehr zu warten. Er ist ein lebendiger Mensch und keine Fotografie. Kein Negativ meiner selbst. Ich habe bloß etwas in ihm geweckt.

«Brad, sag mir, dass du nicht für Geld mit jemandem schläfst.»

«Verdammt, Annie. Du hast gesagt, du verstehst mich, aber du verstehst gar nichts. Du hast mich verändert, kapierst du das nicht?» Er wollte aufstehen und gehen, aber sie drückte ihre Hand fester auf sein Knie.

«Brad, ich kapier das sehr wohl. Wir haben uns verändert und sind doch dieselben geblieben. Mein Geliebter. Du hast mir meine Seele zurückgegeben. Ich wusste nicht mal, dass sie mir fehlte.» Ihre Augen wurden feucht, und sie ließ sein Knie los. Die Tränen waren nicht mehr aufzuhalten, und sie schluchzte mitten im Coffeeshop laut los. Falls ihre verbalen Ergüsse die voyeuristischen Bedürfnisse der disneyhaften Gäste und Touristen, die gebannt an ihren Lippen hingen, noch nicht befriedigt hatten – das hier tat es bestimmt. Sie bemerkte die Blicke nicht, genauso wenig wie Brad. Er legte den Arm um sie und zog ihren Kopf an seine Schulter.

«Schhht, Annie. Hör zu, meine Süße. Es gibt niemand anderen. Eigentlich schon, aber das war reine Zeitverschwendung. Ich habe mich so leer gefühlt. Du bist meine Lebensenergie. Du bist die Luft, die ich atme. Schhh.» Er streichelte ihr wieder und wieder übers Haar, und sie musste lachen, als seine Hand daran kleben blieb. Offenbar hatte Brad vorhin in Sirup gefasst. Er lachte mit, und so, wie sie sich eben noch die Augen aus dem Kopf geheult hatten, konnten sie sich nun vor Lachen nicht halten. Eine große Erleichterung überkam sie, und sie sahen sich tief in die Augen, durch sie hindurch und ineinander hinein.

Der Kuss, der dann folgte, hätte eigentlich die Scheiben des Coffeeshops zum Bersten bringen müssen. Annie glaubte schon, sie sei gestorben, denn in ihrem Kopf blitzte ein strahlend helles Licht auf – die Vereinigung der Vergangenheit mit dem Jetzt. All ihre früheren Leben kulminierten in diesem leuchtenden Moment der Erkenntnis.

Wir haben nicht vor, hier davon zu erzählen, wie sich die Liebenden versöhnten und die beiden Herzen, die immer noch in ihrem jeweiligen Käfig schlugen, sich langsam beruhigten. Oder von der Musik, die unhörbar für sie spielte und jedes Gefühl, das sie teilten, in vollkommener Harmonie untermalte. Es genügt zu sagen, dass Brad beim Blick in Annies Augen wusste, dass sie zu ihm heimgekehrt war, ohne einen Geist ihrer selbst irgendwo zurückzulassen. Es genügt zu sagen, dass Annie, als er ihre Hand hielt, bis in die Fingerknöchel hinein spürte, dass sie und Brad bald im Bett landen würden, und dass er sich ebenso nach ihrer Liebe sehnte wie sie sich nach seiner. Es genügt zu sagen, dass beide wussten, dass sie in Amerika waren und ihnen demzufolge ein Happy End zustand.

Als Brad vorschlug, sie sollten zu ihm gehen, zögerte sie keine Sekunde. Doch sie stiegen in einen Zug, der in die entgegengesetzte Richtung fuhr.

«Bist du umgezogen?», fragte sie.

«Gewissermaßen. Du wirst schon sehen. Es wird dir sehr bekannt vorkommen.» Ein schalkhaftes Funkeln lag in seinen Augen. «Oh, guck mal, Annie. Da ist die chinesische Roseanne.»

Annie horchte auf. «Woher kennst du John? Oder kennst du Angelika?»

«Beide. Sie sind oder er ist ein guter Freund von uns. Ein sehr guter Freund. Einen besseren kann man nicht haben.»

An Annies ehemaliger Haltestelle stiegen sie aus. Sie gingen zu ihrer ehemaligen Wohnung. Bevor er die Tür aufschloss, sagte Brad: «Als ich mal bei dir vorbeigeschaut habe, um zu sehen, was aus dir geworden ist, war Nancy da. Sie sagte, die Wohnung sei noch zu vermieten. Und so bin ich eingezogen. Es war ein bisschen, als wäre ich wieder in dir drin. Ich hab dich so vermisst. Ich hab mich sozusagen in deinem Energiefeld bewegt.»

Er öffnete die Tür und fügte hinzu: «Trotzdem, Annie. Eins sollte dir klar sein: Ich hatte keine Ahnung, dass du zurückkommen würdest. Ich habe darum gebetet, aber ich habe es nicht geahnt. Wenn ich es gewusst hätte, hätte ich gewartet.»

Es versetzte ihr einen Stich der Eifersucht, als sie ein paar herumliegende Frauensachen entdeckte. Brad schob sie hastig unters Bett. Er stöpselte das Telefon aus, schloss die Tür ab und schob einen Stuhl unter die Klinke. Ein bisschen verlegen sagte er zu ihr: «Ich will nicht, dass uns jemand finden kann.» Sie wusste, dass es ihm um das «uns» ging. Und um ihn selbst. Er hatte ein anderes Leben begonnen, das ihm jetzt wie ein Traum vorkam, und Annie wie ein Traum innerhalb des Traums.

Sie hielten einander im Arm in jener Nacht, ihre nackten Körper nahmen die Hitze des anderen in sich auf. Annie sah ein dünnes Band vor sich, das sie mit Brad verband und ihn mit ihr. Es pulsierte in den unterschiedlichsten Farben und sandte Schauer bis an ihre Schädeldecke hinauf.

Brad küsste ihr Haar, ihren Hals, die Sohlen ihrer Füße. Sie ließen den ganzen Tag und die ganze Nacht lang nicht die Finger voneinander. So eng beieinander, wie es nur eben ging, lagen sie auf Annies altem Bett in ihrem alten Zimmer und drückten einander so fest, als wollten sie ihre Haut durchdringen und ihre Moleküle miteinander verketten. Sie wog seine Eier in der Hand, er umfasste ihre Brüste. Ihre Lippen verschmolzen miteinander und sogen den Atem des anderen ein. Ihre Nippel berührten sich, steif und suchend. Sie drückte ihre Nase in sein Brusthaar und ließ das kleine, harte Stück Fleisch zwischen ihre Lippen gleiten. Brad schob sie sanft von sich weg und drückte sie dann mit fast mütterlicher Wärme wieder an sich. Wie friedvoll, wie still, wie magisch es war, so aneinander zu nuckeln.

Annie entdeckte, dass dies die erotischste Liebe von allen war – diese totale Vereinigung. Denn zwischen ihr und Brad gab es keinen Platz für Lügen, und den brauchte sie auch gar nicht mehr. Sie waren vollkommen offen zueinander und miteinander. Bei Brads Beerdigung würde sie bestimmt vor Trennungsschmerz sterben. «Ich habe ihn von ganzem Herzen geliebt», würde sie zu den Menschenmassen sagen, die sich versammelt hätten, um seinen Tod zu betrauern. «Er war die größte Liebe, die ich je gehabt habe. Bei uns ging es nicht nur ums Ficken, sondern darum, wirklich zu lieben.»

Annie spürte, wie sie sich in Brads Armen entspannte. Sie erzählten sich alles, aber auch wirklich alles über ihre Vergangenheit. Annie sprach von Kartoffeln und Taranteln und Stimmen auf den Klippen. Brad lauschte ohne jeden Kommentar. Er wollte alles hören. Annie wollte ihn mit ihren Geschichten, mit ihrer Vergangenheit, mit Gesprächen über ihre Zukunft und natürlich mit ihrer Liebe erfüllen.

Brad erzählte von seinem Leben in Chicago, davon, wie er begonnen hatte, das zu tun, wodurch sie sich kennen gelernt hatten. Erzählte von Tom und von den sonderbaren Sexpraktiken, deren er Zeuge geworden war. Er erzählte Annie auch, dass er jetzt Pilot war und dass sie reisen konnte, wohin sie wollte. Er erzählte Annie von all den Dingen, die er mit ihr tun wollte – selbst unausgegorene, verrückte Ideen, von denen er nichts gewusst hatte, bis die Worte aus seinem Mund kamen. Alles war möglich, alles.

Brad erzählte Annie auch, wie John sie besuchen wollte und stattdessen Brad vorgefunden hatte. John hatte Brad von dem Letten erzählt, und bald verbrachten ihr Liebhaber und ihr Freund ihre gesamte Zeit miteinander. Ihre Sorge um Annie war die Basis für ihre Freundschaft. So kam es, dass Brad der «stille Partner» bei Johns Grußkartenbusiness wurde. John zeigte ihm, was er tun musste, damit das Geschäft florierte.

Also doch ein Ende wie in einem Dickens-Roman, dachte Annie. Sie sah ein, dass es in Ordnung ist, das eigene Leben zu lesen, solange man es gleichzeitig lebt. Und dass ihr Leben ein Roman sein könnte. Dass manchmal Wunder geschehen, die einem helfen, sich zu finden, und einen so auf den richtigen Weg bringen. Dass das Gute obsiegt, und das Böse – tja, wen interessiert's schon, was aus Ilmar geworden ist. Sie waren ganz unverhofft durch einen wohl meinenden Freund zu Geld gekommen, und das machte es ihnen leichter, zu leben und zu lieben. Nicht dass sie nicht auch bereit gewesen wäre, sich ohne Geld durchzuschlagen und ihren Schatz trotzdem zu lieben, ganz nach dem Motto «Arm, aber glücklich».

Aber wenn du die Wahl hast, dann entscheide dich für den Reichtum. Das hatte ihr Vater immer gesagt, und ausnahmsweise war sie einmal seiner Meinung.

Sie spürte, wie Brads wilde Zärtlichkeiten ein Gefühl des Überschwangs in ihr aufstiegen ließen. Annies Augen weiteten sich, und sie murmelte: «Ich will dir gehören.»

«Aber Annie, du hast noch nie jemandem gehört.» Brad stöberte gerade irgendwo tief unten zwischen ihren Beinen herum, verfangen im Seetang ihrer Weiblichkeit. Eben noch benommen, dann wieder hellwach, mal gesprächig, mal schweigsam, hatte er in ihrem Liebesspiel ein bisschen die Orientierung verloren. Es kam ihm vor wie ein philosophisches Gespräch.

«Nimm mich, Brad. Mach schon. Als würdest du mich nie wieder loslassen.»

«Das werde ich, Annie.» Er stieß tief in sie hinein,

nahm ihre langen, muskulösen Beine und legte sie sich auf die Schultern. Er sah zu, wie sein Schwanz vor dem Herz verschwand, das ihr Hintern bildete. «Da», seufzte er, als er, so weit es ging, drin war. «Kannst du mich spüren? Gehörst du mir jetzt?»

«Ja.» Annies Stimme war klar und vernehmbar. Er schaute ihr in die Augen und sah, dass sie lachte. «Nur dass ich dir gar nicht gehören kann.»

Brad begann ebenfalls zu lachen und begann sie rhythmisch zu vögeln. Sein Schwanz war glitschig von Annies Säften, und selbst in ihrer Nässe spürte er Liebe. Er kam innerhalb weniger Minuten und sank neben ihr aufs Bett.

Sie sah ihn an, die Augen voller Tränen, die Pupillen ungeheuer groß, wie Spiegel, in denen sich Spiegel spiegeln. Sie streichelte seinen Rücken, massierte seine Wirbelsäule, wischte ihm den Schweiß ab.

Er liebte ihre kühlen Hände. Sie machten ihn schläfrig. Ihm fiel ein, dass er in einem entscheidenden Moment etwas hatte sagen wollen. Er hatte die Worte vor Augen, aber er konnte sie nicht genau erkennen. Dann erinnerte er sich.

«Annie.» Er drehte sich um, um ihr direkt ins Gesicht zu sehen. «Annie, du hast nie jemandem gehört. Du musst dich schon freiwillig schenken. Ich kann dich nicht besitzen. Nur für einen Moment, aber nicht für immer.»

Sie sah in seinem Gesicht das Gesicht ihres Bräutigams aus dem Traum. Es verzieh ihr. Sie fühlte sich, als sei sie innerlich gewachsen, als sei ihre Weiblichkeit größer geworden und fülle sie von innen her vollständig aus. Sie fühlte sich befriedigt, voller Verlangen und doch ganz sie selbst. Auch wenn sie irgendwann ohne ihn leben müsste, ihre Seele würde ihr immer bleiben.

Keine Gedichtzeilen gaben ihr Halt, keine Regeln ertönten in ihrem Kopf, kein Beerdigungsszenario fungierte als das Brennglas, durch das sie alles sah, und keine Literatur musste die Kluft zwischen dem Leben und ihrer Wahrnehmung überbrücken. Mit einer Ausnahme. Ein Aristoteles-Zitat fiel ihr ein, das ihre Gefühle ausdrückte: «Wenn es keinen Unterschied gibt zwischen der Handlung und dem Handelnden, der Berufung und dem Berufenen, dann hat man das Glück gefunden.»

Sie brauchte Brad nicht zu berühren, um ihn zu spüren oder sich lebendig zu fühlen. Und durch ihn konnte sie zu einem Ganzen werden, ja, wurde sie zu einem Ganzen, indem sie ihn als Teil ihrer selbst akzeptierte. Und das tat sie, von ganzem Herzen.

Epilog

– Verehrter Leser, sie hat Brad nicht geheiratet. Das ist auch gar nicht der Punkt. (Sie haben einander allerdings versprochen, acht Jahre lang oder für immer zusammenzubleiben – je nachdem, was davon zuerst eintrifft.)

Sie mögen sich fragen: Hat Annie denn nun die Liebe gefunden? Ja, das hat sie, wieder und wieder. Liebe entströmte ihrer Seele, denn sie wusste, dass sie eine hatte. Und diese Seele war gar nicht weit von dem Ort entfernt, an dem sie sie ursprünglich vermutet hatte. Endlich hatte Annie das Puzzle ihrer selbst vollendet.